法蘭西之夢

中法大學與20世紀中國文學

段懷清 著

教育部人文社會科學研究「中法大學與20世紀中國文學」（批准號：09YJA751078）項目資助

目次

引言
一座在文學中遊走的城市與大學

一

紅海早過了。船在印度洋面上開駛著。但是太陽依然不饒人地遲落早起，侵佔去大部分的夜。夜彷彿紙浸了油，變成半透明體；它給太陽擁抱住了，分不出身來，也許是給太陽陶醉了，所以夕照晚霞褪後的夜色也帶著酡紅。到紅消醉醒，船艙裡的睡人也一身膩汗地醒來，洗了澡趕到甲板上吹海風，又是一天開始。這是七月下旬，合中國舊曆的三伏，一年最熱的時候。在中國熱得更比常年厲害，事後大家都說是兵戈之象，因為這就是民國二十六年（一九三七年）。

這條法國郵船白拉日隆子爵號（Vicomte de brageloone）正向中國開來。早晨八點多鐘，沖洗過的三等艙甲板濕意未乾，但已坐滿了人，法國人、德國流亡出來的猶太人、印度人、安南人，不用說還有中國人。海風裡早含著燥熱，胖人身體給風吹乾了，蒙上一層汗結的鹽霜，彷彿剛在巴勒斯坦的死海裡洗過澡。畢竟是清晨，人的興致還沒給太陽曬萎，烘懶，說話做事都很起勁。那幾個新派到安南或中國租界當警察的法國人，正圍了那年輕善撒嬌的猶太女人在調情。

俾斯麥曾說過，法國公使大使的特點，就是一句外國話不會講；這幾個警察並不懂德文，居然傳情達意，引得猶太女人格格地笑，比他們的外交官強多了。這女人的漂亮丈夫，在旁顧而樂之，因為他幾天來，香煙、啤酒、檸檬水沾光了不少。紅海已過，不怕熱極引火，所以等一會甲板上零星果皮、紙片、瓶塞之外，香煙頭定又遍處皆是。法國人的思想是有名的清楚，他們的文章也明白乾淨，但是他們的做事，無不混亂、骯髒、喧嘩，但看這船上的亂糟糟。這船，倚仗人的機巧，載滿人的擾攘，寄滿人的希望，熱鬧地行著，每分鐘把沾汙了人氣的一小方水面，還給那無情、無盡、無際的大海。

這是錢鍾書《圍城》中的一段文字，描寫的是紅海-亞丁灣一段航線上的船行生活，中國讀者早已耳熟能詳。書中所提到的「白拉日隆子爵號」，當然是其杜撰，就像《圍城》中的蘇文紈被杜撰為里昂大學的文學博士一樣。但是，錢鍾書楊絳夫婦當初卻是跟方鴻漸一樣，搭乘同一家郵輪公司的船回到上海的（需要說明的是，當時錢鍾書並沒有一直搭乘到上海，而是在香港就下了船，從那裡他直接去了昆明，以赴西南聯大的聘約。在上海下船的是楊絳和他們的女兒）。據楊絳回憶，當時他們一家曾經乘坐的郵輪船名為「L'Athos II」，這艘船絕非杜撰。而上文中提到的「斯芬克司號」，跟杜撰的「白拉日隆子爵號」和真實的「L'Athos II」一樣，同屬於法國「海上郵輪公司」。[1]1937年9月初，就在盧溝橋戰火已

[1] 徐仲年的《雙尾蠍》中，赴法學生們所乘坐的，都是法國Les Messageries Maritimes（簡稱M.M）公司的郵船。當時從上海到馬賽，航程一共需要35天左右。後來郵輪航速提高，航期也縮短為三周左右。

燃、滬杭一帶硝煙即起之時，剛由北平中法大學畢業的朱錫侯，南下探親並與家人告別，一同南下、新婚不到半年的妻子范小梵，亦不得不與朱錫侯在戰端將起的倉促窘迫之中就此作別。他將搭乘「斯芬克司號」離開上海前往法國馬賽，而他的目的地，就是蘇文紈的母校——里昂大學。而讓他們預想不到的是，他們將就此分別整整八年。不過，有趣的是，幾乎就在同時、同一條航線上，搭乘著同一郵輪公司郵船的方鴻漸，正在靠近南中國海。這一進一出之間，大體上反映出1937年中國抗戰全面爆發之際中法之間關係的現實一種。

稍微再延伸一點。這條航線和同一郵輪公司的郵船，後來還因為Marguerite Duras的《情人》而再次受到人們關注。小說的背景，就是海上郵輪公司在本土之外最大的基地港——越南西貢。事實上，19世紀50年代開始組建的這家法國遠洋郵輪公司，在1871-1914年間迎來了它的黃金時代。這也是法國在中東和遠東進行殖民擴張的時期。馬賽的航運公司繼續服務於地中海、黑海、紅海、印度洋、南中國海以及太平洋。而遠東航線是海上郵輪公司的獨家領地。

從1920年代里昂大學開始接收來自北京中法大學和里昂中法大學選派（其中也有小部分從廣東、河北、山西等地選派）的學生開始，到40年代末，二十多年間，數百名中國留法學生，就是搭乘這家郵輪公司的郵船離開上海，然後又沿著同樣的航線返回他們的祖國。僅中法大學一校，前後就有473位在里昂大學正式註冊的中國學生，其中除了小部分留在了法國，另極少數在歐戰結束後搭乘美軍軍機回國外，絕大部分跟錢鍾書、方鴻漸一樣，從哪裡來，又回到了哪裡。不過，有一點可以肯定，那就是並非所有往來於這條航線上的留法學生們，都會有方鴻漸那樣的遊輪上的浪漫與荒唐。

其實，並不是所有赴法留學生，對於這條海上月餘旅程均興致勃勃。曾覺之的《歸心》，雖曾正面描寫過這條航線，但著眼點還是郵輪上的人，還有那一顆遊子歸心。相比之下，蘇雪林的《棘心》中，那個名叫醒秋的女學生，幾乎是一下子「飛」到法國里昂的——無論是船邊離別時候的依依不捨，還是旅途中大洋上的自然景觀，亦或途徑停靠站點的異域風情，再或者初抵終點站時候的激動心情等，一概被「抹去」。這種現象，就跟《圍城》中如此濃墨重彩地描寫方鴻漸以及一幫留法學生們的歸途一樣令人矚目。

如此慢待處理這段在不少留法學生心目中充滿詩情畫意浪漫情調的旅程，並非只有在一片淒苦與忐忑心境之中離開中國的「醒秋」或蘇雪林。在徐仲年的筆下，這段旅程，似乎也可以忽略不計。《雙尾蠍》中，徐仲年兩次直接寫到從上海啟程、前往里昂的赴法留學之旅。第一次只有如下一小段文字：法國各大學有四個月的暑假，要到十一月初才開學。楊明輝在七月底離上海，走了三十五天的海道，於九月初踏上法國南部的馬賽。[2]

如果說楊明輝因為出國時候經驗不足，再或者旅途寂寞，又因為個性靦腆等原因，所以旅途故事實在平淡亦可理解。而在《雙尾蠍》中描寫楊明輝的結義兄弟、在國內職場已經「混」了兩三年，如今不過是為了再「混」一張洋文憑而出洋鍍金的殷智本的赴法旅途，依然平淡如故，「殷智本得了楊明輝的覆信，趕緊準備。余家煌也為他東奔西走、購置物件。出國護照交給寰球學生會去辦，省掉不少麻煩。終於八月十五日跨上法國Len Messagerries Maritimes（簡寫M.M）公司的郵船，而於九月二十一日早晨到了馬賽。」[3]

2　徐仲年，《雙尾蠍》，第5頁，獨立出版社印行，1940年1月，重慶。
3　徐仲年，《雙尾蠍》，第23頁，獨立出版社印行，1940年1月，重慶。

這就讓人實在找不到什麼理由來解釋為什麼徐仲年如此冷淡對待這段航程了。

即便如此，對於這條連接著東方中國與遙遠歐洲的海上航線，晚清以來的中國人其實並不陌生。

> 由亞丁出，則為紅海；由亞勒珊得出，則為地中海。觀所繪地圖，紅海兩岸皆山峽，並不廣闊，晴日和風，舟平如砥，然行四五日，登舵樓以望，亦復杳無涯涘，蓋其闊約五百餘里云。……地中海風浪急於大洋，蓋島嶼迴環，而繼之以波濤相激搏洄漩，以故其力愈勁。船行顛簸，諸客皆不能食，余亦惟有偃臥而已。

上述文字，出自晚清名士王韜（1828-1897）的《漫遊隨錄》。1868年底，王韜應邀前往英國，協助其在香港英華書院時期的「老主顧」、傳教士——漢學家理雅各（James Legge, 1815-1897）繼續翻譯「中國經典」（Chinese Classics）。而王韜當年所航行的路線，與方鴻漸、蘇文紈們的路線完全一致。對於這條東西方之間海上航線的歷史變遷，王韜還曾專門敘述：昔時英人東來之海道，皆繞好望角而至中華。自咸豐年間，始由亞丁直抵紅海，陸行百七十里而至地中海，計程可近數萬里，誠捷徑也。於是好望角形勢之雄，遂成虛設。逮至蘇伊士運河一開，東西輪船均可直達，局面又一變矣。地勢無常，可勝慨哉！[4]

有趣的是，王韜不僅當年海行航線與錢鍾書、方鴻漸們一致，

---

[4] 王韜，《漫遊隨錄・扶桑遊記》，第75頁，陳尚凡、任光亮校點，湖南人民出版社，1982年12月，長沙。

甚至還曾經到訪過蘇文紈求學的里昂。「夜半，附輪車至雷昂，計八百四十七里，丑杪已報車抵其處。從車牖中望之，火若繁星，光明不夜。」[5]與蘇文紈在里昂度過了她的留法歲月所不同者，王韜當年，只能是隔牖眺望夜色闌珊中的里昂，而其印象則是「光明不夜」。這一印象，似乎具有某種文化隱喻，也昭示著王韜的後來者們，一批又一批地前往里昂求學問道。或許因為只是路過，王韜對里昂的文字描述甚少，無法與他筆下的馬賽里（即馬賽——著者）和巴黎斯（即巴黎——著者）相提並論。但王韜不曾預想到的是，就在他夜過里昂半個多世紀之後，里昂卻成為了中法之間教育、學術以及文化交流的重鎮。而所有這一切，都與中法大學息息相關。

不過，本書並非將討論的目標或重心，僅僅限定在中法文學與文化交流範圍，也不只是討論一般意義上的文學互動，譬如文學譯介、傳播以及接受、影響等等。事實上，自從中法大學海外部或里昂中法大學創辦並開始接受來自中國的留學生，「里昂歲月」就成了現代中國語境中的一個富有其經驗、思想以及情感及審美內涵的概念。也就是說，並非只有那段留學歲月中的專業學習與學術訓練，才是唯一值得關注的對象，實際上，那段留學歲月本身，對於大多數留法學生們後來的人生來說，似乎具有更為深刻亦更為持久的記憶。這種記憶，也要比他們的專業記憶更複雜但也更全面，更具有生命感與經驗意義。也因此，里昂也罷，里昂附近的其他任何地方以及在此的寄居遊歷生活也罷，在後來漫長的歲月中，早已經幻化成為了一種經驗意象。這種意象，成為凝聚那些留學生們與當年的時光及經驗之間最堅實牢固的關聯，甚至塑造了他們之後的情

5　王韜，《漫遊隨錄‧扶桑遊記》，第81頁，陳尚凡、任光亮校點，湖南人民出版社，1982年12月，長沙。

感心理和世界觀。而本書試圖考察的對象之一，就是在那些留法學生們的文學文本化的敘述中，是如何提煉「里昂歲月」這一文本形象，或者說如何將其留法歲月意象化、文本化的。在此過程中，里昂以及里昂歲月，作為一個超越了專業、學術的更廣泛也更豐富的經驗意象，從留學生們出國前的「想像」，到求學時期的現實體驗，再到回國之後的記憶留戀，幾乎幻化成為了一個遊走在中法大學的留學生們精神世界裡相伴終身的精神伴侶。

二

在20世紀初期的留學生文學文本中——還包括日記、書札——胡適的「綺色佳」（Ithaca）、冰心的威爾斯利的「慰冰湖畔」（Lake Waban），還有徐志摩的「康橋」（Cambridge），無不以其迤邐的自然風光、天人合美的生態秩序，以及守禮有度的公民社會而引人矚目並令人嚮往。這些描寫，無異也向國內的讀者們構想出了一個個在留學生們眼裡是真實而在讀者們心目中是「虛構」的域外理想社會。這些描寫以及由此而生成的那一個個理想社會，自然也與留學生們出國之前的中國經驗之間形成某些落差與反差。

冰心《寄小讀者・通訊四》中，曾經描寫過這樣一個廣袤而多樣的故國。一方面是遠行者視野裡的江南，依然是駐留在唐詩宋詞裡的那個江南，作者對於當時中國的現實生活而言，似乎更偏於想像與理想：

> 五日絕早過蘇州。兩夜失眠，煩困已極，而窗外風景，浸入我倦乏的心中，使我悠然如醉。江水伸入田壟，遠遠幾

> 架水車，一簇一簇的茅亭農舍，樹圍水繞，自成一村。水漾輕波，樹枝低亞。當幾個農婦挑著擔兒，荷著鋤兒，從那邊走過之時，真不知是詩是畫！
>
> 有時遠見大江，江帆點點，在曉日之下，清極秀極。我素喜北方風物，至此也不得不傾倒於江南之雅澹溫柔。[6]

而與上面這一幅駐留不走的江南景觀形成一種時代反差的，是冰心在火車上的所見所聞。尤其是在途徑山東之時，曾有一段文字，寫兵事正酣、紛亂如麻中的祖國。雖然文字頗為謹慎守持，甚至還有一種文學青年對於生活以及人性的那種偏於浪漫與休閒式的想像痕跡，但如果將這樣一幅幅場景，與她途徑蘇州之時窗外所見的傳統中國的詩情畫意相比，自然令人心中別生一種感觸。與她抵達美國之後，尤其是與她筆下的衛斯理、綺色佳諸地相比，其中所生發的落差，更是不言而喻：

> 自此以後，月臺上時聞皮靴拖踏聲，刀槍相觸聲，又見黃衣灰衣的兵丁，成隊的來往梭巡。我忽然憶起臨城劫車的事，知道快到抱犢崗了，我切願一見那些持刀背劍來去如飛的人。我這時心中只憧憬著梁山泊好漢的生活，武松林沖魯智深的生活。我不是羨慕什麼分金閣，剝皮亭，我羨慕那種激越豪放、大刀闊斧的胸襟！
>
> 因此我走出去，問那站在兩車掛接處荷槍帶彈的兵丁。他說快到臨城了，抱犢崗遠在幾十里外，車上是看不見的。

[6] 冰心，《寄小讀者・通訊四》。

> 他和我說話極溫和，說的是純正的山東話。我如同遠客聽到鄉音一般，起了無名的喜悅。——山東是我靈魂上的故鄉，我只喜歡忠懇的山東人，聽那生怯的山東話。[7]

這種國內與國外耳聞目睹上的差別，往往成了留學生們的經驗世界所遭遇的第一次衝擊。而這種衝擊並沒有隨著他們留學歲月的徐徐展開而淡化，更沒有消散迷失，相反，這種衝擊，更多時候會激發他們靜觀反思，尤其是對於過去那種往往習慣於從文本中獲得中國及中國文化認知的讀書人來說，這種衝擊所帶來的心理世界的反彈可能會更大、震盪亦更激烈。

魯迅在其雜文《華蓋集——青年必讀書》中說，「我看中國書時，總覺得就沉靜下去，與實人生離開；讀外國書——但除了印度——時，往往就與人生接觸，想做點事。」又說，「中國書雖有勸人入世的話，也多是僵屍的樂觀，外國書即使是頹唐和厭世的，但卻是活人的頹唐和厭世。我以為要少——或者竟不看中國書，多看外國書」。這是20世紀中國思想先行者們在睜開眼睛看中國同時亦看世界之後得出的第一批「思想結論」。可能會被有些人認為有所偏激，但這種將中國與世界關聯起來進行比較性的觀察與思考的方式，卻是從晚清以來的啟蒙思想者們一直在嘗試的，也是推動他們改良中國的思想動因之一。與從書的中國與書的世界這種閱讀方式的差異所生發出來的經驗落差有所不同者，赴法留學生們還增加了另一種經驗——在閱讀經驗之外——即現實生活體驗。這是文本世界的緣起，也是文本世界的果實。

7　冰心，《寄小讀者・通訊三》。

20世紀初期走出國門看世界的留學生們，究竟是如何將他們的所見所聞、尤其是那些讓他們刻骨銘心的域外現實生活經驗文本化甚至經典化的呢？

這裡不妨先來看看冰心的經驗和徐志摩的經驗。

在《寄小讀者・通訊第二十五》中，針對國內有所謂勸其「省了和小孩子通信之力，來寫些更重大，更建設的文字」的善意說法，冰心的回答是「我愛小孩子」。原因不僅僅在於「我似乎看得見那天真純潔的對象，我行雲流水似的，不造作，不矜持，說我心中所要說的話。縱使這一切都是虛無呵，也容我年來感著勞頓的心靈，不時的有自由的寄託！」在冰心看來，這裡所謂「大人」與「小孩子」，其實並非是指因為年齡而生發的認知世界與人性的差距，而是兩種不同價值觀以及思維方式上的根本不同，「大人的思想，竟是極高深奧妙的，不是我們所能以測度的。不知道為什麼，他們的是非，往往和我們的顛倒。往往我們所以為刺心刻骨的，他們卻雍容談笑的不理；我們所以為是渺小無關的，他們卻以為是驚天動地的事功。」[8]

冰心的意見，其實這裡表達得已經足夠清楚了。但她顯然還覺得言不盡意，遂有後面這段文字：

> 昨夜夢見堆雪人，今晨想起要和你們通信。我夢見那個雪人，在我剛剛完工之後，她忽然蹁躚起舞。我待要追隨，霎時間雪花亂飛。我旁立掩目，似乎聽得小孩子清脆的聲音，在雲中說：「她走了——完了！」醒來看見半圓的冷月，從

---

8 冰心，《寄小讀者・通訊六》。

雲隙中窺人，葉上的餘雪，灑上窗臺，沾著我的頭面。我惘然的憶起了一篇匆草的舊稿，題目是〈讚美所見〉，沒有什麼意思，只是充一充篇幅。課忙思澀，再寫信又不知是何日了！願你們安好！

這段寫於波士頓郊區威爾斯利「慰冰湖畔」的文字，將冰心內心世界裡的「雪人夢」展露無遺。這種在真實的世界裡堆砌「雪人」的理想甚至幻想，表達的卻是夢想者真實的「夢想」——而這種夢想，在當時的留學生們中間，並不鮮見。而所謂的「雪人」，並非全然源於幻想。冰心《寄小讀者·通訊二十五》中，有「讚美所見」一詩[9]，或可作為對於所謂「雪人夢」或所謂「幻想」的思想與情感邏輯的一種解釋說明：

〈讚美所見〉

湖上晚晴，落霞豔極。與秀在湖旁並坐，談到我生平宗教的思想，完全從自然之美感中得來。不但山水，看見美人也不是例外！看見了全美的血肉之軀，往往使我肅然的讚歎造物。一樣的眼、眉、腰，在萬千形質中，偏她生得那般軟美！湖山千古依然，而佳人難再得。眼波櫻唇，瞬歸塵土。歸途中落葉蕭蕭，感歎無盡，忽然作此。

假如古人曾為全美的體模，
讚美造物，
我就願為你的容光膜拜。

[9] 該詩最初發表於《晨報副鐫》1925年3月6日、10日，後收入《寄小讀者》。

你——
櫻唇上含蘊著天下的溫柔，
眼波中凝聚著人間的智慧。
倘若是那夜我在星光中獨泛，
　你羽衣蹁躚，
　飛到我的舟旁——
倘若是那晚我在楓林中獨步，
　你神光離合
臨到我的身畔！
我只有合掌低頭，
　不能驚歎，
因你本是個女神
　本是個天人……
…………
如今哪堪你以神仙的丰姿，
　寄託在一般的血肉之軀。
儼然的，
　和我對坐在銀燈之下！
我默然瞻仰，
　隱然生慕，
　　慨然興嗟，
嗟呼，粲者！
我因你讚美了萬能的上帝，
嗟呼，粲者！
你引導我步步歸向於信仰的天家。

我默然瞻仰，
　隱然生慕，
　慨然興嗟，
嗟呼，粲者！
你只須轉那雙深澈智慧的眼光下望，
　看蕭蕭落葉遍天涯，
明年春至，
　還有新綠在故枝上萌芽，
嗟呼，粲者！
　青春過了，
　你知道你不如他！
…………
櫻唇眼波，終是夢痕，
溫柔智慧中，願你永存，
　　　　　阿們！

一九二四年十一月一日，娜安辟迦樓。

幾乎將新英格蘭地區的自然景觀寫了個遍的冰心，還侵入到了胡適的領地，儘管不過是走馬觀花式的一瞥，依然妙筆生花地點染了胡適的「綺色佳」：

十天之後，又到了綺色佳（Ithaca）。

綺色佳真美！美處在深幽。喻人如隱士，喻季候如秋，喻花如菊。與泉相近，是生平第一次，新穎得很！林中行來，處處傍深澗。睡夢裡也聽著泉聲！六十日的寄居，無時

> 不有「百感都隨流水去，一身還被浮名束」這兩句，縈迴於我的腦海！
>
> 在曲折躍下層岩的泉水旁讀子書。會心處，悅意處，不是人世言語所能傳達。——此外替美國人上了一夏天的墳，綺色佳四五處墳園我都遊遍了！這種地方，深沉幽邃，是哲學的，是使人勘破生死觀的。我一星期中至少去三次，撫著碑碣，摘去殘花，我覺得墓中人很安適的，不知墓中人以我為如何？[10]

我們當然不會簡單地將冰心的「雪人夢」，完全簡化等同於她的全部美國經驗，也不會在所謂美國與中國之間，建立起一種非此即彼的對立敘事——顯而易見，在冰心的《寄小讀者》中，亦曾描寫過她的唐詩宋詞裡的「煙雨江南」，更是對以父母、兄妹為載體的中國式的家庭人倫親情禮贊備至。但無可非議的是，冰心的「雪人夢」，確實與她的美國經驗息息相關，甚至是她的美國經驗直接觸發了她的「雪人夢」，並成為她堅定不移地堅持捍衛自己的「雪人夢」最強大的力量來源。

而冰心的上述「雪人夢」，讓人不僅聯想到徐仲年在其《雙尾蠍》中的「湖畔夢」。這是一段描寫楊明輝、袁瑛夫婦新婚蜜月的文字。對於這段遠離塵囂的生活，《雙尾蠍》的描寫頗為細膩，對於太露懷爾的自然環境，以及那種天人合一的自然和諧，敘事者更是發自肺腑地忘情留戀：

---

10 冰心，《寄小讀者・通訊二十六》。

湖濱客舍當然是朝向湖建築的，並不十分大，三層樓——依中國說法是四層樓——每層十二個房間，總共三十六個房間，下面是膳室、閱報室、吸煙室等等。面對湖的房間比較貴些，然而其他的房間也有很美的風景展陳在前：面湖的房間坐北朝南，背湖的房間對了琅豐之牙。琅豐是一帶小山，山峰有如牙齒，所以才取了這個名字。西面的房間可以望見距離不過兩三啟羅密達的孟東城（Manthon），東面的房間可以望見相去四公里的巴爾梅脫村。整個湖濱客舍沉浸在大自然裡，四周都是美景，用不到人為的點綴。這兒是世界的桃源，不問塵寰的是非皂白，最宜乎靜養，最宜乎談愛。[11]楊袁二人租向湖的房間，為的要遠眺，所以選了最高一層。推窗而望，湖對面杜盎村的古堡，高高聳立，倒映入湖，隱約可見。向東南眺望，視線直達湖端，群峰環翠，鎖住了鏡湖。向西北看去，阿納西城好似縮小了幾倍，拱立在那兒。楊袁兩人從工業中心的里昂跑到阿納西，已是耳目一新，然而拿太露懷爾村與阿納西一比，猶覺阿納西塵囂太甚！湖中遊艇，張著三角形的白帆，靜悄悄地滑來滑去，好像數十隻粉蝶，在一片油碧草地上東西亂飛。有時遊艇與小火輪交叉而過，白帆反襯出一股輕煙，否則這股輕煙早就為青灰氣氛所吞噬了。一切欣欣向榮，然而，哦！何等偉大的靜穆！處身其間，不感到講話的需要，也幾乎不敢開口，恐怕騷擾了大自然的和諧，恐怕打破了人物間的默契。[12]

[11] 徐仲年，《雙尾蠍》，第26頁，獨立出版社印行，1940年1月，重慶。
[12] 徐仲年，《雙尾蠍》，第26-27頁，獨立出版社印行，1940年1月，重慶。

這只是選取了太露懷爾自然環境的一部分描寫，對於楊袁兩位蜜月中的二人世界生活，小說中還有更多細節，只是並不在本文所分析討論的範圍之內，故不贅述。此處的「湖畔夢」，或者讓人覺得還沉潛得不夠，尤其是對於「湖畔」意象的提煉、昇華，與徐志摩的「康橋」意象的反復打磨提升之間，在藝術審美上尚有某些距離，但沒有人會去過分指責這種「湖畔夢」的真實性，尤其是在安享和平與自然生活的今天。

毋庸置疑，徐志摩的「康橋」意象，是20世紀初期留學生文學中令人印象最為深刻的一種異域社會與文化意象，在留學生以及國內讀者心目中所留下的空間與文化想像的漣漪大概也最為持久……徐志摩的「康橋」意象，就其文本表達而言，至少經過了三個階段，即最初的物象描述階段，物、我相互試探觸動對話交流階段，以及物我相融渾然一體的階段。而從時間上來看，第一個階段大抵上為他留學英國的末期，也就是1922、23年左右。而這一時期的「康橋」形象，出現在了徐志摩的《康橋西野暮色》以及《康橋再會吧》這兩部作品之中。第二個階段為1926年底，距離他自英返國已經有兩三年的時間。詩人用一篇散文的形式，敘述了自己記憶中依然清晰尚未泯滅的「康橋」形象，這就是徐志摩1926年11月完成的《我所知道的康橋》。而直到1928年，也就是在詩人故地重遊之後，「康橋」的詩歌形象最終被確定下來，並定格在了他的《再別康橋》之中。

任何一個讀過前面幾部有關康橋的作品，並熟悉《再別康橋》的讀者，都會感覺到前面幾部作品與後面這篇膾炙人口的詩篇之間的內在聯繫。這種聯繫，不僅是形式上的，更是精神上和審美訴求上的。但在注意到它們之間的內在聯繫的同時，也會發現這種聯繫隱約之間是沿著一條內在的線索走向、不斷推進而得以實現的。具體而言，如果說我們在《康橋西野暮色》、《康橋再會吧》當中所讀到的康橋，更多還只是作為一個描寫表現對象的康橋，一個曾經遊學於此情感難捨的康橋的話，《我所知道的康橋》這篇文章，已經將前面兩篇作品中缺乏錘鍊、稍顯散漫的情感、立意以及表達本身進行了更完整的處理，一個真正只屬於徐志摩、而在同時期的留學生文本中又具有一定普遍性的「康橋」形象，也正在逐漸明晰起來，並已經呈現出能夠讓人怦然心動的某些要素。這些要素，並不僅限於作為對象而存在的「康橋」形象的完整性——一種形式上和精神審美上都漸趨明朗的特性，而是在抒情主體與抒情對象之間的關係形態上，並正在接近於呈現出一種水乳交融般的渾然一體。

不過，這種關係形態與抒情境界，並沒有在歸國之後完成的《我所知道的康橋》中真正最終實現，實現這一目標的，是故地重遊之際悄然而成的《再別康橋》。一個作家用不同的文體形式或者在不同的作品中來描述表達相同的題材，這並沒有什麼讓人感到奇怪的地方。但是，徐志摩的上述幾部作品，並不是簡單地用不同的形式、不同的立意來使用類似的經驗材料，相反，他這幾部作品之間，在這些作品的內部，似乎一直為某種朝向或者追求所困擾、所催逼、所牽引。這種朝向，最終停歇在了《再別康橋》這首詩上——只有在這裡，那顆一直激蕩不已的靈魂，才慢慢安靜了下來，並在「悄悄地來」又「悄悄地走」的灑脫不羈之間，完成了一個自我超越與自我完善所必需的完整過程。

這是一個值得關注的現象，因為這個現象背後並不像有些觀點所認為的那樣，詩人只不過是因為與那段刻骨銘心的經歷難分難捨，而用這種一再的自我喚起，來寬慰撫平自己難抑的心緒而已，或者將此作為一種現實生活中所遭遇到的冷落與不完滿的替代彌補。這種過於現實的解讀，固然有其現實的因緣在其中，而且也不失為一種解讀，但也正是這種解讀的過於「現實性」，阻礙了我們從另一個角度來探詢作為詩人的徐志摩，為什麼會在短短5、6年時間裡，反覆使用「康橋」這段生活材料來進行文學創作，同時也阻礙了我們去設問，徐志摩究竟試圖在「康橋」這一文學意象當中，投射融入怎樣的情感、思想以及審美寄託？

一個顯而易見的事實是，《康橋西野暮色》中，缺乏一條實在而有力的內在精神線索，來作為一種情感與體驗的內在支撐，挺起那些外表的暮色。也因為缺乏了這樣一條內在的可以作為情感與精神支撐的線索，那些景色的描寫就顯得呆滯、散漫並缺乏內在的靈氣與生命感，一種流動的自在的力量。實際上，《康橋西野暮色》因為缺乏內在的靈魂與形式上的完整性而給人一種百無聊賴、無所依憑附著的空虛感，呈現出來的，是一種思緒與感受上的凌亂，是一種漂浮著的缺乏足夠的真實感的追逐——其中大量描寫的暮色中的各種景色，所表現出來的恰恰是作者內心的浮躁和無法排遣的煩悶。

關於這一點，徐志摩在他的《我所知道的康橋》一文中倒提供了不少線索說明。他開篇即說，自己一生的周折，大都尋得出情感的線索，而當時在康橋的真實情況，卻是他因為日常態的學校生活，而遠離了都市生活的喧囂，有了一些機會真正面對自己的情感、心靈與生活於其中的自然環境。換言之，這樣的一種生活本身，給徐志摩提供了一次極為難得的近距離觀察自我與自然的機會，也讓他有機會真正面對自我，沉靜地思考一些有關人生與生活方面的命題：

> 「單獨」是一個耐尋味的現象。我有時想它是任何發見的第一個條件。你要發見你的朋友的「真」，你得有與他單獨的機會。你要發見你自己的真，你得給你自己一個單獨的機會。你要發見一個地方（地方一樣有靈性），你也得有單獨玩的機會。我們這一輩子，認真說，能認識幾個人？能認識幾個地方？我們都是太匆忙，太沒有單獨的機會。說實話，我連我的本鄉都沒有什麼瞭解。康橋我要算是有相當交情的，再次許只有新認識的翡冷翠了。啊，那些清晨，那些黃昏，我一個人發疑似的在康橋！絕對的單獨。

沒有必要去懷疑徐志摩上述文字中所表達的內心經歷與情感的真實性，自然也用不著像某些索隱派習慣的那樣，去探秘其中隱含掩飾的「內情」。事實上，康橋對於徐志摩來說究竟意味著什麼，其哲學意義以及審美價值並非是立即就呈現出來的。也就是說，對於寫《康橋西野暮色》以及《康橋再會吧》時候的徐志摩來說，康橋可能是一處世外桃源，一處人間仙境，一處修身養性的絕妙所在，一處在中國之外非中國的理想天堂。但又讓人分明感覺到，這樣一處異域小天地，還沒有與他的內在生命發生真正意義上的「糾纏」，還沒有真正融進他的靈魂深處，而是更像是一柄拂塵，一翼輕羽，不斷地撩撥拂掃著他的情感與心靈世界中最輕柔最敏感的那一處。甚至可以說，這時候的康橋，還只是作為一個具有初步美感與意義對象而出現在徐志摩的觀照視野之中，儘管他也為之心旌搖動，為之神魂顛倒，但這時候的觀察者與敘述者，依然能夠保持著自我的「清醒」，那種看上去的沉迷與癡醉的躑躇與恍惚，不過是漂浮在文字之上的一層情緒泡沫而已，原本的自我依然還沒有離

「我」而去，那依然是一個舊有的自我，一個即便被感動也不曾真正打開並因之改變而成的新生命——康橋其實依然是在這個生命之外的一處風景，而不是生命之中已經真正水乳交融渾然一體的一部分。對此，徐志摩亦曾有過文字說明：

> 但一個人要寫他最心愛的對象，不論是人是地，是多麼使他為難的一個工作？你怕，你怕描壞了它，你怕說過分了惱了它，你怕說太謹慎了辜負了它。我現在想寫康僑，也正是這樣的心理，我不曾寫，我就知道這回是寫不好的——況且又是臨時逼出來的事情。但我卻不能不寫，上期預告已經出去了。我想勉強分兩節寫：一是我所知道的康橋的天然景色；一是我所知道的康橋的學生生活。我今晚只能極簡的寫些，等以後有興會時再補。

寫這段文字時候的徐志摩依然是清醒的，但似乎也是一個過於清醒的自我。這個時候的徐志摩，看上去既非經驗中的最佳狀態，亦非創作中的最佳狀態，因為他顯得似乎有些過於理性。不過，此時的徐志摩，已經發現了康橋的生命靈魂之所在——那也是它的生命與美的隱秘所在——發現了後來流動在他的《再別康橋》中的那種輕柔靈動，那是一種心靈世界裡的怦然，一種被觸動之後的怦然，自我的心靈之門已經在緩緩開啟，那裡甚至已經能夠聽到康橋的流水聲了……

但是，這樣的一條康河，還不是徐志摩的康河，他也只能這樣寫到：

> 康橋的靈性全在一條河上；康河，我敢說是全世界最秀麗的一條水。河的名字是葛蘭大（Granta），也有叫康河（River Cam）的，許有上下流的區別，我不甚清楚。河身多的是曲折，上游是有名的拜倫潭——「Byron's Pool」——當年拜倫常在那裡玩的；有一個老村子叫格蘭騫斯德，有一個果子園，你可以躺在累累的桃李樹蔭下吃茶，花果會掉入你的茶杯，小雀子會到你桌上來啄食，那真是別有一番天地。這是上游；下游是從騫斯德頓下去，河面展開，那是春夏間競舟的場所。上下河分界處有一個壩築，水流急得很，在星光下聽水聲，聽近村晚鐘聲，聽河畔倦牛芻草聲，是我康橋經驗中最神祕的一種：大自然的優美、寧靜，調諧在這星光與波光的默契中不期然的淹入了你的性靈。

這時候的康橋，還是拜倫的康橋，康橋的故事，也就是拜倫的故事。徐志摩還只是作為一個觀察者，一個欣賞者，一個他者的康橋的解說者而出現在這樣一處倫敦東南部的田野風光之中。但是，他不僅已經讓我們聽到了緩緩流淌著的康河水，還讓我們聽到了鳥鳴，看到了康河的星光，聽到了康河的晚鐘，甚至還有河畔倦牛的「芻草聲」。敘述者在慢慢讓我們走進他的世界——儘管這個世界此時還不真正屬於他，他幾乎依然跟我們一樣，還只是徘徊在這個世界的大門之外。

但又不儘然。從徐志摩的上述文字中，我們已經隱約感受到後來的《再別康橋》中的某些東西，那種「發現」之後、「融入」之前的躊躇，那種心靈深處的激動，但他還是不得不將這種激動，這種躊躇，託付給一種更現實的東西，他只能接著這樣寫到：

> 但康河的精華是在它的中段，著名的「Backs」這兩岸是幾個最蜚聲的學院的建築。從上面下來是Pembroke，St. Katharine's，King's，Clare，Trinity，St. John's。最令人留連的一節是克萊亞與王家學院的毗連處，克萊亞的秀麗緊鄰著王家教堂（King's Chapel）的宏偉。別的地方盡有更美更莊嚴的建築，例如巴黎賽因河的羅浮宮一帶，威尼斯的利阿爾多大橋的兩岸，翡冷翠維琪烏大橋的周遭；但康橋的「Backs」自有它的特長，這不容易用一二個狀詞來概括，它那脫盡塵埃氣的一種清澈秀逸的意境可說是超出了畫圖而化生了音樂的神味。再沒有比這一群建築更調諧更勻稱的了！論畫，可比的許只有柯羅（Corot）的田野；論音樂，可比的許只有蕭班（Chopin）的夜曲。就這，也不能給你依稀的印象，它給你的美感簡直是神靈性的一種。

顯然，這是一個藝術的康橋，一個人文的康橋，一個歷史的康橋，一個散文化、理性敘事中的康橋。徐志摩還無法憑藉著另一種更強大的力量，來將這樣的一個康橋，真正轉換成為他自己的康橋，也就是那個《再別康橋》中的康橋。所以下面這樣的文字，依然是徐志摩所看到的，以及他希望我們也像他一樣看到的——「看」依然是最主要的一種接觸康橋的方式：

> 假如你站在王家學院橋邊的那棵大椈樹蔭下眺望，右側面，隔著一大方淺草坪，是我們的校友居（fellows building），那年代並不早，但它的嫵媚也是不可掩的，它那蒼白的石壁上春夏間滿綴著豔色的薔薇在和風中搖頭，更移左是那

> 教堂，森林似的尖閣不可浼的永遠直指著天空；更左是克萊亞，啊！那不可信的玲瓏的方庭，誰說這不是聖克萊亞（St. Clare）的化身，哪一塊石上不閃耀著她當年聖潔的精神？在克萊亞後背隱約可辨的是康橋最潢貴最驕縱的三一學院（Trinity），它那臨河的圖書樓上坐鎮著拜倫神采驚人的雕像。

但這還不是《再別康橋》中那種滲入到靈魂深處的感動，以及這種感動傳遞給我們的心靈與情感的真誠觸動。這樣的文字中，依然倔強地保持著一種生活狀態的清醒，一種無法完全真正開放與擁抱的自我，在那裡，我們能夠看到敘述者所希望我們看到的，但我們幾乎與敘述者一樣，依然堅持著理性與自我的雙重獨立：康橋還是康橋，「我」還是我。

但敘述者已經給我們呈現出來一種姿態，一種情感與心靈的姿態，那種姿態給我們一種看上去很美的觸動，並因此而讓我們產生出期待，一種更有力的期待。這樣的期待，是從這樣的文字詩句中捕捉到的：

> 但你還得選你賞鑒的時辰。英國的天時與氣候是走極端的。冬天是荒謬的壞，逢著連綿的霧盲天你一定不遲疑的甘願進地獄本身去試試；春天（英國是幾乎沒有夏天的）是更荒謬的可愛，尤其是它那四五月間最漸緩最豔麗的黃昏，那才真是寸寸黃金。在康河邊上過一個黃昏是一服靈魂的補劑。啊！我那時蜜甜的單獨，那時蜜甜的閒暇。一晚又一晚的，只見我出神似的倚在橋闌上向西天凝望：——

看一回凝靜的橋影，
數一數螺鈿的波紋：
我倚暖了石欄的青苔，青苔涼透了我的心坎；……
還有幾句更笨重的怎能彷彿那遊絲似輕妙的情景：
難忘七月的黃昏，遠樹凝寂，
像墨潑的山形，襯出輕柔暝色
密稠稠，七分鵝黃，三分桔綠，
那妙意只可去秋夢邊緣捕捉；……

如果說徐志摩想在這樣一篇文章中試圖描寫出康橋的兩種突出特性，即它的人文性與自然性的話，那麼，到目前為止，他所描寫表現的，還主要是一個人文的康橋，或者人文性與自然性尚未真正渾然一體的康橋。他還沒有引出在《再別康橋》中那些纏繞著讀者心扉的康河裡的柔波與水草，那星星點點之間閃爍在康河上的星輝。你不妨再讀一讀如下文字：

水是澈底的清澄，深不足四尺，勻勻的長著長條的水草。這岸邊的草坪又是我的愛寵，在清朝，在旁晚，我常去這天然的織錦上坐地，有時讀書，有時看水；有時仰臥著看天空的行雲，有時反撲著摟抱大地的溫軟。

於是乎也就有了船：

但河上的風流還不止兩岸的秀麗。你得買船去玩。船不止一種：有普通的雙槳划船，有輕快的薄皮舟（canoe），有最

> 別致的長形撐篙船（punt）。最末的一種是別處不常有的：約莫有二丈長，三尺寬，你站直在船梢上用長竿撐著走的。這撐是一種技術。我手腳太蠢，始終不曾學會。

在這樣的文字中，《再別康橋》中的那個康橋，還有那個「輕輕地走了」「正如輕輕地來」的徐志摩，已經在一點點呈現出越來越清晰的面貌。有了水草，有了船，有了兩岸的「四季常青最蔥翠的草坪」，還有了「橋的兩端有斜倚的垂柳與椈蔭護住」。這正是《再別康橋》中的那個康橋，只是這時候的康橋還需要有人，真正銘心刻骨的人！

《我所知道的康橋》中也寫到了人：

> 你站在橋上去看人家撐，那多不費勁，多美！尤其在禮拜天有幾個專家的女郎，穿一身縞素衣服，裙裾在風前悠悠的飄著，戴一頂寬邊的薄紗帽，帽影在水草間顫動，你看她們出橋洞時的恣態，撚起一根竟像沒有分量的長竿，只輕輕的，不經心的往波心裡一點，身子微微的一蹲，這船身便波的轉出了橋影，翠條魚似的向前滑了去。她們那敏捷，那閒暇，那輕盈，真是值得歌詠的。

但顯而易見，這群人——那些裙裾飄飄的女郎——並不是詩人記憶中的「那個人」，那個讓他夢寐以求的心上之人。《我所知道的康橋》中，也描寫了那些會享受生活和生命的青年男女：

> 在初夏陽光漸暖時你去買一支小船，劃去橋邊蔭下躺著念你

> 的書或是做你的夢，槐花香在水面上飄浮，魚群的唼喋聲在你的耳邊挑逗。或是在初秋的黃昏，近著新月的寒光，望上流僻靜處遠去。愛熱鬧的少年們攜著他們的女友，在船沿上支著雙雙的東洋彩紙燈，帶著話匣子，船心裡用軟墊鋪著，也開向無人跡處去享他們的野福——誰不愛聽那水底翻的音樂在靜定的河上描寫夢意與春光！

僅從對象要素來看，《我所知道的康橋》中，幾乎已經具備了《再別康橋》中的基本要素，但至少還有兩點，將《再別康橋》延遲到了在徐志摩的故地重遊之後方才迤邐而出，首先是對那段銘心刻骨的記憶的詩性的提煉與表現，再就是康橋的審美意義與思想意義究竟何在。對於後者，徐志摩在他的《我所知道的康橋》中已經有所表述，但這種表述與他的《再別康橋》中的表述，顯然仍有差別：

> 天上星斗的消息，地下泥土裡的消息，空中風吹的消息，都不關我們的事。忙著哪，這樣那樣事情多著，誰耐煩管星星的移轉，花草的消長，風雲的變幻？同時我們抱怨我們的生活、苦痛、煩悶、拘束、枯燥，誰肯承認做人是快樂？誰不多少間咒詛人生？
>
> 但不滿意的生活大都是由於自取的。我是一個生命的信仰者，我信生活決不是我們大多數人僅僅從自身經驗推得的那樣暗慘。我們的病根是在「忘本」。人是自然的產兒，就比枝頭的花與鳥是自然的產兒；但我們不幸是文明人，入世深似一天，離自然遠似一天。離開了泥土的花草，離開了

> 水的魚，能快活嗎？能生存嗎？從大自然，我們取得我們的生命；從大自然，我們應分取得我們繼續的資養。哪一株婆娑的大木沒有盤錯的根柢深入在無盡藏的地裡？我們是永遠不能獨立的。有幸福是永遠不離母親撫育的孩子，有健康是永遠接近自然的人們。不必一定與鹿豕遊，不必一定回「洞府」去；為醫治我們當前生活的枯窘，只要「不完全遺忘自然」一張輕淡的藥方我們的病象就有緩和的希望。在青草裡打幾個滾，到海水裡洗幾次浴，到高處去看幾次朝霞與晚照——你肩背上的負擔就會輕鬆了去的。

《我所知道的康橋》中明確彰顯的生命與自然意識，那種「誤落塵網中」而「性本愛丘山」的文人雅趣，那種被誇大了的日常生活中的「浮生半日閒」，還沒有獲得一種個人性的充滿了真正鮮活的生命意識與主體意識的表達。換言之，主體與客體、我與物之間，還沒有完全融入在一起，並達到一種物我兩忘的境界。徐志摩還在等待，康橋也還在等待，當然作為讀者的我們也還在等待。

《再別康橋》所需要的時間，因為時間才可能產生的必不可少的情感的、思想的與審美的沉澱，最終因為徐志摩幾年之後的故地重遊，曾經的經驗再次浮現在心頭，但徐志摩並沒有在歐洲之行途中完成這首膾炙人口、給他在讀者中帶來了巨大聲譽的詩篇，而是在他已經離開了歐洲大陸，航行在返回中國的南中國海上的時候，一種「走進」與「離去」的經驗重複，最終衝開了詩人情感與思緒的閘門，但這時候的詩人，顯然已經掌握了自我調控情感與思想的能力，所以他嫻熟地讓那本來已經漫溢的思念與依戀，在一種舒緩而輕曼的節奏中，從容不迫地流淌出來：

輕輕的我走了，
正如我輕輕的來；
我輕輕的招手，
作別西天的雲彩。
那河畔的金柳，
是夕陽中的新娘；
波光裡的豔影，
在我的心頭蕩漾。
……
但我不能放歌，
悄悄是別離的笙簫；
夏蟲也為我沉默，
沉默是今晚的康橋！

這是一種成熟了的略微被自覺地控制著的情感表達，而表達這種情感經驗的語言，是徐志摩在《康橋西野暮色》、《康橋再會吧》等作品中還沒有真正提煉出來的純粹的現代漢語，而這種語言在《再別康橋》中達到了爐火純青的境界。《再別康橋》中那種從容調適、進退自如的自我傾訴，具有一種融化人心的語言和情感力量。而抒情主體那種清淡沖合的姿態中，又分明表現出一種略帶失落和悵惘的灑脫。而在灑脫之間，那曾經的「故事」，通過詩句中所滲透出來的這種「故事感」的敘述，讓這首詩呈現出一種獨特的令人沉迷的意味。

也只是在這時候，「康橋」才真正成為徐志摩的康橋。一幕域外場景、一段異國體驗，才成為一個文學文本中的「經典」，也是現代中國的一種生活之夢與人文理想。也正是在這裡，現代中國語境中的「中國」與「世界」、中國特性與普世價值之間，也才真正搭建起對話交流的通道。

三

相比於徐志摩這種將英國經驗凝聚到「康橋」這一具體意象之中的文本表現方式，蘇雪林的《棘心》中，仍然採取的是一種散點式的體驗描寫呈現：

> 四月歐洲天氣，恰當中國的暮春。南風自地中海吹來，灰黯的天空，轉成爽朗的蔚藍色，帶著一片片搖曳多姿的白雲。陽光燦爛，照徹大地，到處是鳥聲，到處是花香。一冬困於濃霧之中的里昂，像久病初蘇的人，欣然開了笑口。人們沐浴於這溫和空氣裡，覺得靈魂中的沉滯，一掃而空，血管裡的血運行比平時更快，呵！少年體中的青春像與大地的青春同被和風喚醒了！若我們在這時候沒有患什麼病，一定要變為一個最幸福最愉快的人。[13]

在蘇雪林看來，一個身處異國他鄉的遊子，在里昂的春天裡，完全可以成為一個「最幸福最愉快的人」。這種「幸福感」和「愉悅感」，並非只有在故國的土地上、天空下或者同胞之中，才可以體驗到。也並非所有的海外遊子，只有在「鄉愁」這樣的情感與存

[13] 蘇雪林，《棘心》，第41-42頁，北新書局，1929年5月初版，北京。

在體驗中，才能達到那種在中國的文化語境中頗為常見的所謂道德境界或情感審美。在蘇雪林的敘事中，這樣的人，至少可以暫時超越國族界域的「羈縻」，完全沉浸在一種消融了所有界限和局限的無限展延之中。在這裡，生命似乎具有了前所未有之可能性。自由，成為一種實實在在的生活與生命體驗，對於那些來自於中國的留法學生們來說，這種感受如此真實又如此珍貴。這些體驗以及文本表達，不僅在總體上超越了晚清海外敘事中的中、外分隔的常見狀況，也將「中體西用」在思維方式與敘事方式上的「控制性」影響，降低到了最低限度，甚至完全突破了這種「中體西用」的左右，呈現出一種完全開放的中西對話交流狀態。這也是五四新文化運動時期的域外敘事，與晚清的域外敘事最為明顯的差別之一。

當然，此處只是就其主流而言，其中仍然有沿用中國傳統文學語言來表達在異國他鄉的經驗或存在感的。譬如錢鍾書的《清音河（La Seine）上小橋晚眺》：

> 萬點燈光奪月光，一弓雲畔掛昏黃。不消露洗風磨皎，免我低頭念故鄉。
>
> 電光撩眼爛生寒，撒米攢星有是觀。但得燈濃任月淡，中天盡好付誰看[14]。

如何比較評價這兩種顯然有所差別的體驗和存在感？是否錢鍾書式的體驗與存在感，就更具有文化意味或自在的主體性，而胡適、冰心、徐志摩、蘇雪林、徐仲年式的他鄉敘事，就因為「誇

[14] 錢鍾書《槐聚詩存》，P14，三聯書店，1995年3月，北京。

大」了他鄉的「美感」與「幸福感」，降低了對於祖國的認同感、模糊了中外之間應有的族群文化界限，而被低看甚至遭到非議？毫無疑問，無論是錢鍾書式的體驗，還是其他留學生的體驗，都具有其個體經驗的真實性與審美性，都應該受到肯定與尊重。而且，這兩種類型的體驗，對於20世紀中國現代文化的建構而言，具有不可偏廢的同等意義和價值。而某些時候，胡適、冰心、徐志摩、蘇雪林、徐仲年式的「開放」，對於走出中國文化的自我封閉和自我優越感的「自我孤立主義」的慣性思維，更富於開創性和建設性。

而里昂和中法大學，也正是在這種時代語境和審美語境中，進入到中國現代文學文本之中，成為「遊走」於其間的一道具有其獨特魅力的風景。與此同時，無論是里昂中法大學亦或里昂這座城市，也成了向法國乃至全歐洲推介中國文化的一座無法替代的重鎮。這種雙向文化流動，亦揭示出現代中西之間文化對話交流最引人矚目的時代特質。

學院、學院派與文學浪漫

一

創辦於20世紀初期的中法大學（1921-1946），既是一所20世紀初期中國高等教育辦學模式創新實驗的新型教育機構，也是一座中法乃至中歐現代教育、學術、文化交流的重鎮，同時也是20世紀中國文學現代化的一個重要的人才資源庫。

1921年中法大學（包括里昂中法大學）創辦成立的時候，中國只有北京大學、東南大學兩所國立綜合性大學，其餘為省立、私立或教會大學，另有高等師範學校若干。[1]

換言之，中法大學的成立，無論是在辦學方式上還是辦學理念上，都是對中國現代高等教育事業的一個推動促進，甚至也是某種變革。

從1906年吳稚暉、李石曾、張靜江在巴黎組織世界社開始，貫穿其中的宗旨據悉就一直得以延續，即以出版、研究、教育和社會四項事業為中心，奉行「發揚學術」、「普及文化」、「改進社會」的目標理想。其中教育事業，包括「設立學校」及「介紹、組織留學」。之後相繼成立的留法儉學會（1917年）、法文預備學校

---

[1] 東南大學於1921年夏在南京高師掛牌成立，成為20年代初期與北京大學並立的兩所國立綜合性大學。

及孔德學校等，均可視為中法大學創辦之前期準備或胚胎濫觴。而1921年里昂中法大學或中法大學海外部的成立，標誌著這所在中國現代教育史、學術史以及文學史上具有重要意義的高等教育機構，正式登上了歷史舞臺。儘管法文預備學校以及後來的北京中法大學的成立，與當初的清華留美預備學校以及清華大學的成立有相似之處，但中法大學的成立背景及過程，顯然亦有其不同於其他學校的獨特之處。

一般提及中法之間的教育以及學術交流，包括提及里昂及中法大學之時，自然會聯想到20世紀初的留法勤工儉學運動，這並不讓人感到奇怪。一方面這與世界社所組織開展的留法儉學會及其所發起的留法勤工儉學運動有關，但更重要的是，在那場運動中，產生了一批對於後來中國的政治運動，尤其是中國共產黨的歷史乃至新中國的誕生產生了深遠影響的政治人物：周恩來、陳毅、李富春、李維漢、聶榮臻、鄧小平等。在勤工儉學時期或階段，中法之間的教育交流，其政治的或鬥爭的色彩，毋庸諱言要遠遠濃於其教育的與學術的色彩。[2]這也與本著所要集中討論的中法大學，以及以這所大學為中心所凝聚並逐漸形成的另一種朝向——學院、學院派以及文學浪漫——之間，構建出20世紀初期中國赴法留學的兩種不同傳統。這兩種傳統可以初略概括為政治的、革命的、自助的留學傳統，與學術的、學院派的、官方或半官方資助的留學傳統，或者

---

[2] 到1920年代初期，除零星自費留學者外，留法中國學生主要由兩部分組成，即半工半讀式的赴法勤工儉學學生，以及真正意義上的全日制留學生。而隨著勤工儉學運動的式微，以及北平、里昂兩處中法大學的建成，後面一種留法學生，逐漸成為之後中法留學教育的主體。1921年9月26日的《里昂共和日報》（Lyon Republican），專門刊文報導里昂中法大學建成，並配有數幀照片，其中包括位於原來聖伊雷內堡（Fort Saint-Irénée）原址的中法大學校門以及兩幅師生合照。參閱《1921-1946：里昂中法大學回顧展》，EMCC-Lyon, 2009。

簡稱為所謂政治傳統與學術傳統。而後者則為本書所考察討論之對象。

在正式就後一傳統展開考察討論之前，不妨對前一傳統略作補充說明。

在留法學生的「政治傳統」中，里昂中國留學生，尤其是留法勤工儉學生，對於現代中國政治的貢獻影響是顯而易見的。不過，這種影響，並非僅限於中國共產黨。事實上現代中國的兩大政黨，中國國民黨和中國共產黨，都曾經受到過影響。

這一政治傳統的源頭，或許可一直追溯至留法勤工儉學以及里昂中法大學的幾位締造者那裡，如李石曾、吳稚暉、蔡元培等。那是一個各種社會思潮近乎氾濫的時代。勤工儉學生和正式註冊留學生們不同程度地參與其中。譬如19世紀及20世紀初曾流行於法國和俄國的無政府主義思潮，在巴黎、里昂就擁有相當一部分留學生追隨者。在這種時代思想潮流之中，對於留學與「救國」之間關係的理解，亦顯多樣。至少有一點可以肯定，那就是在里昂中法大學成立之前，留法學生主體對於留學歸國之後的事業或職業發展方向，並非趨於一致地集中於教育、學術。事實上，這一時期的留法學生中，歸國之後相當一部分走上了社會政治實踐之途。也就是說，無論是從思想觀念上還是從實際選擇看，學院、學院派以及所謂的文學浪漫，在留法勤工儉學時期，都並非是留法學生們的主流意識。這一方面與當時法國社會紛繁複雜的社會思潮現實有關，與中國社會迫切需要走出國門的知識分子們儘快帶回能夠「救國救民」的濟世良方的需求期待有關，同時也與當時中國國內現代專業知識分子的就業空間尚顯狹窄的真實處境有關。此外，第一次世界大戰期間歐洲社會以及知識分子中間的思想混亂乃至迷惘情緒，對於赴法中國留學們亦產生了一些對於未來前途不確定的疑惑，甚至引發了某種範圍和程度的對於以歐洲為中心的西方文明前途的沮喪感與幻滅感。其現實表現之一，就是對於西方科技文明以及制度文明所出現的一波批判與反思潮流。在這股潮流中，既有西方主流思想陣營裡的知識精英，亦有像辜鴻銘、梁啟超這樣對中國的以西方化為模範的現代化運動所展開的深刻反省與全面檢討。或許與此不無關係，作為一種反彈，當然也是一種對於中國未來建設力量與建設方式的修正性想像，學院、學院派意識開始抬升，並隨著中國國內現代高等教育的進一步發展，以及里昂中法大學的創立，尤其是隨著進駐入學里昂中法大學的留學生的不斷增加，那種學術意識以及所謂的學術傳統，開始逐漸萌發並擴展開來。將「發揚學術」、「普及文化」與「改進社會」按照邏輯順利關聯在一起，而「發揚學術」則成了落實「普及文化」以及「改進社會」的前提或基礎，乃首發之行動。

二

但這種對於西方以及留學之客觀、理性認知，並非是一朝一夕可以轉換成為所有留學生均能認同的思想理念，要成為他們的學術與生活實踐目標或原則，無疑尚需時日。

而在實際生活層面，對於留學生們的異國想像甚至落地之後相當長一個時間裡的日常生活產生心理暗示與影響者，往往並非是上述所謂原則，而是他們能夠接觸到的本土語文中有關異國他鄉的描述文字與文本。這種心理暗示與影響對於留學生個體而言，有時候其實際效率較前者更為明顯且更為有效。

而就民國初期留法學生而言，瞭解他們的法國想像或認知，對於進一步考察他們在赴法之後的改變乃至「洗心革面」式的轉型，將提供一個有益參照。而事實是，在中法大學成立之前和之後，中國留法學生們赴法之前的法國想像與認知，也有相當差異——里昂中法大學的成立，不僅極大地豐富了中國人對於法國的想像與認知，甚至可以說近乎重塑了中國人的法國認識。

> 老實說我當時對於巴黎、對於法國的感想是不健全的，只知道巴黎是一絕大的淫窟，法國是個花天酒地的國家……至於法國的文學如何，法國是否全歐文化的中心，……人家不講，我當然不知道！所以，當時之想去法國，多少含些「玩玩」的意味。「玩玩」之中，女色當然首屈一指！……巴黎對於我的誘惑是女性化的。[3]

這是一段頗為坦率的「自剖」，不僅「暴露」出徐仲年當時赴法留學之前對於法國以及所謂學術的自我認知，而且也大體上反映出當時中國知識界尤其是青年學生對於法國的一般認知——與留法勤工儉學運動有所不同的是，中法大學顯然從一開始就帶有明確的學術研究目的，是以進一步密切中法之間教育、文化、學術之交流關係、促進中國現代教育、學術之發展為目的的。但這一目的與當時青年學生們的法國認知之間，顯然是存在落差的。

徐仲年赴法之前的「短視」與「綺念」，在蘇雪林的《棘心》中，得到了這樣的回應：

---

[3] 徐仲年，《海外十年》，第5-6頁。正中書局，上海，1936年。

> （里昂中法大學）前面是里昂全城，萬屋鱗次，金碧錯落。虹沙兩河，貫穿其間，遠處煙靄沉沉，阿卑爾山的白間隱約可見。左邊是福衛爾大教堂，雙塔排雲，與鐵塔遙遙相對。銅柱顛更有一個極大的金衣聖母像，她頭頂光榮之冕，臉向東方，雙手微垂，每晨最先迎受旭日的光輝，為里昂全城祝福。右邊是連綿不斷的樹林，嫩綠鵝黃，高高下下，有如大海中的波浪。後面為古牆與元帥府所阻，眼光不能及遠，但也可以看見一塊芳草平原，夾雜著人家的菜圃和果林，點綴得異常清麗。這學校四周的景物壯闊雄渾，縹緲幽深，兼而有之，看去真似畫中仙境一般。到這裡來讀書的中國學生，總算是大有清福的了。[4]

這已經是腳踏實地之後很具體也很真實的見聞了。法國也罷，里昂也罷，甚至里昂中法大學也罷，不再是徐仲年上文中那種「煙波微茫信難求」一類的「遙想」，而是每天都置身其中的生活現實了。不僅如此，法國、里昂的「形象」，也不再只是一種可以隨意想像的空虛對象。

這不奇怪。

就在蘇雪林、徐仲年赴法之前半個世紀，一位中國人曾經途經馬賽、里昂，並在法京巴黎盤桓月餘，留下了一段旅行散記，這也是晚清中國一段公開發表的、供市民讀者閱讀的海外見聞。其中關涉法國者散記凡七則，以在巴黎之見聞為主，但亦有對馬賽街頭商業景觀與市民生活之描述，尤其是其對於馬賽馬路邊小店的描寫令

4　蘇雪林，《蘇綠漪創作選》，第61-62頁，新興書店，1936年，上海。

人印象深刻：

> 偶入一館沽飲，見館中趨承奔走者，皆十六七歲麗姝，貌比花嫣，眼同波媚。見余自中華至，咸來問訊。因余衣服麗都，嘖嘖稱羨，幾欲解而觀之。須臾，一女子捧銀盤至，中貯晶杯八，所盛紅酒，色若琥珀。余曰：「此所謂『葡萄美酒夜光杯』也。」女子舉以飲餘，一吸而盡。余曰：「此彼姝之所以饗客者，然酬酢之禮不可缺也。」亦呼館人具酒如前。女子飲量甚豪，一罄數爵。[5]

這段文字，如果與另一段有關馬賽路邊咖啡館的描述文字比對，自然讓人對法國當時都市文化中的「聲色」印象深刻：

> 馬塞里（即馬賽——作者）泊舟之所，煙波浩渺，心曠神怡。其國所設加非館棋布星羅，每日由戌初至丑正，男子咸來飲酌，而妓女亦入肆招客。男女嘲笑戲狎，滿室春生，鮮有因而口角者。桑間濮上，贈芍採蘭，固足見風俗之淫泆……或謂法京巴黎斯，惟馬達蘭街、義大廉街，則多傭幼女，凡青年之佻達者，可與締交。[6]

王韜《漫遊隨錄》中有關馬賽及法國的「觀花」札記，儘管並非只有「女色」入眼，但其中對於法國淫泆風俗之印象，卻亦並非

---

5 王韜，《漫遊隨錄》，第80-81頁，陳尚凡、任光亮校點，湖南人民出版社，1982年12月，長沙。

6 王韜，《漫遊隨錄》，第81頁，陳尚凡、任光亮校點，湖南人民出版社，1982年12月，長沙。

失真。對於在上海、香港中年獨處、慣走風月場所的王韜來說，馬賽的風土人情讓他「熟悉」，當然也讓他陌生——熟悉的是風月習俗中西皆然，陌生的是在路邊小店、咖啡館中充當女傭的麗姝們，卻並非上海的長三、么二書寓中的女僕，滬上茶樓之中更是不見此等經營服務方式。其實這些麗姝乃為酒館、咖啡館中的女服務生，是近代都市商業中一種正當且正常的職業營生。不可否認，這樣的職業設計之中，多少亦潛隱著滿足某種心理的因素吧，但她們並非是依靠出賣肉體謀生者。

王韜對於馬賽的描述，是他的法國之旅的一部分，儘管還是剛踏上法境，但一幅幅怡麗景觀已經撲面而來。這種描寫，無論是對於當時的王韜，亦或是三、四十年之後的留法青年學生如徐仲年者，都顯示出某種特殊的吸引力。其中緣由何在？一方面，與當時整個中國社會——包括知識階級——對於包括法國在內的西方的認知依然膚淺有關，另一方面，亦可見當時中國人的留學觀中的另一種「風景」。

之所以說另一種「風景」，是因為在徐仲年的《雙尾蠍》中，亦有一段文字，描寫當時的青年學生們對於出國留學與個人前途之間關係的認知，呈現的是另一種留學觀或「思想風景」：

> 這次大哥考取了江蘇遣派留學官費，……一旦深造，自然要能發揮大哥的文學天才。歸國之後，豈但我們得以時時討教而已？對於中國文藝界，必有重大的貢獻，而大哥本人的飛黃騰達，自在意中。[7]

7 徐仲年，《雙尾蠍》，第3頁，獨立出版社，1940年1月，重慶。

儘管這種酒席上的客套話，未必都需當真，但結合後來說此話者的種種行徑，這番話卻是其「肺腑之言」。留學與做官，做官與斂財，在當時有些人眼裡，彼此之間是一條「名正言順」的邏輯。對此，蔡元培在就任北京大學校長之演說中（1917年1月9日），就毫不隱晦地批評了當時中國讀書界中普遍存在著的對於現代大學的種種「錯誤認識」：

> 外人每指責本校之腐敗，以求學於此者，皆有做官發財思想，故畢業預科者，多入法科，入文科者甚少，入理科者尤少，蓋以法科為干祿之終南捷徑也。因做官心熱，對於教員，則不問其學問之淺深，惟問其官階之大小。官階大者，特別歡迎，蓋為將來畢業有人提攜也。

蔡元培的批評，坦率且客觀，但亦暴露了一直到20世紀初期，中國在經歷了晚清洋務運動以及變法維新之後，傳統官本位的思想，即便在知識分子中間，依然普遍存在，且成為阻礙中國現代高等教育和現代學術興起的「腐敗思想」這一事實。

這一腐敗思想，與前文中徐仲年所提到的另一種對於到法國乃至西方的「玩玩」一類的起念大致相似，一個是在國內的大學裡「玩玩」，一個是在國外的大學裡「玩玩」，其根源，都是缺乏對於大學、學術以及研究的敬畏心。即便是那些表面上看起來專心於讀書者，其心中念茲在茲的，大多亦不過是「暮登天子堂」或「售於帝王家」之類的飛黃騰達、光宗耀祖一類的美夢。

而之所以如此，又與現代中國尚未真正建立起大學以及學術的獨立價值和精神思想有關，與客觀存在的社會現實有關——在一個缺乏以專業技能以及科學技術研究發明為基礎的社會形態之中，似乎唯有做官一途方能彰顯彌補十年寒窗的耗費、忍耐與附加值。在這樣的現實環境與時代語境當中，不僅「學院」與「學院派」無法真正建立起自由而獨立之地位，而且也無法成為自由而獨立的價值理念與人生理想——在五四新文化運動初期，所謂的「學院」與「學院派」，如果相對於傳統的「官派」與「官本位」思想而言，無疑是具有進步意義和思想價值的。即便是相對於那種把進入到法國或者西方的大學留學亦視為滿足自己某種虛榮心或某種欲念的便捷之途的想法，現代中國的「學院」與「學院派」的出現及一定意義上的「強大」，對於這種人生的虛無派或享樂派來說，亦無異是具有進步意義和思想價值的。

而王韜《漫遊隨錄》中對於法京巴黎「聲色世界」還有進一步的繪聲繪色，尤其是「法京觀劇」一則，其中有兩段文字，描寫當時巴黎劇場裡光怪陸離、男女同台表演的大型歌舞劇表演之奇觀：

> 一班中男女優伶多或二三百人，甚者四五百人，服式之瑰異，文采之新奇，無不璀璨耀目。女優率皆姿首美麗，登臺之時袒胸及肩，玉色燈光兩相激射。所衣皆輕綃明縠，薄於五銖；加以雪膚花貌之妍，霓裳羽衣之妙；更雜以花雨繽紛，香霧充沛，光怪陸離，難於逼視，幾疑步虛仙子離瑤宮貝闕而來人間也。或於汪洋大海中湧現千萬朵蓮花，一花中立一美人，色相莊嚴，祥光下注，一時觀者莫不撫掌稱歎，其奇妙如此。[8]

8　王韜，《漫遊隨錄》，第88頁，陳尚凡、任光亮校點，湖南人民出版社，1982年12月，長沙。

黎庶昌的《西洋雜誌》中，亦曾提及巴黎的這一被推為「海內戲館第一」的倭必納，不過所屬，集中於其「壯麗雄偉」，而且所用是一種理性的、介紹性的語言，與王韜的浪漫的想像與形象性的描述語言有別。其中緣由，與王韜對於巴黎的一種浪漫的、偏於女性化的想像不無關係。

而王韜上述文字中對巴黎「提抑達」，儘管並不是其道經法境的描述文字之全部，實際上也還敘述了他參觀都市街衢、博物館等公共設施，但「提抑達」的描述如此生動形象，不僅讓人印象深刻，而且還令人心馳神往。這一方面反映出當年其著述，是在面對上海的怎樣的讀者群體及其對於異域都市的想像，另一方面亦說明，這種遊冶之念，對於青年知識分子們的思想侵蝕，是一種客觀、真實且普遍的存在。儘管這種兩性關係上的相對「自由」與「放蕩」，某種意義上或許有助於推動過渡保守僵化的社會之「解放」，但其結果並無益建立一個健康有序的現代社會結構和一種同樣健康有序的男女兩性關係。

三

結合上述對於法國的個人想像，以及蔡元培在就任北京大學校長之時的演講中對於當時中國唯一一所綜合性國立大學的師生中較為普遍存在著的種種「錯誤認識」的批評，可以大體上勾勒出20世紀初期中國現代高等教育機構及體系建立之初種種「非學院」的、「非學院派」的意識和觀念。在這種語境中，青年學生們不僅對於中國大學的想像是帶有濃厚功利性的，即便對於留學海外，同樣是帶有濃厚功利性的。更有甚者，這種功利性或功利心，對於尚處於草創階段的中國現代高等教育和學術研究，構成了嚴重挑戰和阻礙威脅。在蔡元培看來，這種威脅不僅真實存在，亦會貽害無窮。「今諸君苟不於此時植其基，勤其學，則將來萬一因生計所迫，出而仕事，擔任講席，則必貽誤學生；置身政界，則必貽誤國家。」

那麼，究竟什麼是學院派？什麼是現代中國的學院派？在前現代乃至現代初期，學院以及學院派在20世紀中國的教育學術語境以及社會思想語境中又扮演著怎樣積極的、批判性以及建設性的角色？

其實，蔡元培1917年就任北京大學校長之時所發表的就職演說中所抒發明志之言，即可視之為現代中國的教育思想領袖對於學院派以及現代中國的學術派的理解認知。而且，現代中國語境中的「學院」與「學院派」，其扮演的角色並非一直是固定不變的。

蔡元培的就任演講一共三條，分別從三個方面或層面，對「學院」與「學院派」予以闡發。即所謂「抱定宗旨」「砥礪道德」和「敬愛師友」。具體而言：

> 一曰抱定宗旨。諸君來此求學，必有一定宗旨，欲求宗旨之正大與否，必先知大學之性質。今人肄業專門學校，學成任事，此固勢所必然。而在大學則不然，大學者，研究高深學問者也。

此條文字，不僅是界定大學與中學、高等（指當時中國所設立的數所高等師範學校——作者）之分別，而且也是界定大學與社會、大學與大學之外之分別。實際上已經明確指出現代大學作為一種機構以及作為一個社群之獨特性，一種不僅不依附於權力、同時還要不遺餘力地彰顯自身之「權力」的機構與社群。這一機構及社群的存在目的與宗旨，是建立以研究高深學問為最高目的的「學院」，並以此為基礎形成一個自由而獨立之群體：「學院派」。

這樣一個群體，除了學問之外，還應該具備怎樣的集體人格特徵或引領社會的道德倫理方向的目標呢？

> 二曰砥礪德行。方今風俗日偷，道德淪喪，……敗德毀行之事，觸目皆是，非根基深固，鮮不為流俗所染，諸君肄業大學，當能束身自愛。然國家之興替，視風俗之厚薄。流俗如此，前途何堪設想。故必有卓絕之士，以身作則，力矯頹俗。諸君為大學學生，地位甚高，肩此重任，責無旁貸，故諸君不惟思所以感已，更必有以勵人。苟德之不修，學之不講，同乎流俗；合乎汙世，已且為人輕侮，更何足以感人。然諸君終日伏首案前，芸芸攻苦，毫無娛樂之事，必感身體上之苦痛。為諸君計，莫如以正當之娛樂，易不正當之娛樂，庶於道德無虧，而於身體有益。諸君入分科時，曾填寫願書，遵守本校規則，苛中道而違之，豈非與原始之意相反乎？故品行不可以不謹嚴。此余所希望於諸君者二也。

「學院派」存在的意義，就是在「學院」這樣一種機構之中，不僅需要有專心專意於研究高深學問的「學院派」這樣一個群體，而且這個群體還要具備自尊、自愛和自強的意願和能力。而要形成這樣一個「學院派」群體，在學院內部各成員之間，尤其是師生之間還要能夠做到如下一條：

> 三曰敬愛師友。教員之教授，職員之任務，皆以圖諸君求學便利，諸君能無動於衷乎？自應以誠相待，敬禮有加。至於同學共處一堂，尤應互相親愛，庶可收切磋之效。不惟開誠佈公，更宜道義相勵，蓋同處此校，毀譽共之，同學中苛道德有虧，行有不正，為社會所訾詈，己雖規行矩步，亦莫能辯，此所以必互相勸勉也。

在學院這樣一個相對獨特的社會空間與群體中，機構宗旨、社群道德以及個體彼此之間友善和諧之關係，乃相互依存之關係。它所致力於建設的以及所批評抵禦的，除了上述種種，亦還有徐仲年所列舉的如下時代之流弊：

> 中國學生的治學，宛如屋頂上隨風而轉的風機：實用主義、風頭主義，耳朵根軟，無精神的嗜好。……種種使這隻雞轉了又轉。在中國大學裡是農院出身，一到外國就去習文學；在祖國時負有文以載道的志望，一入他國便高唱勞工神聖去學工了。這樣見異思遷，結果一無所成。[9]

上述文字所批評的各種主義思潮紛至遝來、令人目不暇接的現象，在20世紀初期的中國頗為常見。而在徐仲年看來，恰恰是學院以及學院派的這種相對超脫、獨立，或可解決中國當時為政黨之爭、主義之爭而弄得人心惶惶、無所適從的局面，尤其是對於青年學子來說，學院及學院派的存在，對於造就他們的學業、人格及群

[9] 徐仲年，《海外十年》，第30頁，正中書局，上海，1936年。

體意識尤顯重要。

但是，這樣一種學院與學院派，並非是一朝一夕就能夠建設完成的。事實上，正是像里昂中法大學這樣異域學院的存在，為現代中國的學院與學院派設計，提供了頗為珍貴的經驗。那些早期中法大學的留學生們對此感受似乎尤為明顯深刻：

> 教授上課大多不用課本或講義，講解時也說得很快的。非但學生需聽得懂，還得立刻辨明何段言語是重要的，馬上記錄下來。在外國大學裡上完一節課下來，手也酸了，目也花了，頭也昏了；回到家中，還得整理筆記，上圖書館去翻教授指定的書籍……中國的大學教育方法是灌注式的，在歐洲卻係啟發式，全賴學生自己去努力。[10]

儘管這裡或許不無誇大中法大學之間在課堂教學方面的差異之嫌——在蔡元培1917年的就任北京大學校長演講中，就已經昌明現代大學的教育方式，「諸君既研究高深學問，自與中學、高等不同，不惟恃教員講授，尤賴一己潛修。」而之所以在1920年代初期的赴法留學生中，依然會有徐仲年上述那種比較差異之發現體驗，這也再次說明，學院之建設與學院派傳統之形成殊非易事。

四

關於中法大學（INSTITUT FRANCO-CHINOIS, LYON）的歷

[10] 徐仲年，《海外十年》，第28-29頁，正中書局，上海，1936年。

史，已經有不少著述可供參閱。[11]至於這所學校的正式書寫方式，有的寫為I'Institut Franco-Chinois de I'Universite de Lyon，即「里昂大學中法學院」，而一般通稱為里昂中法大學或中法大學或中法大學海外部。事實上中法大學有兩所，至少有兩處校址，一所在當時的北平，即北平中法大學，另一所在里昂，即里昂中法大學。北平中法大學也是一所獨立的高等教育機構，一方面培育自己的大學畢業生，另外也為里昂中法大學輸送在學業上繼續深造之來自於中國的留學生。[12]而本書所要討論的，則是里昂中法大學，或「中法大學海外部」。後面這種稱呼，顯然是以北平中法大學為本位，這種視角，推測是與北平中法大學創辦以及具有一定的教育聲譽之後，尤其是外派到里昂中法大學的學生已經成為該校學生來源之主體之後的境況有關。[13]

不僅如此。與北京中法大學相比，里昂中法大學本身並非一所獨立的教育機構。其註冊入學之中國留學生，除了少量語言課程等外，基本上都是在里昂大學完成其學業的。

從1921年到1946年，里昂中法大學的473名學生當中，有四分

---

[11] 有關中法大學的校史文獻，中文部分可參閱《中法大學校友錄：1920-1950》，中法大學校友會編印，1986年；《北平中法大學一覽》，北平中法大學編印，1935年；《中法大學史料》（北京理工大學校史叢書），北京理工大學出版社，1995年8月；《中法大學史料續編》（北京理工大學校史叢書），北京理工大學出版社，1997年9月；《歷史上的中法大學》（1920-1950），許睢甯、張文大、端木美著，華文出版社，2015年1月，北京等。

[12] 有關北平中法大學，一般認為該校是在清末民初李石曾、吳稚暉、蔡元培等人發起組織的世界社、留法儉學會、法文預備學校和孔德學校的基礎上組建的。最初設在西山碧雲寺的法文預備學校擴充為文理兩科，1920年改稱中法大學西山學院，此乃北平中法大學創建之始。1921年成立中法大學海外部，又稱里昂中法大學。

[13] 有關中法大學的辦學經費，尤其是里昂中法大學的辦學經費，有不同說法。一般認為，最初開辦經費以及之後維持辦學費用，主要有當時中國廣東、北京等地方政府提供的助學金、庚子賠款部分退還經費、里昂市政府資助以及其他個人團體捐贈等。參閱葛夫平《關於里昂中法大學的幾個問題》一文，刊《近代史研究》，2000年第5期。

之一攻讀專業直到通過博士論文才回國（131人左右）。當然，其中也有少量學生在中法大學只不過生活了幾個月而已，亦有的在那裡生活了十多年之久。還有不少學生，在里昂學習後，再去法國或歐洲其他城市繼續進修。對於這些留學生來說，里昂以及里昂中法大學，是他們學業發展的重要中轉站。

在里昂中法大學留學生中，女生52人，超過留學生總數的十分之一。文科留學生96人，幾乎占總人數的1/5。這麼高的比例，在民國初期一所學校所接納的中國留學生中並不多見。而且這裡的文科還不包括音樂、美術、法科等有所交叉的學科。這也表明，中法大學時期的中國留學生，對於大學的認知，已經發生了明顯改變，蔡元培所批評的那種一切以現實功利為目的和訴求的求學考量，至少在里昂中法大學已沒有市場。

在這所以中國留學生為主體的海外學院中，不僅蔡元培所憂慮並批評的那種重功利性學科、輕視文理科的現象並沒有盛行，尤其是在中法大學建立一段時間之後，這種現象更是遭到了尊重學術、尊重人文科學價值、尊重一切意義與形式的旨在追求知識與真理的學院派思想的打壓。而且，蔡元培所期待的那種理想中的現代學院與學院派的一些特性與特徵，在里昂中法大學亦逐漸呈現出來並為留學生們所認同接受，甚至被他們奉行為終生之信條。

當然，並非所有留學生都認同這種特性與特徵。譬如戴望舒，當時就對校外的左翼文學與社會運動頗為關注，後來亦因為此而被里昂中法大學「遣送」回國。中法大學用這種方式，確保了自身的宗旨與標準，一種學院的、學院派的宗旨與標準。

對於里昂中法大學的絕大多數中國留學生們來說，這裡——里昂和中法大學——將成為他們人生、學業、事業最重要的一個時期，也是他們的青春、愛情得以見證和發展的時期。這裡既是現代中國的高等教育以及現代學術初步確立起學術非政治化和功利化的自由與獨立原則的一座重鎮，也見證了中國青年學子們的文學浪漫：一種個人情感獲得解放的自我浪漫、一種初步擺脫了中國文學的古典主義傳統之束縛、初獲自由的浪漫，一種遠離了父母家長以及舊有權威掌控之後的青春浪漫。在這裡，我們不僅可以看到蘇雪林、敬隱漁、戴望舒式的青春叛逆、政治反抗與文學創新，不屑於學院派式的形式套路之束縛而專注於個人的文學興趣的青年文學家，看到張若名這樣的原本熱衷於現實政治思想與行動的青年政治家在留法來到里昂中法大學之後的「洗心革面」、專意於法國當代文學研究，同時，我們還會看到沈寶基、曾覺之、徐仲年、羅大岡、李治華、朱錫侯等在「學院派」的傳統中孜孜以求的身影。

所有這一切，不僅與里昂中法大學關聯在一切，同時也與現代中國學術和文學關聯在一起。

蘇雪林：里昂的《棘心》歲月

> 她是一個理性頗強，而感情又極豐富的女青年。她贊成唯物派哲學，同時又要求精神生活；傾向科學原理，同時又富有文藝的情感。幾種矛盾的思潮，常在她腦海中衝突，在不知趨向那方面好。
>
> ——《棘心・白朗女士》

在早期中法大學的留學生中，將自己的留學生活文學文本化並產生了一定影響者，並不多見。作為中法大學的第一批寄宿生，蘇雪林的《棘心》，不僅是她自己留學生活的一種文學書寫實驗，也是現代留學生文學中不同於郁達夫的《沉淪》、冰心的《寄小讀者》系列以及徐志摩的《康橋再會吧》、《康橋西野暮色》、《再別康橋》的一部自傳體小說，而《棘心》中的女主人公醒秋，自然也成了五四新文學運動初期出國留學的女學生的文學形象之代表。說《棘心》是20世紀初期中國現代留學生文學的代表作之一，亦不過分。只是這種留學生文學，不僅與《留東外史》為代表的那種類型的留學生文學迥然有別，與晚清「留美幼童」們的書札文本中所呈現出來的那種私密性的留學生涯敘事和異國他鄉的精神文化體驗也有著明顯的代際差。

一

20年代初期的中國，與現代高等教育體系初創之現實互為因果的是，現代人才與職業就業體制亦尚未真正形成和建立。在這樣一種時代處境中，知識女性所面臨的時代機遇與挑戰幾乎是並存的，同時也是前所未有的。

蘇雪林（蘇梅、蘇綠漪，1897-1999）的名字，一度與冰心、廬隱、馮沅君等並列，被視為五四新文學運動時期引人注目的幾位女作家。無論蘇雪林是否認同上述「排名」，有一點可以肯定，那就是她與新文學之間的關係，「蘇綠漪和中國的新文藝運動，是有著很久的關聯的。」[1]

其實，蘇雪林與新文藝之間的關係，似乎也不是一般印象中的那種。譬如她與魯迅以及現代左翼文學運動之間，就一直存在著較為緊張的關係。也許與此多少有些關係——她與左翼文學之間的關係給人印象過於強烈深刻——以致於人們似乎遺忘了蘇雪林的另一身分，那就是她曾經是現代中國留法學生的先驅。這種現象很容易讓人聯想到林紓，以及五四運動時期的「學衡派」。林紓對於新文化及新文學運動的非議批評，讓人將其定位於一個文化民族主義者或保守主義者，但這一過於主觀的「印象」，事實上忽略了林紓在晚清翻譯小說領域中曾經的探索開拓之功。而「學衡派」對於《新青年》、《新潮》等新文化刊物的攻訐，也很容易讓人們遺忘「學衡派」中幾位核心成員其實也是與胡適等一樣的留學生。

1　黃人影編，《當代中國女作家論》，第132頁，上海書店影印，1985年5月，上海。

上述現象，其實揭示出現代中國的思想與文藝的複雜面向，以及其內部所存在著的始終未曾克服的張力。也正是與這一事實有關，任何一種單向度的思維與觀點主張，都難以統攝涵蓋現代中國文藝的全部歷史的、文藝的事實。而對於一位現代作家的考察解讀，似乎亦當考慮到這一點。

新文藝與外國文藝之間的關係，是一個近乎不辨的事實，而蘇雪林因為留學而將外國文藝和新文藝關聯起來的經歷，既是五四新文藝運動中頗為常見的一種事實與形式，也是考察蘇雪林不容忽略的一條路徑和方式。而實際上，蘇雪林、冰心等人，在當時新文學陣營，不只是因為她們的新文藝著述，還因為她們女性身分以及接受高等教育甚至出國留學的經歷而「標新立異」，展現出挑戰習俗傳統觀念、引領風潮的時代先鋒角色。

具體而言，要考察現代中國文學與法國以及法國文學之間的關係，蘇雪林是一個需要面對的個案，儘管她的這種西方文學背景後來幾乎為她的中國古典文學研究家身分所遮蔽。對於後者，幾乎在30年代就已經為研究者所關注，「她的作品很多。她寫詩，她創作小說，她寫劇本，她也作散文。不過，根據她的過去的作品看去，她的興味的中心，似乎並不在這幾方面——而是關於文學上的『考據』的工作，成了她的作品的主題。」[2]「她發表的作品，在過去，關於『考據』的最多。」[3]而研究家身分的不斷強化，再加上所使用的文學研究方法，往往又延續借鑒了不少自有的學術傳統，以致於蘇雪林與外國文藝之間的關係，隨著她的文學研究者身分的抬升以及文學創作者身分的「弱化」，亦漸有淡出一般讀者視野之

2 同上。
3 黃人影編，《當代中國女作家論》，第132頁，上海書店影印，1985年5月，上海。

趨勢。而如果將其20年代的文學創作者身分與文學研究家身分進行比較，很容易發現一個年輕的、感性的、嚮往個性自由與獨立、追求女性解放與權力的蘇雪林，與一個理性的、學術的、老成持重的女學者之間的「不協調」。而這種「不協調」，偏偏是蘇雪林20年代文學與學術身分雙重性的客觀真實存在。而這種雙重性或矛盾性，似乎亦帶有五四新文化與新文學運動的某種思想特性或文化氣質。

二

或許蘇雪林並不是最早出國留學的現代女性，但她無疑是最早一批留學里昂中法大學的學生。在其自傳文獻中，蘇雪林考中並赴法留學，聽上去純為偶然，而不是像魯迅、胡適等五四新文化精英那樣，將自己的去國，亦描述成為一個思想逃離母國的腐蝕與禁錮、追求自我的解放與自由的故事。但她也似乎成了最早一位將自己的留學經歷作為材料寫成「自敘傳」式的長篇小說的留法學生，這部小說就是她的《棘心》。

蘇雪林為關注其留學經歷的研究者，預設了一個去國之前的「中國故事」。這個故事具有較為典型的五四時期文藝青年遠赴異國他鄉求學之前的「家國」「故園」情懷。而且，在敘事結構上，這一前半段的「中國故事」，與之後大部分內容的「異國故事」，形成一種敘事上具有連續性、結構上又彼此呼應對照、個人主體精神與情感結構上共同建構的合作關係——在《棘心》中，「中國」的存在，並非是作為「法國」的反襯，在這裡並不存在著一個舍此就彼式的二選一的思維模式或價值取向，也就是說並不存在著一個遠離衰老的、落後的中國，而奔赴並擁抱一個現代的、具有蓬勃生機的法蘭西的敘事框架。甚至連晚清以來在知識分子中具有相當認同度的所謂「中體西用」觀，在《棘心》中亦沒有簡單附和。實際上，《棘心》中的「中國」，並沒有真正實在具體的主體性存在，更多時候只是一個情感與道德文化上的「象徵」。

從文本敘事結構來看，《棘心》在敘事空間的想像與設計安排上亦見細心和細緻。初看《棘心》與一般留學生文學中的自傳體文本並無多少差別：出國、旅途、異國以及歸國。大體上按照國內、旅途、異國這樣幾個空間來展開敘事。但倘若細讀，會發現《棘心》在上述大的空間格局之中，匠心獨具地設置了若干二級空間及二級空間的敘事結構。譬如，在「出國」這一空間環節，《棘心》用了「母親的南旋」和「赴法」兩章，其中尤其值得注意的是第一章「母親的南旋」。

胡適在其留學日記以及後來諸如《逼上梁山》等文本中，將其赴美留學，敘述為一個在十里洋場上海時刻面臨著自我墮落與毀滅的文學青年或讀書種子的自我救贖的故事。其中因為與一幫年輕人在一起昏天黑地地打牌尋歡而被「誤關」巡捕房「鐵屋子」的自我敘事，與魯迅的「鐵屋子」說一道，成為20世紀中國的現代文本中兩個經典的「鐵屋子」說之一。所不同者，魯迅的「鐵屋子」是敘述啟蒙者與被啟蒙者之間想像的關係可能，而胡適的「鐵屋子」卻是講述的現實生活中的「胡適」的一段真實經歷，反映的是1910年前胡適在滬上走投無路的困窘與掙扎，是自我尋找出路而未得之前最為絕望的一段空虛與無望。有意思的是，胡適對自己走出這段「空心歲月」的自我拯救力量的解釋。他說是母親的期待教誨及「天生我材必有用」一類的人生箴言，讓自己重新找到了人生的理想目標，而恰恰在這時，留美招考開始，遂成就了後來一個影響中國現代思想與文化的「胡適故事」。

無論怎樣去理解上述胡適的自我敘述，有一點在胡適後來的各種敘事文本中被反覆提及，那就是其母親在其成長人生中所扮演的無人可以替代的重要角色，當然他也同樣提到了在其四歲之時既已病逝的父親對他人生長久而深刻的影響——胡適用這樣一種敘事方式，呼應了中國傳統文化中父母與子女之間親情倫理關係的文化結構，尤其是當這種書寫發生在20世紀初期新文化運動對於傳統文化進行反省與批判的時代語境中之時，這種敘事的文化寓意似乎更顯微妙悠長。

一定意義上講，蘇雪林的《棘心》，在敘事的文化心理結構上與胡適的留學敘事文本多有「暗合」。《棘心》將醒秋的赴法留學，敘述成為一個女兒與母親之間「斷乳」的故事，以此建立起一個現代中國女性尋找自我獨立和自我發展完善的故事，相比之下，胡適的自我敘事，側重的是母子關係中的另外一面，即母親在浪子的幡然悔悟過程中所扮演的情感角色與道德呼喚力量。

為什麼《棘心》要從「母親的南旋」開始敘事呢？這並非是全無考量的一種隨心所欲，而是一種富於文化意味的精心設計。醒秋以其「一夜翻來覆去地不曾好好安睡」，[4]拉開了她與母親、與家園、與故國之間即將分離的自我敘事。這種分離，不僅是在空間地理意義上的，也是在情感意義上的，同時也還可能是在知識、文化乃至價值意義上的。這種分離對於醒秋來說究竟意味著什麼，離國赴法之前的醒秋自然尚不清楚，故有「翻來覆去」的徹夜難眠。

---

[4] 蘇雪林，《棘心》（綠漪女士著），第1頁，北新書局，1929年5月，北京。

而《棘心》題記中那句「我以我的血和淚，刻骨的疚心，永久的哀慕，寫成這本書，紀念我最愛的母親」，顯然是對上述分離以及由此所產生的長達近十年的撕裂之痛的追悼與彌合，由此完成了一次自我主體精神世界中的自我清理與自我回歸，這也是更高層面的一次重新認同，具有更深刻的情感上、精神上以及文化上的象徵意味。就其內容而言，《棘心》不過是一部留學生的留學傳記，但與常見留學傳記所不同者，是這部書在敘述結構和情感結構上，始終存在著一個海外的我與國內的家，或者留守的母親與遠遊的女兒之間的對應敘事關係，以及由此而展延開來的文化象癥結構。而這兩者之關係或緊張或密切，疏遠進退之間，是一個現代新女性如何逐漸脫離以母親為情感中心的家的羈縻與牽扯，並最終走向情感上、思想上以及精神學業和職業上的自立的故事。

這一點，其實從《棘心》的敘述章節安排上即見一斑。第一章的《母親的南旋》，與倒數第二章《法京遊覽與歸國》，構成一個離去與歸來的空間結構，其實也是一個脫離母體的庇護羈縻與重新歸來，但皈依於一個更弘闊也更理性的情感空間與精神空間。而在這種敘述中，一個現代新女性的成長與獨立，伴隨其中的對於自由與自立的追求及其坎坷遭際，較為完整地得以呈現。不過，《棘心》並沒有將傳記中的醒秋，描述成一個故國家園與母親之家的放棄者或背叛者——在離開母親之家和建設自己的新家之間，《棘心》似乎並不是簡單地選擇了後者，而是給了一個在形式及文化寓意上都稍顯模糊的選擇：回歸。但明眼人一看就知道，這絕非原初意義上的回歸。

其實，如果在時間上稍微再往前推一點，在晚清王韜的異國漫遊文本《漫遊隨錄》中，幾乎可以發現一個類似的潛在文化結構

——一個政治上的被通緝者，是否亦意味著一個文化及價值意義上的自我流放者，或者一個異域文化與價值的追逐者與認同者？——王韜的南遁與外海遠遊，似乎一直未能夠擺脫這種文化心理上的自我折磨。這儘管尚未發展嚴重到國族與文化認同上的危機，但確實給遠遊者的心中造成了種種陰影。

晚清遠遊者的這種文化心理，在五四時期的留學生敘事文本中同樣存在著。《棘心》從「母親的南旋」和「赴法」開始，到「法京遊覽與歸國」和「一封信」，這一去一來之間，表面上看不過是空間的移動及歸位，但其中所發生的內在波動與變化，不僅是刻骨銘心的，恐怕也是於無聲處聽驚雷式的重組與重構。而從家庭範圍內的母女親情意義上的「離」「合」，到一個文化上的遠遊者與文化母體之間的關係重建——在《棘心》中至少完成了一種形式上的回歸，似乎亦寓示了現代中國文化的某種選擇可能。

就此而言，《棘心》作為一個文學文本的某些方面的意義價值，似乎被低估了。這可能與它被看成一個相對孤立的自傳體敘事文本的解讀方式有關。這部出版於20世紀20年代末的文學自傳，一方面揭示了一個現代知識女性如何通過海外求學而獲得知識上、學術上乃至情感上以及精神上的自立過程，另一方面也相當典型地呈現並揭示了五四新文學與西方世界、西方思想以及西方文學之間的關係。《棘心》的語言修辭，亦呈現出五四新文學一方面逐漸擺脫傳統語言之沉重負擔，走上一條富於幻想與創造意味道路的逐漸明朗清晰的歷史事實，另一方面，亦昭示出這種現代語言與傳統文化之間千絲萬縷之聯繫。

三

而在具體內容上，《棘心》中女主人公醒秋的「中國情結」或「心結」，也遭遇到了精神上的挑戰——蘇雪林在《棘心》中直接涉及並描寫了一個自晚清以來對中國知識分子來說頗為敏感的話題，即「西教」的誘惑。在該書15章中，有2章直接描述了醒秋與羅馬天主教之間的關係。其中第12章「皈依」，開篇即言，「我們書中主人公醒秋女士再出場與讀者相見時，她已經成為一個羅馬教的信徒了。」[5]

在晚清中西之間的關係中，西學與西教，乃構成中國人的西方觀的最主要的兩大話語體系。而無論是西學亦或西教，對於構成中國人的國族與文化認同，均產生了威脅，至少在當時不少中國讀書人持如此觀點，甚至連王韜這樣曾在西學和西教引介入華方面做出過歷史性貢獻的文化先鋒，對此亦頗為謹慎。這種狀況，即便是到了五四新文化運動時期，即便是像在胡適、徐志摩這樣的對於西方文化持相對開放態度的知識分子那裡，對於基督教信仰，儘管有所心動，但最終並沒有加入。這在胡適和徐志摩的日記中均有記載反映。

為什麼在《棘心》中如此坦率且坦然地描寫了女主人公的改信易教呢？又怎樣理解這種對於傳統意義上的「中國認同」似乎最具有威脅的西教誘惑呢？

小說中並沒有將醒秋的入教過程，寫得輕而易舉。「白朗想醒秋皈依，已有年餘之久，雖然受過許多挫折，她一點不肯灰心。

5 蘇雪林，《棘心》（綠漪女士著），第247頁，北新書局，1929年5月，北京。

口舌所不能折服她的，更濟之以懇切的祈禱，人力所不能至的，更倚靠神的恩寵，精誠所至，金石為開，她果然有盼醒秋領洗的一天。」[6]

這是一種間接描寫的方式，並沒有直接面對女主人公自己真實的內心感受與精神活動，而是通過宣教者的視角，來敘述了一個結果。而作為這一結果的締造者的宣教者白朗，面對醒秋入教受洗之時的反應，則可以側面見證這一過程對於當事者精神世界所可能造成的「激蕩」：

> 白朗始終在她身邊襄助一切。她臉兒比平時更白，嘴兒更青，兩眼卻炯炯發光。她全身像感受電氣，說話都吃吃不成辭句。當她和醒秋在教堂門前分別時，千抱百吻，說不盡的親愛。她去了又回轉，回轉了又去，在那福衛爾山坡上至少打了二十次迴旋。她只是喃喃地說，「呵！我感動極了，我感動極了!」[7]

這段文字在現代語境中或許顯得有些「曖昧」，但在宗教語境中，尤其是基督教語境中，並不鮮見。它所呈現的，不過是一個宣教者和一個入教者之間的密切關係，而且所突出的，也並非是入教者一面，但它依然揭示出這一結果對於一個人的精神生活所產生的影響。

而對於醒秋這樣一個現代中國女性來說，又是如何呢？《棘心》中亦有描述，不過是在對宣教者白朗的描述之後：

---

6 同上。
7 蘇雪林，《棘心》（綠漪女士著），第248頁，北新書局，1929年5月，北京。

> 至於醒秋呢？她那天雖沒有白朗那樣感動得厲害，而心靈中也充滿了異常的興奮和快感。三年以來，她已將人生看成灰色，但還希望於愛情上尋得一點慰安，借將來甜蜜生涯恢復她生存的勇氣，誰知她竟遭那仰頭的重大打擊。她自春天和叔鍵決裂以來，在悲憤中浮沉了三四個月。她的不安定的靈魂，如西風中的落葉，漫無歸向。她對於自己的生活，又像長途疲乏的旅客，大有四顧茫茫、無家可歸之感。她的肉體雖沒有死，她的精神，卻已死了大半年了。……那時候她真深深嚐到所謂失戀的痛苦。她怎樣解救自己呢？她只好將生活力改換一個方向，皈依於宗教。她說不更求人的愛扶，只求神的愛扶。[8]

儘管敘述者將醒秋的受洗入教，敘述成為一個失戀者內心情感生活的「替代」，而未必是真正的幡然醒悟，但其中所謂的「失戀」和「替代」，又似乎別有寓意。就在描述醒秋的失戀之時，文中也說她有「四顧茫茫、無家可歸之感」。這裡所謂的「家」以及「無家」，某種意義上似乎隱喻著醒秋內心世界裡的一種自我迷茫與掙扎，尤其是情感上所正在遭遇的一種前途失路、無所歸依的自我困境。這裡所謂的「愛情」，一方面指的是她與叔鍵之間的男歡女愛，另一方面似乎亦隱喻著某種更寬泛意義上的斷裂與失落。

至此，《棘心》在醒秋的情感世界和情感生活的敘述方面，完成了一個過渡——從對母親與家園的依戀、眷顧，到離別母親和家園之後因為情感的失落和空虛而亟需「替代」而談情說愛，到「失

---

[8] 蘇雪林，《棘心》（綠漪女士著），第248-249頁，北新書局，1929年5月，北京。

戀」，以及在「失戀」之時天主教信仰真正成為足以與她原來的戀母情結「分庭抗禮」的一種情感和精神力量。這一替代過程才算真正完成，而至此，醒秋的內心世界中，亦生成了一種新的足以與赴法之前的「戀母」情結或對於母體文化的依附相抗衡的全新力量。對此，醒秋的體會又是怎樣的呢？

> 她已從冷酷的人寰中逃向神的翼庇之下了，她已儼然在神的懷抱中了。回顧世人，回顧叔鍵，至於回顧過去的自己，都渺小輕微不足道。人人都說神的威靈如何森嚴可畏，她卻不以為然。她只覺得基督教所崇拜的神，和別教的神大異其趣，甚至佛教的佛都不如。佛氏雖號慈悲，但任人馨香膜拜，只是瞑目低眉，高坐不動，基督教的神卻是活潑，無盡慈祥、無窮寬大，撫慰人的疾苦，像父親對於兒女一樣的。[9]

上述文字中有兩處值得關注，其一是醒秋將皈依基督教之前的世界和生活世界，視為一個「冷酷的人寰」，其二是基督教的神，「像父親對於兒女一樣」。也正是在上述情感邏輯之中，《棘心》才完成了醒秋從離國赴法之前對於母親以及家園的依戀不舍，轉向到一種足以替代這種情感力量的更高亦更強大力量的皈依。而這種「替代」的完成，似亦喻示著一個全新的內在自我的生成或更新。儘管文本中並沒有用一種肯定的語言來描述醒秋的這種「轉變」，而是使用了「儼然」之類包含有不確定成分的詞彙，甚至在描述基

[9] 蘇雪林，《棘心》（綠漪女士著），第249頁，北新書局，1929年5月，北京。

督教的神的「無盡慈祥、無窮寬大」的力量之時，也是以「父親」為本體來進行比照。這似乎都為醒秋的精神皈依，留下了鮮明的中國印記，或揭示出一條蘇雪林式的精神皈依之路，「她在神的愛扶之下，滿足而又滿足」。[10]在這種滿足之中，表面上看父親、母親都可以被替代，但細讀之下，又會發現，這種替代似乎更像是一種暫時性的替代。這似乎也喻示了醒秋與異域他鄉之間的一種關係——故國家鄉遠在大洋之外，異國他鄉也就此成為「替代」，但這種替代並非是取代故園家鄉的終極地位，而是一種暫時性的替代。不過，即便是替代，它也昭示出一種事實，那就是對於現代中國知識分子來說，西方的力量，已經不再只是以西學為中心的力量類型，也不再只是一種知識文明或學術文明上的單一先進，甚至在情感生活、道德倫理乃至精神信仰方面，亦具有足以與中華文明相媲美的力量存在。「從前的悲苦，都已忘懷，像重新獲著一個生命了。尤其是使她舒暢的，是一身像沐浴於神的恩寵之中，換了一個新人格，過去的罪惡，已給聖水洗滌乾淨，白衣如雪，有如此際靈魂之純潔，神壇上氤氳馥郁的香氣，似是她將來德行之芳馨。」[11]這裡所謂「新生命」「新人格」，實在都是值得關注的詞彙，它所揭示的，也確實是這種新的宗教信仰帶給醒秋這個在異國他鄉留學的中國學子精神上的再造之功。《棘心》毫不掩飾地肯定並讚頌了「非我族類」的宗教信仰，並以這種皈依為幸運榮耀。這種描述，又不是在一種刻意呈現的對於母國文化的反叛與敵視語境中完成的。這正是《棘心》在敘事方面值得關注的所在。當胡適、冰心、徐志摩、徐仲年等大多以西方世界的自然山水以及人文生態來作為

[10] 同上。

[11] 蘇雪林，《棘心》（綠漪女士著），第250頁，北新書局，1929年5月，北京。

他們舒暢自我的描寫讚美對象之時，蘇雪林在當時的留學生文學敘事中，並不多見地直接面對留學生們更深層的精神現狀及需求，甚至直接描寫了他們如何面對基督教信仰，以及如何處理他們在這一精神信仰層面與故國家園的母體文化之間的內心糾葛。

當然，《棘心》中對於醒秋的這一「改弦更張」，甚至於重新獲得的「新生命」和「新人格」，在敘述過程中還是有所謹慎保留，而不是全然肯定。不過，這與其說是敘事者的一種刻意「安排」，還不如說是蘇雪林自己對此所持之「顧慮」。而醒秋這種無論是內在亦或外在的「改變」，呼應了空間上與母體文化之間的「距離」。而這種「疏離」，在某些方面甚至顯示出與昔日自我之間斷裂的跡象。而西學和西教，恰恰是造成上述「斷裂」最強大的結構性、系統性力量形態。醒秋的選擇，或自我的「背叛」與「皈依」，是清末民初留學過程中必須面對的一種挑戰，也是一個相對敏感的話題。晚清時期，無論是當年的幼童赴美還是庚子賠款返還初期的赴美留學，官方均採取了一定的監管措施，來維繫留學生在文化價值觀念上與母國文化之間的認同。但只要查閱一下當年留美幼童們寫給他們在美寄宿處的「美國媽媽」們的「家書」，以及像胡適的留學日記，就會發現留學生們的這種「背叛」，其實時時刻刻都在悄無聲息地發生。但需要澄清的是，這種所謂「背叛」，是一種單向的、不可逆的所謂對於母國文化的「背叛」，或者對於異域文化的皈依，亦或者是一種更高層面、更具有自由度的一種重新選擇或組合？毫無疑問，那種所謂單向度的、不可逆的「背叛」或皈依現象肯定是存在的，但更值得關注的，並非是前者而是後者，即那種在母國文化、異域文化彼此敞開的語境中重新自由選擇或自由組合，以及由此所形成的一種全新的文化主體和文化個體。這種文化主體或文化個體，既非原來全然由母國文化所塑造的那一主體或個體，亦非簡單由異域文化所塑造的主體與個體，而是一種重新選擇與組合之後的「新人」。對於這種「新人」，以及由此而給現代中國所帶回來的「新文化」，各方面的反應是複雜的。

不過，可以肯定的是，這種新文化，並非是簡單如醒秋在皈依之後精神世界裡所呈現出來的那一幕幕幻境：

> 她在那一剎那之頃，精神又飛入幻想的境界：她恍惚看見天堂之門大開，無量數天界的聖靈簇擁著聖父神子在彩雲裡冉冉降臨。榮光瑞氣中天使羽衣翩翩，環繞飛舞。喇叭之聲響徹下界，響徹諸天。這時候，山嶽低頭，海波歌嘯，垂落的太陽，放射熊熊的光焰，如被無限際的驚異所燃燒，萬樹伸臂向天，戰慄風中，像是虔誠的祈禱，五色的長虹橫亙青銅似的天空，表示永久的希望。地球上一切有生，一切無生一齊引吭高歌，與天風海濤，組成一部莊嚴雍穆的交響曲。她微弱的心靈，也自然而然的生出一種讚頌之聲，和著萬眾歡樂的脈搏，如水波動如雲飛揚，直達於神的寶座之下，讚美神偉大的創造功能！[12]

這是《棘心》中一段直接讚美神的文字，也是五四新文學文本中並不多見的讚美異域神的文字。但如果細讀，就會發現這段文字中的「神」，其實並沒有實質性的內涵，設想一下將那些羽衣天使替換成中國的「飛天」，似乎並無不妥。這說明，醒秋的所謂

[12] 蘇雪林，《棘心》（綠漪女士著），第250-251頁，北新書局，1929年5月，北京。

「改教」，其實更多只是一種形式上的「改變」。無論是之前與母體文化之間的關聯，還是來法之後的改弦更張，其實更多是與「青春期」的情感與思想躁動有關，譬如「失戀」之後所形成的情感空虛，亟需某種補充替代。當然也不能完全漠視醒秋自己對於這種「新生命」和「新人格」的感受。就在醒秋上述幻想浮動、繽紛呈現之際，《棘心》的敘事者又有這樣一段議論文字：但一切死亡，有不死亡者存，一切毀壞有不毀壞者存，一切虛幻有不虛幻者存，看吧，無邊黑暗和空虛中，仍然是存在著真實，閃耀著光明，顫動著永久的生命！她從前抓著現象的斷片，便認為造化的全體，看見鏡花水月的幻影子，便誤為宇宙的實在，所以她總感著幻滅的悲哀，總不免為人生種種問題所煩擾。如今她的心靈，不更和上帝隔膜。她靈眼忽開，像已窺見創造的神妙，她是大徹大悟，獲得一切的智慧了。[13]這段文字，似乎就是對醒秋之前腦際中所呈現的那一段幻想之補充說明，以此來說明醒秋對於天主教教義及教理的認知是真切的，也是有力量的。至於後面一段哲學家朋友、文學家朋友以及科學家朋友們的來信摘引，不過是一種敘事修辭而已，但它呈現的，卻是五四新文化運動之際的一種時代語境。

更為值得注意的是，《棘心》對於醒秋的「皈依」，並不是一種單向度的、不可逆的肯定式的描寫，而是在指明了這種改教皈依背後的個人情感經歷的原因，同時也對醒秋皈依之後對於基督教的重新認知予以描寫敘述，而且這種描寫敘述不僅僅是在基督教語境中，還向中國的儒家思想以及醒秋的個性乃至其母親對於她的言傳身教等等開放，這無異擴大了對於醒秋的「皈依事件」展開觀照討

---

[13] 蘇雪林，《棘心》（綠漪女士著），第251-252頁，北新書局，1929年5月，北京。

論的話語系統，尤其是將故國家園這一語境納入其中，也就彰顯了這一個人信仰選擇的跨文化意義。

與上述純粹在醒秋個人語境中所展示的信仰歷程，以及想像中的宗教家、文學家和科學家朋友們的反應相比，《棘心》中所描述的留法中國同學們對其「改教」的群起而攻之，儘管尚限於「謠傳」或個人想像，但顯然更接近於現實真實。而文本如此描寫的意義，就在於揭示了一種中國集體文化環境的真實：

> 她耳畔恍惚聽見千百種辱罵的聲音，眼前好像湧現無數宣佈她罪狀的檄文。一身幾乎被恥辱壓碎了。本來信仰自由，他人原不能干涉。而且她之皈依羅馬教，本屬光明正大，有何可以非難之處，但聽說有人要反對，她竟失卻了自信力，倒像自己真幹了什麼賣國行為似的。她又怕有人要污蔑她，將她信教的純潔動機，加以黑暗的推測，更怕這項攻擊之詞，傳到中國，使師友為她惋惜，父母為她含羞。她愈想愈急，急得沒有找尋處，倒想起她的救主來了。[14]

這正好說明，《棘心》中對於醒秋的改信，並非是一種單向度的、不可逆的敘述。當然，這並非是以醒秋重新回歸母體文化為終極結果的。事實上，小說中對於醒秋改信之後對於可能遭遇到中國留學同學種種非議攻擊的「想像」，從一個角度說明，母國文化與異國文化之間的界限，不僅存在，而且一直在或隱或現地發揮著影響力。值得關注的是，已經改信的醒秋，在想像這種四面楚歌的處

[14] 蘇雪林，《棘心》（綠漪女士著），第264頁，北新書局，1929年5月，北京。

境之時所表現出來的惶恐不安，以及對於可能的結果的預見，「仁慈的救主！請你展施你的神力，援救我吧。要是那攻擊真的實現，我是沒有勇氣活力的了！我是非死不可的了！」[15]而此時的醒秋，竟然是向異國的神祈禱，來幫助抵禦可能來自於留法同學們以及國內親友的指責批評。「巴黎聖心院」一章，既是對醒秋改信事實的一種延續敘述，也是對當時世界範圍內的各種思潮的簡要回應，當然更是從情感角度，對於自己「疏離」母體的一種自虐式的譴責懺悔。

四

當母體文化在諸方面似乎都顯得衰老、乏力之時，剩下來的，就是以一種情感折磨的方式，來拴住遊子之心了。

「巴黎聖心院」一章中，醒秋在聖母像前的懺悔與祈禱，其中竟然有這樣一段文字：

> 我來法之後，精神日夜不安，一句書都沒有讀到，只在「涕淚之谷」裡旅行了三年，能不說是我應得的懲罰呢？至於婚姻問題的波折，雖然不是完全我的過錯，雖然我曾極力制住我的情感，不教母親傷心，然而因為我不善處置之故，多少曾教她為我擔憂慪氣。[16]

上述敘述，顯然多處並不屬實，譬如所謂自來法之後，「精神日夜不安」，又譬如「一句書都沒有讀到」，多有誇張之嫌。如果

---

[15] 蘇雪林，《棘心》（綠漪女士著），第265頁，北新書局，1929年5月，北京。
[16] 蘇雪林，《棘心》（綠漪女士著），第291頁，北新書局，1929年5月，北京。

重新翻讀醒秋初到里昂之時在全新的自然環境與人文環境中所獲得的那種身體上以及精神上的愉悅與解放感，以及後來改信天主教之後那種一度表現出來的清堅決絕的態度立場，又何至於如此淒清悲戚呢？

但這卻是《棘心》在情感結構與敘事方式上需要設置的一個環節，也是故國家園與遊子之間如同風箏放飛之時不斷的那根連線一樣。在醒秋與故國家園的聯繫中，似乎就只剩下這「母女連心」一途了，也似乎只有這「母女連心」一途最有效力。而動搖醒秋在異國他鄉繼續「漂泊」下去或紮根下去的決心的，也就只有母親的病和病危了。

於是，一個道義和親情倫理意義上的孝女形象就出現了，這一形象，也是對此前那個幾乎已經完全為異域文化所「俘虜」的遊子的一個矯正。家書，開始重新顯示出其應有的道德倫理力量，儘管可能也是最後的一種力量。

這正是《棘心》在情感結構和敘事結構上帶有一定普遍意義的地方：儘管文本只是在頭尾不多篇幅中敘述了故國家園和母女親情，但它卻有「四兩撥千斤」的藝術效果。那種棘心之痛，一方面寓示耶穌為世人所忍受的痛楚，另一方面，是否亦寓示著醒秋乃至作者為親情所忍受的痛苦呢？那是自我澈底解放、自由發展所不得不承受的銘心刻骨的撕裂之痛，一個現代新人原本正是在此基礎之上才能夠真正站立起來，不過醒秋最終無法承受這種棘心的母女親情的撕裂之痛——如果說耶穌是因為宗教信仰的緣故而不得不為世人忍受痛楚的話，醒秋的痛楚，更多則是來自於母女親情不堪撕裂的棘心之痛。一個中國現代知識青年的遠遊故事，最終獲得了一個極富中國特色的情感與倫理歸宿。法蘭西之旅，依然未能讓醒秋真正獲得一種入心、攝心的力量和精神情感的落腳點。學術的法蘭西、自然環境與人文環境的法蘭西，乃至文學的法蘭西以及宗教的法蘭西，似乎都未能真正澈底改變醒秋。

這究竟只是醒秋的個人不幸呢，還是中國在從傳統朝向現代轉型過程中不得不承受的一種情感與倫理挑戰呢？

曾覺之：普魯斯特與《追憶逝水年華》

曾覺之（1901-1982）當年以解人筆名在《中法大學月刊》上所發表的散文集《歸心》，可以視為此間留學生文學的一個具有一定代表性的文本。據作者自己介紹，「這本感想錄是兩年前舊作，月余的海程，殊覺寂寞，日長無事，望海觀天之暇，隨心所之，信筆而錄，非論工拙，求能表示當時之心情而已」。但與那些幾乎在文學翻譯、文學創作、文學批評與文學研究之間兼顧並驅的中法大學同學相比，曾覺之此後更多是以文學批評家、翻譯家和研究家著稱，文學創作則逐漸稀薄。

此外，曾覺之的著述生涯還有一個特點，那就是自法歸國之後的一個時期，他的著述最為旺盛且成果豐碩，僅30年代就先後出版有《美術論》（譯著）[1]、《文學論文集》（論文）、《高特談話：高特忌辰百年紀念》（譯著）[2]、《心戰情戀曲》等[3]。另還有《浪漫主義試論》等引人關注。但在30年代之後，曾覺之的著述生涯漸趨黯淡，50年代之後基本上未見有影響力的與其專業相關的專門著述。

---

1 《美術論》，羅丹、吉塞爾合著，曾覺之譯，上海開明書店，1930年。

2 《高特談話：高特忌辰百年紀念》（譯著），曾覺之譯，上海：世界文化合作中國協會籌備委員會出版，世界書局發行，1935年。

3 《心戰情戀曲》，夏都伯利安著，曾覺之譯。上海：中華書局，1935年。

在曾覺之的早期著述中，對於法國文學、尤其是法國浪漫主義文藝及以普魯斯特為代表的現代派文藝的介紹評述為其專力用心，事實上這一時期曾覺之及其所主持的《中法大學月刊》，亦成為國內研究傳播法國文學、文化及學術研究的一份重要期刊。

1933年7月10、17日，《大公報・文學副刊》連續刊載了曾覺之（1901-1982）的「法國小說家普魯斯特逝世十年紀念」長文《普魯斯特評傳》。評傳一共包括四個部分，即（一）緒論；（二）普魯斯特之生活；（三）普魯斯特之著作；（四）結論。正如副刊編輯在編者按中所雲：普魯斯特逝世十周年紀念為去年十一月十八日。此文早已撰成，原當應於是日登出。乃因本刊稿件異常擁擠，不得已而緩登。業於去年底本刊第二百五十九期中特別聲明。祈作者與讀者共諒之[4]。

毫無疑問，這是國內文藝界首次以如此篇幅專門介紹這位第一次世界大戰後法國最為重要的作家，而且，恐怕也是第一次將普魯斯特的法文名字如此翻譯。此前在1932年《中法大學月刊》第一卷第三期上，曾經刊發過羅大岡翻譯的《戰後法國文藝思潮》一文，原文作者為Denis Saurat。該文譯自《當代歐洲文學運動》一書，後者1928年出版於倫敦，原為倫敦大學國王學院諸位教授講授的歐洲文學講稿之匯總，其中法國文學部分，由該校法國文學教授、法國人Denis Saurat講授。「這篇有關戰後法國文學的講稿介紹了戰後法國文壇的一般趨勢——懷疑主義，極致的自我集中，神祕主義，獨斷主義，右傾或左傾。其中著力介紹了負盛名的作家，如M・蒲斯特，描寫戀愛問題的懷疑主義小說家」[5]。在這裡，普魯斯特被

---

4 《普魯斯特評傳》，刊《大公報・文學副刊》，1933年7月10日。
5 《中法文化月刊》第一卷第三期，第77頁。

翻譯成「蒲斯特」。而在另一處由岑時祥翻譯的《小說與自傳》[6]（法國人Henri Massis著）中，普魯斯特則被譯成瑪律賽・柏魯士特。這至少表明，在曾覺之之前，國內法國文學研究界對於普魯斯特的名字的漢譯，尚無一致之選擇。而曾覺之的這一譯法，此後一直沿用至今。

有趣的是，儘管曾覺之留法八年，而且其專業為文學和哲學，但他1931年受聘的卻是北平中法大學服爾德學院（以法國思想家伏爾泰Voltaire名字命名的文學院）中國文學系系主任。同時代早就有關於那種向西方人講中國文化、向中國人講西方文化的「兩腳獸」式的學者的譏諷，但曾覺之卻以自己的法國文學背景，主持北平中法大學的中文系。其實這也並非現代教育史上的創舉或者唯一。這種做法不僅有周作人以日本文學背景主持燕京大學中文系在先，也有郭斌龢以西方文學背景主持浙江大學中文系在後。但這也至少說明，曾覺之並不屬於那種僅僅只能夠向國內學界同人或者一般讀者介紹西方文學並僅僅以此謀食者。

而同樣值得一提的是，在發表這篇普魯斯特評傳的同時，曾覺之還兼職支持北平中法大學的學術刊物《中法大學月刊》，而且在這個大量介紹法國文學、尤其是19世紀以來法國文學的學術批評刊物上，曾覺之也發表了數量甚為可觀、內容廣泛而且分析議論深刻精闢的文論，撮其要者即有《論翻譯》（第一卷第二期）、《阿達剌Atala研究》（第一卷第五期、第二卷第一期）、《浪漫主義試論》（第二卷第三、四、五期）、《維多雨果》（第八卷第二期）等。上述評論涉及到作家研究（《維多雨果》）、作品研究（《阿

[6] 《中法大學月刊》第三卷第一期，第9頁。

達剌Atala研究》）、流派思潮研究（《浪漫主義試論》）以及翻譯研究（《論翻譯》），這些已經足以顯示出30年代初期曾覺之作為一個法國文學研究家在文學批評方面的全面能力。

一

曾覺之的《普魯斯特評傳》，刊發於由以保守主義思想立場聞名的清華大學教授吳宓主持的《大公報・文學副刊》，這是一個乍看讓人驚訝甚至產生懷疑的事實。但《大公報・文學副刊》從1928年創刊，到1934年初停刊，期間刊發了大量介紹西方文學的評論、綜述、快訊等，這也是人所共知的一個事實。

曾覺之這篇長文中一個非常引人注目的地方，就是它所配發的相關照片。其中普魯斯特照片六禎，另普魯斯特小說手稿照片兩禎。普魯斯特照片分別為「兒童時代之普魯斯特」、「漂亮交際家普魯斯特」、「戀愛中之普魯斯特」、「壯歲徘徊之普魯斯特」、「中年厭倦遊樂之普魯斯特」、「老去幽居恍如隔世之普魯斯特」。僅從這些修飾語來看，曾覺之對於普魯斯特所持態度立場已昭然若揭。

事實果真如此嗎？在評傳「緒論」中，曾覺之用這樣一段文字，開始了對普魯斯特這樣一位在戰後法國文壇佔據顯著位置、但對中國文學界來說還相對陌生的當代小說家的介紹：

> 人類生活究竟有沒有一定的目的，殆是誰也不敢斷言的問題。不過人類要於自己的生活中造出一個目的來，使自己生活得集中而有所歸宿，又是十分顯明的事實。所以，不管在

> 理論上人生若五花八門而不可究詰，實際上，各人在各人的生活中都有相當一定的主腦；因為，人生得以維持不墜，人生所以興趣無窮，全由於有這預立的與希望的目的，至這目的是否能實現，則在所不計[7]。

在曾覺之看來，文人藝術家的生活的目的，就是藝術，「他們的生活完全規律在實現他們藝術的一點上；因為要實現他們的藝術，他們不惜以他們的生活為嘗試之工具。他們儘量地為各種生活，實在不過是使藝術得儘量充分的表現而已。」[8]循著這樣一種觀點，曾覺之得出這樣一個有趣結論，即文人藝術家的生活本身便是一件藝術品，且是最美最偉的藝術品，超過於他們所作的一切，或者說，「文人藝術家完全為藝術而生活，藝術是他們生活的目的」[9]。這是曾覺之介紹議論作為小說藝術家的普魯斯特的前提條件。他也似乎是在用這樣一種預先提示的方式，來減弱普魯斯特生活現實中的種種特立獨行的言行可能帶給讀者的刺激。「我們欲於此敘述法國現代小說家馬塞爾・普魯斯特的生活與作品；關於他的生活，常人每以他少年時這樣愛熱鬧娛樂的，後來乃完全與社會絕緣、閉門著書為可怪，以為他的生活有兩個時期的不同。實際上，這是一貫的：普魯斯特少年時的愛熱鬧繁華，完全為他的藝術設想；後來見時日無多，自己身體又多疾病，若不及時工作，著作將無成就之望，他於是一變從前習慣，完全著作。這是為使自己的藝術得以成就，他不得不如此」[10]。而似乎只有作如是觀，我們才可能真正走

---

7 《普魯斯特評傳》，刊《大公報・文學副刊》，1933年7月10日。
8 同上。
9 同上。
10 同上。

進一個藝術家的世界，作為小說家普魯斯特的生活與心靈世界，去在他的作品之外，感受另一部同樣由小說家普魯斯特完成的作品：他的現實人生。「我們從這一點去看他的生活，我們可以曉得一位藝術家可以資我們觀感的，固不僅在他的藝術作品而已」[11]。

藝術家們是否從自己童年時代開始，就在有意識、有目的地為了一個藝術的目標而「規律」自己的現實人生，這應該還是一個值得探究的命題，但曾覺之認為並不存在著兩個甚至多個普魯斯特，而只有一個普魯斯特的說法，卻可以澄清小說家的現實人生與他的文學作品之間所形成的內在緊張關係。而且，這種觀點也讓我們自然聯想起《大公報・文學副刊》的主持人吳宓。在文學與文人之間，吳宓似乎用自己的實踐，證實了曾覺之的上述立論。

但是，曾覺之的上述立論，也就是藝術家是為了一個明確而堅定的藝術目的而規律自己的現實人生的說法，卻馬上為自己對普魯斯特的童年生活的描述所破解，因為他在介紹普魯斯特的出身及早年生活的時候，強調的卻是他的家庭背景、血緣遺傳以及普魯斯特自己的健康等因素對他性格和早年生活所產生的決定性影響，而不是所謂藝術家自我設定的人生目的，一個為藝術的人生。他說，「父親為當時有名的醫生，他的善於觀察人物，殆有遺傳關係。母親屬猶太族，猶太人是具有矛盾特性的民族，人謂他能以十分孱弱之身抵抗死亡，是猶太人性格之表現，即他的思想文字，亦受母系方面的影響不小。他九歲後便有他終身不離而使他一生苦楚的呼吸器官病。自後他怕見陽光，怕與曠野接近，不能親花草樹木的芬芳鮮氣了」[12]。

11　同上。

12　《普魯斯特評傳》，刊《大公報・文學副刊》，1933年7月10日。

這是曾覺之所描述普魯斯特生活之開始，而這種開始，又幾乎直接影響到普魯斯特後來的生活乃至整個人生。而從這種論述中，我們似乎並不能夠感受到多少曾覺之上文中所提到過的藝術家的生活為一個藝術的目的所「規律」的說法，這也至少表明，任何一種籠統的概括，對於以追求張揚個性為突出特徵的藝術家來說，都未必會完全合適。

但如果放在普魯斯特的猶太血統和19世紀末、20世紀初的環境中，來論述普魯斯特的宗教信仰，或者說「宗教對他的幼年沒有留下什麼痕跡，在他的小說中也沒有神」，這樣的描述大抵不差，但也有些過於生硬。不過，曾覺之很快補充了上述有關信仰的論述，他說，「但因受母親的薰陶，他恨說謊，願犧牲，他性情充滿善意」[13]。而且他還是注意到了普魯斯特與20世紀的文學思想之間的關係，遂在傳統的宗教信仰之外，指出了普魯斯特思想中的這樣一種獨特性，「他喜歡凡在自然中是美的、善的、偉大的，在他所最厭惡，是那些不感到善的事物，不知情愛之溫媚的人們」[14]。不過，曾覺之循著這條線索對普魯斯特多情善感的童年生活的描述，卻多少讓人將他與盧梭及19世紀法國浪漫派的文學過於緊密地聯繫在一起，這一點未必十分符合普魯斯特早年生活的實際情況。

但曾覺之強調了普魯斯特早年學校生活中曾經對路易十四時代貴族社會生活所表現出來的「低徊往復」，以及他對動植物研究的偏好。而這兩點，似乎才應該是走進普魯斯特的文本世界和精神世界的有效現實途徑。與此同時，曾覺之也強調了普魯斯特在中學時代已經顯露出來的對於時間與記憶的敏感與關注。「他此時既覺得

---

[13] 同上。
[14] 同上。

我們心情感覺之豐富，不過以常人不留意，埋沒於黑暗中，不得出現於意識之幕上，因而人不曉得。而他卻曉得，若他為文學，他便願走這一條路了」[15]。這一表述符合普魯斯特寫作生涯、尤其是職業寫作生涯開始之後的狀況，但尚在中學時代的普魯斯特，是否就已經產生了這樣的自覺呢？或者說，普魯斯特究竟是在怎樣的一種自我言說語境中提出並強調對於黑暗中的時間——我們遺忘了的另一個自我——的追憶的訴求的呢？在《駁聖伯夫》「序言」開篇，普魯斯特這樣寫道：

> 對於智力，我越來越覺得沒有什麼值得重視的了。我認為作家只有擺脫智力，才能在我們獲得種種印象中將事物真正抓住，也就是說，真正達到事物本身，取得藝術的唯一內容。智力以往以時間的名義提供給我們的東西，也未必就是那種東西。我們生命中每一小時一經逝去，立即寄寓並隱匿在某種物質對象之中，就象有些民間傳說所說死者的靈魂那種情形那樣。生命的一小時被拘禁於一定物質對象之中，這一對象如果我們沒有發現，它就永遠寄存其中。我們是通過那個對象認識生命的那個時刻的，我們把它從中召喚出來，它才能從那裡得到解放。它所隱藏於其中的對象——或稱之為感覺，因為對象是通過感覺和我們發生關係的，——我們很可能不再與之相遇。因此，我們一生中有許多時間可能就此永遠不再復現[16]。

---

[15] 同上。
[16] 同上。

這是普魯斯特對於他的「追憶失去的時間」理論的最完整的闡述，而上述闡述儘管沒有強調、但已經清楚表明了的一點，那就是他對所謂「智力」及其在一個人的精神生活及內心世界活動中的作用的懷疑與否定。而這似乎也從一個角度回答了曾覺之前文中的闡述在哪些地方偏離了普魯斯特的「時間」理論。而且，普魯斯特也特別強調——這也是他的「時間」理論中往往被人們忽略了的要點——他並非是在追憶並試圖復現所有已經失去的時間。他說，「在我一生的途中，我曾在鄉間一所住所度過許多夏季。我不時在懷念這些夏季，我之所想，也並不一定是原有的那些夏日」[17]。他還說，「獲得這種失而復現，不僅智力對我們無能為力，而且智力也無法找到那些能使這些過去時間隱藏化入的對象。有些對象的時間你有意尋找，以便同你生活的那些時間建立關係，但這樣的時間也不可能在這樣的對象中找到它的寄寓之所。甚至有什麼東西可能再喚起那樣的時刻，它們也會隨之復現，即使是這樣，它們也將是詩意盡失的」[18]。

請注意上述引文中有底線的句子。普魯斯特用這種表述，切斷了自己與現實主義或者實證主義的文學主張之間的可能聯繫。而且，他也用這些表述顯示出，他所強調的感覺、印象、回憶以及與之相伴隨甚至成為其驅動的情感、欲望等，才是藝術創造的基礎，但普魯斯特並沒有將上述藝術創造的基本要素，同樣移植到一個小說家的現實人生當中，更遑論視此為一個小說家的人生目的了。而這也反映出，曾覺之在闡述普魯斯特的藝術人生時，可能犯了一個倒果為因的不大不小的錯誤。

---

17 普魯斯特，《駁聖伯夫》，王道乾譯，白花洲文藝出版社，1992年9月，第2頁。
18 同上。

幸運的是，這樣的錯誤在他的「評傳」中並非處處存在，也沒有因此而嚴重影響到他對普魯斯特藝術人生的基本立論與分析闡述。譬如，他列舉了普魯斯特服兵役的經歷，列舉了他為了不忤逆父親的願望而選擇了巴黎大學法科及預備學校的事實。而這些也都進一步說明，普魯斯特並非早早地就在按照一個小說家的目標來規劃設計自己的人生。於是，曾覺之突出了伯格森的心理哲學對普魯斯特的影響：大家曉得普魯斯特對於時間的觀念，生活的意義，智慧的職務，無意識的蘊藏等，都與伯格森的哲學相似[19]。對於兩人之間的這種關係，究竟是一種影響與被影響的關係，還是一種暗合或者引發照亮關係，曾覺之沒有斷然論之，但他接著寫到，「他似是伯格森哲學的親身經歷，親身感到，親身實驗者。他或者因為伯格森的指示而更明瞭自己的使命，益相信自己的腦中有特殊的東西在」[20]。

而普魯斯特也似乎從這時候開始，才產生了成為一個文人、過一種有目的規劃的藝術生活的具體行為。「他要為文人，他於是聯合一班青年朋友，各人出錢，辦一個雜誌，名《宴會》。這些青年都很興趣於當時社會歷史政治文學藝術的運動，努力介紹外國的文藝思潮」[21]。

二

但曾覺之否定了那種認為普魯斯特在成名之前只是一個「時髦而無所謂的作家」的認識，認為固然當時普魯斯特喜歡交際——尤

---

19 《普魯斯特評傳》，刊《大公報・文學副刊》，1933年7月10日。
20 同上。
21 同上。

其是與他後來幾乎與世隔絕的生活相比——而且認識當時名人甚多（他的文集《娛樂與時日》即有法朗士的序言），但倘若因此而將普魯斯特視為一個紈絝子弟一類的青年，或者巴黎的名人社交場上的常客，「這是人們對他一生不能除開的一種誤解」。

曾覺之將普魯斯特的生命意識與死亡意識以及「時間」理論的形成，與他呼吸器官疾病的不能根除及他對此的敏感與複雜感受聯繫起來所展開的介紹分析說明，是言之有理的。而他對普魯斯特一段社交生活經歷與他的小說創作、尤其是他後來的作品中的人物和場景細節描寫之間關係的闡述，包括這些經歷留存在普魯斯特記憶當中的纖細，這到底是應該歸因於普魯斯特記憶力的驚人，還是作為一個小說家的才能，則是一個見仁見智的問題。但多少與篇幅方面的受限有關，曾覺之似乎難以展開分析說明普魯斯特的這種社交生活，與一般社交熱衷者的社交生活之間的異同，而且也沒有更深入地闡述普魯斯特在當時的社會界中為時代名流所青睞歡迎的真正原因。但對於有著曹雪芹和《紅樓夢》閱讀經驗的中國讀者來說，普魯斯特這段紙醉金迷般的奢華生活可能給他後來的小說寫作產生的影響，似乎並不難理解。但這樣的生活經驗，並非可以直接催生出《紅樓夢》或者《追憶逝水年華》這樣的小說。文本世界，是小說家在現實經驗基礎之上的「虛構」。這樣的「虛構」，不只是人物、故事、情節上的「想像」，更是對生活、生命以及意義、價值等命題的思考與想像。

而普魯斯特對於生命流逝的敏感、對於死亡之神隨時會降臨的潛意識中的畏懼，與他不得不通過一種完全將現實、將時間、將自在的一切忘記的社交狂歡的追逐矛盾地交織在了一起，折射出了潛心寫作之間的普魯斯特內心世界的複雜與掙扎，而不僅僅只是輕浮地將生命與時光揮霍浪費。但這樣的掙扎，在一直甚至帶有一些縱容地保護著他的母親去世之後而發生了變化。這個時候，普魯斯特對於已經逝去了的生命時光——那是他的生命的一部分，鮮活而熱烈的一部分——的追憶與留念，對於這部分時光和曾經的生命美好的抒寫，開始佔據他的意志，「他曉得是時候了，他於是要斬斷繁華生活專從事於著作了」。

這是普魯斯特生命歷程中一個新階段的開始，一個幾乎完全自閉的階段。「他自後便遷居在四周全以樹皮保護的房子中，他不能聽外面的聲響，窗子常閉，他不能受新鮮的空氣。他的病使他怕聞一切的香氣，他不注意房內的裝飾，不願有鮮花，他很愛鄉間的景物，不過想想而已，他不能享受」[22]。曾覺之的這段文字，讓我們自然想起普魯斯特《駁聖伯夫》中的「睡眠」「房間」中的文字內容。但需要說明的是，這種生活，並非是普魯斯特為了一個藝術的人生目的而有意識地「選擇」的，而是因為身體健康，因為自我壓迫式的「習慣」等等而促使導致的。從1906年到1922年，在這段時間裡，普魯斯特「生活在他失去的時間中，即他正在重出他的紀念於他的小說中」。如果僅僅從他對自己早年生活經驗的依賴來看，我們似乎不大容易理解為什麼普魯斯特會去批評現實主義和實證主義式的寫作主張。但是，如果我們理解了普魯斯特所謂進行藝術創造的人並不是社會實踐中的人，而是人的「第二自我」或所謂深在自我這樣的觀點，我們也就會理解這一階段有時候他還是會重返當年的社交場中的原因所在：他不是在表層式地應證當年的某些東西，而是在追尋寄寓或者藏匿於那些時間對象當中的「時間」——

---

[22] 《普魯斯特評傳》，刊《大公報・文學副刊》，1933年7月17日。

一種曾經失去的鮮活的生命時光。

而「評傳」對於普魯斯特主要作品寫作經過的描述，以及對他如何在專業讀者和一般大眾中逐漸確立起聲名過程的描述，特別是對普魯斯特與死神賽跑，專力於寫作情形的描述，飽含了同情與肯定，也因此，一個文學生命的高尚與可貴，也昭然於曾覺之的文字之中。

與「評傳」中對普魯斯特看似有些偏執怪異的行為方式的描寫介紹相比，曾覺之對普魯斯特的《失去時間的找尋》（現譯《追憶逝水年華》）內容的擇要介紹，似乎更值得予以關注。

他說，普魯斯特這部長達四千頁的巨著，是「一個神經質，一個感覺很是敏感的小孩的長成史，或者是一部心史。一個個人的進展史」[23]。他還說，「這個人沉潛於人生中，覺得生活的膚淺無味，而漸漸深求，一步步找尋，結果發現自己的志向，自己的使命，自己應該做的是什麼，同時又找出人生的真正意義。全書於是終結」[24]。他還說，這部巨著並不像作品的標題那樣，給人一種強烈的哲學意味，相反，它處處描寫的，是纖細的實質性的真實。不僅如此，它所描寫的，也是敘述者「情感內心的生活」與「貴族社會的生活」兩面，而這兩面實際上是一個完整生命曾經經歷的生活歷程。

而在對這部20世紀法語文學巨著各卷內容作了一般介紹之後，「傳記」作者這樣追問，「這樣的一部著作的重要，在什麼地方呢？普魯斯特的特殊貢獻而有異於以前作家的，是什麼呢？」。為了回答上述追問，「傳記」作者先是談了一段有關近代學術知識的

---

[23] 同上。
[24] 同上。

進步的話題，認為「從絕對到相對的轉變，在近代思想上是非常重要的，可以說，一切近代的學術知識都從此流出來」。而這種相對的觀念「必然的也是要應用到對於人的研究上」，而在此方面，「最大的一點是從前的心理學僅注意於人的智慧生活，絕對的理性的抽象的人心，而以情感因人而變異為不當研究，且無須研究。近代心理學正相反，覺得人的大部分生活是在情感生活中，情感是人生的原動力，我們想真正地認識人，非研究人的情感不可；而我們所謂意識的，僅不過是人生中的一小部分，人的大部分生活，是在那麼深奧的無意識中。因心理學上有這一部分的改變，近代的心理研究者便開闢出無限的田地，而對於人得到更深的認識，自不待言而明白了」[25]。

而20世紀文學受到這種思潮的影響是顯而易見的，因為文學是表現人生的。這種文學上的影響或者改變，在曾覺之看來，在20世紀初期的法國文學中尤為明顯，一個鮮明的例證，就是小說作品中出現了文學「新人」。而在此方面，普魯斯特的貢獻則尤為顯著。「他的著作是描寫人心的，他所寫的，他所認識的人心的深刻真實，罕有倫比。一方面繼承前人而更加深入，別一方面而開闢出許多法門便後人可以再進」[26]。

而對於普魯斯特在其著作中所使用的方法，以及因此而得到的結果，包括在文學史上的地位，「評傳」作出了這樣的歸納概括。首先，普魯斯特的作品之「難讀」，在於作品「內容的新鮮」和「文字的冗長」。而對這兩點，曾覺之給予了這樣的闡釋，「內容新鮮，自非以特殊的文字表現之不可。許多批評家責備他的文字的

---

[25] 《普魯斯特評傳》，刊《大公報・文學副刊》，1933年7月17日。
[26] 同上。

不簡捷，殊不知他正要這樣繁重的語句方能表現他的思想。……他不是從事外表的平面描寫的唯實派，他要深入人心，他以為真正的人，是在平常人所不能見的隱秘處。達到這隱秘處，方是看見真正的人」[27]。而要達到這隱秘處，唯一可用的方法，不是智慧或者理性，而是所謂的直覺或者直觀的方法。而這似乎也就成了普魯斯特的小說所以不同於平常的理由。

顯然不止如此。普魯斯特小說文本中所凸顯的「變化」，與「時間」在變化中的作用與意義，已經不是傳統意義上的對於人生、時間的空泛感歎，而是有著深刻的思想背景在其中。曾覺之認為，「普魯斯特相信宇宙的一切都在不停息的轉變中，什麼都在變。……因此他重視時間，重視時間對我們的影響」[28]。「普魯斯特十分親切地體驗到，特為我們在他的作品中指出時間對於人類生活、對於人類情感的重要。同時他描寫他的人物也長在進展中，因為這些人物受時間的支配」「普魯斯特的小說中的人物與別的小說中的人物不同的，即因這點：這些人物當是不停的進化的，不像別的小說中的人物，似是定型。……讀普魯斯特的小說，看其中人物的進展，每每出人意外，而常有種種非望的喜悅，即以作者捕捉到人生的這種真實性，使讀者覺到這才是人生，毫無偽飾的人生」[29]。

而普魯斯特小說文本中對於細節和細節描寫的高度重視，也為曾覺之所注意。他說，「普魯斯特是以深入的方法，探求真正的人心的。同時又注意於外表社會的生活，為十分精細的觀察」。「可

---

[27] 同上。
[28] 同上。
[29] 同上。

以說，他的藝術即在於外表內心的同時刻畫」。而對於普魯斯特在法國文學史和近代文學上的意義這樣的命題，曾覺之儘管表現得頗為謹慎，而不是像那些二三流批評家那樣靜態地看待自己的批評對象。他說：

> 普魯斯特在他的作品中，想以精微的分析力顯示真正的人心，想以巧妙的藝術方法表現出科學的真理。即他的野心似在使藝術與科學合一；我們不敢說他是完全成功，但他的這種努力，他使這種努力所得的結果，我們可以說，後來的人是不能遺忘的。他實在有一種新的心理學，一種從前的文學沒有的心理學；他將動的觀念，將相對的觀念，應用在人心的知識上，他發現一個內是嶄新而為從前所不認識的人。這是近代的人，近代動的文明社會中的人。則他的這種發見的普遍性可想而知[30]。

他還說，「普魯斯特的影響正在發展，我們不能估計，與其說他是承繼前人，不如說他是開啟後人，想不久當有聞風興起而創作更為瑰瑋美麗的作品」[31]。

三

曾覺之的《普魯斯特評傳》一文，並不是他的法國文學批評中最為重要的一篇，但卻有其不宜遺忘的意義在。首先，將在時間

---

[30] 《普魯斯特評傳》，刊《大公報・文學副刊》，1933年7月17日。

[31] 同上。

上如此貼近的一個西方當代作家及其作品進行介紹批評，這樣的文學文本信息對於當時的中國文學界無疑是及時必要的，而也正因為其時間上的如此接近，便給評論帶來了判斷和預言上的挑戰。但通讀全文，曾覺之顯然勇敢而沉著地直面了上述挑戰；其次，將普魯斯特這樣一位對於其母語讀者都感覺到閱讀困難的當代作家的作品相對完整地介紹給中國讀者，其中需要斟酌的地方之多是可以想像的，而《普魯斯特評傳》的作者顯然也小心謹慎同時又客觀冷靜地解決了上述問題；再次，如何公允地評價普魯斯特及其文本中所表現出來的20世紀意識，或者西方的現代性，如何在20世紀的哲學、心理學、社會學和文學等思潮的背景語境中，來介紹西方當代小說寫作的創新，尤其是通過普魯斯特的個人努力所開啟的一個現代小說的新紀元，曾覺之的帶有一定預言性質的評說，也大多為後來的文學事實所證實。這也從另一個角度說明了這篇評傳所表現出來的真知灼見。而在可能是國內第一篇如此篇幅介紹普魯斯特的文字中，其立場之中立，觀點之公允，介紹之沉著，分析之貼切，議論之精闢，均達到相當深度與高度，這也進一步反映出，作為法國文學研究家和批評家的曾覺之，在30年代法國文學的研究批評方面所顯示出來的扎實厚重之功力。

徐仲年：「過去的歡樂，分外甜蜜？」[1]

徐仲年（1904-1981）的文學著述家身分，因為種種原因基本上被淹沒和遺忘了。晚年的徐仲年，以其在詞典編纂以及文學翻譯方面的貢獻而為人所知。而其實，早在其留學法國時期，徐仲年就不僅是一個海外留學生中的文學著作家，而且還積極地參與到國內的新文學與新文化運動中，與「淺草社」重要成員林如稷曾一度在里昂同學，被認為是「淺草社」的海外成員。[2]

在李塵生編纂的《1921-1946年里昂中法大學海外部同學錄》中，徐仲年的相關信息如下：

> 徐頌年 江蘇 1902年生 男 文科 1921年10月4日入學 1930年7月31日返國或離校

而在《里昂中法大學博士論文目錄》中，徐仲年的相關信息如下：

---

1 出自徐仲年、侯佩尹合譯的《虞賽的情詩》，商務印書館，1939年。

2 許定銘，《徐仲年的一篇手稿》，刊《現代中國文化與文學》，2009年第2期，成都。另，在其短篇小說集《雙絲網》自序中，徐仲年曾言，從十六歲起，他就已在《時報》、《京報》、《晨報》等副刊及《淺草》上用不同筆名發表作品。其中部分收錄在其《陳跡》（北新書局，1933）中。歸國伊始的徐仲年，費心編輯這樣一部早年的文集，顯然不是對出國之前文學創作歲月的告別，而是一種緬懷和重新開始。他之後再長篇小說以及短篇小說創作方面的成績，證實了這一判斷。

Hsu Sung-nien（徐頌年）Li Thai-po/par Xu Songnian.-Lyon:Bosc Freres & Riou, 1935.-194p.;25cm

1930年，留法9年的徐仲年，以《李太白》一文獲得博士學位，回國開始了他的大學教師的職業生涯。而實際上，此間徐仲年仍傾心於文學寫作，著述頗豐：

> 一九二〇年代留學法國讀文學的徐仲年（一九〇四－一九八一）是我國著名的學者，他一九三〇年回國後，一直任教於各大學，專注於中法文學的翻譯研究，一九五〇年代並曾主編解放後出版的第一部《簡明法漢詞典》。其實徐仲年早年是喜歡創作的，一九三〇及四〇年代，曾出版過散文及小說集《旋磨蟻》、《沙坪集》、《流離集》、《鬻兒記》、《雙絲網》……等多種。此中特別引我注意的，是出版得較遲的短篇小說集《春夢集》（上海世界書局，一九四八）。[3]

這段文字，是對徐仲年作為文學著作家身分與經歷的概述。在徐仲年的身上，充分體現了中法大學學院派、學術、文學的三種傳統，並將這三種傳統較好地結合在了一起。

[3] 許定銘，《徐仲年的小說》，刊香港《大公報・大公園》，2013月4月22日。

一

在上文對徐仲年的文學著作生涯的概述文字中，沒有提及《雙尾蠍》。而這部小說，與蘇雪林的《棘心》一樣，是20世紀上半期留學生文學中富有特色的小說文本之一。幾乎所有以里昂或中法大學為背景題材的文學著作，大多帶有著述者個人的經歷及傳記色彩，徐仲年的《雙尾蠍》亦不例外。考察這部小說，不僅有助於我們瞭解20世紀初期里昂中法大學學生們的留學生活，而且也可以讓我們深入到當時留學生們的內心世界，在他們的專業學術生活之外，瞭解他們的日常生活。

作為一部長篇小說，《雙尾蠍》在文學藝術上的成就一般，但作為一部文獻，尤其是關涉中法大學留學生生活的歷史文獻，《雙尾蠍》卻為我們提供了許多被留學光環遮掩著的人性的、國民性的細節描述，譬如當時的中國知識青年究竟如何看待留學、留學生之間的男女關係以及戀愛、留學生之間的競爭乃至妒忌陷害等等。所有這些，一定程度上豐富了今天的讀者對於當年留學史的感受。

《雙尾蠍》分上、中、下三部。上部1937年6月30日完成於浙江嘉定。此部包括出國、留學兩部分，以楊明輝、袁瑛夫婦雙獲博士學位、且愛情家庭經過了小小波折之後仍得圓滿保全，計畫返國。

與《圍城》所不同的是，《雙尾蠍》是一部在空間上完成的中國——法國——中國的敘事文本。換言之，這也是一部典型的留學生文學文本：留學生活是其中極為重要不可缺少的部分。而如何描寫敘述留學生活，則大體上可以反映出敘事者、被敘述者之間的「關係」。而無論是《棘心》還是《雙尾蠍》，完成時間都在《圍城》之前。當《圍城》以航行在紅海上的郵輪中的方鴻漸的「豔遇」開始其敘事之時，這無疑是20世紀上半期留學生文學的一種全新的敘事方式：從歸國作為故事的開始。

如果按照一部文學性的歷史文獻來讀，《雙尾蠍》第一部分中有三個情節值得關注，其一是楊明輝、殷智本、余家煌三人「結義」，以及利用這種結義場合來表現對待留學的三種不同看法。這也較為真實地反映了當時中國中下層知識分子對於留學與人生事業、家國前途之間關係的認知。也正是從這裡，我們可以找到解讀《圍城》中方鴻漸等人的心理、事業、人生的某些啟發或線索。其二是楊明輝、袁瑛的相遇、相愛與成婚。完整地描寫一對留學生之間的愛情故事，這在當時的留學生文學文本中並不稀見。不過，《雙尾蠍》有一種兼顧知識分子的價值取向與市民日常生活趣味的平和，相對完整地敘述了一對遠在異國他鄉的學術青年之間的情感生活。留學生的個人情感生活，在局外人當中或不過是名人緋聞、學業花邊，但在當事人心中，未嘗不是銘心刻骨之青春記憶。其三與其二有所關聯但又相對獨立，就是敘述殷智本如何心存不軌，並惡意陷害楊明輝，以及楊明輝夫婦如何得到外助，轉危為安，揭示了留學生群體中同樣存在著的人與人之間的矛盾乃至糾葛。上述三部分，分別從社會認知、留學生的學業生活（偏於理想）以及彼此之間的競爭乃至陰謀（偏於現實）三個方面——即外部、內部、內部——平心靜氣地娓娓道來，並不將敘述糾纏於當時新文學文本中較為常見的國內與國外、新與舊、土與洋等的「對比」方面，亦未落於到當時一些「時尚」思潮的窠臼藩籬之中。

與第一部分相比，第二部分的「國內」，無疑是寫吃過了洋墨水的歸國留學生們——也是現代中國的高級知識分子們——如何與現實中國相處。值得注意的是，第二部分開篇即自九一八事變始，直接面對現代知識分子們的家國意識，尤其是在國家民族遭遇外侮之時，這些接受過現代西方教育和學術思想訓練的知識分子，如何自處、如何處世，又如何救國，這是考察這些青年知識分子的社會責任與國家天下擔當意識頗為便捷的方式。儘管小說在描寫刻畫人物形象（譬如殷智本）時略顯面譜化，但在揭示留學生群體中所存在著的某些「陰暗面」方面所表現出來的批判現實之坦率與勇敢，令人印象深刻。譬如其中有一段文字，描述同為留法同學的裴玉卿當年如何覓友不得、直到歸國依然待字閨中時，這樣寫道：

> 玉卿留法六年——與瑛一樣——所認識的朋友不在少數，自己的美麗又不輸於瑛，只是她朋友中沒有像明輝那樣的人！大概留學生，除了若干沒出息的，一個「表面」總是有的，法語所謂Avoir du verais的便是。若論實學，如明輝的人，不是沒有，卻是難得。玉卿人很聰明，又極用功，自己根基一牢固，難免看不起那班浮華的公子哥兒，繡花枕頭。因此耽誤至今，尚是抱璞含真。[4]

這裡的裴玉卿，簡直就是《圍城》中蘇文紈的翻版。而文中從女留學生視角對於當時留學生群體毫不隱晦與客氣的「認識」與針砭，雖與清末民初「鴛鴦蝴蝶派」小說中常見的從城市市民角度

[4] 徐仲年，《雙尾蠍》，第94頁，獨立出版社，1940年1月，重慶。

對於留洋學生的阿諛奉承或嘲諷戲謔或有相近之處，但卻有這種類型的小說中所缺乏的相對客觀、中和與誠實。而在寫作及出版時間上，《雙尾蠍》都要比《圍城》略早。當年的中法大學，是女留學生人數、修習文學的人數以及以中國文學為博士論文課題的人數均居前列者。《圍城》中將蘇文紈留學的學校，選定在里昂，除了與錢鍾書、楊絳夫婦當年留學期間曾經到訪過里昂之外，是否與《雙尾蠍》、《棘心》這類留法學生的小說文本有關亦未可知。

《雙尾蠍》中對於留學生的批評立場，在第二部分中得到了多方面表現。除了上述裴玉卿就擇夫婿一事的心理展示外，尚有多處。譬如袁瑛在向裴玉卿介紹余家煌時，有一段有關出洋與未出洋之間的比較說法，儘管有所偏激，但其中對留學生群體所持保留態度，在洋風盛行甚至於崇洋媚外的20世紀初期，具有一定的思想認識意義：

> 你以為一出洋，弄到了什麼「碩士」、「博士」回來，就個個肚子裡有東西嗎？往往肚子裡只有亂草！而且，這班仁兄仁姊，十之七八忘了自己的立場，幾幾乎想不起自己是中國人，只知為留學國宣傳，用以抬高自己的身價；請問有幾個人能在留學國，或向留學國的人民，宣傳中國文化呢？第一，此輩對於祖國的文化，自己不甚了了，叫他們宣傳什麼？第二，「遊學」常是「學遊」，優哉遊哉，可以卒歲，根本不肯用功，留學年數雖多，說不順留學國的言語，寫不通留學國的文章！何「士」之有？何「碩」何「博」之有？他們非漢非洋，不中不西，只能憑著一知半解，招搖撞騙，吃自己的飯，幹他人的事，一輩子當准漢奸、當准亡國奴而

已！有甚稀罕？[5]

這段話，出自袁瑛之口，而其如此性格，在小說第一部分中並沒有展示過或留有鋪墊；而聽話者，則為裴玉卿。而裴玉卿並非是足未出洋的余家煌。袁瑛的這番慷慨陳詞，說給同為留法同學的裴玉卿聽，不免有點找錯了對象。換言之，上述這段文字，敘事者不過是借袁瑛之口，對留學生群體以及國內一般對於留洋學生的盲目推崇的現象予以批評而已。[6]不過，如果將《圍城》中的方鴻漸、趙辛楣、蘇文紈、董斜川、褚慎明一幫英法留學生在滬上一家餐館中的「雅聚」結合起來讀，袁瑛的上述一番激憤之詞，並非無的放矢。

與《圍城》一樣的是，《雙尾蠍》亦構思完成於亂世。戰爭、國難構成了楊明輝、袁瑛這兩位留學生伉儷的愛情、婚姻、家庭以及學術事業的背景，但最終將他們的幸福、理想毀滅的，並不是所謂的國難，而是結義兄弟的嫉妒與陷害。《雙尾蠍》第二部分，以楊明輝、袁瑛夫婦的學成歸國為時間線索，以殷智本陰險的報復陷害為故事線索，以楊明輝、袁瑛兩人之間的愛情為情感線索來展開敘事，以袁瑛的死、楊明輝與袁瑛之家的破亡為結局，一方面描述了一個讀來令人驚悚的世情人性片段，另一方面亦無可奈何地提出一個現實命題，那就是留學生們歸國之後在中國土壤或本土社會文化環境中的生存問題。如果說中國現代歷史上的那些留洋名士的現

---

5 徐仲年，《雙尾蠍》，第104頁，獨立出版社，1940年1月，重慶。

6 《雙尾蠍》中不少情節、人物均有所本。甚至連楊明輝、袁瑛留法期間的博士論文導師，亦非杜撰。譬如，馬立斯・古恒（Maurice Courant），在小說中為袁瑛在里昂中法大學的博士論文導師，而楊明輝在巴黎大學的論文導師為亨利・麥斯貝和（Henri Maspero）。而現實生活中，古恒不是袁瑛的導師，而是徐仲年的博士論文導師（見徐仲年《海外十年》）。參閱楊振《里昂中法大學與一個現代中國文學研究者的養成》，《中國比較文學》，2013年第1期。

實人生，為我們展示了留學生國內生活的一種命運的話，《圍城》與《雙尾蠍》中的方鴻漸、袁瑛、楊明輝等，則為我們展示了留學生國內生活的另一種現實：在看似風光體面背後的危機四伏。楊明輝、袁瑛的家庭悲劇，看似不過是出自楊明輝的交友不慎，以及殷智本窮凶極惡的陰險毒辣的報復誣陷，但同時也與楊明輝、袁瑛等人在中國近乎毫無抵抗力的現實生活能力。袁瑛的自盡，看似有一番臨終前完整的心理展示，但這一方式本身，實在看不出他們在強調自由與獨立、人權以及個人權利的法國，究竟學習到了什麼。倘若自己的生存——主要是精神意義上和心理意義上的生存——都尚未真正解決，所謂救國又何從談起呢？「九一八」之後上海英租界以及日租界的幾次市民遊行，以及最後的不了了之，實際上與擔任其中之領導者的楊明輝這種不諳中國社會以及世道的海歸派的「無能」不無關係。而楊明輝的個性以及歸國之後的可能的命運，在方鴻漸身上得到了更為藝術化的描寫表現。

其實，《雙尾蠍》第二部分多次從不同側面觸及這一命題——袁瑛在裴玉卿面前就是否留洋就意味著知識、學問的一番慷慨陳詞，已經表明敘事者對於近現代以來中國的留學運動的反思。而有意思的是，《雙尾蠍》的第三部分，則是以余家煌與裴玉卿這一中一洋之間的結合作為開篇，而具有莫大反諷效果的是，在法國獲得巴黎大學優等成績學成歸國且秉性仁厚的楊明輝，竟然一變而成為上海灘上一個私攜槍支、為妻復仇的「基督山伯爵」。手無縛雞之力的楊明輝的「轉變」，從一個側面反映了留學生歸國之後的水土不服，當然也揭示了當時中國社會的混亂無序以及人性的險惡，但這恰恰是留學生們學成歸國之後可以有所作為的所在，遺憾的是至少從楊明輝、袁瑛夫婦身上，我們並沒有看到他們在此方面於社會改造應有之貢獻。

《雙尾蠍》第三部分以袁瑛之死、楊明輝失蹤以及余家煌、裴玉卿結合開篇，似乎喻示著一個看似美滿、理想的留學故事的悲劇性的結束，以及一個更具有生命力的土洋結合的愛情故事的開啟，或者說再次應證了所謂「適者生存」的叢林法則。但令人意外的是，小說並沒有如此安排，原以為熟悉本土生存法則的余家煌，竟然也慘遭毒手，未能倖免。反倒是原本書生意氣、手無縛雞之力的楊明輝，一轉成為淞滬抗戰時期市民團體反奸肅諜組織的領導人。而實際情況是，徐仲年此間竟然有與楊明輝頗為相近的經歷，「我自己呢？受上海市各界抗敵後援會國際宣傳委員會之囑託，……主持法文宣傳與法語播音。」[7]而這段經歷及見聞，無疑為楊明輝在妻亡之後的救國與鋤奸，提供了情感基礎和生活積累。而《雙尾蠍》這樣一部原本以留法學生的留學與歸國生活為題材線索的小說，亦正式轉入到國破家亡的抗戰語境之中，而原本懷著學術事業之夢想的楊明輝、袁瑛夫婦，亦就此被拖進戰爭與個人恩怨的漩渦之中。

第三部分的淞滬抗戰，無疑是同時期並不多見的正面描寫上海市民團體的積極支援抗戰以及少部分國人的淪落投敵題材的小說。儘管《雙尾蠍》在描寫戰爭方面文學手法技巧稍顯粗疏簡略，但在展現歷史真實、尤其是描寫上海市民階層與戰爭之反應方面令人印象深刻。其中尤為突出者有三，一是士兵的英勇無畏；二是漢奸的叛國無恥；三是市民階級的同仇敵愾。《雙尾蠍》大概第一次將兩個留學里昂的歸國留學生，描寫成為分屬於兩個不同陣營的對手：

---

[7] 徐仲年，《雙尾蠍》，第200頁，獨立出版社，1940年1月，重慶。

一個是愛國者，一個是叛國投敵者。而楊明輝放棄大學教授職位、投身於抗敵陣營，並最終投身於抗日義勇軍，這一故事儘管屬於小說想像虛構，甚至亦因此而顯生硬，但在國仇家恨的交叉敘事之中，亦有其自然的情感邏輯與思想邏輯。《雙尾蠍》亦就此而成為一部走出了純粹的知識分子生活局限的抗戰敘事文本，這在抗戰才剛剛展開的1937年是頗為難得的——《雙尾蠍》的第一、第二兩部分在1937年的10月即已完稿。

這裡稍微展開一點，就《雙尾蠍》中殷智本這一文學形象略述一二。為什麼徐仲年要在留學生中塑造這麼一個庸俗市儈、投機取巧、奸猾陰險而且背叛朋友和祖國的人物形象呢？這是否與徐仲年個人留法生活之間存在著某些關聯呢？至少殷智本式的人物，在現實生活中給徐仲年造成過某種創傷記憶，否則不至於在小說中對這一形象的刻畫描寫不留任何餘地，直至最終被一群惡犬撕咬而亡。這種幾乎非要飲其血、食其肉式的刻骨仇恨，難道僅僅是因為國仇嗎？顯然不是。《雙尾蠍》中楊明輝與殷智本之間的愛情與事業競爭，尤其是殷智本對於楊明輝的陷害，幾乎到了毒辣瘋狂地步。這是否映射了當年留法學生中某些不堪公之於眾的事實呢？《圍城》中錢鍾書諷刺戲謔地揭示出來的留學生中混時間、混文憑、混教職的現象，是否僅僅只是個別現象呢？殷智本這一文學形象的出現，似乎是要說明《圍城》中對於留學生群體中某些「陰暗面」的揭露還是頗有保留的。

無獨有偶。《雙尾蠍》中也提到了袁瑛和楊明輝的博士論文導師，令人震驚的是，袁瑛的博士論文導師，乃真名真姓。這位法國漢學家實際上就是徐仲年自己的博士論文導師。而且，就是這位名叫古恒的漢學家——也曾一度為里昂中法大學的負責人之一

——1935年去世之後一年，徐仲年在其1936年出版的《海外十年》一書中，對自己當年的博士論文導師進行了不留情面的指責。而在又一年之後的《雙尾蠍》中，徐仲年再次提到了這位法國漢學家，同樣進行了「指責」。徐仲年對待自己博士論文導師古恒的這種態度，讓人對其《雙尾蠍》中所出現的殷智本這一形象不能不抱有更多索隱之興趣。當然，作為一個文學形象，殷智本毫無疑問是想像虛構的，但如果聯想到古恒教授的「不幸」，又有誰能說殷智本不是現實生活中某一原型的文學變形呢？[8]

作為一個虛構的文學文本，《雙尾蠍》不同於《棘心》的地方，除了它基本上擺脫了《棘心》那種以自我為中心、以主人公的心理情感變化為描述重點的單線敘事方式——這也是五四新文學運動初期較為常見的一種敘事模式——開始展示較為複雜的歷史、社會與現實畫卷，並將個人的命運與時代、國家、民族的命運關聯在一起，表現出作者拳拳愛國之情。與同類以知識分子為中心的個人主義價值訴求為旨歸的文本相比，《雙尾蠍》所表現出來的民族主義與愛國主義，既與《棘心》中所強調維繫的中華文化中的家庭人倫親情不同，與《圍城》中所揭示的當時知識分子中存在較為普遍的被抽空了實在內涵的世界主義及民族虛無主義更是有所差別。

二

在《雙尾蠍》的封底頁上，列有徐仲年出版的著譯目錄：

---

8 有關徐仲年在《海外十年》及相關文獻中對其博士論文導師古恒教教授的指責批評，參閱楊振《里昂中法大學與一個現代中國文學研究者的養成》，《中國比較文學》，2013年第1期。

陳跡（北新書局）
法國文學ABC（世界書局）
歌德小傳（女子書店）
赫里歐（新生命書局）
曼儂（徐仲年四萬字長序，中華書局）
歌德研究（與宗白華等合著，中華書局）
小學教員（徐仲年萬字長序，中華書局）
初級法文文法（吳稚暉序，中山書局）
海外十年（正中書局）
現代外國語教授法芻議（正中書局）
虞賽的情詩（商務印書館）
陳樹人近作（徐仲年中法文序並法文說明，商務印書館）
英法德美軍歌選（與俞大絪商章孫合作，商務印書館）
沙坪集（范雪樵序，正中書局）
雙尾蠍（獨立出版社）
雙絲網（獨立出版社）

Cinquante poemes chinois (collection des Annales france-chinoise de l'Institut franco-chinois de Lyon)
Un enfant terrible: Siu Wen-tch'ang (collection de La Politique de Pekin, Pekin, Chine)
Anthologie de la litterature chinoise (Delegrave, Paris)
Les chants de Tseu-ye et autres poemes d'amour (collection de la Politique de Pekin)
Essai our Li Po (avec preface de M.Maurice Courant, collection de la

Politique de Pekin)

Par sa proper faute par Tchang Tao-fan, version francaise de Sung-nien Hsu (collection de La Politique de Pekin)

Oeuvres recenres de Tch'en Chou-jen, reproductions en couleurs et en noir, preface et notes de Sung-nien Hsu (Commercial Press Ltd., Shanghai, Chine),

這只是徐仲年出版的單本著述。從1930年歸國，到1940年，十年之間，徐仲年有如此著述成績，而期間還有幾年因為抗戰全面爆發、其所任教的中央大學內遷，他不得不顛沛流離於旅途。1936年，徐仲年還著有一本《海外十年》的小書，這是一本較為集中詳盡地記述其留學歲月的文本，也就是在僅僅一年之後，他開始構思撰寫《雙尾蠍》並完成了第一、二兩部分。與《海外十年》不同的是，《雙尾蠍》將顯然具有他自己影子的楊明輝歸國之後的命運，澈底地作了改變，也就是從一個按部就班地在大學裡安穩發展的學者，因為家仇與國恨，陰差陽錯地走上了一條隻身參戰的道路。在小說結尾，楊明輝隻身在遙遠的東北，受義勇軍首領的派遣，祕密作為刺探日軍情報的間諜，深入虎穴，懲處了已經叛變投敵的義弟、同為留法同學的殷智本，同時還解救了一些無辜百姓——這是一條完全不同的、留學生們大多未曾設想過的救國救民的道路。徐仲年也通過這種特殊方式，在抗戰剛剛全面爆發的1937年，通過楊明輝以及《雙尾蠍》，表達了他對戰爭以及侵略者的態度，同時亦表達了他對祖國、民族的立場。在《赫里歐》一書中，徐仲年曾稱赫里歐「政治不忘研究，研究不忘政治」。如果單就《雙尾蠍》而言，說徐仲年是「研究不忘救國」亦未嘗不可。

歸國之初，楊明輝和袁瑛夫婦二人均受聘於上海的春申大學，並顯然受到了校方的重視。而無論是袁瑛擔任的「法文」和「法國婦女文學史」課程，還是楊明輝開設的「法文名著選」，以及「歐洲文學史大綱」、「法國正宗派文學」，應該說在30年代的中國大學裡，均具有一定的填補空白的意義。[9]這無疑也是徐仲年對於自己歸來之後在學術上的一種自我認知和評價。而袁瑛的自盡，楊明輝的脫離大學參加義勇軍，似乎預示了戰爭狀態下所謂學術象牙塔已經不再平靜安穩，但這顯然只是一種「隱喻」，並非是真實。

事實是，徐仲年在繼續沿著楊明輝不得不中斷甚至放棄了的學院學術道路。此間他的主要學術關注，一方面在法國文學史方面——類似於楊明輝所擔任的「歐洲文學史大綱」以及「法國正宗派文學」，完成並出版了《法國文學ABC》、《法國文學的主要思潮》、《四十年來的法國文學》等文學史著述。這些著述，儘管就體例、內容看，尚未完全擺脫法國的法國文學史研究敘述的基本思路及框架，但顯然徐仲年並沒有直接翻譯或簡單譯述法國文學史學者們的著述，而是在融會的基礎上努力貫通。在《法國文學ABC》下冊對於「十九世紀法國文學」的介紹中，尤其是介紹「浪漫」文學的緣起之時，有這樣一段文字敘述引人關注：

> 書中（指《德國論》）重要的文學主張是：（一）史太愛爾夫人首用「浪漫」來稱那種綜合英雄事業與愛情、多神教與天主教的新興文學；（二）如果要振興法國被古典派所束縛的法國文學，非提倡國際文學的交換不可；（三）著重在作

[9] 徐仲年，《雙尾蠍》，第72頁，獨立出版社，1940年1月，重慶。

> 者的個性表現；（四）創設國家文學。……交換文學者，所以互相督策、互相勉勵；然而各國人民各有個性，這個個性是不會全體更改的，就這個個性上，吾們可以創設一個國家文學來。[10]

上述這段敘述，不僅是對法國19世紀浪漫派文學興起的一種理論上的解釋，其實未必不可以拿來解釋五四新文學運動在現代中國的興起。[11]作為新文學運動的積極參與者，徐仲年對此自然是別具心得體會。也正是與自己的這種文學創作經驗有關，徐仲年的法國文學史敘述中，總是能夠滲透中國文學經驗，以及他自己的文學創作體會。

這一點在不少地方均有顯示。在為譯著《小學教員》所做的譯序中，針對如何通過文學手法來描寫表現現實生活中人性的墮落，徐仲年有這樣一段議論文字：

> 如果有人有膽量、有天才，盡可把這個偷生於金錢暴君統治下的世界描寫出來，不過，無論他採取縱的寫法也好，橫的寫法也好，他需要巨大的篇幅，眾多的人物，這，小說體裁最相宜；——本來已有小說家實行過或正在實行這種計畫，至於劇本，雖則從浪漫派以來打破了三一律，可是，演員的多寡，演出時間的長短，究屬有限制的，不能無窮盡地增加，不能無窮盡地拉長。所以，倘若用劇本來描寫這個世

[10] 徐仲年，《法國文學ABC》，下冊，第2頁，世界書局，1933年3月，上海。

[11] 就在《法國文學ABC》出版之前幾年，留學美國哈佛大學的梁實秋，發表了他的《現代中國文學之浪漫的趨勢》一文，其中基本判斷與徐仲年上文所述一致，而比較起來，徐仲年對歐洲「浪漫」派文學的解讀，更為言簡意賅。

> 界，只能開一個鏡頭，只能截取一個片段。然而，馬賽爾·巴臬兒先生在小小四幕之間，容納下三個方面：小學界、法國外省、政界——所謂「外省」，即指巴黎以外的地方——以及「半世界」中的婦女——所謂「半世界」，即上海俗語所謂的「私門頭」，無妓女形式暗底賣淫的婦女——足見巴臬兒先生心思靈敏、手腕經濟。[12]

上述這段文字，大體上反映出徐仲年在學與識兩面較好結合的治學特點。而且，他的所謂「識」，與其文學創作經驗密切相關，不是簡單的邏輯推論，而是與自己的寫作體驗多有參照互動。

其實，《法國文學ABC》，已經是一部法國文學的通史著作。從林紓、伍光建時代的法國文學翻譯，到《法國文學ABC》，其間不過30、40年的時間，中國已經從對於法國文學隻鱗片爪、浮光掠影式的零散知識，到能夠獨立自主地完整敘述法國文學的全部歷史，一直到當代，且中間並沒有語文上的障礙。這顯然是一個了不起的學術進步，當然這也是里昂中法大學在現代中法之間學術交流史上的貢獻之一瞥。

也許與這種學院派的治學方式有關，再加上自己一直堅持的文學寫作實踐，使得徐仲年的文學研究，常常也帶有文學史意識與創作體驗這兩個特點。他給別人翻譯的《小學教員》一書所做的序，就是這種文學史意識、修養與文學創作體驗結合之體現，同時在他翻譯的《情蠹》一書原「序」中，同樣延續了這種在文學史框架視野中來考察評估單個作家及其作品的思維方式。該序的基本結構

[12] 《小學教員》，徐仲年序，第8頁，（法）巴若來著，鄭延谷譯，徐仲年校，上海中華書局，1936年。

一共四個部分，先是「十九世紀上半頁的法國文學」，其次是作家介紹，再次是作品介紹，最後是結論。這種論述方式儘管有些刻板，甚至過於突出了時代與思潮的影響作用，但將單個作家及作品置於一個大時代語境中去觀照，往往也確實能夠在一種大的關聯性的認知結構中，來獲得一種相對客觀、平衡的結論。不過，有時候，這種過於強烈的文學史意識及知識情結，似乎確實會影響到對於作家及作品之個性或創造性一面的評價。譬如在《情礨》一書原「序」中，在介紹19世紀的法國文學時，徐仲年就是一副「學院」腔調：

> 十九世紀的法國文學，和法國政治那樣，是很動盪、但很活躍的。就一般情形來說，十九世紀的法國文學可以這樣分：一八〇一－一八二〇，浪漫主義醞釀時代；一八二〇－一八五〇，浪漫主義時代；一八五〇－一八七〇，寫實主義時代；一八七〇－一八八〇，自然主義時代，此後，別派更多，起歿更快；巴爾那斯派，象徵主義，後期古典主義，後期象徵主義，浪漫派文學自然史主潮。因此，十九世紀的法國文學與十七世紀的法國文學（古典主義）並駕齊驅，其重要遠超過理智時代的十八世紀。[13]

作為一種文學史敘述，上述文字的學術性毋庸置疑。不過，作為對於一個作家的單個作品的介紹，就顯得多少有些拘謹呆板，難免不會遭到諸如時代決定論一類的詬病。

[13] 徐仲年，《情礨》原序，第5-6頁，（法）康斯當著，徐仲年譯。正風出版社，1945年，重慶。

上述「詬病」並非苛刻。《虞賽的情詩》一篇序文，徐仲年選譯了兩位法國人的相關文字，自己撰寫了其中兩節。而在序言開篇中，他又駕輕就熟地如此寫道：

> 法國的文學，萌芽於中古時代（八四二——一五一五），復興於十六世紀，十七世紀古典派或正宗派文學大盛，十八世紀是「理性」壓制「情感」的時期；「情感」的解放，形成了十九世紀的浪漫派文學。大概法國的文學，單就性質論，可分為兩大類：理性文學（即古典主義）與情感文學（即浪漫主義），其餘的派別，不入於此，定入於彼，猶之兩大母河，有無數的之流。[14]

這樣的論述，頗為中肯。作為對於法國文學史的一種發展變遷的概括，亦甚為精煉。不過，如果這種論述屢屢出現於對於單個法國作家作品的評議之中，就不免稍嫌累贅。而之所以出現這種比較高頻率的「重複」，推測除了文學史意識的強烈與學院派的學術習慣之外，與徐仲年高強度的寫作工作之「壓力」亦不無關係。在《虞賽的情詩》「導言」中，徐仲年曾對自己1939年暑假裡的繁忙筆耕有過描述：

> 今年的暑假，有些特別。我完成了法文的《唐人小說》，複校了《初級法文文法》，忽忽草了《俞峨論》，新近答應了某書局寫一篇關於法德邦交的文字，北平《政聞報》

---

[14] 徐仲年，《虞賽的情詩》，序，第3頁，（法）虞賽著，徐仲年譯，商務印書館，1936年，上海。

> 又來催取張道藩兄《自娛》的譯文。暑而不假，真是「牛馬走」。[15]

在如此緊張的文字生涯之中，有些「剪刀漿糊」一類的挪移或取巧，大概是可以理解或諒解的吧。

更何況20世紀上半期的留學生，哪怕是非社會科學領域的人文學科甚至理工類，都有逸出自己的專業領域而有所議論的習慣，尤其是在時事政治方面。這與中國儒家的知識分子傳統有關，同時與現代中國的留學生運動的時代語境有關。儘管徐仲年頗為看重自己的「專家」身分，並認為專業才是自己安身立命之本，但幾乎從其學術職業生涯伊始，徐仲年對這一專業的理解，尤其是對於自己人生事業的理解，就不僅僅只是法國文學研究這一單一狹窄領域。這就對寫作者的閱讀、知識及文獻積累等，提出了更高要求。

也正因為此，我們留下深刻印象的，是1930-1940年代這20年中的一個勤勉而著述豐碩的徐仲年，一個在法國文學中譯、引介及研究方面具有相當開創性貢獻的徐仲年，而且在中國文學及文化的法譯、推介方面同樣不落人後的徐仲年。也正是這20年，奠定了徐仲年在20世紀上半期中法文學交流方面的學術地位。遺憾的是，在這20年之後一個相當長的時期裡，徐仲年的名字陷於沉寂。

在這樣的時代語境之中，已進暮年的徐仲年，心中是否亦會有「過去的歡樂，分外甜蜜」一類的感慨呢？

---

[15] 徐仲年，《虞賽的情詩》，導言，第2頁，（法）虞賽著，徐仲年譯，商務印書館，1936年，上海。

敬隱漁：左邊是魯迅，右邊是羅曼・羅蘭

一

1928年底，已經出國在瑞士、法國多地游離三年的敬隱漁（1901-1930），通過了法語水準測試，被里昂中法大學錄取，其註冊號為243。[1]當時的中法大學，儘管絕大部分學生來自於北平中法大學（初期除外），但其間也一直接受少量符合其條件的自費留法學生。敬隱漁、戴望舒等人，大概就屬於這所謂「少量」中的一員。

與中法大學不少留學生相對平順的人生相比，敬隱漁的一生短暫而神祕，也留下了諸多隱秘或者玄而未解之謎。譬如他的死，再譬如他與羅曼・羅蘭之間的關係，再譬如他在當時新文壇上如彗星般燦爛耀眼又迅疾消失的登場與離場。

---

[1] 有關敬隱漁註冊入學中法大學的時間及註冊號，目前所見至少有三種說法。其一是王錦厚《敬隱漁簡譜》中所言，「（1926年3月-6月間），後進入里昂大學，大學身分證1987838號。」另一是李塵生編撰的《1921-1946：里昂中法大學海外部同學錄》，言敬隱漁「1928年10月16日」註冊入校，1930年1月10日離校。當年與敬隱漁同年同日註冊入學的還有常書鴻等19人；其三是《1921-1946：里昂中法大學回顧展・敬隱漁》，關於敬隱漁與中法大學之間的關係，是這樣敘述的，「1925-1928年間，敬隱漁成為里昂中法大學正式寄讀生，他到瑞士旅行並在那裡見到了羅曼・羅蘭。他在里昂和巴黎居住，……1928年10月16日，敬隱漁通過了法語水準書面測試，被里昂中法大學正式錄取，註冊號為No.243。

以當時敬隱漁的文學地位，以及羅蘭·羅蘭在法國文壇乃至世界文學界之影響（1915年諾貝爾文學獎獲得者），敬隱漁在1923年，也就是他在杭州、上海的天主教會中求學、服務以及寄居期間，開始了與郭沫若、成仿吾等創造社文學家之間的往來，並開始了自己的文學翻譯與創作。從1923年開始創作，到1925年9月抵達里昂，敬隱漁在這近三年時間裡，其實已經是一位嶄露頭角、著述活躍且引人關注的青年作家了。儘管當時中法大學選派到里昂留學的不少留學生，在出國之前不少都展露出自己在文學或文藝方面的才能，但像敬隱漁以及戴望舒這樣出國之前在國內文壇已經成名者並不多見。

這裡不妨摘引王錦厚編撰的《敬隱漁簡譜》[2]中有關此間敬隱漁著述情況的信息：

> （1923年）3月，在民厚裡（上海——著者）南裡郭沫若住處，結識創造社元老郭沫若、成仿吾，以後關係密切。受其鼓勵，一面翻譯郭沫若的《函谷關》等小說，一面自己開始寫作，不斷在《創造季刊》、《創造週報》、《創造日》上發表作品。
>
> 7月，《破曉》（詩）1923年7月1日《創造日》1期；
>
> 8月，《羅曼·羅朗》（Roman-Rolland），8月8日-8月11日連載於《創造日》16-19期；《孤獨》（譯詩），刊於8月23日《創造日》30期；
>
> 《譯詩一首：唐人金易緒的「春怨」》，刊1923年8月26日

[2] 王錦厚，《敬隱漁簡譜》，刊《新文學史料》，2010年第1期。

《創造週報》19號；
《海上》（譯文）刊8月26日-9月1日《創造日》33-39期；
9月，《詩一首》刊9月23日《創造週報》20號；
《遺囑》（翻譯小說）刊9月19-23日《創造日》57-60期；
《莫男這條豬》（翻譯小說），刊9月27日-10月3日《創造日》65-71期
10月，《恐怖》（翻譯），27-29日刊《創造日》95-97期。

（1924年）2月，《破曉》（La Forteresse de Han Ko）刊2月28日《創造季刊》2卷2期；
3月，《「小對象」譯文的商榷》刊3月9日《創造週報》43號；
4月，《蒼茫的煩惱》（小說），刊4月27日《創造週報》51號；
5月，《瑪麗》（小說），刊5月19日《創造週報》52號；
6月下旬，成仿吾離開民厚里南里692號，搬入貝勒路一間市房，伴隨他的有尼特（倪貽德和我們的天才——敬老先生隱漁，在他動身離滬去廣州的一晚，曾與周全平、倪貽德、敬隱漁、嚴良才等就創辦刊物進行商討：1）定名《洪水》，2）週刊；3）偏於批評；
8月20日，《洪水》第一期出版；
受郭沫若的「慫恿」，開始翻譯羅曼・羅蘭巨著《約翰・克里斯多夫》，並致信羅曼・羅蘭求其允許；
秋，得羅曼・羅蘭7月17日覆信，允其翻譯，並表示大力支持。

（1925年）1月，羅曼・羅蘭覆信手稿及其譯文，法朗士的《李利特的女兒》載1月10日《小說月報》16卷1期；

與《小說月報》關係密切；
夏秋之交，在羅曼・羅蘭資助下離開上海去法國；
7月，發表創作《嫋娜》（小說），刊《小說月報》16卷7期；
8月5日《小說月報・文壇雜訊》，載「文學研究會叢書最近付印的有下列幾種：……2）《瑪麗》，敬隱漁君的創作集，包括《瑪麗》、《嫋娜》、《寶寶》等數篇。」

這是一個讓今天的讀者依然會肅然起敬的著作年表，一個20剛出頭的文學青年，之前與新文學陣營並無任何人事交集往來，而在短短兩三年之間，就已經成長為一個著述頗豐的青年作家，而且著作領域涉及創作與翻譯，而在創作方面，不僅有五四時期常見的白話詩歌，還有小說。

不僅如此。如果說此間的敬隱漁與新文學之間的往來，集中於「創造社」及郭沫若等四川籍文人的話，與「文學研究會」以及魯迅的交往通信，則無疑擴大了敬隱漁與五四文壇的交往範圍，甚至也擴大豐富了他對新文學的認識。儘管與魯迅之間的交往只是限於通信，但對於魯迅作品的法文翻譯，依然被認為「為中法文學的交流做出了歷史性貢獻」。[3]如果就魯迅小說的法譯以及羅曼・羅蘭的《約翰・克里斯多夫》的中譯而言，上述說法並不算過分。不過，有一個現象在此間敬隱漁的文壇交往中已經呈現出來，那就是他作為一個原本籍籍無名的青年小輩，先是與「創造社」諸文人交往，這還算較為正常，而之後他與魯迅的通信以及與羅曼・羅蘭的交往，尤其是因為後者的資助獲得前往法國遊學的機會，則顯示出

[3] 王錦厚，《敬隱漁簡譜》，刊《新文學史料》，2010年第1期，第191頁。

敬隱漁的個性中某些側面，那種「一鳴驚人」「一飛沖天」式的「天才」方式。尚不能判斷這種方式或心理，與他後來悲劇性的命運結局之間是否存在著某種關聯，不過在其〈憶秦娥〉中的「少年獨釣千江雪。千江雪，寂寞聲色，誰識豪傑」一類的孤傲感喟之中，是否也已隱現某些端倪呢？

類似例子還有。「我的影子倒在坡下，怪偉大的，和我的身子比較，顯出我小得可笑又可憐」。[4]這是敬隱漁在赴法留學之前發表的小說《養真》中的一個句子。這個第一人稱的敘述者的心理中這驚人一現，似乎已經暗示了敬隱漁一生的某種命運或運數。而他的努力與掙扎，有時候似乎是在與這種命運抗爭博弈，有時候又似乎不過是在這種無法逃避的運數的陰影中左衝右突、拼命掙扎而已。[5]與五四新文學家通過西方文學來觀看中國文學，又通過中國文學來審視西方文學的「雙向觀看」有所不同的是，敬隱漁從小就生活在一個教會主導的語言——文本文化環境之中，他與中國古代知識精英文本——文化之間，是隔著一層西方文化的。換言之，早年敬隱漁與中國古代經典之間的關係，並不是一種直接觀看的關係，甚至也不是文化「同族同宗」方式的主流觀看模式，而是在自己與母國文本——文化之間，分明已經隔著一層外來語言文化。但這不是敬隱漁刻意所為，而是他的生活經歷本身所造成的。敬隱漁這種與母語精英文化因為早年生活經歷而分離的處境，在五四一代新文學家中並不多見。儘管五四一代新文學家中多留學生，且不少

4 敬隱漁，《瑪麗・養真》，第3頁，「文學研究會叢書」，1929年。

5 有學者認為敬隱漁是毀於聲色而難以自拔，這當然是就其現實行為而言，而這種行為背後所遮掩的行為心理呢？當時留法學生大多處於青年時期，相對于國內更為寬鬆的社會環境，讓他們對自己的處境與自我心理訴求有了更多不同於國內時期的體驗與認識。

對傳統文化提出過批評，但這並不意味著他們與古代經典之間、尤其是古典文本之間缺乏基本的閱讀積累和傳承關聯。而相較之下，無論是與中國古代經典還是主流精英文化之間，敬隱漁均處於邊緣。而這種與生俱來的個人處境，似乎為敬隱漁之後的急於接近「中心」與認同產生了富於個人命運感與文化歸屬的心理動因。

二

如果查閱《魯迅日記》，會發現敬隱漁與魯迅之間開始通信往來，始於1926年，而此時他已經抵達法國，與羅曼・羅蘭見過面，並已經開始著手翻譯其《約翰・克里斯多夫》。也就在這時候，敬隱漁開始了翻譯魯迅小說。

而從時間上看，敬隱漁開始翻譯《阿Q正傳》在前，致信魯迅希望獲得翻譯其作品允准在後。羅曼・羅蘭1926年1月12日已經致信《歐羅巴》雜誌主編，向其推薦敬隱漁的譯本。而敬隱漁致信魯迅，則在當月的24日，而此時《阿Q正傳》的翻譯業已完成。敬隱漁致信魯迅，與其說是希望獲得翻譯授權，還不如說是事後報備而已。不過這種事情在清末民初的翻譯史上頗為常見，估計魯迅也不會過分怪罪。事實亦是如此。2月27日《魯迅日記》中記載，「交敬隱漁信並《莽原》四本」。這顯然是對敬隱漁之前來信所提翻譯請求的肯定答覆，並給後者寄去了刊有羅曼・羅蘭專號的新雜誌。

當時魯迅對於中國現代文學的對外翻譯介紹是關注的，不僅在向日本翻譯介紹方面用心，在斯諾組織翻譯中國小說方面，魯迅亦提供過積極幫助。現在敬隱漁主動翻譯自己的作品，並有興趣在法文翻譯「當代中國小說」方面有更多努力，作為新文學的領袖，魯迅自然會有責無旁貸之心。

不過，如果僅從《魯迅日記》這一維度來考察兩人之間的往來關係，所得出的結論判斷，可能並不能夠顯示出敬隱漁此間在中法當代文學交流方面的開拓性貢獻。

1926年6月，敬隱漁寄魯迅信並《歐羅巴》一本；7月1日，《魯迅日記》記載，「下午得敬隱漁信並《歐羅巴》一本。」7月16日，《魯迅日記》記載，「訪小峰，在其寓午飯，並買小說等三十三種，共泉十五元，托其寄敬隱漁。」1926年11月，敬隱漁寄魯迅函並附明信片四枚。12月8日，《魯迅日記》記載，「附敬（隱）漁函及畫片四枚，從巴黎發。」12月29日，敬隱漁寄魯迅信，1927年2月11日，《魯迅日記》記載，「上午得敬隱漁信，去年十二月二十九日巴黎發。」

上述記載，即為敬隱漁與魯迅在1926-1927年間書信往還的基本情況，其內容，大致圍繞著魯迅小說的翻譯，包括《阿Q正傳》、《孔乙己》、《故鄉》等。其間亦有代向魯迅傳遞有關羅曼・羅蘭相關信息的言行，但顯然不是其主要目的。在魯迅與羅曼・羅蘭之間，其實敬隱漁還缺乏足夠的將這兩位中西當代文學大家真正關聯起來的、需要敬隱漁提供能夠讓他們真正產生對話交流感的足夠說明。關於這一點，似乎從敬隱漁此間個人文字中亦可得到某些佐證。

> 翻譯完了《約翰・克利斯朵夫》（第一部《黎明》），因讀作者的傳，才知道他效托爾斯泰所為，給凡景慕他的人們，他都願意通信。於是，我放膽給他寫了信；不望得到了他的親熱的答覆。我從來景仰偉人，只能遠遠地敬仰他們：這一

次在偉人中竟得到了生存的、簡樸的一個人，一位朋友，好生欣慰！[6]

這段文字，應該是敬隱漁當時在與羅曼・羅蘭以及魯迅建立起通信聯繫之後的真實心態反映。其中既有一般文學青年與文壇領袖之間建立起聯繫之後那種發自內心的喜悅激動，無疑也有一部分得到認同與接受的欣喜與自得。1920年代的羅曼・羅蘭對於東方的興趣，尤其是對於中國和印度的興趣，似乎要比當時的魯迅對於西方大國列強的興趣還要濃厚。[7]五四前後魯迅翻譯介紹的國外文學，實際上集中於被壓迫奴役的弱小民族國家，這一點與同時期留學英美法的中國留學生們的文學與思想選擇有別。

但還是有中國作家在當時就極高評價了敬隱漁將魯迅翻譯介紹給羅曼・羅蘭並得以在《歐羅巴》上發表的歷史意義。「魯迅先生以這次介紹為機緣，在生前便博得了世界的高名。」[8]客觀上講，上述判斷應該說較為真實地反映了部分事實，即羅曼・羅蘭確實通過敬隱漁的翻譯，對魯迅的小說——尤其是《阿Q正傳》——留下了深的印象並產生了興趣。但同樣有一點需要指出，那就是無論是當年的敬隱漁，還是高度評價敬隱漁翻譯魯迅小說之歷史意義的郭沫若，甚至之後相當長一個時期內的一些研究者，大多未能走出或

---

6 敬隱漁，《雷芒湖畔》，刊《小說月報》，1926年1月，第17卷第1期。

7 對於中國以及西方文明之外的東方，羅曼・羅蘭似乎受到托爾斯泰以及西方知識分子傳統中素來主張「向外看」的那一種的影響，當然其對於現代中國的興趣，則始於敬隱漁。「我也有托爾斯泰晚年的心情。前幾年，敬隱漁先生將魯迅先生的《阿Q正傳》譯為法文，我才開始接觸到現代的中國。魯迅的阿Q是很生動感人的形象。阿Q的苦痛的臉，深深地留在我心上。可惜許多歐洲人是不會理解阿Q的，當然，更不會理解魯迅創造阿Q的心。我很想念中國，但恐怕我也不會去中國了。」（閻宗臨，《羅曼・羅蘭談魯迅》《晉陽學刊》，1981年5期。）

8 郭沫若，《墜落了的一個巨星》，刊《現世界》第1卷第7期，1936年11月16日。

克服文學及文化弱勢者急於獲得承認的心態——無論這種承認是來自於當時話語強勢的西方之主流文學觀點，亦或是來自於對於這種主流話語觀點的背叛與疏離陣營。其實，就魯迅一方而言，對於羅曼・羅蘭及其文學成就固然懷有基本的尊重與敬意，但很難說與羅曼・羅曼當時那種在西方之外的世界尋找一個人類道德與文明多樣化的他者或第二種可能的心態全然一致。[9]所以，當羅曼・羅蘭在敬隱漁之後，又通過留法學生閻宗臨、梁宗岱來進一步瞭解魯迅和中國文學與文化之時，同時期魯迅對此的反應，似乎並沒有看到完全同步的「配合」。其中原因，並非全無追究之意義。

但從現代中西文學交流史的角度而言，敬隱漁的開拓性貢獻確實值得肯定，更何況他所翻譯的——無論是魯迅的小說亦或羅曼・羅蘭的小說——都是當時中法兩個國家的文學大家，以及他們各自的代表性作品。所以，《中國當代短篇小說家作品選》（法文譯本，巴黎Rieder出版社）[10]，以及發表在《小說月報》上的《約翰・克里斯多夫》，就其原本刊發敬隱漁的中法譯文的刊物而言，在當時的中國和法國，也都是處於相當高的文學地位的期刊。這些都能反映敬隱漁的文學貢獻之一面。

有一點可以肯定，沒有敬隱漁，就沒有羅曼・羅蘭對《阿Q正傳》以及魯迅的持續關注，或者說中法兩位現代文學大家之間的彼此關注。但在敬隱漁之後，通過閻宗臨、梁宗岱，羅曼・羅蘭對於魯迅以及《阿Q正傳》的興趣得以延續，並沒有就此終結。但沒有

---

9 有關魯迅對羅曼・羅蘭的議論評價，參閱《魯迅　郭沫若　茅盾論羅曼・羅蘭》，刊《郭沫若學刊》，第5-6頁，「羅曼・羅蘭逝世七十周年紀念專輯」，2015年第1期（總第111期）。

10 不知道敬隱漁是否清楚，那就是他在法國翻譯出版的《中國當代短篇小說家作品選》，一年之後，該譯本被冠以*The Tragedy of Ah Gui and Other Modern Chinese Stories*的書名，由倫敦的Routledge and Sons出版社出版。譯者署名與法文譯本相同，仍為Kyn Yn Yu, J.B。

人能夠否定敬隱漁在其中曾經付出的努力及作出的貢獻。

如果將《瑪麗》、《中國當代短篇小說家作品選》、《約翰・克里斯多夫》、《光明》等著述一併檢視，就會發現敬隱漁與魯迅之間的關係，並不僅僅只是一個文學青年與一個新文學陣營領袖之間的關係這麼簡單，而他與羅曼・羅蘭之間的關係亦然。

不妨來看看羅曼・羅蘭因為敬隱漁的「仲介」，而對魯迅及《阿Q正傳》所產生的持續興趣。

儘管羅曼・羅蘭對於中國的關注並非只有敬隱漁一條管道，但他對魯迅及中國現代文學的關注，卻顯然得益於敬隱漁的「仲介」。而在此之前，不妨來看一則魯迅對於羅曼・羅蘭評論的介紹——魯迅對於羅曼・羅蘭，倒是在話及西方現代知識分子或作家時不時提到，但一般都是在一個群體語境中涉及，並無多言。但在介紹凱綏・阿勒惠支的版畫選集時，不多見地有一段引述羅曼・羅蘭的評語：

> 法國羅曼・羅蘭（Romain Rolland）則說：「凱綏・阿勒惠支的作品，是現代德國的最偉大的詩歌，它照出窮人與平民的困苦和悲痛。這有丈夫氣概的婦人，用了陰鬱和纖穠的同情，把這些收在她的眼中，她的慈母的腕裡了。這是做了犧牲的人民的沉默的聲音。」[11]

如果說魯迅與羅曼・羅蘭之間存在過所謂「心心相印」，這段文字似乎可以拿來作為一個證據。不過這樣的證據似乎並不多——

[11] 《〈凱綏・阿勒惠支版畫選集〉序目》，《魯迅全集》第六卷，470頁。

羅曼・羅蘭對於傳統中國的近乎辜鴻銘式的理想化的想像與鍾情，顯然與魯迅的傳統批判立場之間存在著差別。

而羅曼・羅蘭最廣為人知的對於魯迅及《阿Q正傳》的評價，則主要有兩條。一條是敬隱漁在致魯迅的書札中所告知的羅曼・羅蘭的評價，「阿Q傳是高超的藝術底作品，其證據是在讀第二次比第一次更覺得好。這可憐的阿Q底慘像遂留在記憶裡了。」[12]另一條則出自羅曼・羅蘭向《歐羅巴》主編推薦敬隱漁的法譯本時的書信：

> 我手頭有件短中篇（長的短篇）小說的譯稿，作者是當今中國最優秀的小說家之一，把它譯成法文的是我的《約翰・克里斯朵夫》中文本的年輕譯者敬隱漁。……這篇小說是現實主義的，初看似顯平庸，繼之就會發現一種了不起的幽默；待到把它讀完，你就會吃驚地感到，你被這個可憐的怪傢伙纏住了，你喜歡他了。[13]

《阿Q正傳》給羅曼・羅蘭所造成的那種「初看似顯平庸」的印象，顯然與文學文本的語言轉換有關。原文本語言那種鮮明的時代語感與修辭性，可以想像在翻譯過程中難以避免地被平面化了，也就是轉換成為了一種喪失了這種語言在其母語語境中的那種歷史感與現實感。這種語言上的「喪失」，也就只能夠依靠形象、敘事以及結構來補充。所以會有「繼之就會發現一種了不起的幽默」，

---

[12] 敬隱漁，《致魯迅》。

[13] 羅曼・羅蘭：《致〈歐羅巴〉編者》，劉為民：《羅曼・羅蘭與〈阿Q正傳〉及其他》，《魯迅研究月刊》1995年5月號。

以及「待到把它讀完，你就會吃驚地感到，你被這個可憐的傢伙纏住了，你喜歡他了」這種不斷深入的閱讀體驗。無法查閱到羅曼・羅蘭對於譯本本身的評價，但從其夫婦在敬隱漁離開法國回國之後仍不斷從與之接觸的中國留學生那裡多方打聽其行蹤下落所表現出來的關注看，至少有一點可以肯定，那就是對於將自己與中國現代文學大家魯迅聯繫起來的這位青年文學家，羅曼・羅蘭所表現出來的關切與認可，似乎超出了魯迅。

三

敬隱漁出國之前完成發表並結集出版的《瑪麗》，是他作為一個新小說家的最重要的作品集。該作品集今天更容易查閱到的，是1929年作為「文學研究會叢書」之一種的印本，其中收《養真》、《瑪麗》、《嫋娜》和《寶寶》四篇。[14]如果以這四篇小說為中心，來考察敬隱漁這一時期——也就是赴法留學之前——的思想心理，其中出現頻率最高的，大概要屬青春的苦悶、愛情的抑鬱、欲望的壓抑，其實這也是五四新文學運動初期頗為常見的主題。無論是《養真》還是《瑪麗》，敬隱漁都涉及到了上述主題，並且以慣常的第一人稱敘述方式，來書寫青年人的主體性的愛情感受與心理情緒波動。但與同時代其他作家的愛情敘事多少有些別樣的所在，是敬隱漁的「愛情故事」，並不是那種常態的、兩情相悅的花前月下——這樣的愛情美景，在敬隱漁的愛情敘事文本中，往往只是敘事者或當事人內心深處的幻境，更多時候是以一種人與人之間情感

[14] 該作品集最初於1925年12月由商務印書館以「文學研究會叢書」一種而出版。

交流的困難與枯澀來呈現——在這種文本中，愛情關係，不過是人世間人與人之間關係現實的形態一種而已。而可怕的是，就連這樣一種關係，也無法真正得以理想地展開與實現，這個人世間，還有可戀愛、可信賴的嗎？

換言之，在敬隱漁這幾篇小說中，所謂的愛情，常常是單相思或苦戀。而戀愛中的困苦者，又往往是因此而受到了刺激，並因此而表現出初期「神經病」或「精神病」的症狀。不過，在《養真》中，對這種處境的解釋，又頗有一番意味。「大凡非常的人，受了非常的刺激，才有了非常的舉動，或者非常的嗜好，尤以女人的刺激為甚。歷代名人都是如此。孔子因為他的女人醜陋（不知他何所考據），所以他才愛彈琴著書，成就了一世美名。」[15]小說中這樣來解釋單戀、苦戀中的青年男子的心理，並將這種心理與一種歷史概括聯繫起來，以求獲得一種普遍性的認識。這是青年期的戀愛者需要自我解釋、自我安慰和自我解脫的常用方式。

但與同時期那些出身較為富裕優越的作家們相比，敬隱漁的愛情敘事中，總是帶有一種與平窮與困苦相關的自我壓抑和自我卑賤感。這或許與敬隱漁的出身及後來的人生體驗有關聯，但似乎亦不儘然。譬如在《養真》中，小說借一位被旁人視為「神經病」的胡老師的感歎，來發表對於時局以及社會的種種觀察與批評：

> 他又感歎到四川的時局，有一搭沒一搭的話說不完。他說：如今的軍人政客，沒有一個有政治眼光的，都是些殺人奪財的強盜……人民的知識又太淺陋，不能結合起來抵抗他們。

---

[15] 敬隱漁，《瑪麗・養真》，第11頁，「文學研究會叢書」之一種，商務印書館，1929年。

> 若是七千萬人大眾一心，就是赤手空拳，也可以把那全省的一兩萬支槍兒擠成粉碎……恨他從前不曾習得武功，不然，哼！他早把那些罪魁一個個刺殺得乾乾淨淨……[16]

這種讀書人式的憤世嫉俗，出現在五四時期的新小說中，並沒有多少值得大驚小怪的別樣，不過，在敬隱漁出國前所發表的這幾篇小說中，都不同程度地存在著類似的言論，這就不能不令人有所關注甚至思考了。

在《瑪麗》一篇中，敘事者在給情人的傾訴書札中，也大段描寫了當時重慶底層社會貧苦百姓生存狀況的惡劣艱難：

> 他住在下半城的一個貧民窟中，比我現在住的破屋好不得多少。他那裡有些瞎子、癩子、跛子，呻喚不斷的襤褸的窮人，好像是下流社會穢滓匯聚的淵渚。我雖然見了要發嘔，但只為愛我的哥，我天天還是微服去看他。[17]

很難說在上述文字中就包含了小說作者對於當時底層民眾困苦處境的同情，甚至延伸到一種反抗與革命的情緒或意識，但在敬隱漁此間幾篇小說中，不回避當時中國社會中普遍存在著的窮困與壓迫，尤其是對造成這種社會現狀的某些制度性的潛隱原因有些揭示，這樣的書寫方式，似乎為敬隱漁走近那個在《吶喊》、《彷徨》中書寫「沉淪」的「故鄉」的魯迅，提供了可供追索的心理線索。

---

[16] 敬隱漁，《瑪麗・養真》，第12頁，「文學研究會叢書」之一種，商務印書館，1929年。

[17] 敬隱漁，《瑪麗・瑪麗》，第27頁，「文學研究會叢書」之一種，商務印書館，1929年。

其實還不儘然。

與在魯迅小說翻譯和羅曼・羅曼的《約翰・克里斯多夫》翻譯方面被人提及較少者，是敬隱漁翻譯的《光明》，該著原作者為法國小說家巴比塞（Henri Barbusse，1873-1935），上海現代書局印行。[18]

巴比塞是一位法國現代作家，儘管早在16歲的時候已經開始在報刊上發表文學作品，但其代表性的著作，譬如《棄婦》（詩集）、《哀求者》（長篇小說）、《地獄》（長篇小說）、《火線》、《光明》等，基本上都是20世紀的作品。這些作品，尤其是後面兩部，是在第一次世界大戰之後，巴比塞的思想及創作均發生明顯改變之後的作品，其中所表現的反叛與革命主題，與敬隱漁離開中國之前的小說中所零星傳遞的心理波動之間，亦可展開某些聯想：為什麼敬隱漁此時「發現」了巴比塞和他的《光明》？為什麼敬隱漁要花費時間來翻譯這樣一部1919年出版的長篇小說？當時法國正在逐漸興起的左翼文學思潮，是否點燃了敬隱漁年輕的心靈中那種一直被壓抑的自我？敬隱漁的文學思想中，是否因此而呈現出在青春、愛情與激情欲望之外的更為接近非個人的普遍的社會現實的一種面向？也就是那種將人的自由與解放，包括個人的自由與解放，與全人類的解放關聯在一起來思考的新方式？在敬隱漁的小說中，基督教話語以各種因素方式存在出現，並屢屢作為小說中人物的話語背景或思想情感資源——當然有時候也作為被批判被戲謔的對象。基督教話語也提供一種總體性的解決方案，但這種方案是以自我的放棄而轉而信奉的方式，來獲得一種全社會的改造與提升。

---

[18] 王錦厚的《敬隱漁簡譜》中，未見提及該譯著。

而這種改造與提升的未來願景，很多時候是在一種話語層面來實現的，而往往不是現實本身。這大概也是敬隱漁試圖突破的一個話語自我。《瑪麗》也罷，《光明》也罷，都是他在自我解脫中的傾訴、囈語與精神突圍吧。

這種對被壓迫、被奴役、被侮辱者的同情與悲憫，在五四新文學和新文化運動時期，其實是一種較為普遍的書寫現象甚至於書寫政治，也一度成為一種學術時尚。敬隱漁的幾篇小說中，大多是第一人稱所敘述的「我」與幾位女子之間的情感糾葛，其背景——無論是個人生存背景亦或社會時代背景——多為漂泊、孤獨、窮困、無望以及戰亂、動盪。而這種社會時代背景的認知，在五四一代作家作品中亦不少見。與其他寫作者略有不同者，是敬隱漁的描寫，多圍繞「我」展開，以「我」的視角及感受為中心，來展示個體與社會、時代之間的脫節與分離。在這種關係中，完全看不出社會與時代的所謂「進步性」，恰恰相反，有道德的個體與無道德、無序又無情的社會之間，一直存在著緊張。這種緊張，又往往以個體被社會吞噬掉為其中一方近乎唯一的結局：

> 瑪麗，倘使我當時順了這種暗示，跳下江去，倒也乾淨！誰知懦弱的少年，流盡了淚泉中所有的眼淚，竟致昏沉地睡了。[19]

這段文字，似乎與後來敬隱漁的神祕消失之間，存在著某種無法解釋清楚的關聯。據說在敬隱漁被中法大學兩次安排專人、一

[19] 敬隱漁，《瑪麗・瑪麗》，第31頁，「文學研究會叢書」之一種，商務印書館，1929年。

直送上在馬賽的郵輪而回國之後，羅蘭・羅曼還一直在惦記這位來自中國的青年文學家，但在後來傅雷提供的模棱兩可的說明中，敬隱漁的歸宿，究竟是病故了還是癲狂蹈海了，並沒有一種肯定的說法。而如果要找發狂或蹈海的線索，在敬隱漁的小說文本中，包括《養真》、《瑪麗》中，到並不少見。

敬隱漁小說中這種帶有強烈自我體驗感受的第一人稱的敘事方式，在五四新文學運動初期，曾經是一種較為普遍的敘事嘗試，男性作家如此，女性作家似乎更多。同樣是留學中法大學的蘇雪林，幾乎完全以自己的留法經歷為題材完成了一部自傳體小說《棘心》。青年學生的自我敏感、親情敏感以及社會環境敏感等，往往是這種敘事文本突出的特點。而自我與環境之間的緊張關係，亦就此成為一種帶有鮮明時代印記的敘事模式中必不可少的要素之一。

或許只是一種藝術感，亦或許是一種真實的心理反映，敬隱漁對於現代都市，具有一種近乎偏執的反感與恐懼。「我初見的上海，在綿雨淒風之中，好像是野獸的崖窟。野獸的崖窟的上海呀！我當時就應該回避你啊！——黃浦岸上幾部汽車、電車，如虎狼般兇猛、猿猴般哀鳴，驅逐著在泥漿中蠕動的無數的苦力車夫……」[20]這樣一幅都市景觀，在現代作家中儘管並不鮮見，但敬隱漁並不是一個從鄉下剛出來到都市里的青年，實際上他在來到杭州、上海之前，一直在成都生活。將都市描繪成為一種吃人的野獸形象，或許與敬隱漁在這裡的生存體驗具有某些關聯。有意思的是，與五四新文學家們一樣，晚清一直到現代初期的通俗文學作家們——即所謂的「鴛鴦蝴蝶派」——也常常將以上海為代表的現代

[20] 敬隱漁，《瑪麗・瑪麗》，第32頁，「文學研究會叢書」之一種，商務印書館，1929年。

大都市，描述成為吃人的魔窟、銷金窟。兩者所不同的是，在敬隱漁這裡，往往是以「自我」對都市的感受而直接呈現於文本敘事之中，而在都市通俗小說家們的筆下，自我的都市印象、經驗及概括，往往被客體化或對象化，也就是通過小說中的異己化的人物來傳遞表現。也因此，在敬隱漁的筆下，「我」的毀滅，也暗示著小說家與都市社會之間的緊張關係，已經到了崩裂的地步，而在「鴛鴦蝴蝶派」小說家筆下，人物是人物，小說家是小說家，中間明顯隔著生活現實與小說虛構之間的「界限」。

敬隱漁式的小說與生活現實之間的「無界」書寫，一方面凸顯了現代青年極為緊張的存在感和畸零漂泊無所依憑的存在處境，同時亦讓人對他們的未來出路感到憂慮。表面上看，《瑪麗》中的幾篇小說敘述的是戀愛中的男子——常常是不得要領的單相思——因為自我條件的「貧瘠」而無法實現感情的苦悶與悲愁，但實際上所展示的，並非僅只有男性，亦有女性。這種關係現實，甚至可以放大成為一個時代的青年的現實感與未來感：兩無出路。

敬隱漁與「創造社」成員們之間的往來，在他的《瑪麗》中留下了印記。儘管沒有見到他談論郁達夫的文獻資料，但他的小說中明顯有《沉淪》、《銀灰色的死》、《春風沉醉的晚上》、《遲桂花》一類的調子，甚至那種人物形象，無論是男性亦或女性，都有似曾相識的感覺。但這並非是要否定敬隱漁小說的「個性」或「獨特性」。某種意義上，敬隱漁在與「創造社」關係火熱之時，卻又與「文學研究會」以及魯迅開始往來，甚至關係日益緊密，這本身固然反映出敬隱漁對於當時新文學文壇之間門派、山頭之爭缺乏必要的敏感，但其中是否亦包含著敬隱漁對於自己的世界觀、文學觀的某種調整呢？即從原來的以高度自我、個人為中心、為藝術而藝術的文學觀，調整到適當關注社會現實、關注為人生的藝術呢？如果將他所翻譯的巴比塞的《光明》作為一個歸結，這樣理解敬隱漁的自我調整還是有跡可循的。問題是，即便調整到了巴比塞這裡，光明又在何處呢？

隱而漁，亦未必是一種現實的選擇和可能。

羅大岡：玫瑰與淨盆

1987年，羅大岡在中國作家出版社出版了他的詩集《無弦琴》。翌年，他又在自己度過了14年（1933-1947）求學研究生活的法國，出版了一部法文詩集《玫瑰與淨盆》（*Roses Et Vase Nocturne*，出版社名稱為文獻處理出版社，TDET）。法文詩集封面原本附有一中文書名《破盆中的玫瑰》，但據羅大岡在北京中法大學和里昂中法大學的兩度校友李治華翻譯，該詩集法文名稱與中文名稱之間有一定差異，如果據法文書名，翻譯成中文當為《玫瑰與淨盆》。

對於這樣一個多少帶有一些「超現實主義」色彩的詩集名稱可能給讀者造成的困擾，羅大岡或許早有預見，所以在卷首配有自己親筆手書中文題解一則，全文如下：

> 培植豔麗的玫瑰表現人們對生活的熱愛。破舊的淨盆象徵艱難困苦的時代條件。不論條件多麼困苦，人們千方百計地在使玫瑰花開得更豔麗。

應該說，這樣的解讀首先是一種「安全」的解讀，當然也是一種符合知識分子傳統道德倫理的解讀，但卻讓人感到不免有些缺憾，尤其是在閱讀了整部詩集之後。法文詩集中有一首《被囚禁的樹木》，其中有這樣兩節[1]：

> 沒調教的小狗在無法自衛的樹下撒尿。
> 至少也和牽著它們的主人同樣可笑。
>
> 沒有人告訴大樹說，在它們未老之前，早就要被砍伐，以便栽上一些更馴服的小樹。

這首詩標明的寫作時間是1980年。讀書嚴謹認真的李治華覺得這兩節中所描寫的兩個生活細節：遛狗和砍樹，都與80年代中國或者北京的現實不大一致。經與詩人求證，獲悉這首詩初為40年代舊作，80年憑回憶重寫。那麼，這篇40年前的舊作，與《玫瑰與淨盆》這個書名之間是否存在著某種精神上和審美經驗上的暗示或者關聯呢？

尊嚴與價值被肆意羞辱踐踏，這似乎與某個特定時代一代人的慘痛經歷密不可分。詩人也在那個特定時代遭遇到種種不堪回味的屈辱[2]，詩人所崇奉的文明、價值、理想種種，也隨之而被澈底顛覆踐踏。他在人生暮年的時候，曾經寫過這樣一段讀來讓人感慨不已的文字：如今我自己已屆耄耋之年，好比一株老樹在秋風中搖曳，回憶中的幾件往事，不過是枯黃的樹葉，無可奈何隨風飄落，散在地上，任人踐踏，如此而已[3]。這是一種充滿了惆悵落寞的情

1 參閱李治華，《里昂譯事》，P231，P245，商務印書館，2005年12月，北京。
2 羅大岡在回憶曾經的領導何其芳時，提到過幾件在公開外事場合遭遇到的粗暴的完全失禮的「羞辱」經歷。可以想像在後來舉國動盪的時期他所遭遇到的種種難堪又會如何。參閱《小兵懷念將軍》一文，羅大岡，《羅大岡文集》，卷二，P502-512，中國文聯出版社，2004年3月，北京。
3 羅大岡，《羅大岡文集》，卷二，P600，中國文聯出版社，2004年3月，北京。

緒，一種淒然無奈的人生審美。與其說是在一種艱難困苦中依然堅守著並最終成就了一種美：豔麗的玫瑰，還不如說是在一種醜陋骯髒污穢的環境中，一種淒然而豔麗的玫瑰兀然綻放，令人目眩。這種讓人驚詫的「不協調」，正是詩人對於曾經的生命存在經驗的體驗與提煉。當我們聯想到薩特的《噁心》這樣旨在探討人的存在的主體意義和審美意義的文學文本的時候，最初因為《玫瑰與淨盆》這樣的書名所引發的困惑似乎有些緩解。而它所表達出來的獨特生命體驗和審美體驗，與曾卓的《懸崖邊的樹》、牛漢的《半棵樹》、顧城的《一代人》等一樣，都是精練而觸目驚心地濃縮了一代人對那個特定時代的存在經驗。與曾卓、牛漢和顧城的詩在審美風格上有所不同的是，《玫瑰與淨盆》高超地將中國古典審美意象與西方現代審美意識融合在一起，傳達出來一種高潔、傲然和有尊嚴的不容褻瀆的人格美的存在。這，幾乎就是羅大岡一生道德人格的理想所在。

二

羅大岡曾經這樣描述自己當初是如何結識同為杭州人[4]，又同曾在上海震旦大學法語特別班進修法文的校友戴望舒的：

> 1929-1933年，我在私立北平中法大學上學。除了每星期去聽幾次課外，我幾乎整天在沙灘混。在那裡有我住宿的公寓，一日三餐的小飯店和燒餅鋪。有我天天見面的友人、

[4] 羅大岡原籍浙江紹興，5歲時（1914年）隨父母移居杭州，並在這裡上完小學初中和高中一年級。所以他與杭州出生成長的戴望舒不僅是浙江大同鄉，也是杭州小同鄉。

> 住在北大東齋的幾個江浙同學。
>
> 有一天午後，我剛剛從東齋出來，在穿行東齋大門外的一片小樹林，聽見有人在後面叫我。我回頭一看，是一位北大英語系的浙江同學。他和我同住一個公寓，所以很熟。他告訴我，戴望舒到北平來了，就住在沙灘附近。他還說『戴望舒問起你。』我順口說了一聲「好呀！」就繼續走我的路，我心裡想的其實是『那有什麼值得大驚小怪？』」[5]

其實，這幾乎就是羅大岡自己一生在待人接物方面個人風格的一個縮寫或者見證。這種風格背後，是敏感而充滿自尊的自我。

與三十年代那些自中法大學附中升入北京中法大學的學生相比，羅大岡的法語優勢是明顯的：1928-1929年，他曾經在上海震旦大學法語特別班進修[6]，並於1929年暑期考進當時的北平中法大學[7]。不過，對於自己在北京中法大學期間的學習交誼狀況，尤其是有關師承方面的情況，羅大岡相關文章中鮮有涉及。他在一篇回憶梁宗岱的文章中[8]曾經提到這樣一個事實，那就是旅法女學者張

---

[5] 羅大岡，《羅大岡文集》，卷二，P491，中國文聯出版社，2004年3月，北京。

[6] 羅大岡於1928-1929年在上海震旦大學法語特別班進修法語時，戴望舒已於1927年從震旦大學法科一年級退學。1927年7、8月前，戴望舒隱居松江施蟄存家裡，譯詩、作詩，過著「孤寂的生活」。而為了擺脫這種過於抑鬱沉悶的精神氛圍，結束精神上孤寂無援缺乏活力的隱居生活，戴望舒當時決定到外面去走一走。「7、8月間他隻身來到被魯迅稱為『寂寞舊文苑』的北京。他沒有親友在北京，一個人住在小公寓裡，感到同隱居松江時一樣的孤寂。到北京大學和中法大學看看，他又動了繼續深造的念頭」。（參閱《戴望舒評傳》，P43，鄭擇魁、王文彬著，百花文藝出版社，1987年7月，天津）。這是戴望舒第一次去北京。而羅大岡回憶中所提到的那一次戴望舒的北京之行，並不見諸有關戴望舒的傳記年譜。

[7] 羅大岡在多篇文稿中稱當時的北平中法大學為「私立中法大學」，原因是中法大學的辦學經費主要依靠捐贈和基金會支持。與北京中法大學辦學經費略有不同的是，里昂中法大學的啟動經費則主要依靠退還的部分庚子賠款。

[8] 羅大岡，《羅大岡文集》，卷二，P457-460，中國文聯出版社，2004年3月，北京。

若茗剛回到北京，執教於北京中法大學。「最後他囑咐我要認真地聽中法大學一位剛剛從法國回來的女博士的講課。這位女教授據說是專精法國現代文學的，讓我去聽她的課，對於我寫論文有好處」。對於這位以一部《紀德的態度》而獲得紀德肯定的女博士張若茗，羅大岡此處隻字未提。其實不僅未提張若茗，北京中法大學當時其他主要教授，羅大岡相關回憶中也甚少涉及，個中原委，尚待查考。

羅大岡搭乘的赴法郵輪是1933年11月下旬的一個早晨抵達馬賽港的。循例，一行近二十名中法大學學生當即乘火車並於夜裡到了目的地里昂。對於初抵法國的這一夜，羅大岡倒是記憶猶新：

> 當天夜裡，我們乘坐的火車安抵里昂。中法大學派了幾個工作人員，連同學生代表，到車站去迎接我們。有一位面生的中國青年遞給我一張字條，說是戴望舒托他帶給我的。老戴在條子上說他在中法大學等候我，歡迎我。他今晚有點急事，所以不能到車站迎接我，表示歉意。在國內時，我曾聽說戴望舒去法國了，在《現代》月刊上還看見過他離開上海時，親友到碼頭上向他告別的照片。沒有想到他在里昂，真是海外奇遇[9]。

應該說是共同的對於法國文學的愛好才讓他們先同學於上海震旦大學的法語「特別班」，再同學于里昂中法大學。而對於自己當初怎樣從一個多少還有些懵懂的青年學生，轉而有目標地追求法國

---

[9] 羅大岡，《羅大岡文集》，卷二，P495，中國文聯出版社，2004年3月，北京。

文學的，羅大岡所提到的，也是一位留法學者梁宗岱：

> 如果我記憶正確，梁宗岱先生（1903-1983）翻譯法國詩人梵樂希（瓦雷里）的《水仙辭》，發表在《小說月報》上，那年，我還是個高中學生。《水仙辭》原詩高潔的意境，梁先生譯筆的華麗，當時給我很深的印象。後來，我選擇了法國語言文學作為學習的專科，和梁譯《水仙辭》的藝術魅力給我的啟迪多少是有關係的[10]。

其實，當時在國內翻譯介紹介紹法國文學的，除了一些專業作家外，北京中法大學那些留法歸來、專門從事法國文學教學研究的中國學者都作出了不少貢獻，而且這些學者應該也是羅大岡在北京中法大學時期的老師，譬如張若茗等，令人納悶的是，羅大岡後來並無專門文章談到自己當時在北京中法大學時期的學習生活，甚至在相關文章中也基本回避談及那些現代中國的法國文學介紹研究的先驅們。

這應該不是因為記憶上的空缺，而是有著只有當事人才清楚的「難言之隱」。對此，直到晚年，在一篇應約而寫的回憶《十年寒窗——回憶我的大學生活》中，羅大岡才透露了一些大概：

---

10 羅大岡，《羅大岡文集》，卷二，P457，中國文聯出版社，2004年3月，北京。在另一篇文章（《譯詩難》）中，羅大岡再次談到梁宗岱當年的《水仙辭》譯文帶給自己的享受以及影響，「二十年代中，《小說月報》刊登梁宗岱翻譯的《水仙辭》，那是法國詩人瓦雷里（1871-1945）的名作。梁氏的譯筆華麗，雖然帶有中國舊詩韻味，可是相當動人，全中國讀者為之陶醉。筆者當時是中學生，反覆誦讀梁譯《水仙辭》，愛不釋手，從此筆者畢生以研究法國文學為專業，與《水仙辭》之感染不可謂毫無關係」（《羅大岡文集》，卷二，P605，中國文聯出版社，2004年3月，北京）。

> 我在北平中法大學上學的四年中，由於該校教師的陣容較弱，大部分不是留法學習文學的。法語水準有的較低，有的稍高，可法國文學基本上是外行。我覺得聽課白浪費時間，所以大部分時間課外自修，不去聽課。每逢學年考試前兩三個星期，我才去聽課，大概瞭解一下教師講授的內容，須要時向一直隨班聽課的同學借筆記過一過目，就可以把考試應付過去[11]。

或許感到這樣描述自己的母校老師終歸有些過於「張狂」，羅大岡緊接著又補充了這樣一段文字，對自己當初的行為予以解釋：

> 我在二十歲左右的年月裡，曾經做過一個美夢，一種幻想：希望畢生從事文藝創作。北平中法大學有一個優點：圖書館是新蓋的一座多層的洋樓，收藏新舊法文圖書以及報刊比較豐富。我在上海震旦大學「特別班」打了法文底子，可以自己閱讀法文書報。在北平中法大學時期，終日坐圖書館借閱古今圖書以及當代報刊的時間，遠遠超過在教室裡聽教師講課的時間。同學說我「不務正業」，而我自己心中有數：一個人要求自己有所成就，必須依靠自學，自己看清楚自己要走的路，堅忍不拔地走下去，而不能依靠教師，哪怕水準很高的教師、最好的教師也只能指給你要走的道路，不能替你走路。路，必須用你自己的腳一步一步地去走。反之，有人勤學一輩子，一事無成，那也不能責怪教師，只能責怪自己

[11] 羅大岡，《羅大岡文集》，卷二，P596，中國文聯出版社，2004年3月，北京。

> 學習不得法，或不夠堅持不懈[12]。

有了這樣遠大而堅定的學習和人生目標的羅大岡，眼睛裡對於真正專業傳道授業解惑者的標準自然跟一般求學者不可同日而語。在他心中，十多年的大學生涯裡，真正算得上好老師的，屈指可數。「在我十一年之久的大學生活中，曾經遇到兩三位比較有學問，有才能的教師。這就很不少了，很足夠了。我在他們身上學到不少東西，對他們尊敬與感激之情，終身不減」[13]。四年北京中法大學生活，能夠進入羅大岡挑剔的「法眼」的老師勉強兩位，其中一位還是教授中國文學史的（范文瀾）。另一位，則是幾乎為所有曾經就學於北京中法大學文學院的學生都感銘不已的法國教授鐸爾孟：

> 鐸爾孟是一位業餘漢學家。學識淵博不亞於一般專業的漢學家。他在中國僑居大半輩子，是水準極高的中國通。他研究和翻譯中國古代文學完全出於愛好，既不為名，更不為利。他教我們翻譯《長生殿》與《琵琶行》。先指定一兩個學生把他們事先準備好的拙劣法文翻譯抄在黑板上，由老師一邊講解，一邊改正譯文。最後把他自己的譯文由學生恭錄在黑板上。老師古樸文雅的法文翻譯，十分貼切、巧妙地譯出中國古詩詞，學生們看了無不為之神往。我對於鐸教授的高明翻譯既佩服，又熱愛。上他的課是學生們極大的享受。……1942至1946年，我曾用法文翻譯了《唐人絕句百首》和《古鏡記》（唐宋明人說部十則），都在瑞士法文出版社出版。

12 羅大岡，《羅大岡文集》，卷二，P597，中國文聯出版社，2004年3月，北京。
13 羅大岡，《羅大岡文集》，卷二，P597，中國文聯出版社，2004年3月，北京。

> 我之所以能有這點微小的成績，和鐸爾孟教授給我的影響是分不開的[14]。

對於鐸爾孟的「尊敬」與「欽佩」，似乎已經預示了羅大岡自己對於未來的設計和構想。當然影響他放棄成為一個作家的人生夢想的原因不僅如此，而是還有更深層的原因。「我在大學生活十一年過程中，法國古今名作家的著作涉獵得相當多，自己想當詩人或小說家的意願也就漸漸消失了。心想法國作家古今出色的傑作這樣豐富多彩，自己才淺學疏，無論如何趕不上別人。與其盡畢生之力，寫幾部不高明的作品，還不如盡心竭力研究和介紹幾位我崇拜和熱愛的法國傑出作家，翻譯他們的名著」[15]。這樣的解釋似在情理之中。不過這並沒有阻礙羅大岡繼續自己在詩歌和散文創作中的愛好——在幾十年的文字生涯中，他還是創作了幾部詩集和散文集。至於小說和戲劇，羅大岡曾經說過自己「向來不感興趣」[16]，「在那些領域中（小說和戲劇——作者），文學的藝術意味不夠精湛，不夠結晶，不夠濃縮」。應該說，這是一種比較古典化和知識分子精英意識傾向的文藝愛好和審美趣味。不過，羅大岡的這種愛好和趣味，也並非一直能夠落實到自己所有專業選擇和學習行為之中。譬如他在里昂大學的課程學習選擇上，並沒有選擇與他的上述愛好和趣味更為接近的「古典碩士」文憑，而是選擇了「自由碩士」文憑，前者所要求的古希臘文與拉丁文文憑考試，對於當時歷屆留法學生來說，都是一個巨大挑戰。比羅大岡晚四年來里昂大學

[14] 羅大岡，《羅大岡文集》，卷二，P597，中國文聯出版社，2004年3月，北京。
[15] 羅大岡，《羅大岡文集》，卷二，P597，中國文聯出版社，2004年3月，北京。
[16] 羅大岡，《羅大岡文集》，卷二，P480，中國文聯出版社，2004年3月，北京。

留學的李治華最初選擇的就是「古典碩士」文憑，但他古希臘文和拉丁文考試不過，最終只好改選現代文學比較文憑，而他的夫人雅歌女士則順利通過了這門古代語言考試。有趣的是，羅大岡對於自己之所以放棄「古典碩士」文憑而改選了「自由碩士」文憑所給出的解釋是：

> 在這兒，也反映了我對於文學的根本性的觀點，那就是，文學之所以成為「生活的教科書」，絕對不是用說教的方式，或用教條主義強迫人接受某種理論，而是用藝術的、美的魅力感化，令人在陶醉之中，潛移默化，受到教育。所以應當用研究藝術作品的基本態度，去研究文學作品，用欣賞藝術作品的態度與心情，去欣賞文學作品。[17]

很難說古典文學就是那種說教的或者教條主義的文學，而所謂現代文學就是用藝術的、美的魅力感化。不過，從後來羅大岡的法國文學研究翻譯的實踐來看，他的重點倒確實在現代法國文學。

二

羅大岡里昂的生活當然首先同時也主要地是一個留學生的生活，一個求學者應該過的生活。他曾經這樣介紹自己是如何提高法文寫作能力的：

---

[17] 羅大岡，《羅大岡文集》，卷二，P598，中國文聯出版社，2004年3月，北京。

> 由於法國大學教授不給學生改文章，我在里昂大學學習的四年中，曾經請一位中學法語教師給我修改作文。這位教師法文寫得好，很精練，因為他曾經是一位名記者。我的目標當然不是自己的法文能寫得和法國名作家一樣好，這是辦不到的。但我要求自己寫的法文不但能正確無語法錯誤，而且簡練明晰，流利曉暢，達到法國報刊能接受我的文章而且加以發表的程度。那時，每週有一天上午，我必須將自己倒鎖在臥室裡，閉門謝客，不接受任何人來訪。用兩小時工夫，緊鎖房門，心無二用，強迫自己寫成一篇長短相當於普通打字紙三至四頁的法文。然後出相當高的代價，請那位中學教師給我修改法文，以期提高我的法文寫作能力。後來，無論我寫巴黎大學文學博士論文，以及在瑞士出版的兩部翻譯中國古典文學作品，一部我直接用法文寫作的評論集，介紹七位中國古代詩人，都未經過法國或瑞士的法語學者或文人修改，即行公開出版[18]。

徵引上述解釋的目的有二，一是可以看出羅大岡在法文寫作和翻譯方面的能力和素質是如何訓練出來的；二是當時絕大多數留法學生的畢業論文都曾經請法國同學或校外法國人修改潤飾過（甚至不排除代寫者），羅大岡如此直率地說明自己曾經用相當高的代價聘請一位法國中學教師為自己修改文章，一方面表現出他在為人治學方面的誠實，另一方面也說明，對於一個中國留學生來說，要學好法文、寫好法文是一件多麼不容易的事情。由此看來，國內外語

[18] 羅大岡，《羅大岡文集》，卷二，P599，中國文聯出版社，2004年3月，北京。

學界一直流傳著的不少外語學習方面的神話傳說，似乎多少都有誇大之嫌。

描述一個學者式的、清教徒式的留學生的日常生活是需要勇氣和必須直面不少挑戰的。除了那些課堂學習外（羅大岡對國內的課堂學習，尤其是在北京中法大學的課堂學習給予的評價不高），羅大岡在里昂期間在思想和學術上的發展，還有一些僅僅屬於他個人的通道，或許只有從這些通道，我們才能夠真正瞭解，一個傑出學者是在怎樣自我修得的環境中發展自己的。據說，羅大岡求學期間，按照當時法國大學規定，文科教授們只能講解評論古代法國作家，凡是當代法國作家，不論多麼傑出，多麼名揚國際，只要其人尚在世，沒有蓋棺論定，他的為人和他的作品一律不准許列入大學課程，作為教材來講。這就給羅大岡帶來了一些麻煩。從他個人專業來說，他所選擇的是「自由碩士」，其實就是現代法國文學，而且他個人的閱讀研究興趣，也偏向於此，「我最感興趣，最注意的是兩次世界大戰之間二十餘年的法國文學，也感興趣於1945年存在主義文學流行以來的法國當代文學，同時也感興趣與現代派文學並行的法國現代派繪畫。關於這方面的知識與體會，在大學課堂裡是一點也學不到的」[19]。

怎麼解決這個問題呢？羅大岡結識了當時里昂一位名叫埃杜瓦・杜佩蕾的神甫：

> 我在里昂認識了一位基督教神甫，埃杜瓦・杜佩蕾，年齡比我大八九歲（那時我二十多歲，杜神甫三十多歲）。我在里

[19] 羅大岡，《羅大岡文集》，卷二，P599，中國文聯出版社，2004年3月，北京。

> 昂時，每週至少和他晤談一次，後來我離開里昂了，還常常和他通信。我關於法國現代派文學與造型藝術的知識與欣賞能力，極大部分是與杜佩蕾神甫談話中學到的。我在用法文翻譯中國古代文學，以及用法文寫文章，寫抒情詩方面，也受杜神甫的教益。他從來不讀我的手稿，而由我念給他聽，聽到好的字句，他點點頭，聽到拙劣的字句，他搖搖頭。我用鉛筆把他的反應記下來，回去自己修改[20]。

對於這段生活，50餘年後，一位專門從事戴望舒和現當代中國文學研究的法國學者，在巴黎找到了杜佩蕾神甫。對於當年與羅大岡、戴望舒這些中國青年學者詩人之間的往來談話，杜神甫記憶猶新[21]。

繁重的專業學習和思想學術上的追求並沒有澈底湮滅羅大岡的詩人之夢。留學期間他還是寫下了不少詩歌作品，其中有兩種類型的詩歌可以讓我們進一步認識瞭解他的留學生活，一類是愛情詩，另一類是表達鄉愁的詩。

先來看看他這一時期的愛情詩。詩集《無弦琴》一共包括三輯，即「流星群」、「靜靜的小窗」和「殘雲」。「流星群」裡的詩基本上是詩人對自己乃至整個民族在那個特定時代裡的慘痛經歷的抒情敘述，不少帶有那個特定時代思想方式和文學審美形態的共性，坦率而言，除了作為個人精神生活和審美生活的文學文獻記錄外，在文學上的價值並不高。比較之下，「靜靜的小窗」和「殘雲」中有些詩，尤其是那些落款為「改寫舊作」的詩，因為抒寫的是詩人個人的情感經歷和精神審美訴求，具有獨特的思想和文獻價

---

20 羅大岡，《羅大岡文集》，卷二，P599，中國文聯出版社，2004年3月，北京。
21 參閱利大英《杜貝萊神甫訪問記》，未刊稿。

值。譬如有一首《散步》，全詩如下：

又是一個微雨濛濛的早晨，
可巧昨晚約好今天出去散步。

我說下雨你怕不怕？
她說大雨都不怕，誰怕細雨！

對。在漫長的人生道路上，
我們決定一同經受風霜。

我們帶著傘，可是沒有張開。
我愛看她眉毛上的小水珠。

她不說話，噘著嘴，
我知道她噘嘴是高興，不是生氣。

大路上任憑我們漫步徜徉，
雨中車少人稀，正好空曠。

優哉遊哉走了兩小時，
我們正想往回走，雨開始停止。

迎面吹來陣陣清風
殷勤地為我們吹乾頭髮和衣服。

> 一路上我們幾乎沒有交談，
> 在最美好的時刻，反而沒有話說。
>
> 靜默中我們細細享受
> 一種難言的幸福給人的陶醉。
>
> 那是一個細雨迷濛的日子，無意之中我們寫下了一頁難忘的情詩[22]。

對於這首詩，李治華作過專門考證，認為這首寫於1936年里昂的詩，就是對詩人和他的戀人一次雨中散步的真實描述，借此抒發詩人對於那種戀人之間心靈默契、共同面對未來人生的勇敢堅定。而這首詩的現實情景大致是這樣的：

> 1936年他們住在里昂中法大學海外部，宿舍是由一座軍營堡壘改建的，坐落在該市西郊山巒的起點。他們大概是選擇了一出校門向右轉的那條路，因為那條路在30年代，平時就車少人稀，雨中當然更為清幽。我們一般都是星期日下午出遊，他們卻選擇了早晨，以便避免遇到別的同學[23]。

有趣的是，詩人將這段深刻記憶，在他的「懷鄉病」（四行詩十二首）中的第五首中再次表達了一遍：

---

22 羅大岡，《羅大岡文集》，卷二，P245-246，中國文聯出版社，2004年3月，北京。
23 李治華，《里昂譯事》，P248-249，商務印書館，2005年12月，北京。

雨中漫步的幽趣令人忘卻路途遠近，
雨水低唱翠綠色的小曲。請別撐傘，
撐傘打亂雨的節奏，而且遮不住隱憂。
即使遮掩面目，雨絲照樣滲透心頭[24]。

有誰會面對這樣的愛情抒情時依然無動於衷呢？但是，當生活已經進入到人生的暮年，回首青年時代的理想與憧憬，其中感慨，非過來人難以體味其中甘苦。羅大岡有一首同樣落款為「改寫舊作」的詩《殘雲》：

一群狂醉的女神，
像神話中的巴克科斯，
赤身裸體，
披頭散髮，
在高空中飛奔。

正雷雨初霽，
誰在打掃
萬里殘雲？

殘雲，殘雲，
這是我過去的生命。
往事不值得重提，誠然。

[24] 羅大岡，《羅大岡文集》，卷二，P267，中國文聯出版社，2004年3月，北京。

想當年艱難歲月，
我也曾經是二十歲的青年。

年輕的人
熱血沸騰的青春，
要求改變灰暗的命運。

黑雲壓城的時代，
我度過苦悶的青春。
多少辛酸的詩篇，
隨它去風掃落葉，
蕩然無存。

這兒留下幾片枯葉，
讓今天的幸福青年看看，
老一輩的靈魂上有多少創痕[25]。

很難想像詩人是一個專門從事法國現代文學研究的專家，而且對於古典文學的「說教」或者「教條」歷來沒有好感。在羅大岡的《無弦琴》中，相當一部分詩篇帶有一定程度的「說教」色彩，儘管這種說教並不是那種空洞的政治抒情詩式的說教，但還是讓人感到詩人形象和情感想像力的困頓。相對而言，他的那些明顯寫於留學期間，尤其是里昂時期的詩篇，情感更為豐富飽滿，而不是像

[25] 羅大岡，《羅大岡文集》，卷二，P263-264，中國文聯出版社，2004年3月，北京。

晚年那些詩篇過於偏向一種風格上的內斂，而且彼此之間存在著重複。譬如他的《懷鄉病》十二首中的第一首，「夢在無夢的夢中，知道跋涉的遠近嗎？悄悄落在林外的，流星而已。」第二首，「當我們懷舊的時候，我們羨慕水中的游魚。夜在盲人眼中，繁花開遍大千世界」[26]。

有一首詩，詩人直接標明寫作時間是1933年，詩中也沒有表達詩人在《靜靜的小窗》中那種男女之間的戀情，而是描寫表現的一群青年學生在黃昏中漫步時候的情景，至於是在北京中法大學時期還是抵達里昂的1933年11月之後，詩人並沒有明示：

有一個時期我們喜歡在黃昏中會面。
黃昏，這是一天中最抒情的時間。

不要以為只有老年人愛好黃昏，
我們，黃昏之友，是二十左右的小青年。
我們幾個人不喜歡熱鬧的娛樂，
靜穆的黃昏引起我們清醒的思索。

有時我們談論什麼是真正的幸福，
大家認為過平靜樸實的生活，與世無爭。

可是天下大亂，多數人在苦難中，
你個人如何能平靜生活，幹你的工作？

[26] 羅大岡，《羅大岡文集》，卷二，P266-267，中國文聯出版社，2004年3月，北京。

有人主張貢獻自己的生命，
為了完成一項偉大事業，孤注一擲。

但是他說不追求一鳴驚人，
不震撼世界，永遠像黃昏一樣平靜。

黃昏不是死亡的象徵。我們年輕，
我們需要行動。黃昏不能解決苦悶。

黃昏之友心中的苦悶不容易說清。
但是他們知道各人有自己的鬥爭。

各人面前漫長崎嶇的道路，要去征服，
黃昏的抒情氣氛使他們寧靜然而振奮。

有一天，一個小夥子帶洞簫來吹，
悠揚的曲調增加黃昏優美的抒情氣氛。

我們不知道發生了什麼事，覺得反常，
原來他來向大夥告別，當晚動身去遠方。

可以肯定的是，這是30年代大學生精神生活的一種抒情寫照。一種自由而浪漫的精神，獨立而豐富的思想。儘管思想不可避免地脫離中國當時社會現實，但確實是當時學院派大學生們的思想真實。同一時期類似風格的作品還有《黃葉吟》和《曼佗羅之歌》。

詩人對於自己求學和探索人生真諦的理想，從來不曾懈怠放棄，而詩人為此所付出的努力，一方面見諸他在專業學習方面所取得的進步，另一方面則是通過這一時期的一些詩篇來傳遞表達自己的志向心聲。在給北京讀書時期的好友卞之琳的一首詩中，詩人曾經這樣表達自己的心跡：

草菊豈能委身於村夫
雪深了風是寒冷的光明
「不要思想只要麵包與愛情」
啊風你鼓蕩著大霧的波濤
浮士德和他積學的呻吟
在不堪消瘦的道路上
也許有人策杖而獨行
你讓林木剩下幾根骨頭
積雪上留下牛馬的踢印
最後的街車是二十四點一刻
行人遺失了他們的燈擎
為了不甘心絕望而死
可讓我們再到林邊去逡巡

這種知識分子不苟且於流俗、高潔芬芳的志向，不僅僅體現在理想事業上，也體現在他們對於愛情的追求上。羅大岡30年代在里昂時有一首情詩寫得平實自然，但又情感纏綿，溫馨動人：

即使夜鳥
也在大白天迷了道
霧濃到像霧，
我在這兒給你寫這些字

我在這兒給你寫這些字
彷彿你並不存在

我無聲無息地呼喚你
在我手掌上
泅遊著你的目光

你的名字
這樣細的名字
微微轉動在我沉默的呼喚中
正如蜜蜂在它的房中
正如你的手臂
以前在我手臂中轉動

我明知道你在我身邊
我明知道你不在
真近
也真遠

細雨如粉似地往下灑

我在這兒給你寫這些字
你的眼睛濕了沒有
我打聽我的手指
我的頭髮
它們也許是你的手指
是你的頭髮

可是你用貓的腳步
溜達我每一枝纖細的神經
索性就讓小船翻了
水上描有蜻蜓的側影

你的影密合在我的影上
月光上滲上月光
和我們的呼吸一般
和風和風的合流一般

我在這兒給你寫這些字
彷彿你並不存在

我在這兒給你寫這些字
人家許說我並沒有寫

人家說就讓人家說

無論從哪個角度講，羅大岡與同學齊香之間的愛情婚姻都是令人羨慕的，更何況里昂中法大學一直存在著男多女少的情況（這種情況在創辦之初尚不如此嚴重，越往後性別方面存在的不平衡現象越嚴重）。青年時代的愛情純粹而美妙，沒有絲毫塵世紛擾，就跟處於里昂城市邊緣一處山坡上的中法大學海外部一樣。儘管物質生活並不是那麼充裕，但內心世界卻是飽滿而豐富，敏感而多情的。

三

「薩曼純然是象徵派詩人。象徵派詩人的特徵，主要的是自我存在，與外物存在在一瞬間，作原則上的對比的肯定。……薩曼的主要而且經常的態度，就是將自我的面影反射到外物的面影裡，同時將外物的反射，深深吸收到自我意識中。這是很有意思的對照，浪漫派的詩人們處處在大自然中發見自我的存在，而象徵主義者更進一步，在自我身上可以寄託外界的生命。」[27]

「死的恐怖，始終沒有離開他，澈底的絕望，可以說是他唱歌的動機。他，和別的一些象徵派的詩人們一樣，深中『時代病』的毒，他是幻想的破滅者。唯其知道夢的空虛，才認識作夢的美，普通人終日忙碌，滿頭大汗，反而才知道他自己躪在夢裡，以夢為實有，故看不見夢。薩曼幸虧能以夢自慰，善於造夢，才能在窘苦的環境中活下去，可是夢之於

[27] 《羅大岡學術論著自選集》，P162-163，羅大岡，北京師範學院出版社，1991年4月，北京。

他，顯然僅為唱歌的材料，以唱歌自慰，以唱歌自足，以唱歌自終，舍此他還有什麼？他也不敢希望什麼，他也不至於妄求什麼。他的生活不曾超出斗室，幻夢也離不開虛構的『花園』。因此有人批評他是弱者，他沒有偉大的熱情，沒有行動的意志，他的詩裡面缺乏深刻的人道的意識與廣大的宇宙的概念，目光始終宥於個人的角度，不敢大步走到群眾生活的日光底下來。是的，薩曼是屬於過去時代的，他的時代早已沉沒了。可是這些都不是問題中的話，薩曼已完成了他的使命。他走在自己願意走的路上，始終與一切苦難鬥爭著，以至於精疲力竭而倒下。薩曼何尚是弱者！他給後世留下了作品，除了他的藝術以外還有他雖然清貧困苦，體弱多病，但是不斷奮鬥，總想有所作為的崇高榜樣」[28]。

上面這兩段論述，摘錄自羅大岡北平中法大學時期的一篇論文《詩人薩曼》，該文長近1萬7千字，是對法國詩人薩曼（1858-1900）的一篇評傳。作者寫這篇詩人論的時候，年齡不過23歲。雖然文章帶有一定編譯成分，但基本上把握住了詩人一生的基本面貌及其精神的自然發展史。這篇詩人評傳後來發表于北平中法大學月刊六卷三期。儘管1987年11月又經作者修訂，但基本上保留了原文在思想和行文上的風格。

有意思的是，在《羅大岡學術論著自選集》中《詩人薩曼》一文前是一篇討論鮑狄埃詩歌的思想內容和藝術形式的一篇論文《人格與文風》。無論從哪個角度講，鮑狄埃與薩曼都是思想和藝術風

---

[28] 《羅大岡學術論著自選集》，P178-179，羅大岡，北京師範學院出版社，1991年4月，北京。

格相去深遠甚至南轅北轍的兩個法國詩人。值得關注的是羅大岡在《人格與文風》一文開篇這樣一段論述：

> 無論哪一個階級，在評論文學作品時，不管表面上怎麼說，實際上總是政治標準第一，藝術標準在次。這是客觀現實。這是科學真理。我們絲毫沒有離開這條原則的意圖。但是我們理解，所謂政治標準第一，決不等於政治標準唯一。政治標準不能代替、也不能排斥藝術標準[29]。

《人格與文風》一文結尾有這樣一段文字，將鮑狄埃的詩《獸屍》與法國詩人波德賴爾的《一具獸屍》作了比較：

> 鮑狄埃肯定知道波德賴爾的那首詩，而且不可避免地受到波德賴爾的啟發。但是這兩首題材相同的詩，在思想內容和藝術方面存在著很大的差別。波德賴爾的《一具獸詩》長48行（12節），大部詩句用來描繪蛆蟲的醜態，繪聲繪色描寫惡臭，寫得那樣細緻，惟恐讀者不作三日嘔。至於主題思想，原來只是庸俗的紅粉骷髏論。詩人借這首詩提醒賣弄風騷的「美女」，她們的最後下場，還不是和「獸屍」一樣地與草木同腐。鮑狄埃把腐爛奇臭的獸屍比作資本主義社會，把成堆的蛆蟲比作寄生階級、剝削者，使《售屍》這個舊題材得了新的內容和更深刻的意義。從這一事實，難道也有人可以

---

[29] 《羅大岡學術論著自選集》，P126，羅大岡，北京師範學院出版社，1991年4月，北京。

得出「鮑狄埃詩歌藝術水準不高」之類的奇怪結論嗎？[30]

這篇寫於1979年的《人格與風格》，比較明顯地反映了羅大岡1950-1980年近30年時間裡在文學研究方法、立場以及觀點上的特點。他的上述論斷中所突出的立論方式，與他40多年前的《詩人薩曼》一文相去甚遠，當然這種「差別」在當時可能被認為一種進步或者革命，但對於這種進步或者變革，也不是沒有非議。施康強在為《羅大岡文集》所撰寫的前言中就毫不避諱地指出，「他最重要的、最下工夫，也是最有爭議的學術著作，當為《論羅曼・羅蘭》」；「書出版後，適逢思想解放之風，遂引起許多批評與指責」。對於這些指責批評，「羅先生接受了多數批評意見，並在修訂本中作了某些改正」[31]。但羅大岡也保留了一些自己的觀點，譬如他對「個別同志的文章措辭稍嫌偏激，言外之意似乎不贊成對人道主義言論作階級分析，不贊成用歷史唯物主義觀點研究外國的或古代的作家」這樣的觀點，就明確表示出不能苟同。如果我們結合他自己30年代的論文《詩人薩曼》，就會發現50年代以後羅大岡在法國文學研究方面所發生的變化是多麼巨大而深刻。

探討羅大岡在學術研究、尤其是法國文學研究方法、立場、觀點方面所發生的變化，或者他如何在50年代之後的法國文學研究中自覺地貫徹實踐歷史唯物主義和階級分析的方法等，並非筆者這裡所關注的焦點。筆者的興趣在於，30-40年代留學時期的羅大岡與法蘭西文學和文化之間，尤其是通過里昂這座城市為仲介，所生成

30 《羅大岡學術論著自選集》，P152，羅大岡，北京師範學院出版社，1991年4月，北京。
31 羅大岡，《羅大岡文集》，卷一，P7，中國文聯出版社，2004年3月，北京。

的一種關聯，一種精神上、情感上和思想上的關聯。這種關聯在不少畢業歸國後的留學生那裡歷經歲月風霜依然延續著，儘管中間還經歷了那個特定的慘痛時代，不少留學生也為此付出了常人難以想像的人生代價，但在他們內心和情感深處，依然在珍惜著、回味著曾經的留學歲月。那段歲月留給他們的印記，遠遠超出了他們自己的想像。

不過，羅大岡回憶留法生活的文獻中，對一種寬泛意義上的法蘭西文化，譬如通過里昂、巴黎這些他曾經求學生活過的城市所折射出來的民族文化精神和歷史文明等，比較少涉及，所論不過是當年給自己留下過影響的少數幾位老師，再就是對當年同學的回憶（也僅限於戴望舒等）。這一現象本身就值得引起關注：為什麼長達14年之久的留學生活，沒有成為羅大岡晚年精神生活中一道濃墨重彩的風景？是因為某個特定時代對個人歷史和海外關係的清理帶給他的心理隱憂和傷痛尚未完全消散？是因為他的個性使然？是因為當年留學期間本身與同學往來就不多？還是因為其他難言之隱？

有一點可以肯定，羅大岡像鳥珍惜自己的羽毛一樣，珍惜自己的理想、人格和知識分子的文化身分。他內心深處的愛與憎，已經通過《玫瑰與淨盆》這一對意象及其所形成的強烈的審美反差和緊張關係而得以部分彰顯。而他對法國文學的那些尚未得到充分言說的經驗感受，尤其是他早年所關注的法國超現實主義文學藝術等，作為一種個人精神發展史上「濃重」的一筆，也並沒有在他的精神世界中澈底消失——而往往是在這裡和從這裡，我們可以更直接同時也更清晰地感觸到法國文化在羅大岡精神生活中所曾經佔據的位置，以及依然在佔據著的位置。直到晚年，儘管依然多少有些顧慮，但羅大岡還是寫下了這樣一段文字，作為對自己曾經鍾情過的超現實主義文學藝術經歷的一個了結：

> 超現實主義文學藝術在本世紀20年代初期開始在法國流行，影響遍及全世界。不論你贊成不贊成，喜歡不喜歡，超現實主義是20世紀人類精神生活異化的最忠實的藝術發言人。作為文學運動，作為文學社團，超現實主義已不存在，可是它的影響直到目前並未消失。無論你贊成或反對，超現實主義和20世紀人類病態的精神生活一樣，是客觀存在的[32]。

這段文字的意義，除了是對羅大岡自己早年在文學藝術上的所愛的一個交代之外，一定意義上，也是他對自己在個人學術生涯第二階段的立場、觀點、方法的一個平衡，儘管還是一種小心翼翼的平衡：

> 我個人並不贊成超現實主義的理論與實踐，但是對於超現實主義適合於表現時代精神的某些美學觀點，某些藝術手法的創新，我認為是有一定的價值，應當加以肯定的，比如「形象錯綜」的藝術手法。對於現代詩，現代派文藝，我採取同樣態度。不盲目崇拜，也不一筆抹殺全部否定，而是要有分析有辨別地加以實事求是的認識與理解[33]。

這種表述，一個時期幾乎已經成為一種學術八股，一種辯證

---

32 《羅大岡學術論著自選集》，P5-6，羅大岡，北京師範學院出版社，1991年4月，北京。

33 《羅大岡學術論著自選集》，P6，羅大岡，北京師範學院出版社，1991年4月，北京。

法的過度使用。幾乎很難有人會去相信，青年時代所傾情的現代派文學藝術，會從羅大岡的精神生活或者記憶中消失，或者可以像他所說的那樣，被分解成有益的「美學觀點」和「某些藝術手法的創新」，以及可以而且必須被拋棄的軟弱甚至反動的思想。

也許還是羅大岡自己早年一篇論文中的幾段描述文字，可以為他自己對於西方現代派詩歌、對於法國文學乃至對於自己曾經的留學歲月提供一些可供索隱的精神線索：

> 孤傲的詩人一跨出書房或斗室，立刻顯得狼狽孤立。我在街頭瞥見現代詩，它幾乎以乞丐的面目出現在大眾面前。在很長一個時期，我在國外留學，課餘時間，大部分消磨在公立圖書館和舊書攤上。從恬靜的書籍世界出來，一腳跨進所謂現代文明之花的熱鬧大街，眼睛突然受現代生活的驕陽猛射，半天張不開。我意識到，大城市的熱鬧街道，除了使人嗅到金錢與物質欲望的臭氣之外，還有什麼意義呢？物質生活與精神生活極度不調和正在成為20世紀後半期新詩歌產生的社會背景和歷史條件。金錢和物質欲望的臭味，在資本主義世界，是文學和藝術的唯一營養料。詩人藝術家如果厭惡這一切，反對這一切，如果要在詩歌或藝術作品中表現自己的苦悶和煩惱，勢必產生抽象的、玄虛的、晦澀或怪誕的詩歌或繪畫、雕塑、音樂。當然，可能也有某些詩人或藝術家乾脆說：「我就愛這個物欲橫流，精神腐爛的世界，我就愛聞金錢和物欲的臭氣！」但是這種「詩人」畢竟不能在他的詩歌中坦率表現他們卑污的趣味，所以只好用虛玄抽象或晦澀來掩飾空洞庸俗的心靈。但是文藝創作無論如何不能逃避

> 一條根本性的規律，那就是如果作者沒有崇高的精神境界，純潔的心靈，任憑他用什麼矯揉造作或朦朧詭譎的手法，也創作不出有價值的作品。

這種帶有「同情的理解」，實際上是跨文化對話交流中一條非常重要而基礎的原則，晚清區分西方來華傳教士對待中國文化的態度的一個分界，就是他們是贊同還是不贊同這條原則。如果我們覺得上面這段引文還不足以顯示法國現代詩對於一個中國留學生、一個文學青年所產生的深刻觸動的話，不妨再多讀一段：

> 在資本主義國家繁華熱鬧的大街上，我，一個來自遠方的外國窮學生，往往尋思著人生的意義，一邊在熙熙攘攘的人叢中匆匆地行走。有時，我驚訝地聽到小提琴微弱的演奏聲。我尋聲而往，發現一位衣衫破舊，長髮蓬鬆的音樂家，他用左肩和下巴夾著一張陳舊的小提琴，眼光注視地上，他的弓弦在提琴上拉出一聲慢條斯理的長歎。提琴的空盒打開著放在地上，準備接受善心的行人們給他的佈施。他並不是乞丐，他無非是個衣食無著的落魄藝人。我每次遇見這樣的流浪藝人，心中不自禁地產生深厚的同情。我暗暗地說：瞧，這就是現代詩的顯形，現代詩的象徵。如果你不願意或者不善於用嘩眾取寵的伎倆，出奇制勝的手段，「驚震庸俗的大眾」，達到名利雙收的目的，成為桂冠詩人，或什麼學院的院士，甚至榮獲諾貝爾文學獎；如果你下定決心，保持你純潔的靈魂和高尚的情操；用真誠、樸實、恬淡的藝術風格創作你的作品，你很可能一生成為默默無聞的詩人，可能勉

強維持溫飽，也可能流落街頭。繁華的物質文明和你是無緣的[34]。

而街與提琴、玫瑰與淨盆，似乎也由此而成為羅大岡對於生活與藝術、現實與理想關係的形象解讀與定位。

[34] 《羅大岡學術論著自選集》，P7，羅大岡，北京師範學院出版社，1991年4月，北京。

戴望舒：我吹一支細細蘆管

一

1932年10月8日。上海吳淞碼頭。「達特安號」郵輪上，27歲的戴望舒（1905-1950）站在郵輪二層的船舷欄杆旁邊，與前來送行的家人和友人們合影留念，攝影者是戴望舒的姐夫。

送行者有戴望舒的父親、姐姐姐夫和他們的女兒、戴望舒的好友施蟄存、施蟄存的父親、與戴望舒已經有了婚約的施絳年，還有戴望舒的好友穆時英、劉吶鷗、杜衡以及中學同學葉秋原夫婦。

即將遠行的詩人似乎並沒有多少對海上旅程的期待，倒是有一種難分難舍的情懷。這位因為《雨巷》而獲得相當聲譽的南方詩人，此時正深陷離情別緒之中。不妨來看看詩人自己的描述：

> 最難堪的時候是船快開的時候。絳年哭了。我在船舷上，丟了一張字條去，說：「絳，不要哭」。那張字條隨風落到江裡去，絳年趕上去已來不及了。看見她這樣奔跑著的時候，我幾乎忍不住我的眼淚了。船開了。我回到艙裡。在船掉好了頭開出去的時候，我又跑到甲板上去，想不到送行的人還在那裡，我又看見了一次絳年，一直到看不見她的紅絨衫和

白手帕的時候才回艙[1]。

有關戴望舒離滬赴法留學的原因，眾說紛紜，其中最為普遍的一種說法，就是認為戴望舒出國是因為施絳年對他提出了一個結婚「條件」，「要求詩人出國留學取得學業和有了穩定的收入，方可完婚」。而「詩人又一次跌入感情的低谷，但他太愛施絳年，只有義無反顧」。與這種說法類似的還有「戴望舒是帶著施絳年的愛情的許諾到法國留學的。施絳年答應訂婚，但結婚必須在戴望舒取得大學學歷和找到有固定收入的職業之後」[2]。不過，儘管這兩種說法比較接近，都突出了施絳年在戴望舒這一次人生選擇關頭的「作用」，但前者直接將戴望舒的赴法留學與施絳年過於現實甚至不近人情的「苛求」聯繫起來。在這種說法中，施絳年的形象是堅硬世俗而又有些冷漠寡情的。儼然這個不過剛剛高中畢業進入上海郵政局作了一名職員的年輕姑娘，成了逼迫詩人在毫無經濟保證的窘境中被迫赴法留學的始作俑者。與這種說法相比，後一種說法相對和緩一些，只是為兩人的結婚提了一個不高不低的前提條件，這個前提條件初一看與前一種說法並無二致，但細讀兩者之間的差別還是存在著的。

其實，赴法留學是戴望舒早就為自己擬訂下來的一個人生計畫。據施蟄存的說法，其實戴望舒還在上海震旦法文特別班結業之際，已經明確了自己留學法國的決心。「戴望舒就是在這樣嚴格的教學方法下很快地學好了法文。1925年夏，特別班結業之後，望舒準備去法國留學」。「震旦大學給了他一個文憑，憑此可以進巴黎

1 《戴望舒全集・散文卷》，P208，王文彬編，中國青年出版社，1999年1月，北京。
2 《戴望舒評傳》，P117，鄭擇魁、王文彬著，白花文藝出版社，1987年7月，天津。

大學聽課。但是赴法的經濟問題還沒有解決。……這時，我在大同大學讀三年級，杜衡讀五年制的南洋中學剛畢業。三個人一合議，決定過一年一起去法國。杜衡家道豐裕，我的家庭是小康經濟。三人一起去法，我和望舒在經濟上有困難時，可以依靠杜衡，不至於困窘」[3]。而此時，尚不是戴望舒與杜衡一道，匿居隱跡於施蟄存「松江家裡的小樓上」的時候，也就是說，尚不是戴望舒戀愛上那個「結著丁香一樣愁怨的姑娘」的時候，更遑論訂婚並為結婚提出如此苛刻之條件。而且，在戴望舒離國去法之前，他與施絳年之間的愛情已然不穩定，近於一種單相思，而戴望舒自己對這一「紙撚的約指」，也並非一無所知。儘管去國前戴、施之間的愛情又有峰迴路轉之跡象，但並未從根本上改變兩人關係中「一頭熱」的實質。所以也才有施蟄存在信中這樣的說法：「你船開時，我們都不免有些淒然，但我終究心一横，祝賀你毅然出走，因為我實在知道你有非走不可的決心」[4]。施蟄存這裡將戴望舒的去國說成是「出走」，而且強調了戴望舒自己「有非走不可的決心」，顯然並沒有暗示詩人去國是被動無奈之舉。更關鍵的是，這封信是寫給戴望舒本人的。這從一個角度澄清了那種將戴望舒前往法國留學與施絳年近於「無理」的要脅之間關聯起來的說法。

不能否認施絳年在推動戴望舒一人前往法國留學決定中所起的作用，但這種作用絕對不能取代戴望舒自己赴法留學的人生計畫。

只要細讀一下戴望舒《航海日記》，就會發現開航伊始的戴望舒已經開始有些後悔，覺得自己不應該離開自己心愛的人、孤身一

---

3 《施蟄存七十年文選》，P285-286，施蟄存著，上海文藝出版社，1996年4月，上海。

4 施蟄存，《致戴望舒》（1932年11月18日），《現代作家書簡》，孔另境編，P72，花城出版社，1982年，廣州。

人遠赴異國他鄉求學了，他更沒有將此視為受到施絳年逼迫而不得不為的被動行為。他在旅途日記中這樣寫道：

> 躺在艙裡，一個人寂寞極了。以前，我是想到法國去三四年的。昨天，我已答應絳年最多去兩年了。現在，我真懊悔有到法國去那種癡念頭了。為了什麼呢，遠遠地離開了所愛的人。如果可能的話，我真想回去了。常常在所愛的人，父母，好友身邊活一世的人，可不是最幸福的人嗎？[5]

這段文字似乎足以進一步說明，施絳年以及所謂「結婚的條件」，在戴望舒赴法留學中的作用不宜被過高估價。換言之，前往法蘭西求學，去雨果的故鄉、去更接近印象派詩人們的情感審美世界，去被藝術家們視為藝術之都的巴黎，那早已經是詩人戴望舒為自己制定的人生目標的一部分了。

儘管去法國、去巴黎是戴望舒的留學目標，而且他在震旦法文特別班畢業之時，也已獲得一張文憑，憑此文憑可以在巴黎大學聽課，但是，無論是從他當時的經濟情況以及內心思想的起伏波動來看，還是從後來他在法國的實際生活學習情況來看，他的留學目標並不是那麼清晰而堅定。具體而言，他並沒有一個非常明確的學術發展計畫，事實也證明，戴望舒是在一種雖然有目標卻缺乏一個具體可行的求學計畫的狀況之下、多少有些勉強倉促地赴法留學的。這也從一個角度說明了，一個詩人和一個學者在讀書求學、自我發展之間存在著的種種差別。

[5] 《戴望舒全集·散文卷》，P208，王文彬編，中國青年出版社，1999年1月，北京。

戴望舒的留法第一站選在了巴黎，這並不讓人感到奇怪。其實與他船上同艙的旅伴中就有來自北平中法大學前往里昂中法大學留學者，但戴望舒此時顯然並沒有想到過如何去獲得政府在經濟上的資助——他後來在巴黎因為經濟上的困窘無法再待下去的時候，申請前往里昂中法大學繼續學習，不過這只是在他近於走投無路的處境之下的一種「退路」而已。而同樣可以作為戴望舒並非完全是為了兌現一個所謂的愛情預約而出國的說法的依據是，詩人到巴黎後，甚至連後來到了里昂中法大學之後，並沒有認真制定一個能夠修得一個學位的留學計畫，相反，詩人幾乎一直就是在一種極為自由隨意的狀態之下讀書、聽課、出入各種圖書館書攤尋訪有價值介紹給國內讀者的書籍、拜會法國文學藝術界的時賢以及四處閒逛等。

而在當時，「古舊的巴黎」對於年輕的詩人來說，究竟意味著什麼呢？1933年3月，戴望舒參加了法國文學家召開的抗議法西斯大會。這是一次由法國革命文藝家協會（A.E.A.R）組織召開的大會，旨在通過這樣的會議來對「德國法西斯蒂的恐怖」作「最猛烈的反抗」。會議的時間是1933年3月21日，地點是巴黎的大東方堂。在《法國通信》一文中，戴望舒完整地介紹了法國革命文藝界組織召開的這次旨在對德國法西斯主義的肆虐進行譴責、對德國進步的知識階級給予聲援的會議，尤其是介紹了法國作家紀德在這次會議上的發言。這些有關法國革命文藝家反抗當時正在德國興起肆虐、「德國民眾的重要一部分受到了鉗制禁塞」的難得的報導，一方面反映出戴望舒自己當時對進步文藝的關注及支持，另一方面也可以看出，儘管到巴黎不過三、四個月，但戴望舒已經與當地文藝界建立起較為密切的聯繫。

對於戴望舒在巴黎這段半年多的學習生活，里昂市立圖書館中文部主任、漢學家卜力這樣描述：

> 1932年11月戴望舒放棄了詩人、編輯、翻譯家的名聲，來到了法國。在巴黎，他開始與法國文壇的重要人士接觸：如安德列・瑪律羅（André Malraux），現代派詩人儒勒・蘇佩維埃爾（Jules Supervielle），安德列・布雷東（André Breton）和年輕的雷諾・艾田蒲（René Etiemble）。而在與艾田蒲的交往中，戴望舒推進了許多翻譯計畫。同時，他還結識了法共機關報《人道報》的主編，中國友人協會的代表瓦揚・古久里（Vaillant-Couturier）。戴望舒致力於在法國傳播有關中國的情況，與法國左派保持密切聯繫並積極投入到反法西斯活動中去[6]。

在寫給好友葉靈鳳的一封信中，戴望舒說自己「在這裡一點空也沒有，要讀書，同時為了生活的關係，又不得不譯書」。由此可見當時他在巴黎的大概。因為主要經濟來源，就是靠《現代》預支給他的稿費，戴望舒在巴黎期間生活上是極為緊張而且困窘的。但是這並沒有完全難倒一個詩人對藝術之都的興趣，而詩人也沒有因此而一天到晚自怨自艾或者怨天尤人，更沒有因此而陷入到一種頹唐放蕩的生活當中。除了上述參加當地進步文藝界舉辦的活動之外，詩人在聽課讀書之餘，還將一個詩人對於生活和藝術的感官全部打開，拼命汲納著藝術之都的各種文學藝術信息和精神滋養——

6 《里昂中法大學（1921-1946）回顧展》。

他頻繁出入各種圖書館和書攤，拜會當地的藝術家們並與他們建立起關係。而詩人自己對這樣的留學生活，也並沒有顯示出怎樣的情緒上的低沉或者萎靡，顯然，在詩人自己的描述文字中，巴黎的文雅與藝術氣息，總是撲面而至：

> 到了這個時候，巴黎左岸書攤的氣運已經盡了，你的腿也走乏了，你的眼睛也看倦了，如果你袋中尚有餘錢，你便可以到聖日兒曼大街口的小咖啡店裡去坐一會兒，喝一杯兒熱熱的濃濃的咖啡，然後把你沿路的收穫打開來，預先摩挲一遍，否則如果你已傾了囊，那麼你就走上須里橋去，倚著橋欄，俯看那滿載著古愁並飽和著聖母祠的鐘聲裡，賽納河的悠悠的流水，然後在華燈初上之中，閒步緩緩歸去，倒也是一個經濟而又有詩情的辦法[7]。

儘管詩人當時每每總是囊中羞澀，但似乎並沒有嚴重影響到詩人的雅好，在這樣的境況中，哪怕是一點點生活的收穫，也能夠讓詩人體驗到生活的詩情畫意般的媚惑，而暫時忘記了生活中難以承受之重。「通常，我不是空手而歸，便是被那街上的魚蟲花鳥店所吸引了過去。所以，原意去『訪書』而結果買了一頭紅頸雀回來，也是有過的事情」[8]。

有關戴望舒在巴黎更詳細的生活狀況，並未見諸更多文字，無論是他自己的文字還是後來者的描述。特別是有關他在巴黎大學聽課的情況，譬如他自己是如何評價這種科班學堂式的讀書生活的

---

7 《戴望舒全集・散文卷》，P44，王文彬編，中國青年出版社，1999年1月，北京。
8 《戴望舒全集・散文卷》，P45，王文彬編，中國青年出版社，1999年1月，北京。

等。不過從詩人對巴黎的書攤小咖啡館以及紅頸雀的記述中，似乎不難看出詩人當時的心境及興趣所在。孤獨是難免的。原本計畫戴望舒先行到法國，施蟄存、杜衡等一年後前來匯合。事情後來發生了變故，施、杜並未如約前來。而戴望舒也沒有顯示出在交遊方面的特殊能力，雖然他對法國文學藝術界的作家藝術家們抱有親近瞭解的興趣，對同來法國留學的中國學生，卻鮮見記載。

經濟上的窘迫和詩人的敏感自尊，似乎應該是上述境況的合理解釋。作為一個詩人，經濟問題似乎一直困擾著戴望舒。他出國留學與經濟問題不無關係，就連他與第三任妻子楊靜離婚，還是與經濟脫離不了關係[9]。

經濟上的壓迫最終將詩人逼得不得不離開儘管「古舊」卻依然繁華的巴黎，那個在詩人徐志摩眼裡筆下「肉豔的巴黎」。戴望舒通過申請和種種關係的協調幫助，最終被里昂中法大學接受，提供給他一年免費的住宿和伙食，條件是他必須和別的中法大學的中國留學生一樣，在里昂大學正式報名，選習一張文憑。「學年終了，如考試不及格，可以再學一年。第二學年考試再不及格，即被中法大學開除學籍，遣送返國」[10]。

究竟是誰幫助成全戴望舒轉移到里昂中法大學並暫時解決了他在經濟上的困難的，有說是在里昂中法大學期間與戴望舒同住一室一年多的羅大岡，也有說是當時法國左翼作家安德列・瑪律羅（André Malraux，1901-1976）在經濟上曾經給予過戴望舒幫助，並

[9] 據戴望舒長女戴詠素回憶，「楊阿姨的母親對父親很不滿意，講他不能負擔起家人的生活」。見戴詠素《憶父親——紀念戴望舒誕辰100周年》，《錢江晚報》2005年10月6日「人文・晚潮」。

[10] 見《戴望舒在法國》，利大英著，刊《香港文學月刊》，1990年5月號，總第67期。另見《望舒剪影》，《淡淡的一筆》，羅大岡，百花文藝出版社，1987年10月1版，1998年4月2版。

有可能為他轉學里昂中法大學提供過幫助[11]。

戴望舒在巴黎不過生活了半年多，在此期間他與當時法國文學藝術界的聯繫的廣度和深度都是需要進一步探究澄清的。在《法國通信》一文中，他在充分報導了紀德的發言之後，也列舉了若干位隨之發言的左翼作家藝術家和進步人士，有貝留思（Berlioz）、《巴黎的郊外》（*Faubourgs de Paris*）的作者達比特（Eugene Dabit）、昂多納（A.P.Antoine）、醫士達爾沙士（Dalsace）、畫家奧上方（Ozenfant）、《歐羅巴》月刊主編葛諾（Guehenno）、茹爾丹（Francis Jourdain）、勒加希（Bernard Lecache）、超自然主義詩人愛呂阿（Eluard）、《王道》（*La voie royale*）作者瑪律羅（Malraux）、維拉（Willard）、華龍教授（Wallon）等。在這篇文末「附筆」中，他還為這個「進步文藝」陣營增添了如下名字：巴比塞、羅曼・羅蘭、維德拉（Vildrao）、勃洛克（Jean-Richard Block）、杜爾丹（Durtain）、超自然主義者之群阿拉公（Aragon）、勃勒東（A.Breton）、夏爾（R.Char）、克勒維（R.Crevel）、曷乃斯特（Max Ernest）、貝萊（B.Peret）、查拉（Tristan Tzara）、於宜克（P.Unik）、布紐爾（L.Bunuel）等等。

這是一個值得引起注意的名單，因為它幾乎囊括了三十年代法國左翼進步文藝界的主要成員，事實上戴望舒參加的3月21日那次法國文藝界反對法西斯諦大會，在當時法國進步文藝界也是一次盛大重要的會議。顯然也就是在那時候，戴望舒結識了當時對蘇聯革命和東方（尤其是中國）的國民革命充滿熱情關注的法國作家瑪律羅。而瑪律羅以及當時法國進步文藝界反抗法西斯主義、聲援德

[11] 利大英，《杜貝萊神甫訪問記》，刊《香港文學月刊》，1990年5月號，總第67期。

國民主進步人士以及蘇聯和東方革命的聲音，究竟在多大程度上影響到了戴望舒對當時中國國內形勢狀況的態度，在《法國通信》結尾，有這樣一段文字：

> 我不知道我國對於德國法西斯諦的暴行有沒有什麼表示。正如我們的軍閥一樣，我們的文藝者也是勇於內戰的。在法國的革命作家們和紀德攜手的時候，我們的左翼作家想必還是在把所謂「第三種人」當作唯一的敵手吧！

戴望舒這裡所謂「第三種人」，是因為《現代》上正在展開所謂「第三種人」的討論。從戴望舒上述文字看，他當時對左翼文學陣營的「左傾關門主義」、排斥進步作家的作法是持懷疑和批評態度的。而從施蟄存《震旦二年》一文回憶中可見，1925-1927年時期的戴望舒思想之「左傾程度」，遠在一般讀者對這位「雨巷詩人」的瞭解認識之上。戴望舒當時不僅參加了共青團，而且還加入了國民黨（左派），並曾經因為參加團小組的一個活動而被拘禁過[12]。這似乎也可以解釋為什麼剛到巴黎不久的戴望舒，就迅速與法國左翼文藝界取得了聯繫並能夠受邀出席他們組織的會議。這裡值得一提的是，1933年1月至6月，瑪律羅的《人類的命運》一書在《新法蘭西評論》上連載，而這部小說的背景，就是1927年前後的上海工人運動和起義。該書獲得1933年「龔古爾獎」。作為這一歷史事件的「參加者」和「見證人」，戴望舒因為這部與自己的生活經歷有關的作品，因為相近的政治觀點立場以及瑪律羅對東方的眾

[12] 《施蟄存七十年文選》，P290-291，施蟄存著，上海文藝出版社，1996年4月，上海。

所周知的態度而對瑪律羅產生好感親近，應該並不讓人感到意外。問題是戴望舒與瑪律羅之間往來的情況缺乏必要的歷史文獻材料說明。從戴望舒在里昂期間多有交往的杜貝萊神甫所提供的回憶文獻來看，戴望舒在巴黎期間不僅知道瑪律羅，而且還應該有一定程度的私人交往[13]。

而羅大岡的回憶也從另一個角度證實了當時戴望舒對於政治和左翼文藝的熱情。在里昂期間，戴望舒身上表現出一種與留學生身分不大一致的「特別的」「脾氣」，「他對於進步群眾運動懷有熱烈的同情，甚至可以說懷有自己不能遏制的激情。」1934年春季，巴黎及法國一些大城市裡的工人市民先後舉行遊行示威，反對日益猖獗的法西斯勢力。而據羅大岡回憶，戴望舒告訴他自己去參加了一些遊行示威，並且還和一些示威群眾將停放在街旁的小汽車掀翻，打開油箱放火焚燒汽車。而看見警察追過來，戴望舒便立即混入擠擠攘攘的遊行群眾隊伍之中而僥倖脫險。不過，戴望舒的敘述還是讓書齋中的羅大岡為他捏了一把汗，「因為他肯定是群眾之中的唯一的黃面孔中國人，很難隱蔽，容易被警察逮住，而且遊行群眾的隊伍中，向來不缺少便衣暗探。他如被捕，至少挨一頓毒打，然後驅逐出國。即便把他當場活活打死，警察也毫無顧忌」。但「望舒說他當時胸中反法西斯的熱血沸騰，也就不考慮什麼後果了。」[14]

坦率地說，上面這段文字很難讓人與那個憂鬱的多愁善感的南

---

13 據利大英《杜貝萊神甫訪問記》一文（出處見前）中杜貝萊神甫提供的材料，戴望舒當時與瑪律羅之間是有比較密切的往來的，「可是我知道他跟安德列・瑪律勞，而且就是安德列・瑪律勞很幫他忙」。至於瑪律羅究竟怎樣幫戴望舒的忙，杜貝萊神甫不是很肯定地說，「可能是給他錢，或者幫他住到里昂中法大學」。

14 另見《望舒剪影》，《淡淡的一筆》，羅大岡，百花文藝出版社，1987年10月1版，1998年4月2版。

方抒情詩人聯繫起來。而且無論是羅大岡，還是里昂期間戴望舒頻繁拜訪的杜貝萊神甫都證明，至少他們在一起的時候，無論是戴望舒還是杜貝萊神甫，既不談宗教，也不談政治，主要就是談詩和讀書[15]。這似乎反映出戴望舒當時思想情感中的矛盾。事實上，就在他與杜貝萊神甫一起談論法國現代派意識、特別是現代派詩歌的時候，他同時還與一位與他年紀稍小的法國文學青年艾蒂昂勃爾（今譯艾田伯，法國著名比較文學家，作家——作者）合作法譯中國小說，當時艾蒂昂勃爾已是一名法共黨員。不過儘管如此，可以肯定的是，戴望舒當時在政治上左傾，但在文學上他依然是一個自由主義者，一個試圖在中國古典詩歌傳統與西方現代派藝術之間尋求結合的青年詩人，畢竟他當時尚不滿30歲。

二

戴望舒正式進入里昂大學入學的時間是1933年10月1日[16]，註冊編號是345，而他正式離開里昂大學的時間是1935年2月8日，換言之，他在里昂羈留時間不過1年又4個月。雖說他在此修學法國文學史，但實際情況又怎樣呢？「戴望舒到里昂之後，選習法國文學史這張文憑，這是文科比較難考的一張文憑。他正式註冊，繳了學

15 利大英《杜貝萊神甫訪問記》中當利大英問「戴望舒跟您講過政治沒有？」的時候，神甫的回答是肯定的，「沒有，沒有，根本沒有。好像他不感興趣。只有文學他要談，特別是詩歌」。這也可見戴望舒當時並不是不顧對象地宣傳自己的政治觀點，同時也可見文學（尤其是法國近代和現代詩）在戴望舒當時精神生活中的地位。

16 此前一個多月正是戴望舒經濟上最為困難的時候，他曾經一度於1933年8月寫信給父親，告知自己在巴黎所面臨的經濟上的極度困難，並顯示出自己已經萌生歸意。戴父接到此信後焦慮萬分，急告施蟄存。施蟄存也急告戴望舒慎重，並急匯了一筆款子去解戴望舒的燃眉之急。

費，但是從不去上課聽講，也不和法國同學一樣按期做作業。到學年終了，他當然不能去應付考試。看他的樣子是打定主意在里昂混兩年，不參加考試，到了期限，他離開里昂回國。」[17]很顯然，選修一門法國文學史，在戴望舒不過是一個幌子或者掩護，他的真正目的，是獲得里昂中法大學中國留學生一樣的生活待遇，借此機會大量翻譯介紹法國文學，並以此償還《現代》雜誌社為他支付的生活費用[18]。

這看上去並非是一個很好的主意，至少在他暫時獲得里昂大學當局批准，住宿伙食上沒有了迫切的後顧之憂之後——戴望舒當時似乎已經具有了實現他與施絳年之間那個愛情預約的條件，他完全可以通過正常的與中法大學中國留學生一樣的努力，獲得一紙文憑。無論是以他的法文修養還是文學修養，達到上述目的都不是完全不可能。令人驚訝並遺憾的是，戴望舒當時似乎完全沉浸在一種個人心境和計畫之中，那是一個純文學的、個人性的、絲毫不顧及現實的計畫。

在這樣的一種自我處境之中，在不少中國留學生心目中充滿了詩情畫意的里昂，在戴望舒的眼睛裡又是怎樣一幅容顏呢？

里昂是多霧出名的，一年四季晴朗的日子少，陰霾的日子

---

17 《望舒剪影》，《淡淡的一筆》，羅大岡，百花文藝出版社，1987年10月1版，1998年4月2版。

18 上述解釋似乎還有進一步求證的必要。戴望舒在1933年3月5日寫給好友葉靈鳳的一封信中，曾經提到自己或許會於當年下半年去一趟里昂，「你給我的那張介紹片我尚未用，因為我沒有到里昂去。或許下半年要去一趟。你有什麼話要我轉言嗎？」（《戴望舒全集・散文卷》，P249）。這說明戴望舒出國之前葉靈鳳已經給他寫有一張給里昂友人的介紹信。介紹信是寫給誰的呢？而時隔半年，戴望舒果然去了里昂。至於信中所提到的那封介紹片是否交到了當事人手中，似已無從得知。

多，尤其是入冬以後，差不多就終日在黑沉沉的冷霧裡度生活，一開窗霧就往屋子裡撲，一出門霧就朝鼻子裡鑽，使人好像要窒息似的[19]。

這段文字與其說是戴望舒30年代初期在里昂生活的真實經歷，不如說是對都德《小東西》中這段文字的改寫：

我記得那罩著一層煙煤的天，從兩條河上升起來的一片永恆的霧。天並不下雨，它下著霧，而在一種軟軟的氛圍氣中，牆壁淌著眼淚，地上出著水，樓梯的扶手摸上去發黏。居民的神色，態度，語言，都覺得空氣潮濕的意味[20]。

19世紀中期的里昂，也就是都德小說《小東西》中的里昂印象，在同時代另一位作家拉馬丁的散文《里昂絲綢工人——苦難的象徵》一文中得到了證實。在拉馬丁這篇文章中，當時的里昂是一座令人窒息的城市：

如果你走進這些房屋或者說這些人住人的蟻巢中的一座，你首先看到的是人們稱為過道的狹長而陰暗的拱穹；過道兩側是潮濕而散發惡臭的溝渠，將屋內流出的污穢排放到街上去。居民和來訪者帶泥的雙腳、滴水的雨傘和任意傾倒的髒水使這垃圾堆一般的走廊長年泥濘，每移動一步都有滑倒的危險。沿著走廊過去，你會看到這棟房屋兩百名居民公用的

19 《戴望舒全集・散文卷》，P47，王文彬編，中國青年出版社，1999年1月，北京。
20 《戴望舒全集・散文卷》，P47，王文彬編，中國青年出版社，1999年1月，北京。

> 樓梯。樓梯被釘鞋磨損的踏步同過道的地面一樣，濕漉漉的而且有股味兒。每層樓都有幾家房門半掩著，裡面逸出陰溝的臭氣。在這種污穢難聞的臭氣中，其他房門緊閉著，只聽得見屋內嬰兒的啼哭聲，和因為餵奶而被迫中斷工作的母親的焦躁。這些聲音不時被織機踏板沉悶的響聲所淹沒，顯得斷斷續續，而織機在年幼的姐姐、哥哥或父親的腳下不停地運動著。你不要嚮導陪同，獨自到這座迷宮裡轉轉吧，沿著過道和樓梯走走吧。到處是同樣的景象，同樣的悲苦，同樣低沉的哀鳴：一座巨大的、看不見獄卒的苦難的監牢！[21]

拉馬丁筆下的19世紀中期的里昂，無異於一座沒有獄卒的監牢，沉悶壓抑，沒有任何生氣，也看不到生活的希望。這跟都德《小東西》中的文字印象是基本吻合的。無獨有偶，在時隔近一個世紀之後，一個來自於中國的詩人幾乎再次看到了這樣一個里昂：

> 一到了這個霧城之後，都德一家就住到拉封路去。這是一條狹小的路，離羅納河不遠，就在市政廳西面。我曾經花了不少的時間去找，問別人也不知道，說出是都德的故居也搖頭。誰知竟是一條陰暗的陋巷，還是自己瞎撞撞到的。
>
> 那是一排很俗氣的屋子，因為街道狹的原故，裡面暗是不用說，路是石塊鋪的，高低不平，加之里昂那種天氣，晴天也像下雨，一步一滑，走起來很吃勁。找到了那個門口，以為會柳暗花明又一村，卻仍然是那股俗氣：一扇死板板的門，

---

21 《法國散文選》，P37-38，程依榮譯。湖南人民出版社，1987年6月，長沙。

> 虛掩著，窗子上倒加了鐵柵，黝黑的牆壁淌著淚水，像都德所說的一樣，伸出手去摸門，居然是發黏的。這就是都德的一個故居！而他們竟在這裡住了三年[22]。

對於這樣一個里昂，戴望舒似乎並沒有感到多少失望，唯一讓他有些吃驚的，是都德一家在這樣的環境中生活了三年。而從都德父親當時的職業記載看（布匹印花），拉馬丁的《里昂絲綢工人——苦難的象徵》所描寫的那種令人窒息的生活，其實就是都德一家在1849-1851年在里昂生活的真實寫照。

問題是，戴望舒顯然是因為《磨房書簡》而前來尋找曾經在里昂生活過幾年的都德所留下的生命印記的，但他所找尋到的，卻是《小東西》的作者所描寫並真實生活過的那個里昂：

> 可是這時候，天突然陰暗起來，我急速向南靠羅納河那面走出這條路去：天並不下雨，它又在那裡下霧了，而在羅納河上，我看見一片濃濃的霧飄舞著，像在1849年那幼小的阿爾封思・都德初到里昂的時候一樣[23]。

中國南方詩人的訪古幽情，自然因此而遭遇到挫折。一個沉悶壓抑甚至還有些俗氣愚昧的城市，顯然不是詩人不遠萬里前來求學的理想所在。而事實上戴望舒也僅僅將里昂當成了他的率性的我行我素的法蘭西之旅的一個驛站，一個暫時能夠讓他棲身的地方。也因此，詩人只能夠在那些他所鍾情的著述中去尋找那個理想的法蘭

[22] 《戴望舒全集・散文卷》，P48-49，王文彬編，中國青年出版社，1999年1月，北京。
[23] 《戴望舒全集・散文卷》，P50，王文彬編，中國青年出版社，1999年1月，北京。

西，並在與杜貝萊神甫這樣關注熱愛藝術的法國人的來往交談中，真切具體地感受法蘭西的文學心靈，在與艾田伯這樣的左翼文學青年的接觸交往中，感受法蘭西的正義同情和獻身精神。

令人感到吃驚費解的是，作為一個出國之時已經成名的詩人，戴望舒留法期間卻並沒有創作出多少詩歌作品——施蟄存主持的《現代》前三卷中，發表戴望舒詩歌15首。就在這15首中，還有他初期的形式整齊的韻律詩。迄今時間上可以肯定創作於留學里昂期間的詩歌，只有《古意答客問》和《燈》[24]。

不妨來讀一讀這兩首彌足珍貴的寫於異域他鄉的「遊子吟」。

古意答客問

孤心逐浮雲之炫燁的捲舒，
慣看青空的眼喜侵閾的青蕪。
你問我的歡樂何在？
——窗頭明月枕邊書。

侵晨看嵐躑躅於山巔，
入夜聽風瑣語於花間。
你問我的靈魂安息於何處？
——看那嫋繞地、嫋繞地升上去的炊煙。

[24] 據利大英《杜貝萊神甫訪問記》，戴望舒在里昂期間，曾經送給神甫兩首用法文寫的詩歌，「他看很多書，到我家來，寫了詩歌，他連給我寫兩首，可惜因為第二次世界打戰時蓋世太保找我了，我得馬上離開城市去農村，所以那兩首詩丟了」。而利大英教授認為，杜貝萊神甫所說的那兩首詩，就是《古意答客問》和《小曲》。但《小曲》的寫作時間標明為1936年5月14日，發表於1936年6月26日的《大公報・文藝》第169期。

渴飲露，饑餐英；
鹿守我的夢，鳥祝我的醒。
你問我可有人間世的掛慮？
——聽那消沉下去的百代之過客的蚣音。

這首寫於1934年12月5日的詩作，確實有一種「古意」於其中，這種在現代西方都市中萌生出來的「古意」，是詩人的一種精神和情感寄託，當然也是一種自我安慰。在浩淼永恆的歷史長河中尋找並確定個體生命與個體存在的意義，是這首詩試圖揭示的意蘊，但詩人並沒有將這樣一種「尋找」落實在抒情主體身上，而是轉換成為一種外在的「客問」，並由此展開解答。詩人在三節中各設一問，首問是「歡樂何在」，次問為「靈魂安息於何處」，最後一問為「人間世的掛慮」。而就詩人所給出的解答看，展示出來的確實是中國古代高雅純正之士的胸襟情懷——懷抱高潔，如清風拂面明月朗照。僅從這些詩句，實在讓人難以相信作者會是一個混跡於遊行示威者中並與警察發生激烈衝突的「暴力分子」。這也有力地證實，戴望舒性格和心理方面的兩面性乃至多面性，反映出他內心深處難以調協的矛盾衝突。長期受到壓抑的另一個自我，或許只能夠在那些激烈的行為中才能夠得到短暫的釋放和自由，但很快地又被深深地包裹遮蔽起來，展現在人們面前的，又是那個「雨巷詩人」戴望舒。

與《古意答客問》在主題意蘊上有所不同的是，《燈》表達的是對已經逝去的童年時光的留念與回味，抒發的是一種略帶憂傷的傷感情緒：

燈守著我，劬勞地，
凝看我眸子中，有穿著古舊的節日衣衫的
歡樂兒童，
憂傷稚子，
像木馬欄似地
轉著，轉著，永恆地……

而火焰的春陽下的樹木般的
小小的暴烈聲，
搖著我，搖著我，
柔和地。

美麗的節日萎謝了，
木馬欄獨自轉著轉著……
燈徒然懷著母親的劬勞，
孩子們的衣彩已褪了顏色。

已矣哉！
採擷黑色大眼睛的凝視
去織最綺麗的夢網！
手指所觸的地方：
火凝作冰焰，
花幻為枯枝。
燈守著我。讓它守著我。

曦陽普照，蜥蜴不復浴其光，
帝王長臥，魚燭永恆地高燒
在他森森的陵寢。

這裡，一滴一滴地，
寂靜墜落，墜落，墜落。

詩人似乎還是沉湎於一種無法挽回的失去的惆悵之中，童年、木馬欄上曾經的歡樂、母親的辛勤勞作及希望所在、一切對於未來的夢想，所有這一切，伴隨著歲月的流失和人生的成長，已然幻化，似乎在那偶然的一次次剎那中，但又只有孤燈一盞，還有孤燈下那個孤獨的身影。悵然間一滴一滴墜落的，或者是詩人的淚水，也或許是只有詩人自己才能夠聽到的心靈深處的酸楚——生命中難以承受之輕。

如果就中國傳統詩歌意境與現代西方詩歌形式之間的「銜接」而言，上述兩首詩依然顯示出戴望舒在此方面的努力。但就詩歌本身的藝術探索和成就而言，這兩首詩在戴望舒個人作品中也難以說得上是上乘之作。《古意答客文》「套用」古意，雖然流暢，但畢竟立意上難以翻新；《燈》意象過於密集，且詩思略顯滯澀，力作超出自然，不能給人那種自然地流淌出來的閱讀感受。這也似乎應證了戴望舒此間因為趕著償還預支的稿酬，忙於翻譯，恐難覓清淨。而窗外大街上民眾的吶喊，似乎又在召喚著詩人無法抑制的激情……

在寫作時間上接近戴望舒留學里昂的還是一首《秋夜思》：

誰家動刀尺？
心也需要秋農。

聽鮫人的召喚，
聽木葉的呼吸！
風從每一條脈絡進來，
竊聽心的枯裂之音。

詩人云：心即是琴。
誰聽過那古舊的陽春白雪？
為真知的死者的慰藉，
有人已將它懸在樹梢，
為天籟之依託——
但曾一度諦聽的飄逝之音。

而斷裂的吳絲蜀桐，
僅使人從弦柱間思憶華年。

比較而言，這首寫作時間為1935年7月6日的作品，距離戴望舒歸國不過數月，但從作品來看，留學時期的痕跡絲毫未見。這似乎也與戴望舒的「詩論」吻合。問題是，上面幾首詩，無論是里昂時期完成的《古意答客問》、《燈》，還是歸國之後吟就的《秋夜思》，所表達的情緒，與諸當事人對戴望舒留學期間狀況的回憶不盡一致，由此亦可見詩人的情緒有時候是具有一定隱秘性的，也有時候經過長久醞釀之後會突然靈感來臨，一揮而就，事後未留任何可尋的蛛絲馬跡。正如戴望舒自己所言，「情緒不是用攝影機攝出來的，它應當用巧妙的筆觸描出來。這種筆觸又須是活的，千變萬化的」[25]。

也就是說，留學期間，更多時候，戴望舒還是在宿舍裡埋頭從事翻譯。而要瞭解戴望舒此間從事西方文學翻譯介紹方面的工作，一是通過主要刊發他留法期間的文稿的《現代》雜誌，另外就是通過他的室友羅大岡的回憶獲見一斑：

> 他在里昂兩年幹什麼呢？在我的記憶中，他成天坐在窗前埋頭用功。他寫詩嗎？不。搞別的創作或寫論文嗎？不。給他在國內的未婚妻寫信嗎？不。他幾乎用全部時間搞翻譯。將一部比利時短篇小說集譯成中文。據他說，他出國時曾向中華書局預支了一筆稿費。由於書局不斷來信催他交稿，他著急得很，要求我替他代譯了一部分。我欣然同意，這對我也是一種聯繫。
>
> 在里昂那一段時間，他給我的印象的確是很勤奮的。他不但把比利時的法文小說譯成中文，同時也把中國當代短篇或中篇小說，例如丁玲的《水》譯成法文，經過法國青年作家艾瓊伯（今譯艾田伯——作者）的加工與介紹，發表在當時法共的文學刊物《公社》上。艾瓊伯自己懂一點漢語，熱愛中國文學。望舒在巴黎時結識了這位法國進步作家，後來一直和他有聯繫。艾瓊伯十分讚賞接近超現實主義的法國詩

25 《戴望舒全集・散文卷》，P129，中國青年出版社，1999年1月，北京。

> 人蘇佩維埃爾（舊譯許拜維艾爾）。戴望舒也很欣賞蘇佩維埃爾。望舒某些詩篇（不算中國舊詩詞格調那些假古玩）反映出明顯的蘇佩維埃爾風格[26]。

上述文字應該是有關戴望舒在里昂期間翻譯工作的最權威說明。儘管戴望舒在巴黎期間過的是一種閒散藝術家的生活，而且他來里昂後，也決定選習法國文學史這張文憑，並且還「正式注了冊，繳了學費，但是從不去上課聽講，也不和法國同學一樣按期做作業。」但戴望舒顯然並沒有將自己在里昂一年多的時間虛擲在去國前那種風格的情詩的吟哦和里昂街頭巷尾的躑躅上——即便是去尋找都德在里昂的舊居，顯然也有著一個內在的目的，而不是僅僅出於對於作家的一種崇拜。總之，戴望舒在里昂中法大學的「作為」——打定主意在里昂混兩年，不參加考試，到了期限，離開里昂回國——原本就是詩人早已明確的計畫。儘管這個「計畫」讓與他同室一處的同鄉友人羅大岡深感可惜，即「說也奇怪，望舒在法國『留學』四年之久，並沒有認真地研究法國文學，既沒有正式上學，也沒有自己訂一個研究計畫。對法國文學既沒有從古到今作系統的全面研究，也沒有選擇一個專題，作一點突破的深入研究。既沒有按照自己研究計畫的需要，花一筆錢買一批法文書，也沒有在巴黎或外省的各有特色的圖書館中搜集一些有助於他研究工作的材料」[27]，但卻是戴望舒當時「真實」的思想處境。羅大岡也試圖弄清楚當時戴望舒如此作為的原因所在，甚至追問過戴望舒對於自己

---

[26] 《望舒剪影》，收《羅大岡文集》，卷二，P496，中國文聯出版公司，2004年2月，北京。

[27] 《望舒剪影》，收《羅大岡文集》，卷二，P498-499，中國文聯出版公司，2004年2月，北京。

人生發展的目標計畫，結果似乎都讓他失望：

> 很顯然，他並沒有返國後在法國文學方面著書立說，或講學授課的打算。他在詩歌方面有沒有雄心壯志和較大的計畫呢？從他的談話中（我們同居一室，可以說無所不談），從他的行動中，似乎並無這方面的跡象。我只有在他的枕頭底下發現過一本小冊子，上面記錄著一些他隨時想到的詩意、詩料，也可以說是寫詩的零碎「靈感」，此外彷彿沒有任何宏大計畫。到西班牙去抄錄流散在海外的中國古代珍本小說，倒似乎是他早有準備的一項既定計劃。也許詩人戴望舒早有改行的打算[28]。

無論是20年代中期在上海因為政治活動而被捕，還是在里昂期間冒著顯而易見的風險上街遊行示威，再到因為前往西班牙查抄流散在那裡的古代珍本小說期間依然參加了遊行示威活動而遭到里昂中法大學當局的不滿及處罰，從1925-1935年，這十年間是戴望舒思想情感時常處於矛盾鬥爭乃至分裂的時期。一個詩人的戴望舒和一個憤怒的青年政治家的戴望舒，一個超凡脫俗的戴望舒與一個遭受著世俗的不公不平甚至羞辱奚落的戴望舒不時糾纏攪擾在一起，分裂著詩人在那些古意嫋繞、意味悠長的詩篇中所構建起來的抒情詩人形象。當然，正如羅大岡所言，戴望舒這一時期的人生規劃或者理想到底為何，似乎並不為幾多外人所知。或者詩人所追求的人生的歡樂和靈魂安慰所寄都過於飄渺高遠，凡俗之人無論怎樣揣測

---

28 《望舒剪影》，收《羅大岡文集》，卷二，P499，中國文聯出版公司，2004年2月，北京。

也難以解析，這原本也在清情理之中——戴望舒畢竟是個情感豐富、內心敏感的詩人。

但詩人在政治上所追求的理想或者借助於政治所宣洩的內心積鬱，終於在《我用殘損的手掌》、《斷篇》等詩作中得到了藝術的表達和表現。換言之，詩人最終還是用一種詩人的藝術途徑，替代十年之間他曾經用現實的政治行為所傳達出來的情感宣洩方式，用語言文字將上述情感與體驗凝固在一種形式之中。在那裡，詩人與政治家似乎暫時得到了協調——不是妥協，而是兩種情感和訴求的緊緊擁抱交融。

三

曾經與戴望舒在里昂中法大學海外部同住一室一年多的羅大岡，似乎沒有隱諱戴望舒個性方面的一些「頑疾」。不過，戴望舒顯然並沒有向這位好友坦露自己全部的內心世界，尤其是在他來法後與法國左翼文學陣營之間的往來方面。其中一個突出的例子，就是戴望舒與艾田伯之間的往來——從1933年10月至1934年7月，一年之間，艾田伯寫給戴望舒的信保留下來的有18封之多。這些信件清楚地反映出戴望舒與艾田伯合作翻譯中國左翼文學作品以及共同撰寫革命文學論文方面的一些具體信息，不僅為我們呈現出「雨巷詩人」精神世界裡的另外一面，同時也為我們提供了有關「紅色的30年代」世界範圍內左翼文學運動在法國的一些狀況。

與戴望舒積極向國內文學界翻譯介紹法國以及西班牙、義大利、葡萄牙等南歐國家的現代派文學不同的是，留學期間的戴望舒也在向法國文學界翻譯介紹當時中國的左翼文學。艾田伯1933年10

月6日的一封信完整地呈現出當時戴望舒在此方面的初步計畫的圖景[29]：

> 親愛的同志，
>
> 伐揚・古久列將您的信和關於革命文學的論文都交給我了，因為我對中國發生興趣，也因為我正在學中文。他叫我邀您出席下星期二的集會，會中可能宣讀中國作家的作品。既然您立志翻譯，希望您及時寄古久列一篇丁玲的代表作（我為該會翻譯《囚歌》，從今天到下星期二，我沒有足夠的時間去找尋別的東西了）。所以謝謝您，很友誼地。
>
> 核奈・艾蒂昂勃爾　梯愛基金會

戴望舒到法國巴黎不久，就與法國革命文藝界協會（A.E.A.R）取得了聯繫，並結識了協會秘書伐揚・古久列（Vaillant-Couturier）。艾田伯的來信印證了這一點，同時也顯示出，他與艾田伯之間的往來，並不僅僅是一個喜愛中國文化的法國文學青年與一個酷愛法蘭西文學的中國詩人之間的關係，還有基於共同的對於進步的革命文藝事業的熱忱與奉獻激情。從信中可以看出，戴望舒當時已經在著手向法國文學界翻譯介紹中國左翼文學，這種介紹不僅是撰寫有關革命文學的論文，還包括文學作品翻譯，像信中提到的丁玲的作品和張天翼的作品等。

而艾田伯同月14日的來信則顯示出，法國革命文學刊物《公社》（Commune）將於1934年2月號推出中國專號，可見法國革命

29 《艾登伯致戴望舒信札（1933-1935）》，徐仲年譯，《新文學史料》，1982年第2期，P215。

文學界當時對於中國的革命運動以及革命文學的狀況也是關注的。而艾田伯也在用這種方式「推動」著戴望舒更積極地翻譯介紹中國左翼文學作品。「二月份的《公社》雜誌將出中國專號。您如能寄我短而有趣的譯文，它們將被接受」[30]。而戴望舒所翻譯的作品，顯然得到了艾田伯以及《公社》編輯的肯定，「多謝您的卓絕的短篇小說，譯得很好，很好。當然，並不太晚，而我肯定相信，它會在二月號那期雜誌發表的。既然您提出要求，我就遵命修改了幾處。當您展讀《公社》時，您就會發現改動處並不多」[31]。

信中提到的戴望舒翻譯的作品，是張天翼的短篇小說《仇恨》。而艾田伯當時也在翻譯丁玲的作品，甚至還在「擬一幅簡單的中國革命文學運動的草圖」，實際上這是在系統地研究20年代以來中國左翼文學運動的發展史。儘管艾田伯這裡並沒有具體說明他的研究工作的細節和進展情況，但至少說明30年代中國左翼文學運動並不是一種孤立的文學現象，而是世界範圍內左翼文學運動的一部分。理解了這一點，將有助於我們理解戴望舒為什麼在遠離中國的法國，依然在積極地參加革命的文學運動，並在巴黎、里昂甚至西班牙，都參加過那裡的工人和進步的市民階級所舉行的遊行，向法西斯勢力示威。

而戴望舒顯然並沒有滿足於在刊物上翻譯介紹中國左翼文學作品，他也希望能夠通過出版社出版翻譯的中國當代文學作品選之類的書籍，而他這方面的計畫，也得到了艾田伯的支援，「我已向伐揚・古久列談起翻譯問題。至於我，我只要求和您合作。我估計古

[30] 《艾登伯致戴望舒信札（1933-1935）》，徐仲年譯，《新文學史料》，1982年第2期，P216。

[31] 《艾登伯致戴望舒信札（1933-1935）》，徐仲年譯，《新文學史料》，1982年第2期，P216。

久列會過問這件事的。此外，我還要向他講，而且他很可能找到一家出版社，例如：國際社會主義出版社」[32]。

顯然到1934年5月前，戴望舒已經完成了相當篇數的小說翻譯，甚至已經可以彙集出版一個集子了，「我的親愛的戴，接到您寄來的一些短篇小說。這兒簡單答覆一下。（1）拉魯亞答應為我們這個集子作序」[33]；而從艾田伯的來信看，當時法國「革命文藝界協會」內部還專門設有「中國之友」委員會。而艾田伯在與戴望舒合作翻譯中國左翼文學作品（主要是小說）外，還為戴提供了不少當時法國出版的左翼進步文藝刊物，譬如在1934年5月2日寄自巴黎的一封信中，艾田伯這樣寫到[34]：

> 親愛的同志，
>
> 請原諒我。我剛病癒起床，所以好久沒有和您通訊。
>
> 您所譯的《仇恨》，大家都欣賞。
>
> 我寄上一期《公社》。
>
> 我寄上數期《前衛大學生》（Etaiant d'avant-garde）。
>
> 我寄上數期《年輕的革命》

艾田伯寄給戴望舒這些刊物的目的，除了讓戴望舒瞭解當時法國左翼文學運動及現實革命外，還有一個目的，那就是讓戴望舒瞭解這些刊物的辦刊風格以及所刊發作品的概況，便於他向這些刊物

---

[32] 《艾登伯致戴望舒信札（1933-1935）》，徐仲年譯，《新文學史料》，1982年第2期，P216。

[33] 《艾登伯致戴望舒信札（1933-1935）》，徐仲年譯，《新文學史料》，1982年第2期，P217。

[34] 《艾登伯致戴望舒信札（1933-1935）》，徐仲年譯，《新文學史料》，1982年第2期，P217。

提供所翻譯的中國左翼文學作品。艾田伯希望戴通過在《公社》上所刊發的像《仇恨》這樣的翻譯小說取得成功，這樣就可以引起其他左翼文學刊物編輯的注意，並為稍後的投稿提供方便。這些刊物除了上述信件中所提到的外，還包括像《新法蘭西評論》這樣具有比較廣泛影響的刊物，以及曾經刊登過敬隱漁翻譯的魯迅的《阿Q正傳》的《歐羅巴》雜誌[35]。這至少可以進一步解釋，為什麼羅大岡會不解並「批評」戴望舒在里昂留學期間沒有為自己制定一個系統的完整的學習研究法國文學的計畫。其實，與那些學院派的「系統」觀念相比，戴望舒實際上早就有一個「完整的」文學計畫，那就是一方面向國內文學界系統介紹法國以及南歐現代文學，包括現代派詩歌和革命進步文學；同時向法國和西方文學界翻譯介紹中國30年代左翼文學作家和作品。應該說這是一個非常宏大而有益的計畫，這是試圖讓「當代」西方與「當代」中國之間通過20-30年代的文學作品建立起對話交流關係。對於人的當下處境和文學的當下處境的高度關注，為人和文學的當下處境尋找解脫方案的努力，構成了戴望舒這一時期文學觀和世界觀的核心內容，同時也反映出在那個多愁善感、憂鬱寂寥的「雨巷詩人」的表象之下，戴望舒思想中積極入世和反叛革命的一面。換言之，戴望舒用他在法國的行為，為我們建構出了一個立體的多面的抒情詩人形象，一個並不是脫離凡俗塵世、隱身於象牙塔里的關注現實民生和人的精神處境和

[35] 艾田伯在1934年6月19日（標明時間為星期一）的信件中再次提到自己與戴望舒一起翻譯這些中國左翼文學作品可以通過哪些文學刊物發表，「如果您繼續寄我別的譯文，那麼，十月中，我們就會有相當數量的短篇小說譯文，可以交給杜諾愛爾或國際社會主義出版社、或《新法蘭西評論》社出版」（《新文學史料》，1982年第2期，P218）。而此時被介紹的中國小說家，已經不僅丁玲、張天翼，還有施蟄存、茅盾等。這些作家都是戴望舒出國前往來頻繁的校友同學老師或同鄉，而且他們的那些小說嚴格意義上也不是30年代中國左翼文學中最有代表性的那部分作家作品。

現實存在的進步文學家形象，這樣的形象並不是模糊不清的，而是清晰的，尤其是在當我們解讀了艾田伯寄給戴望舒的這些信件之後。

戴望舒在向西方文學界翻譯介紹中國左翼文學方面所付諸的努力，當然不僅僅讓西方讀者瞭解了當時中國左翼文學運動發展的大致狀況，也讓中國通過這些文學形象和信息而進入到西方讀者的視野和精神生活之中，並在那裡被判斷、認識和停留。正如艾田伯所言，「有賴於中國人像張天翼，像丁玲，像您，中國會被我們所敬愛、所瞭解的」[36]。如果我們將考察的視野再稍微擴展一點，從晚清中西通商和文學——文化交流以來，西方敘述中的中國人形象和中國形象，至此應該說有了明顯改觀[37]，中國正在發生的事情，也初次具有了世界性意義，中國的革命，成為了世界革命的一部分。就此而言，戴望舒的個人努力，表現出一種更為宏大的時代意義和跨文化對話交流的意義。

當然，艾田伯當時積極與戴望舒展開上述合作，也有他自己學業上的需要，他當時正在準備的論文題目即為《近代中國文學中的短篇小說》，所以他所翻譯介紹的這些中國30年代左翼作家的短篇小說，是他的研究所必須的，正如他坦率地告訴戴望舒的那樣，「自然，在法文的書目中，我找不到對我有用的材料；然而您是行

36 《艾登伯致戴望舒信札（1933-1935）》，徐仲年譯，《新文學史料》，1982年第2期，P218。

37 需要說明的是，法國進步的革命文藝刊物並非自戴望舒才開始關注中國和中國文學。早前已經有敬隱漁將魯迅的《阿Q正傳》翻譯並刊登於《歐羅巴》雜誌，稍後也有里昂中法大學留學生徐仲年在《新法蘭西評論》上應邀開闢並主持了一個「中國文學」專欄（1932年），該專欄第一期介紹了魯迅的《吶喊》，第二期介紹了「白話運動裡的胡適」（《艾登伯致戴望舒信札（1933-1935）》，徐仲年譯，《新文學史料》，1982年第2期，P219。）

家，所以我膽敢向您求援：您知道有沒有一、兩部中國專著，使我能通過它們，獲得啟發，或在目錄學方面，或是綜合研究。當然，我主要研究革命派的短篇小說家」[38]。與當時或者之前法國和西方的主流漢學家們所不同的是，艾田伯所關注並介紹的是一個當下的中國，而且他也將自己對這樣一個中國的介紹，與自己的革命信念結合在一起，「拉魯亞非常聰明，他深信中國只能靠左翼革命方能自救，對我的想法完全同意。我們預料到，如果研究墨子，勢必激動巴黎的漢學家們，將我引入學究式的爭論中。這個題目，更活潑，牢記在心，我將全心全意為之工作，我能向法國介紹今日中國在藝術上最動人的真面目，深為欣幸」[39]。而戴望舒的出現和積極合作，通過艾田伯以及當時法國對中國革命抱有期待的進步的革命文學家們的幫助，確實使得30年代中國的左翼文學作家和作品開始進入到法國進步文學界的視野，而戴望舒對於自己在這方面的工作，顯然並沒有完全告訴同住一室的羅大岡。這不是出於不信任，而是與戴望舒出國之前曾經有過的被逮捕的經歷以及他的個性有著更直接的關係。

問題是，一個藝術的現代派的戴望舒，與一個現實的革命的戴望舒，竟然在他留學法國的3年左右的時間裡在他身上令人驚訝地糾纏結合在了一起。或許這不過是出國之前的那個戴望舒的繼續而已，因為那個時候的戴望舒的革命的衝動與激情，絲毫並不衰弱于留學時期。問題是，從施蟄存後來的回憶中獲悉，戴望舒、施蟄存和杜衡在戴望舒其出國之前都婉拒了馮雪峰讓他們進一步從事革命

[38] 《艾登伯致戴望舒信札（1933-1935）》，徐仲年譯，《新文學史料》，1982年第2期，P219。
[39] 《艾登伯致戴望舒信札（1933-1935）》，徐仲年譯，《新文學史料》，1982年第2期，P219。

的邀請，理由是他們都是獨子，不願意讓家人陷入到長期的焦慮驚恐之中。但戴望舒去國之後的行為表明，他不僅並沒有停止參加進步的革命文藝活動，甚至還冒著再次被逮捕並遭強制驅逐的風險先後在巴黎、里昂和西班牙參加了當地進步勢力所組織發起的遊行示威活動。

無論是進步的革命文學，還是藝術的現代派文學，都是當時在思想上和藝術上進行探索實驗並力圖為現代人、現代社會和現代藝術尋找到現實出路的努力，而且是帶有相當風險的努力。戴望舒以他在法國留學期間的具體行為表明，他不僅參與到了上述兩種探索實踐之中，而且毫不畏懼地承擔起了與之伴生的各種風險（包括他最終被里昂大學解除學籍、強行遣送回國）。解讀一個現代中國的抒情詩人思想與生命歷程中的這種複雜性或者表像上的矛盾性，不僅有助於我們更清楚地認識瞭解戴望舒的思想世界、情感世界和藝術世界，同時也有助於我們進一步認識理解30年代中國文學，無論是具有強烈先鋒意識的現代派詩歌，還是具有強烈革命意識的左翼文學。

四

自1932年10月8日在上海乘法國郵輪去國，至1935年3月在馬賽乘船返國，戴望舒原本期待並為此而作了長時間準備的法國留學生活，歷時不滿3年而結束。既沒有獲得踐那個「婚約」所需要的一紙文憑，也沒有認真學習他所青睞的法國文學。他在法國期間，正如曾經與他在里昂大學同宿舍的羅大岡回憶的那樣，過的是一種「閒散藝術家」式的生活。其實也不儘然。儘管在里昂大學期間，戴望舒註冊選習「法國文學史」這張文憑，繳了學費，但從不去上課，也不按時做作業，當然最終也沒有成績，但戴望舒在里昂期間，在羅大岡的記憶中，卻是極為勤奮的。「在里昂那一段時間，他給我的印象的確是很勤奮的。他不但把比利時的法文小說譯成中文，同時也把中國當代短篇小說或中篇小說，例如丁玲的《水》譯成法文，經過法國青年作家艾瓊伯的加工與介紹，發表在當時法共的文學刊物《公社》上」[40]。

事實上，戴望舒留學期間詩歌創作數量上確實很少——戴望舒全集中收錄他留學期間所完成的詩歌作品不過四、五首，即《古意答客問》、《燈》、《霜花》以及寫作時間大抵為此時期的《微笑》和《見無忘我花》。而他此間完成了大量翻譯作品，包括法國、義大利、西班牙、比利時小說翻譯等，留學時期也因此成了戴望舒翻譯生涯中最為旺盛而多產的時期之一。正如羅大岡以及施蟄存回憶[41]中所提到的那樣，戴望舒這一時期的翻譯集中在南歐文學的翻譯介紹方面，尤其是義大利、西班牙和比利時文學的翻譯介紹。而這一地區的文學，又正是國內五四新文學運動以來介紹得相對較少的。除了翻譯介紹上述地區的文學，戴望舒還極為關注當時法國文藝界、尤其是進步文藝界的動態，為《現代》雜誌撰寫提供了一些相關報導[42]。而對以蘇佩維埃爾為代表的法國當代超現實主義詩人及其作品的介紹，顯示出戴望舒對法國現代文學最新動態的個人把握能力和文學風格趣味的偏好——值得注意的是，法國當時

---

40 《羅大岡文集》，卷2，P495，中國文聯出版公司，2004年2月，北京。

41 施蟄存的回憶見《施蟄存七十年文選》，P290-291，施蟄存著，上海文藝出版社，1996年4月，上海。

42 戴望舒對當時法國進步文藝界活動情況的介紹最為引人注意的一篇文章，就是他那篇《法國通信—關於文藝界的反法西斯諦運動》（載《現代》第3卷第2期，1933年6月）。

文壇有兩種最新的「潮流」，一種是進步文藝界的左翼文學傾向，另外就是超現實主義，而戴望舒竟然對於這樣兩種看上去相去甚遠的文學思想和藝術風格均有濃厚興趣，而且有深切共鳴，這種現象是否從一個側面折射出戴望舒當時思想傾向和藝術風格上的複雜性甚至矛盾性，仍然值得探討。此外，戴望舒還與當時正在修習中國文學、並對中國當代進步文藝有興趣的法國青年作家艾瓊伯（今譯艾田伯）合作，共同翻譯介紹了一些當時中國幾位青年小說家的作品，包括丁玲、張天翼、施蟄存等人的小說，另外也為艾田伯提供過有關30年代中國左翼文學運動方面的文壇信息[43]。這些都顯示出，戴望舒留法期間，並沒有澈底斷絕自己與左翼文學運動之間的聯繫[44]，甚至還因為屢屢參加此類公開遊行活動而遭遇校方警示。

不過，過於突出戴望舒同情、支持甚至直接參加進步文藝和市民階級的反法西斯運動的一面，而沒有注意或者忽略了戴望舒作為一個詩人對於文學、尤其是純文學投入沉湎的一面，會對戴望舒20年代後期及30年代留學期間思想的複雜性乃至矛盾性缺乏全面完整把握。對於戴望舒當時積極投身進步文藝或者群眾運動的「激情」，羅大岡有這樣一段意味深長的文字：

> 戴望舒還有一種特別的「脾氣」，簡直使我驚訝，那就是他對於進步的群眾運動懷有熱烈的同情，甚至可以說懷有自己不能遏制的激情。光就這一點來說，他本應當而且有條件創

43 有關戴望舒與艾田伯此間合作方面的情況，參閱《艾登伯致戴望舒信札（1933-1935）》，徐仲年譯，《新文學史料》，1982年第2期。

44 戴望舒20年代末在上海一次因為政治聚會遭遇拘禁之後，基本上淡出了與政黨政治之間的直接聯繫，但從他在法國期間的活動來看，他對進步文藝以及市民階級的反法西斯運動集會，仍然積極參加，表達自己的支持。

作比他四十五年短短的一生所留下的詩篇更豐富而且更偉大的詩作。可惜盲目的命運沒有允許他這樣做[45]。

羅大岡這裡所說的進步群眾運動，主要是指1934年春季，「巴黎以及法國若干大城市的工人和進步群眾先後遊行示威，反對法國日益猖獗的法西斯勢力，要求將支援法西斯組織的法國警察總監希亞布撤職」[46]。而戴望舒留法期間，顯然參加的不僅只是這年春季的群眾運動。但在里昂期間戴望舒往來甚多的一位天主教神甫杜貝萊眼裡，戴望舒卻是一位沉湎於文學的詩人。在五十多年後回答一位法國研究者的提問中，杜貝萊神甫是這樣介紹與他往來時期的戴望舒的：

是羅大岡給我介紹戴望舒的。他看很多書，到我家來，寫了詩歌，他連給我寫兩首[47]，可惜因為第二次世界大戰時蓋世太保找我了，我得馬上離開城市去農村，所以那兩首詩丟了。

……

（對政治）好像他不感興趣。只有文學他要談，特別是詩歌[48]。

---

45 《羅大岡文集》，卷2，P497，中國文聯出版公司，2004年2月，北京。
46 同上。
47 據利大英《杜貝萊神甫訪問記》，戴望舒在里昂期間，曾經送給神甫兩首用法文寫的詩歌，「他看很多書，到我家來，寫了詩歌，他連給我寫兩首，可惜因為第二次世界大戰時蓋世太保找我了，我得馬上離開城市去農村，所以那兩首詩丟了」。而利大英教授認為，杜貝萊神甫所說的那兩首詩，就是《古意答客問》和《小曲》。但《小曲》的寫作時間標明為1936年5月14日，發表於1936年6月26日《大公報・文藝》第169期，載香港文學月刊，1990年第5期，總第67期。
48 利大英，《杜貝萊神甫訪問記》，載《香港文學月刊》，1990年第5期，總第67期。

這進一步說明，戴望舒當時精神上思想上正處於一個自我交戰的關口，大概也就是羅大岡所說的那種自己「不能遏制的激情」——對於是做一個兩耳不聞窗外事的抒情詩人，還是一個要剷除人世間種種不平罪惡黑暗殘暴獨裁等等的詩人政治家，留學期間的戴望舒時時逡巡在兩者之間而難以自我選擇。這種「兩難」，在他1934年8月至10月從里昂到西班牙短暫旅行期間再次表現了出來。

有關戴望舒這次去西班牙的動機和計畫，羅大岡是這樣介紹的：

> 到1934年戴望舒在里昂中法大學已經住了兩年。「法國文學史」這門功課他名義上已經學了兩學年。實際上他從未去上課聽講，也不參加考試，所以兩年之後成績毫無，照規定應當開除學籍，遣送返國。但他申請延長一年，有勢力的人替他從旁說話，所以學校又一次批准了他的申請。於是1935年戴望舒到西班牙去了一趟，為期大約為一個月左右，旅行的目的是到馬德里圖書館去查閱並抄錄收藏在那裡的中國古代小說。這件工作他確實是完成了。聽說他返國之後，曾經發表過他從西班牙抄錄回來的一部分材料[49]。
>
> ……

這段文字中有多處史實錯誤，首先是戴望舒去西班牙的時間不是1935年，而是1934年；其次，戴望舒在西班牙羈留了不是大約一個月，而是大約兩個月。不過對於戴望舒前去西班牙的目的，羅大岡卻說得極為具體，那就是到「馬德里圖書館去查閱並抄錄收藏在

[49] 《羅大岡文集》，卷2，P498，中國文聯出版公司，2004年2月，北京。

那裡的中國古代小說」[50]。戴望舒此行目的究竟何在？他在此間又究竟幹了些什麼，以至於他回到里昂不久就遭到里昂中法大學當局的查問，並被勒令回國？

1934年11月，也就是戴望舒自西班牙回到里昂後不久[51]，戴望舒按照要求，給當時的里昂中法大學的教務長寫了一封法文信[52]，信中介紹了自己此行的目的、行程等，當然並沒有提及自己在西班牙參加遊行示威活動的事情。此信原文為法文，中文譯文如下[53]：

> 教務長先生：
>
> 依照大學聯合會會長的要求，我很榮幸地在下面向您闡述我們這59天（從8月22日至10月19日）以來在西班牙的行程，正如同我曾經在從馬德里寄給您的信中跟您提到過的一樣。
>
> 在我動身去西班牙的那個時候，本來只打算在那裡停留20多天。我原定的旅遊目標的確只是想去馬德里國立圖書館和在Escorial圖書館（指西班牙愛斯高里亞爾靜院——譯者）裡結識幾個中國朋友和去讀一些文獻書籍。但是在參觀過這兩個圖書館之後，我得到許可可以閱讀在以上兩個圖書館裡

---

50 對於戴望舒此次前往西班牙的目的，王文彬《戴望舒全集傳略》中說是「此行，一方面是為了領略西班牙的美麗風光和悠久文化，另一方面也是為了向國際作家反法西斯運動表示同情和申援。整個遊學期間，他更多的是尋書訪友，出人圖書館和書肆，與詩人、藝術家廣交朋友，廣泛地吸納藝術新潮」。王文彬，《戴望舒全集》，詩歌卷，P6，中國青年出版社，1991年1月，北京。

51 戴望舒此行的具體時間為1934年8月22日至10月19日。

52 里昂中法大學管理機構的組成，依據法國1901年通過的協會法，由中法雙方共同擔任。校長由法方人員擔任，教務長由中方人員擔任。

53 此信法文影印件由Jean-Louis Boully先生提供，特此說明並感謝。

一些珍貴的書籍：例如1553年印刷的《悲喜劇和詩歌彙編》（根據法文翻譯，未曾與中文核對，下同——譯者），1548年印刷的《著名童話故事（國王系列插圖版）》，1502年印刷的《Su Fong實用針灸療法》和其他一些珍藏本。這使得我無法馬上離開這裡。在我所知道的圖書館裡，還沒有哪個能讓我像在西班牙的圖書館一樣抄寫這本有很高的文獻和文學價值的《悲喜劇和詩歌彙編》。這個匆忙的有關返程延期至9月末的決定，我已經在第一封信裡告訴過您了。

我的工作將在9月末完成，但是其間可能因為經費不足而中斷。我在上一封信裡已經向您申請借過一些旅遊經費，但是這些錢還不夠，於是我又向我的好友羅（Lo，指羅大岡——譯者）寫信希望他能幫我。由於他也很拮据，所以遲遲沒有給我回音。而上海書局方面的人又說只有到10月份才能支付給我稿費，錢那時才能到賬。

就在這時候，西班牙大革命爆發了。前些天，因為這個原因，所有交通都很不便，使我在10月15日收到了錢以後仍然無法立即上路。我必須再停留3天，等秩序完全恢復正常之後才能於10月19日到達里昂。

教務長先生，以上就是我在西班牙的情況。就像您已經知道的那樣，我在西班牙的這次出行更像是去學習的。如果說這次出行有點久，那是因為有一些變化超出了我的預期。如果您能把以上原因在作報告時告訴大學聯合會會長，我將不甚感激。

向您致以最崇高的敬意和最衷心的問候。

此信署名戴朝案，這個名字正是戴望舒1933年10月1日進入里昂中法大學的註冊表格上所填寫的名字。戴望舒在信中提到了西班牙爆發的大革命，但沒有表明自己對此的態度，他顯然是在回避這些不必要的麻煩。戴望舒在西班牙期間參加群眾運動的事情，據羅大岡介紹，「關於這一點，望舒是守口如瓶的，對我也沒有提起過」。既然戴望舒如此保密，那麼他參加群眾運動的消息又是如何傳到里昂中法大學校方那裡的呢？羅大岡回憶說是「因為法國警察有這方面的情報，並且通知了學校，這個中國學生不能再留在法國」。而據里昂市立圖書館東方部主任、里昂中法大學檔案整理者Jean-Louis Boully提供的信息，戴望舒此行政治活動之所以暴露，是因為「一些右派學生告發他到西班牙的目的是參加西班牙左派的革命活動」。

對於此次前往西班牙的一些細節，戴望舒自己在他的《西班牙旅行記》中已經透露了一些。首先是他離開里昂前往西班牙的具體時間，他在《我的旅伴——西班牙旅行記之一》中說得很清楚：

> 1934年8月22日下午五時，帶著簡單的行囊，我到了里昂的貝拉式車站。擇定了車廂，安放好了行李，坐定了位子之後，開車的時候便很近了。送行的只有友人羅大剛一人（即羅大岡——作者），頗有點冷清清的氣象，可是久居異鄉，隨遇而安，離開這一個國土而到那一個國土，也就像遷一家旅館一樣，並不使我起什麼悵惘之思，而況在我前面還有一個在我夢想中已變得那樣神祕的西班牙在等待著我[54]。

[54] 《戴望舒全集》，散文卷，P4，中國青年出版社，1999年1月，北京。

而且這段文字也透露了一點戴望舒此行的目的：一個在我夢想中已變得那樣神祕的西班牙在等待著我。對此，他在《西班牙的鐵路——西班牙旅行記之四》結尾處說得更明白：

> 而我，一個東方古國的夢想者，我就要跟著這「鐵的生客」，懷著進香者一般虔誠的心，到這夢想的國土中來巡禮了。生野的西班牙人，生野的西班牙土地，不要對我有什麼顧慮吧。我只不過來謙卑地，小心地，靜默地分一點你們的太陽，你們的夢，你們的悵惘和你們的惋惜而已[55]。

也就是說，戴望舒此行不過是里昂中法大學中國留學生中常見的暑期旅行而已，他的麻煩是到了暑假返校時間依然未歸，再加上被查出參見了學校所不允許的政治活動，又有已註冊的法國文學史一課沒有成績，所以「數罪並罰」，被勒令遣返。戴望舒離開里昂乘船回國的時間是1935年2月8日。

除了他的《西班牙旅行記》，對於在西班牙期間具體的工作，尤其是羅大岡回憶中所提到的查閱古代文獻方面的工作，戴望舒《西班牙愛斯高裡亞爾靜院所藏中國小說、戲曲》一文中有更詳細記載，茲錄如下：

> 西班牙與我國交通，始於明季，我國珍籍，或有由傳教士流傳彼土者。曩遊西班牙，即留意尋訪。然該國藏書最富有之馬德里國立圖書館，所藏我國舊籍，為數寥寥，多為

---

[55] 《戴望舒全集》，散文卷，P28，中國青年出版社，1999年1月，北京。

> 習見坊本，無足觀者，為之悵然。後遊馬德里近郊愛斯高里亞爾靜院，始得見中土逸書二三種。其關於通俗文學者，有《三國志演義》一種，為諸家所未著錄。書名《新刊案鑒漢譜三國志傳繪像足本大全》，首頁題「新刊通俗演義三國志史傳，東原羅本貫中編次，本林蒼溪葉逢春彩像」，有嘉靖二十七年鐘陵元峰子序，序中有「書林葉靜子加以圖像，中郎翁葉蒼溪鐫而成之」等語。書凡十卷，二百四十段，每頁十六行，每行二十字，圖在上端，兩邊題字，古樸可愛，惜缺第三、第十兩卷耳。案《三國志演義》，除元至治刊《全相平話三國志》及嘉靖元年刊《三國志通俗演義》外，見存諸本，當以此為最早，以滯留時期不多，未遑細覽，至今引為憾事。靜院所藏，尚有明嘉靖刊本《新刊耀目冠場擢奇風月錦囊正雜兩科全集》，亦係天壤間孤本，所選傳奇雜劇時曲甚富。時曲無論，傳奇雜劇，亦頗多今已失傳者，雖係選本，且僅錄曲文而無賓白，然亦彌覺可珍。當時曾抄目錄一份，並攝書影數頁，返國後謀將全書影出，曾與靜院僧侶通函數次，終以攝影索價過昂未果。未幾而西班牙內戰突起，愛斯高里亞爾淪為戰場，靜院所藏，未知流落何所，而余所抄目錄及書影，亦毀於炮火，僅趙景深及鄭振鐸二位先生曾借抄目錄各一份尚存而已。思之悵然[56]。

戴望舒這裡所提到的僅由趙、鄭兩位版本目錄學家抄錄而存的書目具體情況，不曾搜尋校正。但就這篇文字中所言，戴望舒西班

[56] 《戴望舒全集》，散文卷，P336，中國青年出版社，1999年1月，北京。

牙之行確實與尋訪查閱收藏在西班牙各圖書館包括修道院中的中國古代文獻有關。

李治華：「誤落番邦七十年」

在30、40年代曾經留學里昂中法大學的中國學生中，研習文學並終身從事文學翻譯研究，而且此後一直羈留里昂者，大概只有李治華一人。從1937年10月7日抵達法國馬賽算起，李治華在法國已經學習工作生活了整整70年。20年前，他曾經戲稱自己是「誤落番邦50年」[1]。如今，他已經整整92歲高齡，「誤落番邦」，也已經整整70年。

與那些外省選派的留法學生相比，李治華畢業於北京中法大學，且被選派公費留法，可謂「出身正統」；與那些中途改換專業的留法學生相比，李治華從進入北京中法大學開始，就一直在法國文學系就讀，他在里昂大學所學，依然是文學，畢業之後所從事的，依然是文學研究和翻譯，所不同者，只是不再僅僅研究翻譯法國文學，更主要是翻譯研究中國文學——向法國讀者翻譯介紹中國文學[2]且一直持續到當下，可謂意志堅定；與那些畢業之後歸國的

---

[1] 段懷清，《春秋繁露——李治華先生側記》，《人民日報・海外版》，2002年4月26日。

[2] 李治華主要著譯目錄：
1.《向太陽》，艾青詩選，塞蓋爾出版社，1958年；
2.《故事新編》，魯迅著，嘉利瑪出版社，1959年；
3.《忍字記及其他元雜劇》（《忍字記》、《看錢奴》、《破家子弟》），嘉利瑪出版社，1964年；
4.《家》，巴金著，弗拉馬利永及艾貝爾出版社，1979年；
5.《紅樓夢》，曹雪芹著，嘉利瑪出版社，「七星文庫」叢書，1981年；

同學相比，李治華選擇了留在法國（他已經在這裡與一位法國女子結婚），據說新中國成立之後，李治華是旅法華人中第一位前往瑞士更換中華人民共和國護照者，而且一直到晚年他才將護照更換成法國護照，可謂故園情深；與那些中年早逝或者命運坎坷的留法同學相比，李治華因為將《紅樓夢》法譯本原譯稿捐贈給北京中國現代文學館而獲得該館為其設立專門文庫殊榮，並以其在中法文學文化交流方面的傑出成就而獲得法國文化部頒發的法蘭西文學與藝術

6.《北京居民》，老舍中短篇小說選，與巴迪、莫芳素、貝羅貝、艾莫莉合譯，嘉利瑪出版社，1982年；
7.《長夜》，姚雪垠著，弗拉馬利永及艾貝爾出版社，1984年；
8.《正紅旗下》，老舍著，與巴迪合譯，嘉利瑪出版社，1986年；
9.《離婚》，老舍著，與巴迪合譯，嘉利瑪出版社，1986年；
10.《黑暗裡的火花》（原名《人啊，人！》），戴厚英著，與李平合譯，門檻出版社，1987年；
11.《媽媽啊，媽媽》，白樺著，白樂風出版社，1991年；
12.《長江漂流外史》，吉胡·阿莎著，蘇欣仁（筆名）譯，卡樂芒·萊維出版社，1991年；
13.《播火女郎》（原名《女神與秋女》，話劇劇本），蘇雷著，法漢對照本，巴黎友豐書店出版，1994年。
其他譯作
1.《莊子修鼓盆成大道》，《今古奇觀》NO，20，載《文學與藝術》1946年第二期；
2.《金玉奴棒打薄情郎》，《今古奇觀》，NO，32，載《世界旋律》1946年第四期；
3.《呂洞賓傳說》，載《世界旋律》1947年第一期；
4.《中山狼傳》，15世紀中國古典小說，載《世界旋律》1947年第三期；
5.《竹塢聽琴》，石子章撰，《元曲選》，NO，83，尚未發表；
6.《野草》，魯迅散文詩選譯，再《世界旋律》1948年第二期；
7.《霸王別姬》，京劇腳本，與于如柏合譯，載《世界旋律》1947年第三期；
8.《打漁殺家》，京劇腳本，與于如柏合譯，商務中央印書局，1958年；
9.《驚變·埋玉》，昆劇腳本，與吉葉倪、梁佩貞、于如柏合譯，PPI出版社，1958年；
10.五篇中國古典小說，載R·蓋玉瓦主編《世界奇異故事選》，法國書社，1958年；
11.六篇中國有關夢的古典小說，載R·蓋玉瓦主編《夢的威力》，法國書社，1962年；
12.元散曲二十五篇，載P·戴密微主編的《中國古典詩詞選》，嘉利瑪出版社，1962年；
13.《漢宮秋》，馬致遠撰，《元曲選》NO，1，1962年譯，尚未發表；
14.《白蛇傳》，京劇腳本，與J·斑巴諾合譯，商務中央印書局，1964年；
15.《世界百科大詞典》詞條：《紅樓夢》、《關漢卿》；
等。參見李治華，《里昂譯事》，蔣力編，商務印書館，2005年12月，北京。

中級勳章，可謂修得正果。

一

李治華在文學方面的興趣，早在初中時期就已經顯露出來，但他在法國文學鑒賞和翻譯方面的訓練，卻是從大學時代才開始的：

> 我在大學時代已可直接閱讀法文書，但詞彙有限，只能看一些詩集和劇本。西山中學有一位孟老師見我很用功，就把自己的一本案頭書《法國詩選》送給我。那是一冊小開本的平裝書，他本人經常閱讀，紙色黃舊，已經沒有封面。儘管這樣，對我說來，卻很珍貴，因為那是我收藏的第一本詩集。我一邊閱讀，一邊試著翻譯。記得曾譯過繆塞、維尼拉馬丁和代博爾德・瓦樂莫夫人的詩篇。後來鐸爾孟先生給我們講法國象徵派的詩，我又譯了一些波德賴爾、蘭波、凡爾倫、馬拉美、梵樂希的詩篇，也譯過繆塞的劇本《樂郎扎其由》（*Lorenzaccio*）拜爾特朗（Aloysius Bertrand）的散文詩集《夜遊子佳思巴爾》（*Gaspard de la nuit*）中的許多篇。我很欣賞這些富有神祕色彩的散文詩，其中有幾篇曾在報刊上發表[3]。

三十年代的北京，以北京大學、清華大學和北京中法大學的師生為骨幹，形成了多個民間鬆散的類似於文藝沙龍性

3　李治華，《里昂譯事》，P28-29，蔣力編，商務印書館，2005年12月，北京。

> 質的「文藝聚會」。其中由朱光潛發起組織的「新詩座談會」[4]，就成了當時熱愛新詩和外國文學的在京大學生們「彼此交換寫詩的經驗，切磋觀摩」的一個好去處。當時還是中法大學學生的李治華也積極地參加了這個座談會所組織的一些活動。「我在大學讀書時，寫了一些所謂的『新詩』，忽然聽說北大和中法的幾位寫詩的朋友組織了一個『新詩座談會』，立即用筆名『鮑愛蒂』（法文詩人Poete的音譯）報名請求入會」[5]。「這個座談會的存在雖然短暫，對我來說，意義卻很重大。它促進了我創作的欲望，使我深深感到彼此交換新得的愉快」[6]。而李治華去國留學之前所寫的一些新詩，部分刊登在參加新詩座談會的朋友們合辦的一個小型詩刊《詩葉》上。《詩葉》只有一葉，而且因為「盧溝橋事變」的爆發以及參加座談會的幾位中法大學學生於7月前往法國留學，很快也就停刊了，但對當年的一些參加者在詩歌創作方面的影響卻是長遠的，「如果《詩葉》繼續刊行，也許我會寫更多的詩篇」[7]。

如果說「新詩座談會」刺激了李治華在新詩寫作方面的興趣，那麼，參加當時由北京地區高校、藝術界、銀行界、醫療界等曾經留學法國或者法國來華任教的教師、藝術家及其他社會人事所發起組織的「法文茶會」，則顯然大大豐富了當時尚為大學一年級新生

4 有關北京中法大學學生參加「新詩座談會」的具體情況，參閱段懷清《「泉社」與新詩座談會》，刊《新文學史料》，2002年4期。
5 李治華，《里昂譯事》，P35，蔣力編，商務印書館，2005年12月，北京。
6 李治華，《里昂譯事》，P36，蔣力編，商務印書館，2005年12月，北京。
7 李治華，《里昂譯事》，P36，蔣力編，商務印書館，2005年12月，北京。

的李治華對法國文學的瞭解和文學視野。當時組織「法文茶會」的目的，就在於聯誼、練習法語（與會者必須用法語談話）和介紹欣賞法國文學作品。茶會的東道主或召集人，一般為當時中法大學服爾德學院（後來的文學院）法國文學系教授曾覺之、陳綿，中法大學孔德學院的法國文學教授范任（希衡）以及北京大學法語系法籍教授邵可侶。主要出席人有：邵可侶、范任（希衡）、李希祖、沈寶基、曾覺之、包文蔚、華羅琛（法國人，丈夫為中國人華南圭，為一工程師，曾留學法國。華羅琛是一波蘭籍女作家，曾經寫過一本當時在北京讀書界很有一些影響的小說《戀愛與義務》）、陳綿（字伯藻）、盛成、吳猛、沙鷗，另有一兩位留學法國的雕塑家、一位留學法國回國後在中央醫院任職的醫生，還有一位在銀行工作的留法人員。除此之外，就是北京大學、中法大學等學校學習法國文學或者懂法語的學生。譬如中法大學學生詩歌小社團「泉社」社員、中法大學政治經濟系的王振基、當時在北京大學旁聽的金克木，當然還是李治華。

茶會一般半個月聚會一次，聚會地點通常在北海的翠龍亭，或者中山公園的來今雨軒，也有個別時候是在東道主的家裡。聚會的具體時間則多在星期六或者星期天。聚會時，通常就是三四張八仙桌一併，圍成一個能夠放點心、喝茶和談話的場所。每次聚會，一般預先確定一個重點發言人，然後再圍繞重點發言人的講題展開談話。形式是輕鬆的，甚至有些海闊天空。當時盛成就曾經講過他當初用法文寫作《我的母親》以及與巴黎上層文化界交流的一些情況，另外華羅琛也用法語講過自己在中國生活的印象，以及她寫《戀愛與義務》的一些具體情況（《戀愛與義務》曾由上海的一家電影公司拍成電影，三十年代初期曾盛行一時）。

這其實是北京地區法語界或者法國文學研究界的一種民間聚會形式。在聯誼之外，也是交流交換讀書和研究信息，這對於當時還在大學讀書的李治華來說，能夠與自己的老師們在課堂之外用一種輕鬆休閒的方式平等地交換讀書研究心得，無疑是新奇而激動的。這種帶有濃厚現代文人氣息色彩的聚會討論，對於李治華文學興趣的培養和文學欣賞研究能力的擴展，顯然也起到了潛移默化式的引導作用。

在上述自學、新詩創作以及參加一些文藝聚會之外，對後來李治華的文學研究產生了最主要影響的，當然還是課堂教學。在曾經擔任李治華留法之前的法國文學授課教師並對他後來的事業人生產生影響者中，主要有鐸爾孟、陳綿、郭麟閣、沈寶基四人。

李治華與鐸爾孟（Andre d'Hormon）之間基於師生情誼和學術合作而發展起來的關係，一直持續到鐸爾孟去世。鐸爾孟當時擔任中法大學法國文學教授，同時也在北大兼課。他1906年來華，一共在華生活了48年，也是中法大學的創辦人之一。當時他在中法大學主要擔任「法國古典戲劇、法國近代詩與中譯法的翻譯課程」[8]。「他的課很叫座兒，不但有外校學生，甚至有本校同事也來旁聽。他給我們講拉辛劇本多種，介紹過法國象徵派詩人，還指導我們譯陶淵明的詩。我大四時寫畢業論文，選題是《拉辛劇本〈阿達麗〉（Athalie）研究》，用法文寫的，所以請鐸先生擔任指導。他接受了，可惜1937年春天，他回法國，臨行前，請我到他家把這個消息告訴我。我論文尚未完成，他就請陳伯早先生繼任我的論文導師」[9]。

繼任李治華論文指導導師的陳綿（字伯早），福建人，巴黎

8　李治華，《里昂譯事》，P30，蔣力編，商務印書館，2005年12月，北京。
9　李治華，《里昂譯事》，P31，蔣力編，商務印書館，2005年12月，北京。

大學國家博士[10]，論文題目是《京劇研究》。他歸國後「在中法大學擔任法國戲劇課程，同時極力提倡話劇運動」。「我的畢業論文便是在他指導下完成的。……他翻譯過不少莫里哀的劇本。曹禺的《雷雨》就是他譯成法文的」[11]。

在陳綿之外也給李治華的畢業論文以指導並擔任過他的相關課程的還有郭麟閣。郭當年剛從法國留學歸來，獲得里昂大學文學博士學位。論文題目為《〈紅樓夢〉研究》。「1935年，我讀大三時，他才回國。……我的畢業論文就是先請他過目、修改後才交給陳伯早先生的」[12]。原因似乎不言自明：郭當時剛回國，年紀也輕，與學生們之間沒有多少禁忌。不過有一點李治華顯然不會預料到的，那就是他後來會沿著郭麟閣的《紅樓夢》研究之路繼續下去，並最終在這個方向上確立了自己一生最輝煌的學術貢獻。

與郭麟閣一同去法、留學於里昂大學並早一年回國的沈寶基，也獲得了里昂大學文學博士，博士論文題目是《〈西廂記〉研究》——當時旅法中國學生學位論文選擇中國文學作為選題對象者不在少數。這個現象本身並沒有什麼值得非議之處，不過錢鍾書在《圍城》中卻借蘇文紈在里昂研究法國文學而博士論文題目為《中國十八家白話詩人》這個細節而對上述現象予以了輕微的戲謔嘲諷。沈寶基在詩歌方面的修養和才能——包括對法國近代詩歌和現代詩歌的修養以及翻譯等——顯然給當時正沉湎於詩歌創作的李治華留下了深刻印象。在《中法文化月刊》上，沈寶基曾經翻譯了大量法國近代和現代詩歌作品。這些詩歌作品和翻譯雖然無法避免地帶有一

10 法國大學設國家博士、大學博士等形式，一般國家博士條件相對嚴格，不少留法學生所獲得的多為大學博士學位。
11 李治華，《里昂譯事》，P31，蔣力編，商務印書館，2005年12月，北京。
12 李治華，《里昂譯事》，P31，蔣力編，商務印書館，2005年12月，北京。

些學院派痕跡，但畢竟亦為30年代翻譯介紹法國文學作出了貢獻。

相對於參加校外一些文藝聚會活動，李治華在課堂上所接受的法國文學訓練顯然更系統也更專業。但他絕對不會想到，他以後的職業生涯並不是以研究法國文學為主，而是向法國讀者研究者翻譯介紹中國文學，包括中國古代文學和現當代文學。

二

從北京中法大學畢業的留法學生有一個共同特點，那就是留學之時已基本上確立了自己將來的職業發展方向，那就是成為專門從事相關專業研究的專家學者。也正因為此，當羅大岡與戴望舒在里昂相居一室時，一個無法理解的事實就是戴望舒當時似乎對自己在法國留學沒有任何長久計畫。

而作為1937年北京中法大學法國文學系經過一番激烈競爭和波折而最終被選定赴法留學的幸運兒，李治華對於自己的未來充滿了期待和信心，無論是在旅法的郵輪上，還是在抵達里昂中法大學之後，他的這種樂觀自信幾乎一直延續到幾十年後、當他晚年撰寫自己的回憶錄的時候。在《我的回憶》中有關「里昂中法大學海外部」一節，李治華是這樣介紹自己將度過大半生的城市和即將在這裡求學的里昂中法大學海外部的：

> 里昂是法國第二大城市，文化和工商業都很發達。羅納和索恩兩條河經過市內，至南郊匯合以後，只以羅納河為名，南流投入地中海，市內兩條河上架著許多座形狀不同而優美的橋樑，交通方便，兩河之間是本市繁華的商業區。中法大

> 學海外部處於索恩河西岸的山坡上。北京中法大學保送留法的學生都在這裡住宿。校舍是由一座舊軍營改建的。里昂市政府以一法郎象徵性的租金租給中法大學。在我求學時，這座古老碉堡的確清幽可喜，四周街道上很少汽車或行人往來[13]。

這段文字看上去並不帶有多少情感，只是平鋪直敘式的介紹，但在這種波瀾不興之後，是一個已近人生暮年的老中法大學學生對曾經陪伴自己幾年苦讀的地方的清晰記憶。或許在當年中法大學學生的回憶中，李治華對里昂中法大學海外部內部外部環境所作的描寫最為清楚細緻，這裡不妨摘錄其中幾段：

> 學校大門建在坐西朝東兩層樓下的中央，圓拱形門洞上面的石塊上刻著「中法大學」四個顏體漢字，下面刻著法文校名：Institut Franco-chinois。進了門洞，右手是門房，左手是法國庶務的住宅，樓上是女生宿舍。過了門洞，是一個西南高、東北低的寬敞大院，院中是一片草坪，對面是禮堂，禮堂上邊是校長住宅。右方有一幢坐北朝南的大樓，是男生宿舍。男生宿舍和女生宿舍之間，有一排平房，是我們的廚房。大樓對面是一個籃球場。大樓西角與禮堂後面還保存著古羅馬時代幾段石築引水管道聳高石壁的遺跡。由禮堂往南過一個小木橋，穿過一座舊建築下面的石拱門，有一個網球場，四周小丘環繞，仍保存著舊時的防禦建築，這就是我們

[13] 李治華，《里昂譯事》，P43，蔣力編，商務印書館，2005年12月，北京。

所謂的後山，是我們讀書散步的好地方[14]。

男生宿舍一共有四層，牆壁全是用方石塊砌成的，異常堅固，樓下東首兩間，緊靠廚房，是我們的飯廳，男女同學在一處用餐。出了飯廳是庶務辦公室，書報閱覽室，裡面陳列著中法文報刊；再過去是彈子球和乒乓球室，鋼琴室和醫療室[15]。

從李治華對海外部宿舍內部的介紹來看，基本上與30年代初期戴望舒在這裡「借住」時候一樣：一室內住兩人，臨窗一張大桌子，中間用一塊大木板架一分為二，每個人各在一邊安心學習，互不攪擾。

這種純粹的學院式生活，與戴望舒閒散藝術家式的生活顯然是有區別的。區別不僅表現在一個是詩人，一個是學者的生活方式的差異上，還表現在對待生活的一點細節上。舉一個細小的例子：戴望舒是自費留法的，但他解決經濟上的壓力所使用的辦法，完全是一個已經成名的文人的方式：寫稿、譯書等。沒有見到有關戴望舒在里昂或者巴黎期間尋找其他相關經濟來源的文獻資料。比較之下，李治華在里昂大學求學期間，曾經在兩個不同類型的中文班上教過課，並獲得相應報酬，一個中文班是專門為在里昂的華僑子女學習中文而開辦的，另外一個是為里昂一個教會裡的願意學習中文的神甫們辦的。李治華把這些經歷都視為自己求學期間「留法生活中的美滿方面」。

這種「美滿」當然不僅限於此，還應該包括讀書期間到里昂

---

14 李治華，《里昂譯事》，P43-44，蔣力編，商務印書館，2005年12月，北京。
15 李治華，《里昂譯事》，P45，蔣力編，商務印書館，2005年12月，北京。

附近或者地中海沿岸度假時候的見聞，這些異國他鄉的真實感受體驗，不僅豐富了對法蘭西風土民情的認識，也多少緩解了遠方遊子的故國家園之思，甚至還讓他們留念忘返。當然最重要的，還是在此期間找到了屬於自己的「愛情」——李治華的「異國之戀」最值得予以關注讚美的地方，不僅在於這對異國戀人彼此忠誠、白手偕老，更關鍵的是他們珠聯璧合，共同協作從事中國文學的法譯闡釋工作，並取得了令人讚歎不已的成就。鑒於翻譯在當時的法國不可能成為一種足以養家糊口的職業，李治華真正的工作一直是在巴黎東方語言學校和里昂第八大學從事中文教育，翻譯一直是他的「業餘工作」，這種狀況一直持續到他從大學退休，才真正將全部時間精力投注在自己所鍾情的翻譯事業上。

李治華曾經這樣飽含著深情回憶自己與夫人一家40年代在法國南方一個名叫瑪洛賽山村避暑的難忘經歷：

> 瑪洛賽位於眾風山北麓，此山音譯本為旺突山，眾風山是意譯，這是普羅旺斯省最高的山脈，孤峰突起，綿亙數十公里，主峰海拔1920米，冬季可以滑雪，其他三季可以遊山逛景，是個遊覽勝地。除去她父親以外，他們母女三人都喜歡爬山。我在西山養成爬山的習慣，成為她們旅遊的好伴侶。店主之女玉蓋特也常常帶她的小狗狄諾跟我們一起爬山。有一次，我們清晨出發，一直爬到山頂，在頂峰吃過了午餐才開始下山，傍晚回到旅館。山中野果很多，如覆盆子、無花果之類，我們隨意摘採解渴。有時也在葡萄田裡採兩串葡萄吃，有時飲岩石中的泉水，清澈肺腑。我們在瑪洛賽過了一

個十分愉快的暑假[16]。

繁重的專業學習和幸運而順利的「愛情」，似乎一度分散減弱了李治華在國內已經培養起來的文學創作方面的興趣。不僅如此，他在古典語文方面的考試也屢屢未能過關，甚至還一度不斷補考。沒有見到有關他在里昂大學留學期間對法國當代文壇的關注方面的信息，也沒有見到此間他在文學翻譯或者闡釋方面有哪些具體成績。儘管如此，里昂和法蘭西，包括在這裡的生活，卻是敞開了自己的懷抱在誠摯地歡迎這個來自於異國他鄉的文學青年，儘管他此時所理解的文學，已經大大偏離他在北京時候那種出於個人性情愛好的文學，而為一種專業研究。沒有文獻資料可以證明李治華當時對於這種專業文學學習和研究表現出了足夠的興趣和信心，相反，在古典語文乃至現代語文方面的考試失敗，一定程度上讓他對這種苛嚴的專門文學研究產生了敬畏。對此，包括對自己碩士畢業後專業選擇和事業人生選擇方面的情況，李治華作過這樣的描述：

> 1942年獲得里昂大學文學碩士學位，就開始撰寫博士論文，正論文的題目是《元曲研究》，副論文是一篇元曲的法文翻譯，正論文沒有完成，卻翻譯了五篇元雜劇。這足以證明自己更愛好、也更適合做翻譯工作。1950年好友王振基回國前送給我一本魯迅的《故事新編》，讀了以後，很喜歡，就譯成法語了[17]。

---

16 李治華，《里昂譯事》，P79，蔣力編，商務印書館，2005年12月，北京。
17 李治華，《里昂譯事》，P2，蔣力編，商務印書館，2005年12月，北京。

這就是李治華翻譯生涯的開始，一種偶然中所蘊涵著的必然。整個留學期間，沒有見到他再寫詩（或者他在用自己的具體行為譜寫一曲中法情愛之歌）。這並沒有多少讓人感到奇怪的地方——當時留法中國學生中，出國之前開始詩歌創作並有相當發表者並不在少數，但留學期間依然在堅持自己文學創作方面的愛好者卻絕對少數。這顯然與學院式的專業學習、繁重的考試、戰時里昂「自由區」經濟生活上的緊張、與國內文學界聯繫的不太順暢（國內正處於抗戰軍興的緊張狀態，不少作家也處於顛沛流離之中，30年代的文學繁榮，包括文學期刊和社團的迅猛發展，在40年代都遭遇到了戰爭環境的挑戰並均為縮減）以及一定程度上興趣的轉移等，都影響到了這些文學青年繼續在文學創作上探索實踐的精力和興趣。

三

李治華晚年曾經將自己在翻譯之外的學術工作作過一個簡單分類，這些工作被他分為三大類，具體情況如下：

閱讀記

讚美類：筆者自幼喜歡讀書，遇見好書，欣喜若狂，就把自己的感受抒寫出來，共諸同好，以便分享。諸如盧梭的《懺悔錄》、羅大岡的中文詩和法文詩等；

批評類：如果作品有錯誤或不妥之處，就進行校正，無論是翻譯還是創作；

有時翻譯雖然正確，但未能達到「雅」的標準，我就繼續做美的探索，比如談杭州大學飛白教授翻譯魏爾倫（Paul Verlaine）的短詩；

回憶錄，大部分是我個人前半生的事蹟，因為家裡人想瞭解我的過去，將來可能譯成法語，並再寫幾篇。

序文、前言、評介或發言稿等[18]。

從上述寫作類型也大致可以看出，在正式開始其職業生涯後，李治華基本上放棄了專門學術研究，而將主要精力都傾注在了翻譯之上。不過，這裡需要解釋說明的是，李治華的翻譯——無論是將中國古代小說戲劇翻譯成法文，還是將一些現代小說翻譯成法文，大多並非是一般泛泛之翻譯，而是有著相關學術積累和大量前期準備，譬如他對元雜劇的翻譯，他對一些古代白話小說的翻譯等，都與他在北京中法大學期間所進行的相關研究積累密不可分。而他的《紅樓夢》翻譯，更是將研究、闡釋和翻譯結合得天衣無縫的一個典範。

作為一個在現代中法文學——文化交流領域作出了顯著成就貢獻的學者，李治華對中國文學的評判似乎不辨自明，但他對法國文學的態度及觀點，則因為他較少行諸文字而不大為人所知，儘管他的專業是法國文學。

李治華有兩篇論述法國文學的文章，可以讓我們窺見他對法國文學的認知與修養之大概，一篇是《我讀盧梭〈懺悔錄〉》，另一篇是《馬塞爾・巴紐爾的〈父親的光榮〉》，前者寫於1989年11月，修改於2005年1月，後者寫於1987年。雖然都是李治華晚年有

[18] 李治華，《里昂譯事》，P3，蔣力編，商務印書館，2005年12月，北京。

關法國文學的文論，但也正是因為此，更可見究竟哪些法國作家和文學文本在作者閱讀記憶中留下了恒久印象。

對於盧梭，李治華絲毫不掩飾自己的崇敬喜愛，這種崇敬喜愛也並沒有受到那些對盧梭的私德進行各種指責的影響，不管這些指責來自於盧梭自己的同胞，還是來自於異國他鄉的讀者。

「自從我一『結識』盧梭，就被他征服了。那時我才15歲，就醉心於他的《懺悔錄》，而且讀的僅是張競生的漢譯本」[19]。這是李治華與盧梭因緣的開始。而在此之前，他也讀過一些漢譯法國小說，譬如《茶花女》、《三劍客》之類，但「最使我感動的就是盧梭的《懺悔錄》」[20]。不妨來看一看盧梭和他的《懺悔錄》究竟是怎樣澈底征服一個中國少年的心的：

> 那是1930年春天，我同桌同學李樸剛買到的新書，他回家度假，把書放在書桌裡。我把書拿出來，打開後窗，爬到窗外，坐在離地五六公尺的後牆兩層石階上。面對羅漢堂，在溫暖的陽光下，入神地讀起這部人間罕見的奇書。寺院萬籟無聲，偶爾傳來幾聲鳥啼，更加深了寂靜。盧梭向我敘說他動人心弦的戀愛經驗，他與大自然交融匯和，一草一木、一沙一石都與他的心靈息息相通。他毫無隱瞞地敘述自己的善行惡跡，博得我的同情和敬仰。我心想：哪一天我能去法國，那將是多麼幸福啊！[21]

---

[19] 李治華，《里昂譯事》，P293，蔣力編，商務印書館，2005年12月，北京。
[20] 李治華，《里昂譯事》，P293，蔣力編，商務印書館，2005年12月，北京。
[21] 李治華，《里昂譯事》，P293-294，蔣力編，商務印書館，2005年12月，北京。

李治華寫下上述這段文字的時候，距離當初他在北京西山碧雲寺中法大學附中讀書已經過去近60年。而當初一個人靜靜地在西山春天的陽光下閱讀《懺悔錄》的一幕幕，竟然歷歷在目，讓人在感慨之餘，確實也生發不少聯想：或許這就是因緣，又有誰能夠說在李治華後來的留法選擇中沒有盧梭和《懺悔錄》的因素呢？

不僅如此，對於這部「始終是我最喜愛的讀物」的文學巨著，李治華顯然不會僅僅滿足於個人閱讀，他還將《懺悔錄》各種中譯本搜集起來進行比較，評點議論，希望中國讀者能夠「有一個忠實的中文譯本」。

作為一個學者，李治華又是如何解釋《懺悔錄》及其受到中國廣大讀者喜愛的呢？他認為：

> 我國讀者深愛盧梭的作品，特別是《懺悔錄》，這是因為中國人民和作者一樣喜好自然，沉迷遐想，感情激動，富於人性，雖然有時烏雲蔽日，這些情感卻始終閃耀在人們的內心深處。

文章結尾，李治華借用了巴金與盧梭和《懺悔錄》有關的一句話「我在《懺悔錄》那裡得到了安慰，並且學會了說真話」來表明自己的心跡，其實他是想說明，盧梭對自己的一生所產生的影響，不正是跟巴金一樣嗎？有誰會否認盧梭和《懺悔錄》對李治華《我的回憶》在文風和驚人的坦率方面所產生的影響呢？[22]

---

22 2001年夏天，筆者曾經在李治華夫婦位於里昂西北140公里的小鎮Blanzy的別墅裡度過了令人難忘的7天。7天中幾乎每天都要與李先生交談，所談除了里昂中法大學的「陳年舊事」，李先生對於那些「陳年舊事」所表現出來的驚人的坦率與誠實，迄今讓我感慨不已。

我們沒有見到李治華介紹以追憶逝去的童年時光而名聞遐邇的普魯斯特，而選擇介紹了一個一般中國讀者不大熟悉的法國作家馬塞爾・巴紐爾。至於其中原因，似也不難理解：這是一位在普魯斯特之後將童年生活描寫得如此充滿活力和令人留念的作家，一位如此文學性地表現童年世界的真實之美並取得了巨大成功的作家，同時也是一位如此完美地繼承並弘揚了了法蘭西文學傳統的作家，而這樣一位偉大的風格獨特個性突出的作家及其作品，在中國又是介紹得如此之少！為了進一步說明馬塞爾・巴紐爾《童年的回憶》在文學上所取得的成就，李治華引用了幾位作家批評家的評價：

> 小說家兼義大利文學專家多梅尼克・菲爾郎代茲說：「如果想到斯蒂文森、馬克・吐溫和高爾基，我發覺在巴紐爾以前法國文學完全不能描寫一個幼年兒童發現世界時那種特有的、既緊張又高興的迷人事務」。
>
> 戲劇家讓阿奴耶說：「巴紐爾曾經是一位偉大的戲劇家，但現在是一位更偉大的散文家」。
>
> 文藝評論家雷巴特：「這部作品所洋溢的只有陽光，沒有別的」[23]。

就巴紐爾的文學風格和語言風格而言，他的寫作與普魯斯特的寫作確實存在著明顯不同：如果說普魯斯特更多描寫的是對逝去歲月的一種追憶——那是屬於他一個人的一個世界，同時也是一個有教養的富裕人家的孩子成長並形成世界觀、人生觀及情感經驗的世

---

[23] 李治華，《里昂譯事》，P301，蔣力編，商務印書館，2005年12月，北京。

界；而巴紐爾的童年世界和生活是完全敞開的，那是一個童年生命一點點發現並累積人生的細枝末節，具有驚人的思想穿透力和情感穿透力，這不是一個人的童年回憶錄，而是一部關於兒童認識世界和經驗世界的文學描寫敘述，其中又洋溢著濃郁的真實生活氣息和驚人的細節描寫力。李治華選擇這樣一位法國現代作家和他的作品介紹給他的遠在萬里之外的同胞們，除了專業學術上的自覺外，是否還滲透著他自己深深的故國家園之思和對童年生活的懷念呢？與同在里昂大學留學的學長羅大岡多少有些讓人氣餒甚至畏懼的童年生活相比，李治華的回憶錄中所描述的自己的童年，儘管清貧，卻並不缺乏歡樂和值得留念的經歷。閱讀巴紐爾的作品，顯然能夠撫慰李治華暮年時候對於童年生活的懷念回味之情。正如他在介紹這部作品的「魅人的內容」時所說的那樣：

> 這部著作之所以能取得空前的成就，我想主要應歸功於題材的選擇，因為童年對於我們具有無限的吸引力，每個人都有一個童年，雖然各人的環境與遭遇不同，可是大家對童年都懷著一種不可抗拒的嚮往之情。童年時代無憂無慮、天真爛漫的生活是每個人一生中最美滿、最幸福的一段，然而想到時不再來又引起我們無可奈何的惆悵[24]。

這段文字難道不是在借巴紐爾的童年之旅來抒發李治華自己內心深處那種蘊藏已久的對於兒時時光的懷念？以至於當我們讀到李治華文章中這樣的文字「這部著作不但充滿著普羅旺斯豔麗的陽

[24] 李治華，《里昂譯事》，P302，蔣力編，商務印書館，2005年12月，北京。

光、蔚藍的天空和樹木濃烈的芳香，還蕩漾著開朗的笑聲和雋永的幽默」的時候，又有誰會懷疑這些文字不是從作者內心深處深切的感動中所迸發出來的呢？李治華摘錄了《父親的光榮》中幾段描寫敘述者弟弟保羅童年時期的種種童真趣事，讀來令人捧腹之餘，生發無限遐想。而李治華的中文譯文又語言傳神且乾淨雅順，具有極高的文學性。這自然與譯者深深地受到原著感染並憑藉自己扎實的語文功力才成功地將原著神韻傳遞給讀者有關。

四

在歐洲漢學史上，法國漢學曾經佔據領先位置並為歐洲漢學之中心——在明末清初來華耶穌會士中，來自於法國的多名傳教士在中西文化交流方面作出了突出貢獻。而法國漢學的這種地位在19世紀中期之後直至20世紀初有所下降，逐漸為英國和美國所取代。但法國漢學並沒有因此而沉寂下去，而是在20世紀上半期再次復興，並以其將傳統文獻文本研究與田野考察結合起來的全新研究方式而再度領軍歐洲漢學。當然不同於19世紀歐洲漢學的是，20世紀西方漢學實際上已經不再以某一個國家、一座城市和一所大學為唯一中心了，而是有了若干個各具特色和歷史傳統的分中心。

作為20世紀法國漢學史的一部分，旅法華裔學者們的貢獻長期被忽略。對此，李治華在其《中國文學在法國傳播的歷史及意義》一文中有比較完整介紹說明。這篇文獻將中國文學切分為「元代雜劇」、「儒家經典」、「歷史典籍」、「子書」、「純文學作品」幾個部分，並逐項予以了介紹。

在「元代雜劇」部分，李治華首先介紹了「第一部譯成法文的中國文學作品」、元代雜劇《趙氏孤兒》在法國翻譯傳播的情況。此外，19世紀初期，漢學家巴贇在其《中國戲劇》（1838年）一書中「翻譯了另外幾篇元代雜劇」，「1854年他又出版了《元朝世紀》，介紹了多種元雜劇的梗概和片段的譯文。此外他還翻譯了高明（字則誠）的《琵琶記》傳奇（1841年）」[25]。巴贇之後，19世紀後半期最為重要的一位法國漢學家儒蓮（Stanislas Julien）重新翻譯了《趙氏孤兒》。「他的譯文是完整的，詞曲和對白俱備」。對於這位在19世紀下半期歐洲漢學史乃至世界漢學史上都佔據重要一席的絕出漢學家，李治華並沒有給予足夠介紹，這也顯示出他對專門的學術研究，譬如法國漢學史或者歐洲漢學史等，並沒有系統研究的興趣。但單就元雜劇法譯情況而言，在上述兩位漢學家之後，李治華又介紹了《漢宮秋》和《黃粱夢》的譯者路易・拉露阿（Louis Laloy）。而這兩部法譯雜劇，前者曾經被改編為劇本並在巴黎藝術劇院上演過，後者曾被改編成廣播劇，在二戰期間的法國廣播電臺中廣播過。

此外，就是李治華自己。顯然他這裡是將自己放在法國漢學史語境中來評價自己的工作和貢獻的：

> 筆者自己曾有撰寫博士論文的計畫，正論文的題目是《元曲研究》，副論文是一篇元雜劇的法文翻譯。我選的是鄭廷玉的《看錢奴》，以便與法國17世紀莫里哀的名著《吝嗇人》（通譯《慳吝人》——作者）作比較研究。在動手翻譯之前，我先對照原文看看前人的翻譯，發現裡面錯誤太多，無

[25] 李治華，《里昂譯事》，P279，蔣力編，商務印書館，2005年12月，北京。

> 法借鑒，只好自己另起爐灶。我的論文沒有作完，卻翻譯了五本元雜劇：鄭廷玉的《看錢奴》、《忍字記》，秦簡夫的《破家子弟》，石子章的《竹塢聽琴》和馬致遠的《漢宮秋》。前三種以《忍字記及其他元雜劇》為題於1963年出版，1991年出版袖珍普及本與法國廣大讀者見面。最後一種是應法國電視臺邀請翻譯的[26]。

在「儒家經典」、「歷史典籍」和「子書」的法譯方面，李治華基本沒有涉足，也因此就他所提供的有關上述中文文獻的法譯歷史信息來看，也多有缺漏，顯示出他在此領域關注的程度及相關學養。但在「純文學作品」的法譯方面，李治華則為後來者提供了不少彌足珍貴的學術信息。

他首先介紹了中國古典詩詞的法譯情況。首先被提及的是19世紀法國漢學家艾爾威聖・德尼侯爵（Marquis d'Hervey de S.Denys,1823-1892，通譯德理文），他翻譯出版了《唐詩》（其中選譯了李白、杜甫及其他31位詩人的作品），此外還翻譯出版了屈原的《離騷》。現代以來為中國文學的法譯作出了重要貢獻的，是中法大學的師生們，像鐸爾孟、梁宗岱、羅大岡等。而聯合國教科文組織所組織的用西歐語言翻譯東方文學代表作的計畫及法語部分負責人艾田伯所負責創立的「東方知識叢書」，對中國文學法譯都取得了積極的推動作用，所取得的標誌性成果有《中國古典詩選》、《李清照詞全集》、《唐詩選》、《李白詩選》、《唐代禪宗詩選》、《陶淵明全集》、《王維詩選集》等。

---

[26] 李治華，《里昂譯事》，P280-281，蔣力編，商務印書館，2005年12月，北京。

詩詞之外，古代小說法譯涵蓋了《今古奇觀》、《京本通俗小說》、《清平山堂話本》、《聊齋志異》等古代小說集中的作品選譯，另外還翻譯了才子佳人小說《玉嬌梨》、《平山冷燕》等。而古代長篇小說方面《水滸傳》、《紅樓夢》、《西遊記》、《三國演義》等均已有法譯本。甚至幾部有影響的近代小說《老殘遊記》、《孽海花》等也被翻譯成了法文。

對於中國五四新文學的法譯作出了傑出貢獻的法籍漢學家是李治華——如果說李治華在元雜劇、戲劇或者傳統小說方面的翻譯工作還是可以替代的話，他在新文學法譯方面所作的工作及貢獻，在現代法國漢學家中則是無人能夠匹敵或替代的。從1950年翻譯完成魯迅《故事新編》以來，在長達半個世紀的翻譯生涯中，除了《紅樓夢》占去了近三十年時間，其餘時間李治華基本上用在了翻譯介紹五四新文學，他先後完成翻譯了魯迅、巴金、老舍、艾青、姚雪垠以及戴厚英、白樺等的代表作品。如果說李治華在翻譯方面有明確的工作計畫的話，那麼《紅樓夢》的法文全譯本和五四新文學的翻譯應該說構成了這個宏大計畫的中心。而對於翻譯工作在中西文學—文化交流中所扮演的角色及可能的貢獻等，李治華認為，「這種工作非常重要，它可以擴大並且加深民族間的認識和瞭解，因此或者可以避免戰爭和侵略……以期世界各國早日獲得互相瞭解、和平共處的環境」[27]。

探究李治華在新文學的法文翻譯上耗費如此之多的時間精力的原因是一個有趣的問題。與戴望舒不同的是，儘管李治華出國之前與北京文學界也有一定聯繫，但從他後來一些介紹來看，這些新文

[27] 李治華，《里昂譯事》，P292，蔣力編，商務印書館，2005年12月，北京。

學作家的作品他閱讀很少，尤其是現代白話小說。在《〈家〉的翻譯與巴金》一文中，他這樣介紹自己翻譯這部作品的緣起：

> 大約在1950年左右，明興禮博士預備寫一篇博士論文，研究中國現代作家。他想翻譯巴金的中篇小說《霧》，讓我幫忙，並且借給我巴金的《激流》三部曲：《家》、《春》、《秋》；《愛情》三部曲：《霧》、《雨》、《電》和幾本老舍的小說。我讀了以後，大為驚異：我國有這麼多偉大的作家，寫了這麼動人的作品，為什麼我卻一向鑽研法國文學和中國古典文學，對我國現代文學竟會漠不關心？從此就大量讀起我國當代文學作品來[28]。

其實這不難理解：巴金20年代末30年代初創作出版的這些小說，更主要的讀者群在上海及南方地區，當時正沉湎於法國印象派詩歌、象徵主義詩歌以及法國文學學習的李治華不甚瞭解並不讓人感到過於驚訝。而出國之後與國內文學界的聯繫更不是想像中那麼密切，對於30、40年代國內新文學成就缺乏信息溝通瞭解等，也在情理之中。

就李治華所選擇翻譯的那些現代作家及其作品而言，大多是根據譯者自己的讀書興趣和審美趣味，並沒有一個硬性的翻譯計畫。譬如他翻譯姚雪垠的《長夜》，當初兩人見面時姚雪垠希望李治華將他還沒有完成的《李自成》全集翻譯成法文。而當時李治華已經年過花甲，所以婉拒了作者提出的翻譯建議，但選擇了他解放前的

[28] 李治華，《里昂譯事》，P188，蔣力編，商務印書館，2005年12月，北京。

另一部長篇小說《長夜》。李治華這樣描述自己讀到這部小說時候的感受：「我拿起這本趣味昂然的小說，就不忍釋手，一口氣讀到最後一頁」[29]。這表明李治華在選擇翻譯對象時候是獨立自主地從自己的判斷出發的，而不是過多地受到作者的干擾影響。70年代末，尤其是80年代以後，隨著中國大陸的對外開放，對外文化交流逐漸頻繁，李治華與國內作家之間的信息往來也增多起來，在這樣的情況下，當然難免會有作家主動請他這樣一位名家裡手來將他們自己的作品介紹給西方讀者。但從所選譯的那些作家作品看，基本上都屬於一流。正如他在《〈長夜〉法譯本譯者前言》結尾處所評價的那樣：

> 我們覺得《長夜》既與中國偉大的古典小說《水滸傳》遙遙一脈相承，又具有新穎的題材、豐富多彩的語言和深刻的心理描寫，堪稱一部富有創造性的著作[30]。

因為留學以及後來羈留法國的緣故，造成李治華對30年代中期以後的新文學，包括建國後的文學之間的隔膜，也因此在他翻譯完成的作品中，有些並非是李治華自主選譯的，而是因為受到出版社的邀請而翻譯的，其中就有戴厚英的《人啊，人！》。

李治華將自己一生翻譯生涯所積累的經驗，用四個字來概括，即愛、恒、選和時。愛和恒不難理解，就是譯者要真正喜愛自己所從事的工作，哪怕在法國一個譯者的經濟上所得報酬往往與他的付出並不對等，而恒也就成了譯者能夠忍受物質生活上的清貧，堅守

[29] 李治華，《里昂譯事》，P203，蔣力編，商務印書館，2005年12月，北京。
[30] 李治華，《里昂譯事》，P205，蔣力編，商務印書館，2005年12月，北京。

自己的理想的基礎。如果說這兩點都是對譯者的工作態度和毅力的要求的話，第三點「選」，則顯然是對譯者的學術修養和文學修養的綜合要求，「中國的文學作品汗牛充棟，介紹哪些作家、哪些作品，選擇的正確與否是成功的關鍵」[31]。而李治華所選擇介紹的艾青、巴金和姚雪垠，他們後來也都應邀訪問了法國，並被授予榮譽勳章。這也說明一個譯者所翻譯的作品要想獲得讀者的認可接受，所選擇的原著的思想品質和文學品質是譯者需要高度關注的條件。而一部作品是否會在市場上獲得成功，則還有翻譯出版的時機的選擇，在李治華看來，這也是跨文化翻譯對話中一個不容忽略的問題。譬如，二次世界大戰之後，「中國引起了西方人的重視和好奇，讀者對中國文學作品逐漸發生了興趣」[32]，正是在這樣的時代環境中，李治華所選譯的老舍、巴金等人的作品才獲得了成功。

五

如今李治華的名字已經與《紅樓夢》第一個完整法譯本緊緊聯繫在了一起，儘管這並非是他所完成的唯一中文名著法譯本，當然也不是他的封筆之譯。

這是中法文學—文化交流史上的一個具有里程碑意義的成就，它至少標誌著，在法國漢學史上，一個用中文拼音標注的名字也已經名正言順地出現於那些重要的漢學家之列。可以肯定的是，全譯本《紅樓夢》在中法翻譯史上的成就，將在未來相當長一個時間內難以被超越。

---

31 李治華，《里昂譯事》，P322，蔣力編，商務印書館，2005年12月，北京。
32 李治華，《里昂譯事》，P323，蔣力編，商務印書館，2005年12月，北京。

李治華在一篇總結自己的翻譯經驗的不長文章中說自己的翻譯成就靠的是「父傳、師教、自修、妻助」，應該說，法譯本《紅樓夢》這八字真經全用上了。

而李治華有關《紅樓夢》翻譯緣起及經過的文章《〈紅樓夢〉法譯本的緣起和經過》一文，時間也將證明會流傳後世。在這篇構思奇巧的文章中，作者將《紅樓夢》裡的人物世界、情感生活、風俗人情、家庭關係等，與自己早年生活「巧妙」地銜接起來，用這種類比的方式，令人信服地解釋出李治華／雅歌／鐸爾孟本《紅樓夢》是在怎樣一種曠世奇緣中被引發出來的。

與一般譯者明顯不同的是，李治華的漢語基本上沒有遭受到20世紀下半期社會政治文化動盪的影響，讀他的文章，基本上還是20世紀上半期京華煙雲的意味，品味純正，洗練潔淨。這種未受「驚擾」的語言優勢之外，還有他對《紅樓夢》這部曠世奇書的解讀，也基本上沒有受到20世紀下半期一度處於主流話語位置的一些觀點思想的影響。無論是他對整個作品的解讀，還是對作品中人物、語言、風俗、民情等的理解，也都是純正的學者風範。譬如他在介紹自己是如何來從經驗上情感上認識賈府和大觀園裡面的富貴榮華的時候，他提到了自己童年時代一段非常奇特的經歷，那就是自己一家曾經在晚清順天府尹府上寄住多年，而此順天府尹與《紅樓夢》中賈雨村所任京兆府尹職位一樣，「京兆府尹就是順天府尹」，換言之，20世紀初期的李治華，在《紅樓夢》中京兆府尹賈雨村的府上度過了自己的童年時代和少年時代。這樣的機緣，又有多少《紅樓夢》的譯者能夠有幸遇上呢？這與其說是巧合，倒不如說是天意，也是20世紀中法文學交流的一段「逸聞」：順天府尹何家大院裡那些建築，包括那些大門、垂花門、月洞門、角門、正房、廂房、耳房、穿山遊廊等「都和府尹家的大同小異。曹雪琴時代的建築與府尹時代的建築，前後只差一百多年，哪裡會有很大的變化呢？[33]

這樣難得的際遇，為李治華翻譯《紅樓夢》提供了諸多具體細微的方便幫助，首先讓他對《紅樓夢》裡曹雪芹所描寫的榮國府甯國府並不陌生，情感上也有接近的因緣記憶。不僅如此，就連小說當中的芸芸眾生，李治華也能在自己對於當年順天府尹家族的記憶中找到一星半點的「彷彿」。《紅樓夢》第八十七回中黛玉說「人總有一個定數，大凡地和人總是各自有緣分的」。李治華的早年經歷再次證明了這一點。

這樣類似的經驗甚至還包括小時候放風箏乃至目睹順天府尹府上府尹夫人的喪事這樣的生活細節，「筆者有幸幼年參與了府尹夫人的喪事，後來翻譯《紅樓夢》這些章回，就覺得省力多了」——《紅樓夢》中記述喪事的章回不少，其中「描寫得最詳細、最生動的要算是第十三回、十四回秦可卿的喪事，和第一百一十、一百一十一回賈母的喪事」「中國喪葬禮儀繁瑣複雜，如果沒有親身經驗，很難理解和翻譯」[34]。而對於這些自己幼年時代的經歷和見聞，和《紅樓夢》之間多多少少存在著的一些聯繫，李治華有這樣一段文字作結：

> 《紅樓夢》描寫康乾盛世一個官宦家族的興衰滅亡，而我自己卻親眼看見一個光宣末年的官宦家庭走向末路窮途。這些舊時的回憶使我讀這部小說時，感到特別親切動人，後來把

[33] 李治華，《里昂譯事》，P103，蔣力編，商務印書館，2005年12月，北京。
[34] 李治華，《里昂譯事》，P119，蔣力編，商務印書館，2005年12月，北京。

它迻譯成法文時，自然也就比較得心應手了[35]。

最終使得法文全譯本《紅樓夢》成為一部時代經典的因素當然不止是上述這些「因緣」，李治華在《〈紅樓夢〉法譯本的緣起和經過》一文中還總結了翻譯必須的「愛」和「恒」這兩個字，其背後所包含著的寓意及體驗，非局外人輕而易舉所能理解。《紅樓夢》法文全譯本出版之後，法國讀書界和書評界發表了不少評論。有評論認為，「全文譯出中國五部古典名著中最華美、最動人的這一巨著，無疑是1981年法國文學界的一件大事。在此之前，我們只見過一些部分的不完整的摘譯本，而且注釋少而多誤。現在出版這部巨著的完整譯本，從而填補了長達兩個世紀令人痛心的空白」；「使人們就好像突然發現了賽凡提斯和莎士比亞。我們似乎發現，法國古典作家普魯斯特、馬里沃和司湯達，由於厭倦於各自苦心運筆，因而決定合力創作，完成了這樣一部天才的鴻篇巨著」「『七星文庫』使我們結束了長達兩個世紀的對《紅樓夢》愚昧無知的這種令人痛心的狀態」[36]。也有評論認為，「中國有《巴爾扎克全集》和《司湯達全集》的譯本，已有半個世紀了。然而，被稱為『武器及法律之母』的法國，享有參加掠奪圓明園的『名譽』，兩個世紀以來，卻一直沒有空暇去注意一本宇宙性的傑作，我們真該為屬於中國的名著而驕傲了」[37]。

這些評論總體上是就法文全譯本讓法國讀者有機會完整地讀到《紅樓夢》這部世界名著以及該譯本如何填補了法國翻譯史上的空

35 李治華，《里昂譯事》，P139-140，蔣力編，商務印書館，2005年12月，北京。
36 李治華，《里昂譯事》，P148，蔣力編，商務印書館，2005年12月，北京。
37 李治華，《里昂譯事》，P148，蔣力編，商務印書館，2005年12月，北京。

白等所發議論，基本上沒有涉及到這部譯本的譯文品質、翻譯體例（大量的注釋）以及因此而應該在法國翻譯史上所佔據的地位。顯而易見，作為20世紀下半期法國漢學所取得的重要成就的一部分，法國漢學界對中國古代文學名著的翻譯研究以此全譯本的完成出版為標誌，取得了令歐洲漢學界乃至世界漢學界矚目的成就。法國應該感到欣慰的是，這樣一種歷史性成就是在自己的國土上發生並完成的，而法國知識界、學術界和出版界也應該為組織參與並支援了這樣一部具有里程碑意義的法文全譯本的完成而永遠感到驕傲和自豪。

朱錫侯：《磨房書簡》與最後的法蘭西之夢

一

就在錢鍾書《圍城》裡面的方鴻漸、蘇文紈搭乘法國郵船白拉日隆子爵號（Vicomte de Bragelonne）從馬賽回到上海一個月之後，北平中法大學1937屆被選送赴法留學的十餘名學生，一路被蘆溝橋已經燃起的戰火追趕著，終於於9月4日搭乘法國郵船「獅身人面」號從上海起航，撇下戰火紛飛的祖國，開始了他們夢寐以求的留學之旅。

李治華與朱錫侯同住一艙——所有中法大學學生出國回國一律由校方提供三等艙船票一張[1]。不過，與李治華一路上興致勃勃、一天到晚「在船頭船尾，上上下下跑個不停」[2]相比，朱錫侯的乘船西行簡直是受罪，因為暈船，他幾乎一路上都只能躺在船艙裡，根本無法領略一路上旖旎無比的南洋熱帶風光。「他暈船得厲害，從上海到馬賽一直躺在床上，不能起來」[3]。其實，從船一出黃浦

[1] 作為一種懲罰，戴望舒當初被強制遣送回國時沒有享受到三等艙的福利，而是被安排在四等艙。有關四等艙的環境，戴望舒曾經在回國後寫給羅大岡的一封信中有所描述，大致是吃的是難以下嚥的粗食，睡的鐵床上只有一張席子，夜裡每每被凍得瑟瑟發抖。

[2] 李治華，《里昂譯事》，P41，蔣力編，商務印書館，2005年12月，北京。

[3] 李治華，《里昂譯事》，P41，蔣力編，商務印書館，2005年12月，北京。

江口進入長江，朱錫侯就感覺到乘船遠行遠非他想像的那麼浪漫。他們乘坐的這艘法國郵船，是第一次世界大戰時法國繳獲的德國船，此次航行，也是它的最後一次遠航——返國後這條船就將報廢。如今遠東戰事吃緊，躲避逃離戰火的人數猛增，船上擠滿了乘客。而北平中法大學此次選送的十二名留法學生，按照學校規定的乘船標準，分住在幾個三等船艙中。朱錫侯和李治華、王振基、于道文等同住一艙。

江風鼓起的波浪，衝擊著白色的船身，儘管只是略微搖晃，已經讓朱錫侯有些不大適應。他在船邊站了一會兒後就回到了船艙裡，耳邊還在迴響著江鷗「啞啞」的叫聲，它們那一個個敏捷優美的身影，也還在他的眼前浮現。那些江鷗追逐著郵船，依依不捨，不忍離去。是因為江上太清冷，所以才追逐著郵船獲得一點歡樂，還是秉性使然？江鷗追隨郵船不忍離去的樣子，讓他想到了新婚才半年的愛人范坤元（小梵），想到了離開杭州時候的那一幕幕……同艙的李治華、王振基、于道文等都還在船甲板上，因為同行的還有一個讓他們著迷的人物，那就是音樂家任光——任光是與他新婚的法籍夫人一道前往巴黎的。朱錫侯躺在鐵床上，想像著李治華他們大概正在任光船艙裡讓他教唱《漁光曲》吧，依稀的歌聲被江風撕碎了，吹散了，消逝在亮光光的江天之間……

嘔吐，躺在船上，難以動彈，稍微一動彈，胃裡面就是一陣翻江倒海。開船之後，朱錫侯很少吃東西。只是船到越南的西貢碼頭時，他跟著同學們一起勉強下船。但碼頭上亂糟糟的，蒼蠅蚊子亂飛，大家在碼頭上隨意轉了轉，回來時朱錫侯只買了一大串香蕉——這可以讓他吃上幾天了。

「我早就熱烈嚮往大海。……渴望多年的大海，終於時時刻刻呈現在我眼前，隨著時間早晚，天氣陰晴，變化萬端：有時安詳絢麗，萬頃碧玉，一望無際；有時波濤洶湧，驚天動地，壯美無比，實在給我莫大的啟示」[4]。這是同行同艙的李治華50多年後對這次遠航旅途中自己激動不已的心情的描述。可是，對於朱錫侯來說，大海簡直就是一個暴虐無道的統治者——他只能夠躺在船艙裡不能起來，無法像同行的同學們那樣，在船甲板上觀賞領略大海的壯闊與奇妙。

其實，大海的壯闊與奇妙景象他還是領略過了的，那還是他在北平中法大學附中讀書、接到父親被日軍飛機炸傷不治身亡的噩耗後，孤身一人乘船回吉林市奔喪途中在渤海上的所見，只是那時候朱錫侯心裡滿是憂傷，還有對未來的種種不安。當時的心情，可以從他後來所寫的一首詩中窺見一斑：

海上的黃昏
升起來的時候
一邊落日
一邊新月

欣賞這美麗的夜空
卻不是寒涼的遊子的心境

暗紅的暮靄越來越濃
將我們消融在它的懷抱中

---

[4] 李治華，《里昂譯事》，P42，蔣力編，商務印書館，2005年12月，北京。

夜風更涼了
還是回到船艙裡去吧

海濤的夢是呻吟著的
泡沫的夢是囈語著的
遊子的夢是起伏著的[5]……

不過，大概朱錫侯自己也未曾預料到的是，這首歸旅中的低吟，會放大成為他相當一個時期中的內心感受的真實寫照。更讓他預想不到的是，他離開北平、準備赴法之前，曾經將自己一首短詩交給當時主編《文學雜誌》的朱光潛。就在他與自己的新婚愛人范坤元，還有應邀而來的李治華利用在上海等船的「間隙」，回到父喪後已經南遷杭州的家中，並留戀於西子湖畔迤儷的湖光山色的時候，這首《進城》已在《文學雜誌》上刊登出來了，署名還是他在「新詩座談會」時期常用的一個筆名「朱顏」[6]，只是朱錫侯再見這首刊印在《文學雜誌》上的舊作時，已經是45年之後了（1982年，在上海復旦大學中文系任教的老友賈植芳，特地從當年《文學雜誌》上將這首詩全文抄錄下來，寄給了剛從揚州遷來杭州大學的朱錫侯）：

我要進城去，揀
今天這個陰天。

---

5 《朱錫侯回憶錄》（未刊稿）。

6 有關朱錫侯當年與北平中法大學同學沈毅、周麟、覃子豪、賈芝等組織「泉社」，參加「新詩座談會」方面的情況，參閱段懷清《「泉社」與「新詩座談會」》，刊《新文學史料》，2002年第4期。

一會兒它下了，淋著
公園裡坐過的長椅，
一會兒它下了，淋著
它搬走後的門前。

灰暗的天空底下，下著
它的陰雨，我的淚眼。
也分不清它的，我底；反正
一片，死灰的霧臉。
哭訴著，那些曾有的夢，
那些影子，那些時間。

凡美麗的，都遠去了；
幽暗地，我且回過臉來，
看看，見那些往常進城的日子
迷朦地，在向我告別了。
我要進城去，（揀這兩天）
去把我的舊衣衫再淋一遍。

1937年的朱錫侯，自然想不到，1967年8月至11月，也就是這首詩發表30年後，一半為了避禍，一半為了療眼疾，在長女朱新地的陪同下，他拖著殘疾的身體，從邊地昆明來滬杭兩地醫院治療修養。那些日子，他常常一個人枯坐西子湖畔的柳浪聞鶯。滇池邊的喧鬧和狂熱，似乎已經遠去，但眼前如黛青山，在他眼裡也只有一個依稀的輪廓。昔日舊夢，餘溫猶在，而當初那個溫文爾雅的青年，如今已到人生暮年。那時的心境，竟然與當初寫作《進城》是如此相象。「世事波上舟，沿洄安得住」。唐代詩人韋應物在揚州抒發的這一句人生感慨，沒想到與朱錫侯自己的經歷竟然也如此相似！

郵船終於於10月7日抵達法國南部海港城市馬賽，一共在海上航行三十三天。下船時城裡已是萬家燈火。朱錫侯與同學們連這座法國南方名城看一眼的機會都沒有，與已經等在碼頭的里昂中法大學的接船人員會合之後，馬上前往火車站，登上了當晚去里昂的火車——這早已成為里昂中法大學一條不成文的規矩。

異國生活開始了。

二

里昂中法大學坐落在里昂大學對面的一個山坡上，兩地隔著流經里昂城區的兩條兄妹河——羅納河和索恩河——相望（也有說這是兩條夫妻河）。河水清澈，平靜而悠然地流淌著……不知道經過了多少年，這裡的河水清澈依舊；特別是在里昂大學對面的西城小山下面，沿河是逶迤排開的從店鋪中伸展出來的店外咖啡座——一邊在這裡喝咖啡，看報，與友人聊天，一邊傾聽著兩條兄妹河在那裡靜靜地流淌……戰爭離這裡還很遠，遠得幾乎令人難以置信。

1937年的里昂，對於從戰爭的炮火硝煙中逃難般離開故國的中國留學生們來說，無異於世外桃園。

不過，30年代後期，當朱錫侯他們來到這裡時，里昂中法大學的鼎盛時期已經過去了。學生們基本上兩個人共用一個房間，後來多數人都是一人一房。房間很寬敞，生活用具也一應俱全。圖書室、醫務室、供留學生補習法語用的教室——除了到河對面的里昂大學去聽課，這裡幾乎就是一個可以足不出戶的小世界。初來乍到的不習慣，已經因為眼前的一切而很快地消逝。朱錫侯和同學們一樣，大口大口地呼吸著西山上這自由而清新的空氣，領略著窗外眼前這異國美景，耳邊甚至能夠聽到山下那兩條兄妹河緩緩流動的水聲，那莫不是愛人小梵對自己輕聲的呼喚？那莫不是自己和小梵在北平的西山裡，在杭州的西子湖畔，在南山路上的狹小陋室裡的喃喃細語？

夢寐以求的留學生活開始了。儘管在北平時，朱錫侯曾經與同住一室的好友金克木打賭說過，自己將來一定要得一個理科博士學位回來，而不是得一個不是那麼硬氣的文科博士，但那畢竟是賭氣。因為在北平時自己所學的專業是哲學，所以一開學，朱錫侯就選修了美學、心理學兩門課程，同來的留學生們，基本上也是根據自己所學的科目而進入所屬的學院跟班上課。

里昂大學並沒有專門為中國留學生開設的單獨課程，留學生，特別是北平中法大學選送出來的留學生，基本上已不存在語言上的障礙，所以他們都是跟著法國同學以及其他國家的留學生們一道聽課。按照法國大學學制，只要獲得四張「證書」（Licence，亦譯文憑），通過論文答辯者，即可獲得相當於國內的碩士學位。考試一般是平時作業與最終正式考試結合。正式考試一般分筆試與口試兩部分，只有通過筆試者，才有資格參加口試。學生成績雖然分等級，但只要合格即可獲得單科「證書」。

當時的里昂大學對中國留學生非常開放，沒有入學資格考試，也沒有統一的語言資格考試，學生只需註冊即可。一般而言，一個學年能夠完成一張單科「證書」的學習，也有一次選修兩張單科

「證書」的學生，但一般而言，通過並獲得四張單科「證書」，當時至少需要兩年，這也是為什麼留法學生一般至少留學兩年的原因所在。獲得足夠的單科「證書」並已獲得「碩士」稱號後，可以再通過博士論文答辯，以獲得博士學位。當時法國博士學位分大學博士和國家博士兩種。其差別主要在於大學博士只需要通過一個論文，頁數也相對較少，而國家博士論文需一大一小兩篇，而且對論文頁數有具體要求。後來在上述兩者之外，法國的博士學歷系列中又增加了「第三級論文」（即本科、碩士、博士）一種。當時中法大學對選送出來的留法學生都提供有畢業論文津貼。

每個單科科目一周教學時數很少，文科更少。像「美學」一周只有兩小時的課時。所以，里昂中法大學的留學生基本上一周只需要下山到學校一兩次即可。但是，里昂大學圖書館的藏書，當時只許在館中閱讀，而不外借，所以要想查閱資料，還必須下山到校。教授們上課基本上沒有所謂教材，也很少有所謂的講義事先分發給學生。學生們主要靠記筆記，同學之間彼此借閱筆記很常見（李治華就是通過這種方式與自己後來的夫人雅歌逐步建立起感情的）。而不少中國留學生與法國同學之間建立起來的友誼，就是通過練習法語口語和借閱筆記而逐步建立起來的。

當時，里昂中法大學海外部與里昂大學之間，有電車相通（如今還有索道纜車），一座挺拔俊美的鋼鐵公路橋，把里昂大學和對面的中法大學海外部連在一起。中法大學的留學生們，絕大多數並沒有因為課時少而變得自由散漫，甚至荒廢學業。其實，當時對留學生們的管理相當鬆散，那時進入中法大學海外部，要經過小西樓下面的大門。晚上外出回來，需要拉門鈴，留學生夜晚外出，也不需要登記，甚至對於學生徹夜不歸者，也沒有明確的限制規定，一切都顯得寬鬆而開放。

從小西樓出來，是一條坡度很陡的馬路，馬路對面的對角處，是一家名叫「協和飯店」的中餐館，這裡出售的法國紅葡萄酒很受留學生們歡迎。朱錫侯就經常和李治華、王振基、魏登臨、趙崇漢、石毓樹等，來這裡喝紅葡萄酒，同時再要一點法國點心。後來這家中餐館改成了一家咖啡館，店主是中法大學海外部的一個法國男傭，常客自然還是中國留學生們。戰前中國留學生，特別是北平中法大學選送出來的留學生，因為吃、住、醫藥等都不需要自己花錢，所以，儘管當時留學生津貼並不是很充裕，但相對於當地法國居民的一般生活，並沒有太大差異。假期裡留學生們甚至還能夠比較自由地到法國南部一些風景城市，特別是靠近地中海的城市去旅行。

一切都顯得那麼平靜而閒適。時光在教室裡、圖書館裡、咖啡館裡、宿舍裡靜靜地流逝，但朱錫侯還在惦記著遠在萬里之外的妻子和母親，雖然還能夠接到小梵從杭州和紹興寄來的家書（他們乘坐的郵輪離開上海不久，杭州就淪陷了。小梵跟著朱錫侯母親和弟弟妹妹一道避難到紹興老家，不久又孤身一人開始了長達8年之久的抗戰流亡生活），但關山萬里，遠隔重洋，親人們在戰事吃緊的國內究竟怎樣了呢？上次來信中小梵說想出去找點事做，朱錫侯對此並沒有意見，他相信小梵的能力，但是，如今國內時道艱難，找事做恐怕不是那麼容易吧，而且，小梵出去做事，那母親和妹妹弟弟在家裡怎麼辦呢？如今國內滬杭一帶中日戰事吃緊，一個年輕女性出去做事，又該冒著怎樣的風險呢？[7]……

7 朱錫侯當時不知道的是，38年2月，范小梵以北平女一中畢業、北京大學旁聽的學歷和經歷，接到了紹興私立四校聯中（秀州、弘道、蕙蘭、越光）的校長聘書，擔任「初中春二年級國文及春一年級作文」教師。此聘自38年9月至39年2月，憑此職位每月領取生活費30元。是年9月，得續聘。不久，因日軍日益逼近紹興，范小梵只得暫離惦記著親人們的朱錫侯，只能夠把自己的思念深深地埋藏在心底——這樣的思念對於每一個留學生來說，幾乎都是一樣的，只因各自家庭境遇的差異而又略有不同罷了。他只能夠把大部分時間都用在專業課的學習上。第一學年他選修了「美學」、「心理學」兩門課程，並於38年11月8日通過考試，獲得上述兩門單科「證書」。39年6月16日，朱錫侯考過「形而上學」，獲得單科「證書」，1940年10月15日，在經過了第一次的考試失敗之後，朱錫侯考過了被認為對於理科學生來說也非常難考的「生理」課考試，隨後並完成了「人在感情活動中的協調行為」（法文）的畢業論文，獲得通過，導師為美學家蘇里歐教授。

朱錫侯已經獲得了相當於國內碩士學位的畢業證書，他為此花了三年時間。他的知識結構和專業方向也因此而發生了不小變化，他也已經從一個「百無一用」的文科學生，轉變成為一個具有相當專業基礎和研究潛力的未來的理科研究人員。他也正在按照自己出國前對自己未來的設計而一步步付諸行動並一點點接近成功——像朱光潛那樣，成為一個具有心理學、生理學以及生理心理學專業背景的美學家和文藝研究者。這是1940年之前的朱錫侯對自己未來的設想。

通過了學位考試的朱錫侯，確實有一種如釋重負的輕鬆感，這種感覺在獲知自己通過了補考生理課考試時特別明顯。同學們彼此之間相互祝賀著，朱錫侯和幾個平時往來比較頻繁的同學一道，還在宿舍裡組織了一個小型聚餐會，慶祝各自辛勤努力所取得的成績。當夜，朱錫侯輾轉反側，難以入眠。他從床邊書架上抽出從

紹興，與在這裡結識的流亡女青年胡簡虹一道，開始了他們在浙、贛、閩、滇一帶長達六年的流亡生活。而已經年邁的婆母和年幼的內弟，只能夠滯留在淪陷區了。

國內帶出來的何其芳的《畫夢錄》，隨意翻開來讀著[8]。朱錫侯知道，再過幾天，就是妻子小梵的生日。這通過考試獲得學位的消息，當然要寫信告訴小梵。自己這幾年的努力和成績當中，難道還少了小梵的來信鼓勵和支持嗎？

只是《畫夢錄》也難以排遣心中無法訴說的思念與寂寞。長夜漫漫，明月當空，故國萬里，親人何在！滿腹心事的朱錫侯幾乎徹夜未眠。第二天，他和李治華、王振基、魏登臨等幾個同學一道，相約去城裡遊覽金頭公園。

這是一處極好的散步地方：雖經人工修葺依然保持自然面貌的水面，合抱粗的參天大樹，修剪得整整齊齊的草坪，在樹上跑上躥下的小松鼠，水面上悠然自得地劃著水的天鵝，還有園林深處在跑步的健身者……幾個異國青年一邊走，一邊議論著國內的戰事發展。北平陷落之後，振基、登臨和治華他們曾經一度與家人失去了聯絡，而小梵自從離開紹興後，與自己的通信聯絡也逐漸稀少，最初還不定期地來一封信，後來就只是一張明信片。而朱錫侯寄去的回信，從范小梵的來信當中也看出是常常收不到。這一方面是因為范小梵一直處在流亡逃難當中，居無定所，另一方面也因為生活也越來越艱難，有時候連最基本的食物保障也達不到。當然，這些范小梵並沒有在信中告訴朱錫侯。

1939年9月3日夜8點，朱錫侯和同學們一道，從收音機中獲知法國已正式向德國宣戰，這就是說，戰火已經從國內燒到了靜謐安逸的里昂城邊。當月16日晨，因戰事吃緊，法軍徵用中法大學海外部校舍，留學生們被要求遷出。

8　更讓朱錫侯預想不到的是，當年「漢園三詩人」之一的李廣田，後來會擔任他執教的雲南大學的校長。

儘管法國已經處於戰爭狀態，但生性浪漫、酷愛自由的法國人，似乎還沒有感受到戰爭的迫近。他們還在拼命地享受著自由的珍貴與美好。在這座有著上百年歷史的著名公園裡，水榭邊、濃蔭下，隨處可聞情侶、家人約會歡聚的絮語與笑聲。寬敞的公園林蔭路上，不時還可以看到一兩隻從樹上爬下來，在地上草叢中覓食的小松鼠。鳥鳴啾啾，聲聲入耳；陽光明媚，心曠神怡。可是，在朱錫侯心裡，卻是另一番滋味：這日常生活的平靜與美好，遠在萬里之外的妻子、母親和千百萬已經身陷戰火當中的同胞卻無緣共用！

三

里昂大學理學院，靠近索恩河邊。這是一個看不出具體建築年代但保管維護完好的偉岸建築群。結構有點像放大了的北京的四合院，三面建築，空出一面作為大門。進門口當面一尊矗立在水泥基座上的人物青銅雕像，這就是法國著名生物學家貝爾納。通過了生理學考試後的朱錫侯，開始在理學院這裡跟隨著名生理學家加爾多教授，從事以海洋生物的生理研究為主的系列實驗。

1940年，法軍戰敗後，法國被德軍和附逆的維希政府的警察組織所控制。整個國家被分割成了南北兩部分。當時的里昂處於南部警察控制略微鬆緩的地區。巴黎陷落時，在法國北部幾所大學求學的28名中國留學生，也被迫轉來里昂大學借讀，其中就有錢三強等。這種分割狀況一直持續到1942年11月，此後，整個法國就都淪陷於納粹控制之下了。

戰時生活狀況在不斷惡化，跟國內的郵政通信也幾乎完全中斷，朱錫侯對國內的親人們的處境感到越來越不安。已經有幾個月沒有小梵和母親、弟弟妹妹們的消息了，也不知道他們究竟是死是活。他不敢想也不願想這個問題。因為此時留學生們的生活也已經陷入到前所未有的困境之中。因為里昂的陷落，食物供應已經開始實行配給供應制，留學生們也是憑票購買麵包，黃油、糖的供應已經越來越緊張，黑市也隨之產生，但價格昂貴。配給供應的食物根本不夠吃，留學生們自己每個月的生活津貼全部用在飽肚子上，仍然感到飢餓難耐。

學生們被逼著去發揮各自的想像力，想盡一切辦法弄來一點半點食物，填充幾乎一天到晚都處於飢餓狀態的肚子。那時候，朱錫侯已經參與到由里昂大學理學院最負盛名的海洋生物學家和生理學家亨利・加爾多教授主持的實驗室。在經過了1941年夏天達馬里斯海洋觀測站的三個多月的海洋生物實驗之後，朱錫侯又回到了里昂，繼續在這裡完成他的博士論文。但是，里昂的物質生活越來越困難，不僅是中國留學生，就連當地法國人，有時為了弄到一點全家人聊以糊口的食物，像土豆、雞蛋，也不得不冒著生命危險，到城外鄉下去用高價購買，而後將好不容易弄到的一點食物，藏在籃子下面或者其他一切可以想到的地方，膽戰心驚地帶回城裡來，因為一路上隨處可見德軍檢查站。

飢餓在蔓延，嚴重的營養不良，實際上已經開始影響到留學生們的身體健康，越來越多的時候，他們只得躺在床上不願起來——本來就已經消耗殆盡的體力，哪裡還能夠支撐新的一天的消耗呢？不過，即便在如此艱難困窘的時刻，留學生們還是努力保持著一個受過高等教育的文化人應有的尊嚴，並沒有為了果腹而不擇手段。那段日子，為了繼續在達馬里斯的實驗，幾乎每天都要到理學院實驗室去的朱錫侯，常常是空腹出門。

實在是餓得不行了，朱錫侯注意到了實驗室裡用來實驗的那些狗。這都是一些健康的狗，對於沒有食狗肉習慣的法國人來說，這些實驗用狗的使命在實驗結束之時也就結束了，但對朱錫侯來說，牠們卻還能夠派上大用場。有幾次，他不動聲色地將實驗用過的狗帶回留學生宿舍，那裡，到處可見一張張營養不良、飢餓難耐的面孔。就讓這些已經作過貢獻的狗，再作一次貢獻吧。祈主保佑！

宿舍對面那個曾經被用來種植土豆的荒坡，幾次成為他們用狗肉來改善伙食的烹調場所。對於飢餓者來說，拿在手中的一切都是寶貴的。

朱錫侯的困難（包括將實驗用過的狗帶回宿舍），實際上早已經被同實驗室的那些法國同學注意到，但是，出於對他個人隱私的尊重，他們只能盡自己能力，用法國式的方式，向這位有著強烈自尊、敏感而且行為謙恭的中國留學生提供一些幫助。當時，一個經常被朱錫侯在達馬里斯海洋觀測站結交的朋友阿蘭・瑞貝赫用來幫助他的方法，就是約幾個朋友，一個星期或者兩個星期輪流邀請朱錫侯去他們家會餐一次。這些家庭有Spanjaard夫婦、Stitelman夫婦、Baghe夫婦以及瑞貝赫夫婦。不過這樣的幫助也只能夠極為有限地幫助朱錫侯，而且次數多了還會讓他覺得自己簡直就是一個乞食者。這顯然不是朱錫侯願意接受的。熱心的阿蘭又將自己的一個朋友Baghe開著一家製作手錶帶的小鋪子、需要一個能夠把當時很貴重的牛皮剪剮成光滑的手錶帶的幫手的消息告訴了朱錫侯。最終，朱錫侯因為自己那雙在實驗室裡訓練出來的靈巧的手和他踏實穩重的工作態度而獲得了這份難得的工作。朱錫侯對這份來之不易的「兼職」非常珍惜，工作中總是很細心。當時牛皮很難弄到，所以顯得尤為珍貴。而朱錫侯工作中也從沒弄破弄壞一條牛皮錶帶。

而對於店主Baghe來說，朱錫侯靈巧的手藝和認真的工作態度，幾乎都是可遇而不可求的。對於這位來自於遙遠中國的兼差幫手，他很滿意。

那些法國同學們，包括中國留學生們都以為朱錫侯這一下可以勉強維持自己的生活了。但是，只有很少幾個友人知道，朱錫侯當時實際上正在為自己的一個計畫而省吃儉用——他準備攢錢買一把小提琴。說不清楚這個念頭是從什麼時候開始的，或許是在北平中法大學時就對好友賈芝那把小提琴羨慕不已。不過，一旦有了這個念頭，朱錫侯覺得自己在手錶帶鋪子裡的日常工作具有了一種特殊的意義，那不僅僅是為了滿足自己肚子的需要，更多的，是為了追求一種精神上的充裕和滿足。他要通過自己勞動，用攢下來的錢買一把小提琴，一把手工製作的優質小提琴。這個夢想在刺激著他，就像飢餓實際上每時每刻依然在刺激著他那長期處於營養不良狀態的胃一樣。或許只有這個念頭才讓他看到這種簡單的手工勞動的意義所在——擺脫飢餓似乎並不是他唯一的目的，更不是最後的目的。不過，這種自我確認，儘管給他日常生活注入了一種內在的力量，也讓他付出了慘痛代價——他的健康，特別是他的胃，因為長期不能夠得到必要的營養和保護而正在慢慢變壞，並成為攪擾他一生的病痛。

四

1941年6月24日，根據亨利・加爾多教授的安排，朱錫侯與同實驗室的希臘籍女留學生Arvanitaki一道，跟著論文導師加爾多，到位於法國南部靠近地中海的一個小漁村達馬里斯去，那裡有里昂大學的一個海洋生物實驗室[9]。在那裡，朱錫侯將完成他的博士論文課題「海兔神經細胞放電現象」的生理研究。

24日清晨，陽光明媚。整個西山上面向里昂大學的一面清晰可見。濃蔭參天的法國梧桐、遠處的教堂、靜靜地流淌著的索恩河，還有城市新的一天已經開始了的各種聲音……朱錫侯心情愉快地離開了宿舍，前往里昂Penach車站搭乘去馬賽的火車。趙崇漢、魏登臨等同學前來給他送行。而他也將在法國南方瀕臨地中海的這座附屬於里昂大學的實驗室裡，度過他作為一個正在展示出優秀素質的生理學者的研究生涯中最值得珍視的一段時光。達馬里斯，也因此而成為朱錫侯人生經歷當中最恬靜、純粹而絢爛的一部分，儘管這裡的研究實驗生活顯得極為平常甚至枯燥無味。

直至暮年，在朱錫侯心中，達馬里斯一直是一片淨土，一塊精神聖地，他性格中那種平靜、沉著的素質，在這裡進一步得到了確認，而那些浮躁、輕狂的因素，也在這裡得到了洗禮。他的人生理想似乎也前所未有地清晰起來。

那裡是光和靜謐之所在——只有純粹的、彌漫眼簾的各色雲彩，以及連接到天上的碧藍碧藍的海水，和海水似乎永不知道疲倦的起伏波蕩。南法國的夏天，天氣跟北平一樣躁熱，但只是正午一段時間，海風在一點點舔盡已經走得疲憊不堪了的暑氣。除了蟬鳴，靜謐便是它的空氣，和空氣中流動著的那種氣質，即便是在有

9 按照這個海洋觀測站最初的站址捐贈者Michel Pacha先生與里昂大學達成的協議，達馬里斯海洋觀測站（其英文全稱是Institute of Marine Biology of the University of Lyon）的主持者，必須是里昂大學最著名的海洋生物學或相近專業的專任教授。而亨利・加爾多教授（1886-1942）即以自己在生物，特別是海洋生物和生理學方面傑出的成就，出任過達馬里斯海洋生物觀測站研究負責人。而這個1891年奠基、1900年竣工的南法國最具規模和特色的海洋生物觀測站，直至今日，仍然是法國一個很重要的海洋生物研究機構。筆者2001年7月曾經專門到此考察。

人聲的海邊——那到海裡去捕撈的漁人出海或者歸來的聲息，或者在海邊防浪堤上垂釣者的低語，這一切就像是從空氣中分泌出來的一種日常生活的汁液，或者一種讓人們感受時間和日常生活的節奏的物質性存在一樣。經過那種流動著的靜謐的淡化，這種物質性的存在也變得那麼的晶瑩透明，就像這大海邊沙灘上的一切，被海水裹挾著到沙灘上，卻又多情地將它們留在了這裡，海水一點點地滌淨了那些來自大海中的一切，留下的，是跟大海一樣的空闊和清潔。

生活在這裡，一切都被深深地打上了海洋的烙印——只有海的聲音和海的顏色，構成著這裡生活的最廣闊的背景，生活，已經被大海映成了一種驚人的開闊和蔚藍，純粹和舒緩，就連人們話說的聲音，還有他們內心深處的隱秘，似乎也染上了大海的顏色——純粹而蔚藍。

即便是今天，我們依然可以隨意地、自由地想像六十多年前這裡的一切，包括日出、日落，以及大海邊的一切，甚至我們還可以假設海邊的最浪漫的日常生活情景，譬如夕陽中海邊的眺望或者沙灘上的漫步，因為生活在這裡，幾十年過去了，依然保持著它的原貌……當我們把想像的翅膀撲扇起來，聽任它在這片海灣上空滑翔的時候，實際上，我們似乎已經忘記了時間，那把我們拚命地與日常生活拉扯在一切的生活自身具有另一種力，它關聯著過去，又連接著當下和未來。時間在這裡，就是一種生活方式，一種跟大海一樣的生活方式，純粹而不乏意義。

站在臨海的沙灘上眺望和想像。其實，海天並不是一色，天空是一種色素的不斷沉著，不斷深沉，在暗淡的天穹之下，又像是一點點的光亮滲透在暗淡的、被拉開的天際之後，起伏的海岸線，向它的懷抱之中伸出一個突出的姿勢，這種姿勢留下了一個內海一樣的、靜謐的海灣。因為人跡罕至而顯得有些生澀的岸邊——法國南方接近土倫港的那種特有的岸土，在大海一色海水的襯映之下，顯示出一種令人感歎的陰暗和深沉。而遠處，在向大海突出的那個姿勢與大海的連接處，是一座白色的石砌小樓。小樓有兩層，緊靠大海。打開小樓大門，也就來到了岸邊。

這就是達馬里斯，一個靠海的地方。它的色彩，它的地形地勢，它的聲音，以及它的日常生活——那種能夠充分地反映出它的精神氣質和內在修養的節奏等，無不令人遐想。就在這裡，六十多年前的一個夏天，一個來自遙遠中國的青年，在它的懷抱裡，度過了他八年留學生活中最難忘的一段時光（實際上，在朱錫侯之前，曾經還有另外兩個來自於里昂中法大學的中國留學生在這裡從事過海洋生物實驗研究，他們是張璽和朱洗，其中前者歸國後成為了中國第一個海洋貝類學家，並主持籌建起了中國科學院青島海洋生物研究所，後者則領導了中科院上海生物研究所）。

儘管我們可以去大膽地想像達馬里斯的海、海岸、沙灘、海浪，還有這裡的日出和日落，卻很難想像，一個去國幾萬里的青年，是如何在一個被異域文化所包裹的環境中，度過那段看上出充滿了精神上的孤獨、寂寞的時光的。要麼就是達馬里斯和那個異國青年之間，共同擁有著某種心靈上的祕密，他們彼此分享著這一精神上的祕密。通過這一精神上的通道，達馬里斯把它的生命汁液，一點點輸進青年遠離祖國的心靈深處，孤獨、寂寞、家國之思，都被這裡的海天清洗得乾淨，呈現出一種與這裡的一切驚人一致的純淨與明澈。

有這樣一幅油畫。畫面上，藏青色的海水，一道隆起的暗黑色的高地，幾處並不明顯的綽約的小樓，矗立在高地與大海的連接線上。一個身穿紅色背心的漁人，將一隻小船劃近海岸，海岸邊，是暗赫色的土，以及土層表皮露出的沙礫，和延伸到海水中的礫石。這就是達馬里斯，畫家路易士—奧古斯都・艾貴伊爾（1814年-1865年）眼睛裡的達馬里斯，還有它的色彩、氣質，和流動著的生命。

在這幅畫於1865年的油畫之前，還有另外一雙藝術的眼睛注意到了達馬里斯，還有它那種沉鬱、靜謐、帶有原初色彩的氣質。這雙眼睛，就是女作家喬治・桑的眼睛。「這道海岸風光入畫，堪稱絕妙，它被這樣地撕裂開來，這麼原初，又這樣溫和，你簡直可以放任自己的想像，去把它想像成如何快樂的一處存在。有人說它比那最有魅力的博斯普魯斯海峽還要更具魅力，對此我深信不疑。我從來不曾夢想過在法國還有如此氣質類型的一處存在，我們總是那麼輕易地捨棄如此真正的美，而去趨就於那些所謂的風景名勝」。喬治・桑的這段文字，出自她的散文《達馬里斯》，這段文字寫於1861年。或許是畫家的創作靈感來自於作家的文字；或者是共同的眼光，在法國南部沿著地中海海岸線的逡巡當中，一下子撲捉到了這樣一處幾乎與世隔絕的所在。它的那種自在而自由的氣質，打動了藝術家的心靈——在他們那裡，達馬里斯，一個從來不曾進入到法國藝術家的眼睛裡來的所在，隨著地中海作為一種藝術主題出現在法國藝術家們，特別是畫家們的筆下，達馬里斯，也就成為了19世紀的藝術家們欣喜地發現的一處藝術淨土。他們小心翼翼地觸碰著它還有些生澀地鋪展開來的魅力，並在它的懷抱裡享受著它的慷慨饋贈。

藝術家們並沒有只是表現達馬里斯那少女般的純淨和羞澀的原初——實際上，達馬里斯距離土倫港不過一個海岬——而是在達馬里斯的外表之下，尤其是它的深處，發掘出來一種沉鬱的魅力，一種沉鬱的力量，它在強化著法國南方蘭色天空的層次感與深度感，並將一種含混著沉靜與期盼的動態的達馬里斯，呈現於我們的眼前。這實際上也是本來就對藝術——音樂、繪畫和詩具有濃厚興趣並已經有了相當修養或訓練的朱錫侯的眼中的達馬里斯。這種開闊與沉鬱，甚至還略帶一絲憂鬱的氣質，幾乎伴隨了朱錫侯的一生。

在達馬里斯的研究工作是忙碌的，有時候甚至還有些緊張。因為作實驗材料用的海兔、烏賊魚等，並不是每天都能夠捕撈得到——海洋觀測站專門在當地雇請了一個漁夫，每天出海捕來供實驗之用的材料。也正因為此，地中海的蘭色海岸，也並非每時每刻都可能去親近，儘管只要抬一抬頭，窗外就是那平靜的達馬里斯海灣。有時候，因為捕撈到的材料豐富，會將幾個計畫好的實驗連續一起做。所以，週末也不能休息的事情並不少見。這個由加爾多教授領導的研究小組[10]，在儘量利用海邊特有的實驗動物爭取多收集一些實驗資料，像拍攝一些有關神經細胞或神經纖維的照片，用攝像紙記錄下受到電刺激後神經細胞或神經突觸放出來的各種生物電活動等等[11]。白天三個人共同進行實驗，實驗結束後，那些大幅長條的一捲捲照相紙，還要由朱錫侯連夜沖洗出來、曬乾，以備作為實驗時分析得到的實驗記錄，同時還要看看記錄是否有用，是否完整或者效果如何，以及是否需要重做等。有時候，為了取得一個更好的神經電波記錄，幾個人甚至還要反復補做一些實驗或攝影記錄。

---

10 除加爾多外，這個小組的另兩名成員就是中國留學生朱錫侯和希臘女留學生Arvanitaki。後者回國後也成為了國際知名的海洋生物學家。

11 這些研究活動是在朱錫侯去世之後，筆者去信詢問當年曾經與朱錫侯一起在達馬里斯從事研究、現為法國國家科學研究中心主任研究員的阿蘭‧瑞貝赫。瑞貝赫先生專門覆信介紹了他們當年在達馬里斯所開展的主要研究工作，這些介紹由李治華先生翻譯成中文，特此說明。

時間，就在這種局外人看上去極為單調乏味的忙碌中流逝。萬里之外的故國戰火，也只能夠暫時拋擲腦後。

……

有時午間稍微休息，二樓實驗室和一樓樣本陳列室都鎖上了。朱錫侯與加爾多教授和阿爾娃尼塔基一起，到附近一個山坡下的一家小小咖啡店裡喝咖啡。每次都由加爾多教授要三杯咖啡，三人各喝一杯，時間一久，這也就成了店主和顧客雙方配合默契的習慣。戰時法國物資供應緊張，因為沒有真正的糖，喝咖啡只能用兩小片糖精。糖精片很小，這常常讓朱錫侯聯想到安定一類的小藥片。咖啡店裡多是些老主顧——平時這裡就少外來者，戰時就更沒人有心思到這裡觀光遊玩了。彼此見了面，也是禮貌地點點頭，低聲道一聲「你好」。咖啡帳錢自然總是加爾多教授付，付完帳，三人又一起徑直返回觀測站。

對於這段時間朱錫侯跟著加爾多教授從事博士論文研究實驗的情況，瑞貝赫在一封致筆者的覆信中這樣說道：

> ……
>
> 錫侯在里昂大學理學院生物實驗室作他的博士論文。這個實驗室的負責人，就是亨利‧加爾多教授，一個偉大的科學家，同時也是一個熱心而嚴謹的人。他讓他的那個實驗室成為對那些因為自身背景而處於危險之中的學生來說能夠獲得保護和幫助的地方，儘管在當時這是非常難能可貴而且並不是毫無危險的。這所學院其他一些專業的負責人，對德國佔領軍也持有與加爾多教授相同的態度，而這一切使得理學院在當時成為了一個學生們心目中的聖地（從筆者2001年夏

天在里昂大學與該學院科學史教授Christina Bange處閱讀的材料看，當時加爾多先生經常在學院主持專題性的學術報告和講座，而那些受邀講座者和參加者，也均為法國各地大學科研機構中的知名學者專家）。

而有關達馬里斯這段時間的研究實驗的更多細節，包括在那裡的日常生活，當時還在讀碩士研究生的瑞貝赫這樣介紹道

……

就是在那兒，我們成了朋友。在我們那幫人當中，都按照舊的發音習慣叫他TCHOU（現在叫做朱）。他在亨利・加爾多和安介理克・阿爾瓦尼塔基這兩位最具世界聲譽的神經生理學家指導下從事他的研究工作。他們當時關注研究的，是海兔這種無脊椎動物腺體的大細胞。錫侯的工作就是根據它們的年齡（重量），來分辨腺和大細胞，並對它們作出區分。他們每天早上都要出海捕撈海兔，而錫侯自己則是處理那些捕撈物。另外一個研究課題，就是跟重量相比，這些海兔的神經放電節律現象等。

這些研究都是借助於顯微鏡和脈搏記錄來進行的。研究地點是在一個牆壁完全被銅版鑲嵌起來的大屋子裡。目的是為了避免外面的電磁干擾。這些銅版（非鐵金屬）會引起那些德國佔領者的注意。加爾多教授決定把這些銅版塗成白色，以免遭到納粹佔領者的劫掠。錫侯和我把這些銅版塗成了白色，這樣我們也就有了談話的機會。我也就是在那裡開始學習和參入到其他人的研究工作中去的。

> 我們過了一個愉快的夏季，尤其是在我們獲得了那些魚、海貝和院子裡的那些青菜之後。

這是朱錫侯第一次這麼長時間集中做實驗。在此之前，特別是在出國之前，他所學的專業是哲學，儘管北平中法大學有生物學院，但那跟他當時的專業風牛馬不相及。來到里昂大學之後，他最初選擇的是美學（這也幾乎是所有里昂中法大學的文科學生都選修的一門大課）——他原指望像自己一向敬重的朱光潛先生那樣，走一條純學術的、專業於美學和文藝心理學的學術道路。他依然記得在北平「新詩座談會」上朱先生曾經發表的那些觀點，也還記得自己與小梵結婚之時，朱光潛先生當作結婚禮物送給自己的那本《文藝心理學》著作。而現在，他還是想將自己的知識結構再擴充一點，從純文科向相關學科滲透，他認為這是必要的。對於一個研究藝術的人來說，如果沒有現代心理學和生理學的專業訓練和學科知識作為基礎或補充，至少在朱錫侯看來是一個知識上的很大缺憾。於是，他在一般意義上的美學、哲學課程之外，又選修了心理學課程。不過，選修心理學，又需要生理學作為它的學科基礎，於是，朱錫侯作出了一個讓當時留法同學們都吃驚不小的決定，選修了當時的一門大課，也是被醫科學生們認為最難對付的一門基礎課：生理學。

而在生理學修完之後，朱錫侯竟然又跟上了當時里昂大學具有世界聲譽的生理學權威亨利・加爾多教授，專門研究起了生理心理學。而加爾多教授，實際上也成了他留學後期在里昂私人往來接觸最多的導師。

到這時為止，僅從專業設置來看，朱錫侯實際上已經在一點點地遠離自己最初的哲學和美學專業，而在醫科的生理學和心理學領域開始了自己的專門研究。這是一個新的挑戰，對於一個沒有醫科本科專業基礎的人來說，這無異於癡心妄想。可朱錫侯竟然一關一關地闖過來了。他從加爾多教授身上，從阿爾娃身上，體會到了實驗科學的嚴謹和細緻，也感受到了一個科學家應有的、已經融入到精神當中了的特殊氣質。那種寵辱不驚的沉著，在一點點淘盡他心中還殘存著的一些多愁善感的東西，而看上去顯得有些粗糙的達馬里斯，不僅記下了朱錫侯整個夏天忙碌的身影，和一個異鄉遊子心中永遠不可能排解乾淨的鄉愁，還記錄下了一個青年科學家正在澄明起來的靈魂——這將是他受用終生的。朱錫侯直至晚年依然還記得當時自己在實驗空閒的晚上所讀過的梅特林克的那篇談蜜蜂的散文。文章中談到蜜蜂如何為整個蜂群採花釀蜜，供奉給整個蜂群成員服用。梅特林克筆下的蜜蜂的奉獻精神，給朱錫侯留下了深刻印象。他當時還激動不已地將這篇散文中有些句子抄寫在了《生理學大全》的頁邊空白處，顯然，這些句子能夠稍微安息一個青年科學工作者奉獻人類的心靈。

異域生活經驗，還在通過日常生活中的一些細微瑣事，哪怕是一些羞於啟齒的小事，一點點地影響著朱錫侯對人和事的看法，包括他對法蘭西文化的更具體的經驗感受。當時朱錫侯與加爾多、阿爾娃三人一起來到海洋站，現在他們兩個在樓下資料室吃飯，而且他們的飯是由專門負責工作站研究所需要材料的漁夫和他的妻子做的。而朱錫侯則是單獨起火，為了省錢，在征得加爾多教授同意後，朱錫侯經常利用實驗動物的材料，比如魷魚或其他海裡能吃的東西，自己做飯吃。最初，朱錫侯私下還曾經以為加爾多與阿爾娃在樓下一定吃得不錯。而自己既然是加爾多的研究生，為什麼不能夠與他們一起吃呢？對此他還有些費解：或許因為自己是一個中國人的緣故？他曾經這樣猜測過。後來倒是阿爾娃告訴他，漁夫和他妻子給他們開的飯錢貴得驚人，但他們因為工作關係，而且又在戰時，也就沒過多計較，不過朱錫侯的費用是自理的，要是也在那裡一起吃飯，就很不合算了。細心的加爾多教授，只能用這種方式，來照顧這個異國青年的自尊。

還有一次，朱錫侯買了定額供應的橄欖油，又出去買了青椒炒魷魚吃，指望改善一下伙食。把菜放好以後，他就又忙於實驗室裡的工作去了。哪知一下子菜燒乾了，還把借用實驗室裡的鋼精鍋燒了一個洞，燒焦的煙氣從小實驗室飄出來，弄得滿樓都是焦糊味。朱錫侯心裡十分懊惱。怎麼辦呢？結果「老闆」（當時朱錫侯他們習慣稱加爾多教授為老闆）見了不但沒有責備他，還笑道「哈哈，你怎麼搞的，沒把自己的飯照顧好？」

類似的經歷並不只這一次。有一次，朱錫侯自己小實驗室裡水池的下水道被阻塞了，他想把下邊孔口打開，讓水流下去，誰知下邊的大螺絲帽已經鏽住了。朱錫侯拿來老虎鉗用力一板，下邊的螺絲扣處板斷了。他急得沒辦法，只得去找加爾多先生，看是否找人來修一下。朱錫侯說話時很自責，為自己的行為不當而不好意思。加爾多教授過來一看，螺絲柄被老虎鉗子擰斷了，便很溫和地說：「你想把螺絲啟開，應該慢慢地轉，不能用老虎鉗子猛擰」。他說話時的態度，仍像平時一樣和藹親切，並沒有責備正處在忐忑不安中的朱錫侯的意思。

在海洋生物實驗室工作那段時間，除了加爾多、阿爾娃和朱錫侯，以及後來的阿蘭，加爾多的兒子克勞迪（Claude）和兒媳婦也曾經來過這裡度假，阿爾娃的丈夫尼克有時也會從里昂過來看她。

尼克是一個獸醫，對生物觀測站裡的工作和生活也很感興趣。實驗用的材料沒送到的時候，幾個年輕人一起騎著自行車到附近的尼斯或摩納哥去遊覽，或到海邊去洗海水澡。看見站裡其他人都會游泳，一直在中國北方生活的朱錫侯，很是羨慕他們在海水裡暢遊的那種瀟灑自如。有一次，朱錫侯終於按捺不住自己，去對阿爾娃的丈夫尼克說：你們教教我，讓我也學會游泳，否則在海邊待了一個暑假，還沒學會游泳，太冤枉了。於是，尼克和阿爾娃想出了一個教朱錫侯學游泳的辦法，他們說「哪天找一個海水比較深的地方，我們用一根繩子捆在你腰上，然後慢慢從岩石海岸邊把你吊下去，吊到水較深處，因為深處浮力比較大，你就可以利用海水的浮力學會游泳了。因為我們用繩子把你栓著，絕不會掉下去的」。朱錫侯覺得這個主意聽上去有道理，並相信這次自己一定能夠學會游泳了。因為激動，他便將這事講給加爾多先生聽了。沒想到加爾多一聽便說這可不行，並馬上去讓尼克他們放棄這個「實驗」。他說：你們不能跟朱這麼搞，要是出了事這個責任不得了。至此，游泳之事只能作罷。這樣，在達馬里斯住了一個暑假，朱錫侯也只能夠在附近海灘上、淺水處稍微爬幾下拱幾下，不曾到深水中去游。所以，直到臨終，朱錫侯都不會游水，就像他不能夠理解將人生比喻為「會當擊水三千里」一樣。那種氣魄和胸襟，他沒有親身體會。但達馬里斯那個夏天充滿了異域青年之間的友好感情的樁樁小事，卻讓他終生難忘。

生活總是被細節豐富著，哪怕是一些瑣碎的細節。達馬里斯的海，並沒有被戰爭的硝煙薰染成黑紅色。在這裡，平時可以直接從下海歸來的漁民那裡買到他們剛從海裡捕撈上來的一種小魚，叫做ancloir。這是一種小而細長的白條魚，比一般小沙丁魚還要細，還要瘦長，剛打上來時身上還閃著銀白色的鱗光。沒有在海邊長期生活經歷的朱錫侯，對這種小巧秀美的海魚很是喜歡。除了買來佐餐外，他還曾經寄給遠在里昂的王振基、趙崇漢、魏登臨等同學。偶爾也可以買到被凍成硬塊的果醬，實際就是把葡萄汁濃縮以後再冷凍加工的。儘管賣的時候一大塊好像午餐用的大枕頭麵包，但對於在里昂曾經飽受飢餓煎熬的朱錫侯來說，這已經是難得的奢侈品了。他也曾經買來果醬後，趕緊用油紙包起來快寄到里昂，這樣羈留里昂的幾位同學收到時，凍結的果醬尚未完全化掉，多少也可補充一下他們那裡嚴重的營養匱乏。

這樣的工作節奏，一直維持到加爾多教授返回里昂。暑假過完，大約十月下旬，里昂大學照例要舉行隆重的秋季開學典禮，加爾多教授和阿爾娃尼塔基先行返校，而朱錫侯留了下來，他還需要接著工作一段時間，處理沒有拍完的神經活動照片，以及處理尚未洗好的圖片資料。這項工作大概還需要兩個禮拜。

暑假裡三人一起工作的時候還不覺得什麼，等到加爾多和阿爾娃尼塔基他們一走，達馬里斯也好像一下子到了秋天，海邊盛夏的那種愉快景象，讓人陶醉的假日風光，似乎也一同被帶走了。秋天的海灣，帶著絲絲涼意的波浪，讓人不時有一種蕭索淒涼之感。實際上，觀測站裡只剩下了朱錫侯一人，這也讓他不時覺得一個人整天呆在實驗室裡非常難受——阿蘭也已經在加爾多教授他們離開這裡之前返回了里昂。特別是夜幕降臨的時候，在觀測站大門口外的石堤上，朱錫侯一人獨坐，望著一側正在進出土倫港的輪船，心思就象被輪船犁開的波浪。思鄉是一件比返鄉還要累的事情。如今，既然歸鄉不能，那就站在這地中海邊望鄉吧！關山萬里，遠隔重洋，戰火紛飛，生靈塗炭，故國的親人們，如今又怎麼樣呢？被這種思鄉之苦和難以排解的孤獨糾纏著的朱錫侯，曾嘗試著給范小梵寄去了一張印有海洋觀測站圖像的明信片。或許達馬里斯海灘的碧藍海水，多少能夠給故國親人捎去一點安慰。

法國南方地中海岸的景物，讓朱錫侯想到在北平時讀到的法國作家都德的《磨坊文札》中有關尼斯和其他南方風土人情的描寫文字，其中有關土倫港「賽米揚號」及有關海邊燈塔的那些文字，更是讓他覺得分外親切——因為他現在就在土倫港還有海邊燈塔旁邊。可是，這一切，跟自己一樣喜歡都德作品的小梵卻無福消受。小梵在文學，特別是創作方面的才能，一點也不在朱錫侯之下，可是生活卻將最重的膽子壓在了她那瘦弱的雙肩上。每思及此，朱錫侯總是心潮激越，難以自抑。

排解愁悶和孤獨的最好方法，並非一人獨處，陷在剪不斷理還亂的思緒當中，而是將自己埋在工作當中。朱錫侯很清楚，自己的博士論文，就建立在正在進行的實驗基礎上。而這些資料，也將直接成為他論文中的一部分。他對達馬里斯這段時間工作的意義和價值，特別是在學術上的價值，從一開始就有著清晰的認識。這期間他不是沒有思考過自己的選擇，對於一個文科背景的研究者來說，要想在實驗生理學方面取得一定成績，顯然是一個極大挑戰——不僅是研究者的專業背景和知識結構，更是對研究者的信心以及作為一個研究者綜合素質的挑戰。

已經沒有選擇了。他不能讓自己整天沉湎在那些空虛的問題和思想上，實驗，包括實驗室的設備、用於實驗的材料的特殊味道等，這一切都能夠讓他暫時忘記外面的一切。也只有當他在實驗室裡工作的時候，他處於空虛、寂寞和苦痛當中的心靈才會又變得明淨如月。

那是達馬里斯的月亮。

這月亮首先讓他想到了小梵，煩亂的思想中，他還想到了另一個人，這就是跟著加爾多教授已經先行返回里昂了的師姐阿爾娃尼塔基。

對於這位師姐，朱錫侯首先是敬重。阿爾娃尼塔基原籍希臘，到法國來留學。原本在物理系學習，偶因一次好奇來到加爾多的課堂上來聽生理學。一聽之後感到大為吃驚，她沒想到的是神經細胞和神經纖維方面會有這麼多關於物理的問題，這讓她對生理學發生了濃厚興趣，並逐漸疏遠了物理學，轉來跟加爾多一起從事起神經生理研究。作為一個希臘留學生，那時在法國生活條件是很艱苦的，她曾經告訴朱錫侯，自己小時侯生活在希臘的一個小城裡，跟野孩子一樣，有時在垃圾堆裡揀到一個紅的綠的小玻璃球，就覺得珍奇得不得了，認為是了不起的寶貝，還小心翼翼地帶回家裡。自從跟著加爾多教授之後，她改變了自己學習物理學的打算。她開始系統地聽加爾多神經生理方面的課。再後來，她自願跟著加爾多進行一些實驗，說明找來一些儀器，作電聲記錄，並作為加爾多實驗儀器方面的助手，慢慢地也就成了跟加爾多一起從事神經生理研究的「同事」（co-worker）。

而當時的希臘，對於一個專業從事生理學研究的學者來說，是難以找到現實出路的。阿爾娃尼塔基也就在加爾多教授的實驗室裡留了下來。在加爾多教授的實驗室裡，當時朱錫侯和阿爾娃都是所謂的「外國人」。朱錫侯從中國到法國來，最初也只想繼續自己的專業學習。可是，在學習了心理學和美學之後，他又選擇了生理學。慢慢地，因為加爾多教授傑出的學術成就和人格魅力，也因為自己對實驗科學的好奇和迷戀，朱錫侯逐漸對這門學科產生了很深感情。也由於這一點，實驗室裡的這兩個年齡大致相近的「外國青年」，在有家不能回的相同處境下，在對生理學的相同愛好中，發現了越來越多的共同語言，而生理學，也就變成了朱錫侯跟阿爾娃在心理上或內心世界彼此理解溝通的一個橋樑，那段時間，作為師姐師弟，在當時艱苦的工作條件下，倆人彼此合作得相當好。在達馬里斯海洋觀測站的實驗結果，不僅出現在了朱錫侯的博士論文當中，而且有的還以加爾多、阿爾娃和朱錫侯三人，或朱錫侯、阿爾娃倆人的名義在法國生理學專業刊物上公開發表。

在海洋觀測站的時候，朱錫侯叫她阿爾娃，她則把朱錫侯叫做朱——當時阿蘭、加爾多教授也都這樣稱呼朱錫侯。阿爾娃喜歡畫畫，實驗材料沒送到的時候，阿爾娃有時還會忙中偷閒，拿著畫布和油畫顏料在海邊寫生。也是從這裡，朱錫侯對阿爾娃有了進一步的瞭解，雖然她的繪畫水準不過是業餘愛好，屬於自我陶醉自我娛樂一類，但是從畫裡也可以看出她的性格的側面。除此之外，阿爾娃對音樂也有著超乎一般的愛好，這一切，與朱錫侯的追求幾乎完全一樣——在里昂，自己忍饑挨餓或省吃儉用，不也就是希望能夠買到一把值得珍藏的小提琴嗎？或許是專業上的共同追求，以及雙方對繪畫及音樂的愛好，再加上「外國人」相通的生活處境，對家國的懷念，朱錫侯和阿爾娃成了專業上密切合作的同事和生活中彼此信任和懷有好感的朋友。1942年8月，當朱錫侯通過了博士論文答辯，決定離開里昂到巴黎大學去繼續在生理心理學方面尋求發展的時候，阿爾娃送了一本厚厚的專著給朱錫侯，這實際上就是她的博士論文，裡邊附有很多當初二人共同合作的實驗結果和原始文獻資料。在這本專著的扉頁上，朱錫侯讀到了這樣一行字：

「致朱，並致深厚的同情。」

40多年後，也就是在80年代末期，已進入垂垂暮年且健康日衰的朱錫侯，才從一本國外學術著作上獲悉，阿爾娃尼塔基後來在神經纖維研究方面取得了很多新的發現。那時法國神經生理學方面的世界級權威是Henri Lapigue（他發現並命名了時值Chronaxie）。而阿爾娃的專題研究，就曾經獲得過Lapigue特別獎金。在朱錫侯讀到的這本從蘇聯翻譯過來的《感官生理學的進展》一書參考文獻中，他發現相當一部分資料引自阿爾娃尼塔基後來發表出版的一些著述。由此看來，在朱錫侯回國、厄運開始並遭發配的時候，生命在困厄萬端或者碌碌無為當中消逝的時候，達馬里斯海洋生物觀測站的那個阿爾娃，卻在自己的專業領域取得了世人矚目的成就。她發表在法國或其他歐洲學術刊物上的一些科研成果，已引起當時蘇聯許多院士一級的同行專家的重視。在獲知了這一切之後，已經年過花甲的朱錫侯，既對這位相知相好的師姐充滿了敬意，又不免對自己後來的遭遇感慨萬端……

朱錫侯從這本蘇聯譯著中獲得的信息及據此所作出的推測，在他1990年重返法國時，在早年的友人阿蘭那裡得到了證實。這位同樣已經具有世界聲譽的生物壽命學家告訴朱錫侯，阿爾娃尼基塔已經成為了法國學術界的權威人物。後來她年紀大了，得了腦軟化病，也就是所謂老年癡呆症。那時朱錫侯很想與小梵一起去看一看這位自己一向敬重的師姐，哪怕只是寫一張字條托人捎去，向她道一聲問候。但阿蘭說她現在很孤僻，早已經不大與外界往來，你即便寫信給她，她也不一定回答你，恐怕對你的記憶也已經淡忘了。

朱錫侯始終不知道的是，1942年，在加爾多教授英年病逝後，阿爾娃先是在里昂大學校內為里昂一家獨立的研究機構工作，一直到1965年。後來她又相繼在馬賽大學、摩納哥皇家研究院，主要從事生物神經方面的研究，直到後來她來到巴黎，在法國國家科學研究中心工作直至退休。他的這位希臘師姐過的一直是一種普通人的日常生活，但在專業研究上，卻取得了舉世公認的成就。與朱錫侯不同的是，阿爾娃後來一直沒有返回自己的祖國希臘（在這一點上朱錫侯顯然要幸福得多），但她也沒有因此而遭遇朱錫侯所經歷的那樣的無端厄運。而這一切，又怎麼不讓當初跟阿爾娃一樣，對自己的研究和未來生活抱了幻想的朱錫侯感慨萬端呢?!

五

留學生活中，對朱錫侯影響明顯的老師有三位，他們分別是美學教授蘇里歐、生理學教授加爾多和生理心理學導師皮隆。

蘇里歐當年是法國一位有相當知名度的美學家，出生於美學世家。其父保羅・蘇里歐，也是一位很出色的美學家，他的一本專著《光的美學》，朱錫侯留學期間曾經讀過。蘇里歐有一個哥哥，是法國西北部Rennes大學的校長。出生於這樣一個高級知識分子家庭，蘇里歐在語言表達能力和寫作能力上超出常人是很自然的。當年在里昂大學聽蘇里歐的課時，朱錫侯就深感他的美學課講得華美漂亮，其中有兩個因素，一是他講課的語言魅力，二是他講課的藝術。蘇里歐講課吐詞典雅華麗。再加上他外表堂堂，象個外交家，講起課來，也就有一種特殊韻味。當時朱錫侯這門美學課是在里昂大學文學院的小教室裡上的。因為蘇里歐名氣大，所以他一到校還沒走進教室，穿著制服的教室管理員就神氣活現地到教室門口喊道：「蘇里歐教授到，就要來給你們上課。」教室裡面等待著的學生們為之精神一振。而蘇里歐進教室後，卻總是不慌不忙地坐下來，先是用親切又犀利的目光把小小教室裡二三十個同學掃視一遍，然後再不緊不慢地說一段非常自然而且富有詩情畫意的開場白（約三五分鐘），結合他的講課內容把學生們的注意力和求知的好奇心調動起來。朱錫侯印象最深的是有一次里昂一個歌詠團要唱一些法國西北或南方的民間歌曲，請蘇里歐來主持現場，作系統介紹。那天他身著燕尾服，一副法國紳士模樣，在一個燈光明亮的大階梯教室裡，蘇里歐在一邊講，二三十人組成的歌詠隊一邊作即興表演，配合得非常和諧。每當一首歌唱完，再加上蘇里歐得體而富有韻味的介紹，總是贏得掌聲滿堂。凡是在這種帶有社交性或表演性的場合，蘇里歐的講課藝術和組織才華就表現得尤為出色。還有一次，蘇里歐正要講繪畫藝術，看見教室裡有幾個中國留學生（朱錫侯、劉家槐、李治華、趙崇漢、楊景梅等），他一開場就問「你們知道不知道，明代有一個外交使節把一幅油畫獻給明朝皇帝，皇帝看後就問：咦！你們這些外國人，怎麼臉蛋一邊是紅的，一邊是綠的？」接著蘇里歐自己解釋到，因為中國的繪畫依靠線條和構圖，不像西畫油畫用不同的色彩來表示明暗和陰影，一邊用紅，一邊用綠是表示光線明暗不同。中國人沒有這些美學方面的知識，是從線條、平面上看構圖的，即便是皇帝，見了西洋油畫，也覺得大吃一驚。蘇里歐這樣一個「開場白」，馬上勾起了學生們的興趣。蘇里歐這種高超的講課藝術和駕御場面的能力，讓朱錫侯印象深刻，並對他後來的職業生涯產生了一些潛移默化的影響。在朱錫侯晚年的法蘭西之夢中，蘇里歐無疑佔據其中一席之地。

加爾多顯然是影響朱錫侯作出專業調整決定的關鍵人物[12]。當

[12] 在筆者聽到的著名學者金克木回憶朱錫侯的一盤錄音帶中，金克木回憶說在朱錫侯出國之前，就曾經跟寄住一處、當時在北大旁聽的金克木打賭，自己出國後一定要

時加爾多是里昂大學理學院生理心理系教授兼實驗室主任，法國國家級學術刊物《生理學》雜誌主編。加爾多當時是這個學術刊物的第三任主編。該刊首任主編是Charles Richet，他也是1913年諾貝爾醫學獎的獲得者。第二任主編赫曼教授（Hermann）也是法國學術界有國際聲望的一流生理學家。在朱錫侯的記憶中，加爾多給予他的人格影響，幾乎與蘇里歐完全相反，這是一個平易近人、謙虛和藹、表裡如一的科學家，一個全心全意獻身學術而不考慮外界名利的學者。當時里昂大學理學院院長是位植物學家，兼任里昂有名的金頭公園負責人，另外也有不少社會頭銜。在學生們眼裡，這位院長是個官僚氣十足的人。跟加爾多身上那種純正樸實的科學家和學者氣質比較，兩人也是天淵之別。而每到大學暑期後開學時，學校都要舉行一個非常隆重的開幕式，凡是教授級的教員，尤其是像加爾多這樣參加兩大院教學研究的指導教授（即研究教授），都要穿著極富里昂大學特色、也極為正式隆重的教授服——法學院教授穿的是紅袍子，文學院穿的是黃袍子，理學院穿藍袍子——坐在臺上，一眼看上去滿台朱紫貴，氣派至極。但即便在這樣的場合，加爾多也從不穿校服，而是一身不太講究的便服坐在臺上。這並非加爾多刻意為之，而是他在衣著方面從來都不講究。在法國人中，加爾多的穿著是比較隨便的，有時甚至是簡陋的，一年四季，他總是穿一件淺咖啡的上裝，下面褲子看上去像香腸一樣，而不是西裝筆挺。一到海洋工作站開展實驗時，加爾多便穿一雙皮底的用粗布條子編出來的輕便涼鞋，極為家常，這是加爾多這樣一位科學家為人處世的一個很大特點。此外，朱錫侯也從加爾多這裡學到了怎樣整

拿一個理科博士回來。這表明朱錫侯出國之前實際上已經有在理科方面發展的想法，應該說是加爾多進一步影響了朱錫侯並讓他最終選擇了生理心理學這條學術道路。

理材料，怎樣有組織地把文獻分類等等。因為加爾多是國家級重要學術刊物的主編，每天要處理不少國內外相關科研成果資料。而他總是自己親自收拾完畢之後，整整齊齊給這些資料分類編上卡片。本來這些工作，讓助教或秘書去做就行了，但加爾多總是親手來做。所以當朱錫侯研究中需要什麼資料時，只要到加爾多的卡片盒裡一找，便可以得到。這種極有效率的文獻編目和資料管理使用方法，實際上體現了一種認真嚴謹的科學精神和科學方法。

這種在研究工作中悄然無聲地累積起來的師生情誼，實際上也在一點點感動著朱錫侯。實驗中除了每次有什麼問題可以隨時問加爾多外，因為當時研究室的一些儀器比較簡單，有時為了某些需要（如剝離青蛙魚類的神經纖維或找魚腦的神經核），還要到地下室中的物理實驗室去。而每當遇到困難時，加爾多就會過來親自指點。看到朱錫侯做實驗操作或記錄時笨手笨腳的樣子，他有時還會忍不住笑起來，並馬上親自動手，示範給朱錫侯看，甚至手把手的教他怎麼做，而這些恐怕也是別的研究生得不到的「特殊對待」。晚年的朱錫侯回憶到當年加爾多教授指導他開展實驗工作的時候，依然是滿懷深情。在他看來，加爾多之所以對他「特別照顧」，很可能是因為此前他的實驗室裡曾經有過兩位中國留學生，即海洋生物學家張璽和生物學家朱洗。這兩位學長都非常出色，給加爾多留下了好的印象。

作為一個留學生，一個由加爾多指導的研究生，朱錫侯對於這位自己敬重的老師，有一種發自肺腑的感激之情。直至晚年，差不多基本上失去生活自理能力的時候，朱錫侯還曾經這樣回憶起這位恩師英年早逝之後的一些細節：

加爾多只活了五十五歲，在第二次世界大戰的艱難歲月裡，他一個人冷冷清清住在自己的寓所裡，冬天沒有燃料供給，幾乎所有的食品都要票，即便在小館子裡，也是處處要糧票和各式各樣的飲食證券。他患有腎炎，肝臟也不太好，在短短的七年中，身體每況愈下。後來大概由於尿毒癥住進了醫院，我以為他能很快地出院，未料不久後，噩耗傳來，原來他在醫院裡過世了。當我知道情況時，到醫院看他已來不及了，他已經被放到醫院地下室的停屍間裡。由於對恩師的敬仰之情，我無論如何要在分手之前看看他。因我從未見過死人，那天是帶著一定的恐懼和寒顫心理去停屍房的，我看到他的面容沒有絲毫改變，臉上也沒有蓋什麼東西，穿著一身普通的西服，彷彿睡在那裡，我懷著說不出的沉痛和景仰，低下頭去，親了他額角一下，只覺得像大理石一樣冰冷，然後我深深鞠了一躬，離開了停屍房。這是我腦海裡永志難忘的一個不滅的記憶。

大概第二天，在「里昂日報」上的悼念欄裡，登了一篇對加爾多的哀悼文章和一個短短訃告，並有他的一張照片。不久以後，一位和加爾多在一起工作十多年的研究人員Mme. Bachreach給了我一張加爾多的照片。這位巴卡克夫人也是猶太籍，家在瑞士，在巴黎有自己的房子，後來因為德國人的迫害，她躲避到瑞士去時，曾把她巴黎的一套二室一廳的房子借給我住，直到我離開巴黎。所以我一想起她來就有一種說不出的感激之情。這張加爾多的照片，大概有四寸左右，我一直保留著並帶回國。我回國以後，在昆明醫學院時，我把照片放在鏡框中並用一塊藏青色的布作背景，這鏡框一直掛在我教研組的工作室裡，直到文化大革命中，被人家抄走。至今想起這些事情，心裡仍有一種說不出的酸澀和苦味。加爾多只活了五十五年，當時是德寇佔領時期，他死於貧病交困、飢餓和寒冷的艱難歲月中。我今年已經八十歲，比他多活了二十五年，從這個角度與他相比，我可以說是有幸的倖存者了，但是我在幾十年的特殊情況下，恐怕連他工作業績的十分之一都談不上，想到這些，也有一中酸澀的滋味。我永遠記得並感謝加爾多這位業師，這位恩師。

加爾多故世後不久，給他舉行了葬儀。那是在凜冽的寒冬時節，里昂大學理學院院長，即前面說過的植物學家Douin在追悼會上致了悼詞，悼詞的最後一句話是，：「你永遠地休息吧，加爾多教授，你就永遠在這裡安息吧！」這句話至今仍在我的耳邊迴蕩。

1942年8月，也是暑假即將結束、新學期即將開始的時候，朱錫侯帶著Emile Terroine教授（1882-1974）為他所寫的推薦信，還有自己已經印出來的博士論文，到巴黎去找享利・皮隆（Henri Pieron，1881-1964）。享利・皮隆是當時在法國國內和國際上都享有盛名的學者，因此，在拜訪他之前，朱錫侯思想上不免緊張，擔心自己提出的研究計畫會被拒絕。按照朱錫侯當時自己的計畫，如果皮隆能夠接受自己在他的實驗室裡工作，繼續作一名研究生，他就可以把學習關係從里昂正式轉到巴黎，進入一個新的學習研究階段，如果不行，他還得繼續留在里昂，等待戰爭結束之後返國。

出乎朱錫侯預料的是，他相當順利地得到了H. Pieron的同意，之後他在巴黎大學心理學院學習工作了三年，直到1945年8月回國。在這三年中，朱錫侯有了機會與這位大師級的學者接觸，上他的課，也常常參加他所主持的巴黎心理學界的一些學術活動，耳濡目染當中，潛移默化地受到許多影響。

這位著名學者首先吸引朱錫侯的地方，幾乎跟加爾多一樣，是他非常親切，沒有任何架子，而這對於像皮隆那樣有特殊學術地位和社會威望的人來說是很不容易的，特別是在法國。當初皮隆就是在他辦公室裡接待了忐忑不安地來訪的朱錫侯，獲悉其來意後，親自將朱錫侯帶到心理學院資料室裡去找一位Nonny（諾妮）夫人。諾妮夫人當時在心理學院負責資料室並開教育統計學的課。後來在圖書借閱或在資料室裡讀書時，她給了朱錫侯很多照顧。其次是皮隆令朱錫侯高山仰止的學術地位。當時皮隆在法蘭西學院開有一個專題課，這個由他主持的講座叫「感官和感知覺機能」，實際上已不是一般大學裡的專業課，而是為相關領域裡的專家們開的研究課。在朱錫侯的記憶中，皮隆講課不以辭藻見長，而是以高深尖端的專題內容，非常詳實的論據和仔細的分析為主，其中穿插著自己的一些最新科研成果。而且，他講學時喜歡用物理學上的方程式來推導或證明自己的觀點，這對文科出身半路轉向理科的朱錫侯來說，無疑是相當困難的。在法國，在法蘭西學院當一名教授，開一個特別講座，不是像一般大學教授，由法國高教部任命，而是由法蘭西總統直接任命的。這就要求他必需具有很高的學術造詣和與之匹配的國際知名度。再次，皮隆除了擔任巴黎大學心理學院的領導工作之外，還負責法蘭西學院生理心理實驗室的領導工作。那個實驗室是當時法國生理心理學領域最具權威性的實驗室。此外當時皮隆還負責法國心理學年鑒的主編工作。而對於這些，皮隆都能夠應付自如。另外，對朱錫侯感染極深的，還有皮隆和他的夫人志同道合獻身於事業和理想的精神，這也讓朱錫侯非常嚮往和羨慕。當時朱錫侯每週一次到法蘭西學院去聽皮隆講課，而他發現在皮隆講課時，在講臺右下方靠近大玻璃窗處總有一位中年婦女坐在那裡。「她的穿著不講究，很像平常的家庭主婦，手裡拿著一只上街買東西用的普通皮包，絕不像一個在社會上交際很廣的婦人手裡拿的比較漂亮講究的皮包。她相當認真地聽皮隆講課，下了課以後，皮隆便走下講臺跟她一起肩並肩地回家去。她給我最深的印象就是樸素無華，平易近人。很久以後，我才知道原來她是皮隆的夫人Irene Pineron，擔任著就業指導學院的院長，這更使我增加了對這位夫人的敬意和特殊的親切感。」

概言之，在皮隆這位大師級的學者身邊學習工作的時間裡，儘管時間不長，期間還穿插了迎接巴黎的解放。但讓朱錫侯印象深刻的，是皮隆平易近人的為人風範，淵博深厚的知識結構，在科研上所取得的卓越成就，以及他們夫婦兩人在學術和事業道路上為了共同理想和奮鬥目標的攜手同行。

朱錫侯肯定沒有想到的是，到了他的人生暮年，他依然會如此清晰地記得這些老師們當年的學問風采，而回憶當年的讀書生活，竟然會成為他晚年最主要的一種精神生活。他也在這種一次次的記憶和情感的重返之旅中，重溫那個陪伴了他大半生的法蘭西之夢。

六

1955年，朱錫侯因為莫須有的罪名，受到「胡風反革命事件」的牽連而遭受審查；1957年，他又因為一些同樣莫須有的罪名而獲罪。自此，朱錫侯基本上告別了學術研究，直至30多年後他以六十多歲高齡重返講臺。此時他已經是遍體鱗傷，猶如一棵飽經風雨的老樹。這讓人不僅聯想到同因「胡風事件」而受難的詩人曾卓的詩《懸崖邊的樹》和牛漢的詩《半棵樹》。如果從1945年回國算起，朱錫侯稱得上學術研究和正常教學的時間不足十年。十年當中他還在昆明經歷了三年解放戰爭並在那裡迎接解放。劇烈的社會變動和個人命運的坎坷，都大大超出了朱錫侯當初的預期，也逐漸毀滅了他的學術職業理想。因為昆明揪鬥激烈，朱錫侯經過反復申請，帶著一家四口逃難一樣來到揚州。在這裡，他與那些撿破爛的、補鍋的、修鞋的同住一條陋巷，生活已經墮入到社會最底層。而這竟然是他當時所祈求的——他希望自己完全為外界所遺忘，這樣他就不會再遭受不必要的衝擊折磨，不再給他精神上生理上帶來新的創傷。至於學術研究，那已經是遙遠得像法蘭西一樣的夢想了。

從1955年開始，直至80年代初，二十多年時間中，朱錫侯跟那個特殊時代大部分知識分子一樣，只能聽憑時光流逝而無能為力。而一個讓後來者努力想弄明白的事實是，像朱錫侯這樣一個無論是外表還是性格上都明顯有著「江南書生」特徵的文弱知識分子，那麼多年中究竟是依憑著一種什麼樣的力量或者信念，來打發那一個個有事無事的漫漫長夜的？又是如何度過那一個個令人屈辱難堪的時日的？那麼多年來，他被迫離開了自己賴以為生的專業——自己安身立命的現實途徑，離開了自己所親近的友人和信奉的理想信仰，離開了自己所熟悉並已經融入到他的日常生活之中的那些書籍，他被澈底地與自己原來的生活——一種被選擇的生活信念與人生理想剝離開來。而他竟然最終接受了這一切，並將這種令人難以置信的事實幾乎一直保持到了他生命的暮年——這種狀況並沒有因為他八十年代重新回到校園而隨之得以改變，作為一個自由知識分子，一個年輕時代曾經鍾情於法國現代派文學、西方現代哲學、接受過法國現代思想教育和學術訓練、返國後在一個文化環境、思想環境和學術環境都相對超然自由的高等學府執教過的現代知識分子，在很長一個時期，朱錫侯卻只能夠將現代自由知識分子身上所具有、或者所應有的那種精神氣質和思想元氣，一直壓制在自己所不得不認真面對的一個個漫漫長夜之中。儘管在八十年代以後，在經過了令人窒息的荒廢之後，朱錫侯依然試圖在學術上作最後一番努力的時候，一切都已是時過境遷。而他這一時期所靠近或者恢復的對於書籍、文學、音樂藝術等的個人興趣，再度呈現出一種具有相當高度的個人文化藝術修養，但迴蕩穿行於上述一切之中的那種無形卻至關重要的精神內核——那種思想力、那種思想上的敏銳與犀利，那種思想本身的戰鬥力，尤其是作為一個專業研究者的意識與能力，則已經無法挽回地消散在了過去那一個個難挨的漫漫長夜之中了。

他曾經在一張隨手寫就的紙頭上寫到：人生不過是一枝風中的蘆葦。這句話出自於他所尊重的一位法國思想家之口。無法想像他寫這句話時的心境，但有一點是可以肯定的，那就是他一直都在與命運搏鬥，雖然曾經有過幾次好像就要向命運低頭的時刻，但他依然像一隻受了傷的鳥，一如既往地嚮往著天空。他依然哼唱著只屬於天空和遠方的自由的音樂，與他的來歷保持著心靈上的聯繫和交流。我們也只能夠從這裡走進他的精神生活，並在這裡發現一個曾經博大、豐富、仁愛和不息的生命在風中、雪中的堅毅、沉著與深情。

他曾經一再提到、寫到貝多芬的《命運交響曲》。與其說是他對這支曲子有偏愛，還不如說他是在借這支曲子和音樂家多乖的命運來激勵自己生活和生命的勇氣。我們從他的一生中，可以明顯地看到有那麼幾個時期、或者時刻，他的生命就像是被繃緊了的琴弦——已經難以再承受任何一點點拉力。我們在那幾個時刻，就像是聽到了音樂家內心深處的深情與悲哀。就在他離開這個世界的那天早上，寒冷和大雪封鎖了他所歸依的這座城市，他在這裡多少可以說是平靜地度過了他的餘生。而現在，他就靜靜地躺在那裡，享受著他一生都難以享受的安靜與從容。而音樂家的聲音，依然在他那還沒有凍僵的耳朵旁迴響、迴響……

> 一片明亮得耀眼的美麗的松林，從我面前一直延伸到山坡下，阿爾卑斯山脈在天際勾畫出它們纖秀的峰巔……萬籟寂靜，只偶爾有一個笛音，一聲薰衣草叢中的鳥語，一聲山路上的騾鈴聲，隱隱約約地從遠處傳來再傳到更遠的地方……
>
> ……
>
> 整個路都彷彿在跟羊群一起蠕動……老公羊走在最前面，雙角往前伸著，神情兇狠野蠻，公羊後面是羊群的大部隊；有些疲倦的母羊們，腹下腿間偎擠著它們的乳羊，頭上戴著紅絨球的騾子，背籃裡馱著新生的小羊羔，一邊走一邊搖晃著，最後面是滿身大汗淋漓、舌頭垂到地上的牧狗和兩個高大的、穿著褐色毛布外套的頑皮的牧童，牧童的外套好像牧師的祭袍一樣，一直拖到腳後跟。
>
> ……
>
> 那時院子裡是怎樣的熱鬧啊！金綠色大孔雀，頭頂著絹絨般的羽冠，從棲歇的木架上認出來了來者，並用一種喇叭

似的驚人的鳴叫來歡迎它們。那些睡著了的家禽也忽然驚醒了：鴿子、鴨子、火雞、竹雞，所有的都站了起來，整個家禽群像是瘋了一般，母雞們咕咕咕地叫了整整一夜。彷彿每隻羊的羊毛裡都沾染著阿爾卑斯山野的芬芳，帶來了一種使人沉醉、使人舞蹈的山野的鮮活空氣似的。

上面三段文字，摘錄自都德的《磨坊書簡・安居》。與其說是都德的原文精彩絕倫，不如說是譯者高超的譯文使得原文走進了另一個民族的閱讀審美視野並獲得了新生。而上述譯文的譯者，就是長期患青光眼、背脊椎已經變形而難以直立行走的朱錫侯和他的夫人范小梵。

這部終於於1989年被全部翻譯成中文的《磨坊書簡》，幾乎成了朱錫侯晚年傾盡全力完成的一件心願。在「譯後記」中，他詳細地介紹了《磨坊書簡》對自己的影響，也敘述了留學歲月是如何使得他對這部作品有更深層的理解和身臨其境的感受的：

在法國時，我曾隨同指導教授到南方海邊的一個海洋研究站工作過一段時期。研究站坐落在一個小小的海灣裡，背後是阿爾卑斯山：青翠蔥蘢的山巒，前面是藍湛湛的地中海，往東不遠是尼斯，往西不遠是土侖港（這便是賽米揚號船出發的地方）。這一帶優美的風景，正是典型的普羅旺斯的南國風光。

那時，我整天在實驗室和神經細胞打交道，但到了星期天，我可以對著大海、藍天、白雲沉思遐想，也可以去洗海水浴。海風呼嘯，浪濤舐著沙灘，海鷗和各種水鳥在周圍盤

> 旋……遇到風雨之夜，常被遠處傳來的浪濤聲驚醒；而在風和日麗的夏天，到處又是清脆悅耳的蟬鳴……這都是都德在他的《磨坊書簡》中經常提到的景象。在那裡，我親身體會到了都德遠離巴黎，移居在這南國田園中的那種美妙的充實感和靈魂深處的陶醉。

這樣的文字描寫中，確實可見都德《磨坊書簡》中法國南方的迤儷風光，還有那種不同於都市巴黎的繁華喧囂的那種接近土地大海的自然風情。正如朱錫侯文章中提到的那樣，他還有北平中法大學的同學們，在畢業之前已經開始做留學法國的夢想。未曾踏上魂牽夢縈的法蘭西之前，他們大多已經讀過不少法國文學作品。所以究竟是這些文學作品培育了他們對法國的浪漫想像，還是他們在法國的留學生活激發了他們對這個國家的美好感情，實際上已經難以分清。但有一點很清楚，那就是愈到晚年，朱錫侯對當年的留學生活，尤其是師生之間、同學之間那種真摯情誼越發留念。而只有一種方法，似乎可以讓這種回味依戀長存，那就是翻譯自己從30年代在北平中法大學附中時候就迷戀的《磨坊書簡》。

對於自己當初閱讀《磨坊書簡》及法國文學的經歷，朱錫侯在《磨坊書簡》「譯後記」中這樣寫道：

> 三十年代初，我和賈芝同在北平中法大學附中讀高中，對詩、對文學的濃厚興趣使我們交往很密。那時，他、我，還有其他三位同學（覃子豪、周麟、沈毅）組成了一個「五人詩社」，我們幾個年輕人常常聚在一起，談文學，讀詩，寫詩，還自費出版了詩集，在阜城門外河邊美麗的校園裡做

著玫瑰色的夢[13]……

由於學校的外語課是法語，校圖書館裡收藏有許多法國文學名著，使我們有機會去閱讀它們，《磨坊書簡》就是其中之一。

……

1951年夏天，我到北京去參加新中國心理學會的籌備會議，才又重見到了賈芝夫婦。賈芝當時正在文化部主持政治學習和領導部裡的運動，連住的地方都沒有，臨時搭了張床鋪，睡在辦公室裡。久別重逢的興奮和喜悅是難以用言語描述的，我們徹夜長談著我們的學生時代，嚮往著即將到來的光明燦爛的新中國文化前景。他告訴我他在戰爭的輾轉中，儘管失去了愛子，但在延安簡陋的條件下，仍堅持翻譯了都德的《磨坊書簡》。當時我們都躍躍欲試地想為新中國的文化發展多做一點工作，我甚至想，說不定有一天，還會重新拿起我曾寫過詩的筆，利用業餘時間寫點或譯點什麼哩！

他並不奢望安逸與舒適，安逸與舒適也從來就沒有光顧過他的生活。他只是在追求著思想的自由、人性的尊嚴和知識的價值，並為捍衛這些他自己以及他所尊敬的那些前人們同樣捍衛的思想與生活，而犧牲了自己的思想自由、人性尊嚴和知識價值實現的可能性，甚至於還有自己的身體、家庭生活以及孩子的未來。這些都不是他事先所能夠預料、即便是能夠預料也無法改變的堅硬冰冷的現實，一種他的羸弱之軀根本就無法承擔的沉重現實。他用自己將近

[13] 《都德散文選》，P186，朱梵等譯，百花文藝出版社，1994年1月，天津。

半個世紀的生命與生活，為上述捍衛與堅守付出了代價。幸運的是，這一切，他都一一經歷過來了，用他那並不強健的身軀，和一雙從來就沒有健康過的眼睛。那雙曾經閃爍過智慧的、人性的光輝的眼睛，最終卻被世事風塵遮蔽，並在一個冬日的黃昏，在他寄予了幾乎一生的故鄉之夢的城市，永遠地閉上了。

參考文獻

法文部分

Books

1.Boully, Jean-Louis,Jean-Louis Boully ; Bibliothèque municipale de Lyon (1921-1946); avec la collaboration de Danielle Li et Bénédicte Héraud.Lyon: Bibliothèque municipale de Lyon, 1995¡C

2.Jean-Louis Boully: Catalogue des thèses de doctorat des étudiants de l'Institut franco-chinois（里昂中法大學博士論文目錄）；

3.Laferrère, Guillemette、Li, DanielleL: Institut franco-chinois de Lyon（1921-1946，里昂中法大學回顧展），合編。

4.LI Chensheng (Danielle LI), *Contribution à l'étude de la condition féminine en Chine: l'émancipation de la femme à travers quelques revues en langue chinoise, notamment la revue Funü zazhi (Journal de la femme), des années 1915 à 1929,* mémoire de maîtrise (chinois), Lyon III,.Lyon, 1973, 161-28 p.

5.LI Chensheng (Danielle LI), *Contribution à l'étude de la pédagogie à la fin des Ming et au début des Qing d'après l'œuvre de Li Gong (1659-1733): le Xiaoxue jiye, thèse de doctorat (chinois),* Paris VII, Paris, 267 p.

6.Caroline LEFEBVRE et Danielle LI, *L'Eurasienne, une femme entre Chine et France», Danielle Li, récit d'une vie,* Starter, Saint-Etienne (Loire), 2008, 130 p.

7.Jean-Louis BOULLY, Danielle LI (coll.) et Benédicte HÉRAUD (coll.), *Ouvrages en langue chinoise de l'Institut franco-chinois de Lyon : 1921-1946,* Bibliothèque

municipale de Lyon, Lyon, 1995, 515 p.
8.Annick PINET et Danielle LI, *L'institut franco-chinois de Lyon, l'ancien, 1921-1950; l'actuel, depuis 1980,* Institut franco-chinois de Lyon (association), Lyon, 2001, 85 p.
9.Jean-Louis BOULLY et Danielle LI, *Catalogue des thèses de doctorat des étudiants de l'Institut franco-chinois; Liste des noms des étudiants de l'Institut franco-chinois de Lyon (1921-1946),*Association des amis des bibliothèques de la ville de Lyon, Lyon, 1987, 54 p.

Monographies

1.Anne-Sophie de BELLEGARDE, *L'Institut franco-chinois de Lyon (1921-1950),* Lyon, 1989. (Mémoire de maîtrise, Université Jean Moulin-Lyon III)
2.Annick PINET et Danielle LI, *L'Institut franco-chinois de Lyon*里昂中法學院今與昔, Lyon, 2001. [Bilingue français-chinois]
3.Philippe YANN, *L'Institut franco-chinois un exemple réussi de collaboration en éducation ?*, Lyon, 1998, 2 vol. (Mémoire de maîtrise, Université Lumière-Lyon II, juin 1998)

Article

1.Maurice COURANT, « Le Futur Institut franco-chinois de Saint-Irénée à Lyon », *Bulletin des soies et des soieries,* no 2285, samedi 12 mars 1921, 2 p.
2.Michel GUSTIN, « L'Institut franco-chinois à Lyon », *Lyon chirurgical,* tome 75/2, 1979, p. 142-144
3.« L'Institut franco-chinois de Lyon : origine, activité et projets d'avenir », *La Politique de Pékin,* no 42, 21 octobre 1928, p. 1242-1243
4.« L'Institut franco-chinois de Lyon et la Chine nouvelle », *La Politique de Pékin,* no 39, 30 septembre 1928, p. 1161
5.« Sur la situation morale et l'activité de l'association amicale et de patronage franco-chinoise en 1928 », *La Politique de Pékin,* no 16, 19 avril 1930, p. 443, 445-446
6.« Nouvelles de l'Institut franco-chinois », *La Politique de Pékin,* no 30, 29 juillet 1928, p. 899-900

7.Michel RIQUET, « Scouts de France et chinois de Lyon : un Noël à l'usine », *Études,* janvier-février-mars 1929, p. 590-595

8.« La Chine à l'étranger : la fête nationale chinoise de Lyon » *La Politique de Pékin,* no 16, 19 avril 1930, p. 424-436

9.« Allocution du président [à l'occasion du 17e anniversaire de la fondation de la République] », 中法教育界 = *L'éducation franco-chinoise,* no 20, novembre 1928, p. 21-23

10.T.F. TCHEOU, « À l'Institut franco-chinois de Lyon : une conférence de M. André Philip, professeur à la faculté de droit de Lyon, sur l'économie dirigée, au cercle des étudiants en droit de l'Institut franco-chinois de Lyon », in *La Politique de Pékin,* no 17, 27 avril 1935, p. 455-456

11.« La Fête de la république chinoise : Une exposition d'art chinois au fort Saint-Irénée », *La Politique de Pékin,* no 46, 15 novembre 1930, p. 130

12.« Un Missionnaire chinois du B.I.T. », *Le Progrès de Lyon,* 20 février 1935. 中法教育界 = *L'éducation franco chinoise,* no 34, 1er août 1930, p. 57-66. [Contient des informations sur les résultats universitaires des étudiants de l'Institut à la date du mois d'août 1930.]

13.*Le Progrès de Lyon,* reproduit dans *L'Éducation franco-chinoise,* no20, novembre 1928, p. 25-27. [Reproduction d'un article sur la fête à l'Institut à l'occasion du 17eanniversaire de la fondation de la République].

14.*Le Lyon Républicain,* reproduit dans *L'Éducation franco-chinoise,* no20, novembre 1928, p. 27-28. [Reproduction d'un article sur la fête à l'Institut à l'occasion du 17eanniversaire de la fondation de la République].

15.*Le Nouveau Journal de Lyon,* reproduit dans *L'Éducation franco-chinoise,* no 20, novembre 1928, p. 28-30. [Reproduction d'un article sur la fête à l'Institut à l'occasion du 17eanniversaire de la fondation de la République].

16.*Le Salut Public,* reproduit dans *L'Éducation franco-chinoise,* no 20, novembre 1928, p. 28-30. [Reproduction d'un article sur la fête à l'Institut à l'occasion du 17e anniversaire de la fondation de la République]

中文部分

著作

1.《留法紀事》，周永珍著，國家圖書館出版社2008年，北京。
2.楊在道編，《張若名研究資料》，中國父女出版社，1995年，北京。
3.黃嫣梨編，《張若名研究及資料輯集》，香港大學亞洲研究中心，1997年，香港。
4.《中法文學關係研究》，孟華著，復旦大學出版社，2011年6月，上海。
5.《中法大學校友錄：1920-1950》，中法大學校友會編印，1986年。
6.《北平中法大學一覽》，北平中法大學編印，1935年。
7.《中法大學史料》（北京理工大學校史叢書），北京理工大學出版社，1995年8月。
8.《中法大學史料續編》（北京理工大學校史叢書），北京理工大學出版社，1997年9月。
9.《二十世紀法國文學在中國的譯介與接受》，許鈞、宋學智著，湖北教育出版社，2007年10月，武漢。
10.《歷史上的中法大學》（1920-1950），許睢甯、張文大、端木美著，華文出版社，2015年1月，北京。
11.《里昂譯事》，李治華著，蔣力編，商務印書館，2005年12月，北京。

文章

1.《法人對里昂中國大學論調》, in 清華大學中共黨史教研組（編）, 赴法勤工儉學運動史料, vol. 2, 北京, 1980, p. 592-594。
2.方曙,《中國人在海外創辦的第一所大學：里昂中法大學遺址一瞥》, 明報月刊, s.d。

3.高平叔（編），《在里昂市愛友市長招待會上的演說詞（一九二四年十月）》, in 蔡元培全集, vol. 4, 北京, 1984, p. 491-493。

4.《里昂里中法大學招待新中國首席歌劇家程硯秋記》, 居學月刊, vol. I, no 11, 1932, p. 1-4. [Extrait du *Progrès de Lyon* du 16 août 1932 traduit en chinois]。

5.《李石曾先生談話》, 旅歐週刊, 10 janvier 1920, p.2-3。

6.亦佛,《里昂中國大學籌備之現狀》, in 清華大學中共黨史教研組（編）, 赴法勤工儉學運動史料, vol. 2, 北京, 1980, p. 586-587。

7.肖子昇,《里昂中國大學最近之進行》, in 清華大學中共黨史教研組（編）, 赴法勤工儉學運動史料, vol. 2, 北京, 1980, p. 588-591。

8.錢林森，《法國文學與中國》，《文藝研究》，1990年第2期。

8.葛夫平，《關於里昂中法大學的幾個問題》，《近代史研究》，2000年第5期。

9.楊忠儒，《民國赴法留學變遷研究——從勤工儉學到里昂中法大學》，刊《河北師範大學》。

10.李長莉，《民國時期留學生愛國感情的生活基礎——以留法官費生為例》，刊《徐州師範大學學報》，2005年第3期。

11.胡曉，《中法大學與中法文化交流》，刊《西南交通大學》，2003年。

12.楊振，《里昂中法大學與一個現代中國文學研究者的養成——徐仲年與里昂中法大學（1921-1930）》，刊《中國比較文學》，2013年第1期。

後記

這本書中的大部分內容，幾年前即已完成。後因種種原因，一直未能殺青。去年八月，我來哈佛－燕京學社訪學，即將完成此著作為訪學計畫之一。

有想不到的原因，讓我調整了有關該著的一些最初思路，譬如有關入選論述的作家、學者。原因之一，就是我在燕京圖書館找到了不少原來在內地圖書館中不曾檢索到的文獻資料，其中最突出的有兩點。一是有關中法大學的法文部分文獻，二是作家作品。

關於前者，我在出國之前兩三年，曾與原里昂市立圖書館東方部主任卜力先生有過聯繫。卜力先生後來來華，在北京中法文化中心主持電影資料館的工作，我們之間有過郵件、電話聯絡。眾所周知，原中法大學的不少文獻檔案資料，後來收藏於里昂市立圖書館。我也曾一直試圖與中法大學校友的第二代、原里昂第三大學的李塵生教授聯繫，惜未如願。但來波士頓之後，高興的是與現任里昂市立圖書館東方部主任馬日新和館員雷橄欖二先生建立起了郵件聯繫，並在文獻檔案資料的使用上得到了他們的幫助，使得這部著作的完成和出版，得以加速。這是需要感謝他們以及里昂市立圖書館以及里昂第三大學的地方。另外，本書中原里昂中法大學海外部同學錄、中法大學博士論文題名，以及相關照片等文獻的使用，均獲得了里昂市立圖書館和里昂第三大學的正式授權，特此說明並致謝忱。

十餘年前，我曾參訪過里昂中法大學舊址以及里昂大學，並在原中法大學校友、翻譯家李治華先生位於法國中部一個名叫Blanzy的小鎮的家中叨擾一周，期間聽聞不少當年有關中法大學以及來法留學生們的逸聞趣事。這種「聽聞」是用兩種方式進行的：每天上午在李治華先生的書房裡，我聽他講——基本上是李先生根據事先擬好的提綱介紹，我聽並筆記，少問；每天晚飯之後，在李先生府上院子裡，我們閒坐消食，談天說地，自然也還會說起當年留學生們的一些花邊舊事。李先生生性幽默，一般話不多，但一旦起興，說起來也停不住。這時候基本上是海闊天空、無拘無束。但李先生鮮議論人物，多說事實。印象中李先生談得最多的，除了同年來中法大學的同學們，再就是擔任他翻譯的《紅樓夢》法譯本審校的原北京中法大學法國文學教授鐸爾孟先生。Blanzy夏天的黃昏頗為悠長，長得有點像老年人的記憶。有時候一直到晚上9點鐘，天還沒有完全黑下來。院子四周由高過人頭的萬年青等植物環繞，外出兩三米，就是一條公路。Blanzy是一個小鎮，原為一個煤炭開採地區的轉運地，運河就在鎮子的週邊。如今煤炭開採早已停止，小鎮恢復了寧靜，沒有了昔日的喧鬧繁忙。看起來最近若干年已經沒有外來人口遷入，相反，鎮子上的年輕人大多遠走他鄉謀生高就。所以一到傍晚，小鎮很快就安靜了下來。偶爾能聽到院子外面公路上有摩托車暴走的轟鳴，李先生說那是留守小鎮的年輕人孤寂無聊在飛車排遣。當年李先生府上的那些談笑，事實上成為這本書開筆之前的情感與歷史醞釀。有關於此，我後來曾有一文，刊《人民日報》「外海版」。此文後被錄入到蔣力先生編輯的《里昂譯事》一書之中（商務印書館，2005年12月）。如今李先生已經百歲高壽，且身體看上去依然健朗。之前國家主席習近平夫婦參訪里昂中法大學，看到播放出來的電視畫面中，還有接見李先生的鏡頭。只是李先生身邊，已經沒有了終身攜手相伴的夫人雅歌女士。而對於李先生，我心中除了感謝，就是敬重和祝福了。

本書中所寫朱錫侯先生，是賈植芳先生的故友。我在復旦讀書期間，有幸成為賈府上「常來常往」者中的一個，也就在這一時期，我從賈先生那裡，聽聞了朱先生的不少舊事。後來去杭州謀生，成了朱先生的同事，只是那時朱先生已經退休多時。不過因為朱先生府上離西溪校區頗近，不過幾個街區的距離，所以常常上完課拐到朱先生家裡去看他和朱師母。十多年前，又得朱先生女公子朱新天女士協助，沿著朱錫侯先生當年留法的道路復走了一遍，對於20世紀上半期赴法留學生們的留法歲月，多了些感性認識。在此，要感謝朱新天、朱新地二女士，還有朱新天女士的丈夫密歇爾先生。

書成之後，因為時間的緣故，我將其提交給了蔡登山先生。蔡先生是新文學及民國人物著作家，又是讓人信任的出版家。此書能以這一面目問世，登山先生的襄助自不待言。另外，編輯陳佳怡女士的職業素養和敬業，使得這本書能亦這樣的面目出現在讀者前面。對此亦謹致謝忱。

此書為教育部「中法大學與20世紀中國文學」項目的最終成果。特此說明並予感謝。

我的夫人周俐玲女士，是這本書自始至終的督促者和協助者。在波士頓剛過去的那個寒冷多雪的冬季，我們無法外出，除了圖書館，就在寓所裡看書寫字，再就是拉開客廳朝著陽臺的百葉窗簾，聽下不完的冬雪，從對面屋頂上、樹杈上墜落的聲響……

此為記。

2015年7月5日於波士頓劍橋

附錄一：中法大學學生名錄
（Liste des étudiants inscrits à l'IFCL）

李塵生　編

	Nom 姓名	Nom (pinyin)	Orig. 籍貫	Né(e) en 生年	Sexe 性別	Spéc. 學科	Arrivée 入學日期	Départ 返國或離校日期	Thèse 博士論文
1	黃式坤	Huang Shikun	廣東	1897	F - 女	醫科	1921.10.3	1924.08.10	
2	黃明敏	Huang Mingmin	廣東	1901	F - 女	法科	1921.10.3	1931.06.19	
3	黃偉惠	Huang Weihui	廣東	1902	F - 女	文科	1921.10.3	1931.06.19	
4	蘇梅（蘇雪林）	Su Mei (Su Xuelin)	安徽	1900	F - 女	美術	1921.10.3	1925.05.22	
5	楊潤餘	Yang Runyu	湖南	1902	F - 女	文科	1921.10.3	1929.09.06	Oui - 有
6	潘玉良	Pan Yuliang	安徽	1894	F - 女	美術	1921.10.3	?	
7	劉梧	Liu Wu	廣東	1901	F - 女	理科	1921.10.3	1926.10.17	
8	方蘊	Fang Yun	江蘇	1901	F - 女	美術	1921.10.3	1927.10.04	
9	方裕	Fang Yu	江蘇	1904	F - 女	文科	1921.10.3	1927.10.04	
10	陳崢宇	Chen Zhengyu	河北	1897	H - 男	電科	1921.10.3	1923.12.04	
11	金紹祖	Jin Shaozu	廣東	1897	H - 男	實業	1921.10.3	1922.04	
12	韓旅塵	Han Lüchen	廣東	1892	H - 男	理科	1921.10.3	1924.08.14	
13	楊堃	Yang Kun	河北	1900	H - 男	文科	1921.10.3	1930.12.20	Oui - 有
14	吳文安	Wu Wenan	廣東	1893	H - 男	獸醫	1921.10.3	1928.10.16	
15	劉為濤	Liu Weitao	四川	1898	H - 男	理科	1921.10.3	1929.11.29	Oui - 有
16	葉麐	Ye Lin	四川	1894	H - 男	文科	1921.10.3	1930.01.24	Oui - 有
17	黃秉禮	Huang Bingli	四川	1896	H - 男	法科	1921.10.3	1922.08	
18	伍伯良	Wu Bailiang	廣東	1892	H - 男	醫科	1921.10.3	1924.01.24	Oui - 有
19	章桐	Zhang Tong	江蘇	1895	H - 男	理科	1921.10.3	1926.10.17	
20	閻維明	Yan Weiming	河北	1896	H - 男	實業	1921.10.3	1930.07.31	
21	陳彝壽	Chen Yishou	浙江	1902	H - 男	文科	1921.10.3	1923	
22	吳凱聲	Wu Kaisheng	江蘇	1900	H - 男	法科	1921.10.3	1926.01.19	Oui - 有
23	霍金銘	Huo Jinming	山東	1898	H - 男	紡織	1921.10.3	1928.01.01	
24	何然	He Ran	浙江	1899	H - 男	實業	1921.10.3	1927.01.14	
25	張繼善	Zhang Jishan	河北	1898	H - 男	理科	1921.10.3	1929.01.01	
26	袁振英	Yuan Zhenying	廣東	1894	H - 男	文科	1921.10.4	1924.08.14	
27	陳藎民	Chen Jinmin	浙江	1895	H - 男	理科	1921.10.4	1924.08.14	
28	汪德耀	Wang Deyao	江蘇	1902	H - 男	理科	1921.10.4	1931.12.18	Oui - 有
29	李丹	Li Dan	湖南	1900	H - 男	音樂	1921.10.4	1928.03.09	
30	虞炳烈	Yu Binglie	江蘇	1895	H - 男	建築	1921.10.4	1933.07.28	

31	李亮恭	Li Lianggong	江蘇	1902	H - 男	理科	1921.10.4	1925.12.04	
32	李其蘇	Li Qisu	廣東	1895	H - 男	工科	1921.10.4	1922.04	
33	商文明	Shang Wenming	貴州	1898	H - 男	工科	1921.10.4	1926.09	
34	譚文瑞	Tan Wenrui	廣東	1900	H - 男	飛機	1921.10.4	1927.08.30	
35	黃國佑	Huang Guoyou	廣東	1903	H - 男	獸醫	1921.10.4	1929.12.29	Oui - 有
36	袁久址	Yuan Jiuzhi	廣東	1897	H - 男	理科	1921.10.4	1927.03.25	Oui - 有
37	李煦寰	Li Xuhuan	廣東	1896	H - 男	藥科	1921.10.4	1926.04	Oui - 有
38	馬竹楗	Ma Zhujian	廣東	1900	H - 男	化學	1921.10.4	1924.08.14	
39	楊潛	Yang Qian	廣東	1901	H - 男	實業	1921.10.4	1927.08.30	
40	方學芬	Fang Xuefen	廣東	1899	H - 男	化學	1921.10.4	1926.11.04	
41	陳錫爵	Chen Xijue	湖北	1896	H - 男	醫科	1921.10.4	1922.10	
42	方岑	Fang Cen	江蘇	1903	H - 男	紡織	1921.10.4	1925.07.04	
43	袁擢英	Yuan Zhuoying	廣東	1898	H - 男	文科	1921.10.4	1929.11.29	Oui - 有
44	蔣國華	Jiang Guohua	浙江	1902	H - 男	化學	1921.10.4	1930.07.17	
45	陸振軒	Lu Zhenxuan	江蘇	1901	H - 男	工科	1921.10.4	1931.06.19	
46	陳洪	Chen Hong	江蘇	1900	H - 男	法科	1921.10.4	1931.07.17	
47	徐頌年（徐仲年）	Xu Songnian (Xu Zhongnian)	江蘇	1902	H - 男	文科	1921.10.4	1930.07.31	Oui - 有
48	廉邵成	Lian Shaocheng	江蘇	1897	H - 男	商科	1921.10.4	1923	
49	孫立人	Sun Liren	江蘇	1902	H - 男	理科	1921.10.4	?	
50	陳錦祥	Chen Jinxiang	廣東	1898	H - 男	蠶絲	1921.10.4	1923.10.01	
51	黃涓生	Huang Juansheng	廣東	1894	H - 男	文科	1921.10.4	1925.12.20	Oui - 有
52	區聲白	Ou Shengbai	廣東	1892	H - 男	文科	1921.10.4	1924.08.14	
53	崔載陽	Cui Zaiyang	廣東	1899	H - 男	文科	1921.10.4	1927.03.25	Oui - 有
54	邱代明	Qiu Daiming	四川	1901	H - 男	美術	1921.10.4	1926.06	
55	狄福鼎	Di Fuding	江蘇	1895	H - 男	法科	1921.10.4	1925.09.20	
56	夏亢農	Xia Kangnong	湖北	1902	H - 男	理科	1921.10.4	1925.12.04	
57	顧楫	Gu Ji	江蘇	1903	H - 男	實業	1921.10.4	1930.12.04	
58	何兆清	He Zhaoqing	貴州	1900	H - 男	文科	1921.10.4	1926.07.30	
59	吳鎮華	Wu Zhenhua	安徽	1898	H - 男	法科	1921.10.4	1929.07.01	
60	張璽	Zhang Xi	河北	1896	H - 男	理科	1921.10.4	1931.12.04	Oui - 有
61	王超	Wang Chao	廣東	1901	H - 男	飛機	1921.10.4	1931.11.06	
62	趙進義	Zhao Jinyi	河北	1901	H - 男	理科	1921.10.4	1928.09.07	Oui - 有
63	張雲	Zhang Yun	廣東	1896	H - 男	理科	1921.10.4	1926.06	Oui - 有
64	李定一	Li Dingyi	廣東	1897	H - 男	醫科	1921.10.4	1924.01.14	
65	鄧鄂	Deng E	廣東	1901	H - 男	陸軍	1921.10.4	1926.10	
66	徐祖鼎	Xu Zuding	浙江	1898	H - 男	醫科	1921.10.4	1922.09	
67	黃國華	Huang Guohua	廣東	1895	H - 男	蠶絲	1921.10.4	1922.07.14	
68	溫鎬	Wen Gao	廣東	1901	H - 男	蠶絲	1921.10.4	1923.11.01	
69	單粹民	Dan Cuimin	河南	1903	H - 男	理科	1921.10.4	1930.07.31	
70	郭偉棠	Guo Weitang	廣東	1898	H - 男	工科	1921.10.4	1930.08.14	
71	何衍璿	He Yanxuan	廣東	1902	H - 男	理科	1921.10.4	1925.05.07	
72	陳紀斌	Chen Jibin	廣東	1896	H - 男	法科	1921.10.4	1929.12.27	
73	張瑞矩	Zhang Ruiju	廣東	1903	H - 男	化學	1921.10.4	1927.12.16	Oui - 有
74	劉懋初	Liu Maochu	廣東	1895	H - 男	法科	1921.10.4	1925.06	Oui - 有
75	周發歧	Zhou Faqi	河北	1900	H - 男	理科	1921.10.4	1928.12.13	Oui - 有

76	唐學詠	Tang Xueyong	江西	1900	H - 男	音樂	1921.10.4	1930.04.18	
77	劉俊賢	Liu Junxian	廣東	1898	H - 男	理科	1921.10.4	1930.04.14	Oui - 有
78	趙銘軒	Zhao Mingxuan	河北	1899	H - 男	紡織	1921.10.4	1925.06	
79	崔其偉	Cui Qiwei	廣東	1892	H - 男	文科	1921.10.4	1924.08.14	
80	張文甲	Zhang Wenjia	廣東	1901	H - 男	理科	1921.10.4	1927.09.30	
81	梁夢星	Liang Mengxing	河北	1900	H - 男	理科	1921.10.4	1929.01.01	
82	黃士賓	Huang Shibin	廣西	1900	H - 男	實業	1921.10.4	1922.02	
83	陸霞飛	Lu Xiafei	廣東	1900	H - 男	商科	1921.10.4	1925.11.20	
84	何熾昌	He Chichang	廣東	1890	H - 男	醫科	1921.10.4	1927.05.01	Oui - 有
85	林寶權	Lin Baoquan	廣東	1901	F - 女	文科	1921.10.5	1926.06	Oui - 有
86	羅振英	Luo Zhenying	廣東	1901	F - 女	文科	1921.10.5	1931.06.19	Oui - 有
87	吳續新	Wu Xuxin	江蘇	1902	F - 女	文科	1921.10.5	1928.06.29	
88	馬袁冰	Ma Yuanbing	江蘇	1886	F - 女	商科	1921.10.5	?	
89	梁道貞	Liang Daozhen	廣東	1896	F - 女	醫科	1921.10.5	1932.10.21	Oui - 有
90	曾同春	Zeng Tongchun	廣東	1891	H - 男	法科	1921.10.5	1928.02.10	Oui - 有
91	曾錦春	Zeng Jinchun	廣東	1898	H - 男	法科	1921.10.5	1929.09.06	Oui - 有
92	文華宙	Wen Huazhou	廣東	1898	H - 男	陸軍	1921.10.5	1925.01.01	
93	黃葉	Huang Ye	廣東	1895	H - 男	美術	1921.10.5	1927.12.16	
94	何其昌	He Qichang	河北	1895	H - 男	醫科	1921.10.5	1924.07.17	
95	李昉蓀	Li Fangsun	廣東	1894	H - 男	商科	1921.10.5	1926.05	
96	黃巽	Huang Xun	廣東	1898	H - 男	理科	1921.10.5	1926.07.30	
97	劉石心	Liu Shixin	廣東	1885	H - 男	文科	1921.10.5	1928.12.14	
98	陳永強	Chen Yongqiang	廣東	1899	H - 男	文科	1921.10.5	1925.06	
99	謝振芳	Xie Zhenfang	廣東	1899	H - 男	文科	1921.10.5	?	
100	盧大德	Lu Dade	廣東	1894	H - 男	化學	1921.10.5	1927.06.17	
101	黎國材	Li Guocai	廣東	1894	H - 男	法科	1921.10.5	1928.10.01	Oui - 有
102	翟俊千	Zhai Junqian	廣東	1892	H - 男	法科	1921.10.5	1927.10.27	Oui - 有
103	王樹梅	Wang Shumei	福建	1899	H - 男	紡織	1921.10.5	1925.06.25	
104	何嘉貽	He Jiayi	廣東	1896	H - 男	文科	1921.10.5	1922.03.24	
105	趙仰玄	Zhao Yangxuan	廣東	1901	H - 男	法科	1921.10.5	1924.11.06	
106	王鴻燾	Wang Hongtao	廣東	1897	H - 男	文科	1921.10.5	1927.09.30	
107	王作謙	Wang Zuoqian	廣東	1894	H - 男	理科	1921.10.5	1927.09.30	
108	郭冠傑	Guo Guanjie	廣東	1894	H - 男	法科	1921.10.5	1925.07.14	
109	區藻暄	Ou Zaoxuan	廣東	1891	H - 男	理科	1921.10.5	?	
110	劉樹楨	Liu Shuzhen	河北	1899	H - 男	農科	1921.10.5	1923.09	
111	霍啓章	Huo Qizhang	廣東	1894	H - 男	醫科	1921.10.5	1927.11.27	
112	劉啓邠	Liu Qibin	廣東	1898	H - 男	理科	1921.10.5	1927.10.07	
113	侯晉祥	Hou Jinxiang	廣西	1895	H - 男	文科	1921.10.5	1925.12.20	
114	古文捷	Gu Wenjie	廣東	1899	H - 男	理科	1921.10.5	1929.11.29	
115	葉蘊理	Ye Yunli	江蘇	1904	H - 男	理科	1921.10.5	1934.08.01	Oui - 有
116	孫福熙	Sun Fuxi	浙江	1898	H - 男	美術	1921.10.6	1924.12.31	
117	姚冉秀	Yao Ranxiu	廣東	1897	H - 男	文科	1921.10.6	?	
118	黎國昌	Li Guochang	廣東	1894	H - 男	理科	1921.10.6	1924.07.31	Oui - 有
119	羅易乾	Luo Yiqian	廣東	1900	H - 男	醫科	1921.10.6	1931.03.26	Oui - 有
120	趙開	Zhao Kai	江蘇	1891	H - 男	文科	1921.10.6	1922.06.16	
121	曾覺之	Zeng Juezhi	廣東	1900	H - 男	文科	1921.10.6	1929.01.01	

122	蔡時椿	Cai Shichun	廣東	1898	H - 男	醫科	1921.10.6	1930.08.28	Oui - 有
123	汪屺	Wang Qi	廣東	1899	H - 男	製革	1921.10.6	1926.04.10	
124	段家銅	Duan Jiatong	河南	1901	H - 男	化學	1921.10.6	1926.04.01	
125	胡助	Hu Zhu	四川	1897	H - 男	理科	1921.10.6	1927.08.12	
126	黃植	Huang Zhi	廣東	1892	H - 男	農科	1921.10.6	1923.01.12	
127	黃履健	Huang Lüjian	廣東	1902	H - 男	商科	1921.10.6	1926.12.01	
128	汪奠基	Wang Dianji	湖北	1899	H - 男	文科	1921.10.20	1925.05.25	
129	董枰	Dong Ping	河北	1899	H - 男	藥科	1921.10.20	1925.12.04	
130	張繼齡	Zhang Jiling	湖北		H - 男	工科	1921.11.24	1923.11.01	
131	李其玨	Li Qijue	廣東	1892	H - 男	商科	1921.11.24	1926.07	
132	何經渠	He Jingqu	廣東	1898	H - 男	理科	1921.11.24	1927.11.27	
133	鍾魏	Zhong Wei	湖南	1895	H - 男	電科	1921.11.24	1924.09	
134	張宗文	Zhang Zongwen	浙江	1898	H - 男	文科	1921.11.24	?	
135	彭襄	Peng Xiang	湖南	1897	H - 男	文科	1921.11.24	1929.02	Oui - 有
136	陸鼎恆	Lu Dingheng	河北	1903	H - 男	理科	1921.11.24	1927.06.03	
137	曾伯良	Zeng Boliang	福建	1895	H - 男	理科	1921.11.24	1928.07.27	Oui - 有
138	王靜遠	Wang Jingyuan	遼寧	1893	H - 男	美術	1921.11.25	1928.10.19	
139	陳紹源	Chen Shaoyuan	福建	1890	H - 男	法科	1922.03.09	1924.08.14	Oui - 有
140	林克明	Lin Keming	廣東	1901	H - 男	文科	1922.06.24	?	
141	夏敬隆	Xia Jinglong	湖北	1898	H - 男	理科	1922.07.30	1929.01.01	
142	方乘	Fang Cheng	湖南	1896	H - 男	理科	1922.07.21	1925.02.22	
143	曾慎	Zeng Shen	四川	1896	H - 男	理科	1922.11.21	1929.04.05	Oui - 有
144	康清桂	Kang Qingkui	湖南	1897	H - 男	電	1922.11.21	1924.08.14	
145	吳樹閣	Wu Shuge	湖南	1900	H - 男	製革	1922.11.23	1927.12.16	
146	楊紹奇	Yang Shaoqi	四川	1899	H - 男	陸軍	1922.11.23	1925.10	
147	陳琰	Chen Yan	浙江	1897	H - 男	化學	1922.11.28	1923.12.14	
148	徐大鴻	Xu Dahong	四川	1902	H - 男	理科	1922.11.30	1929.01.01	
149	王祉	Wang Zhi	湖南	1898	H - 男	造紙	1922.11.30	1925.12.04	
150	賴惟勛	Lai Weixun	福建	1902	H - 男	化工	1922.11.30	1931.10.23	Oui - 有
151	張務源	Zhang Wuyuan	河南	1900	H - 男	文科	1922.12.01	1927.07.01	
152	曾廣名	Zeng Guangming	四川		H - 男	理科	1922.12.01	1924.02	
153	劉大綬	Liu Dashou	江蘇	1898	H - 男	理科	1922.12.02	1924.07	
154	陳揚祚	Chen Yangzuo	湖南	1901	H - 男	理科	1922.12.02	1926.12.03	
155	張孝直	Zhang Xiaozhi	四川	1899	H - 男	農科	1922.12.03	1926.10	
156	曾義	Zeng Yi	四川	1900	H - 男	理科	1922.12.03	1928.11.30	Oui - 有
157	舒宏	Shu Hong	四川	1899	H - 男	法科	1922.12.11	1924.10.09	
158	姚保之	Yao Baozhi	安徽	1901	H - 男	商科	1922.12.11	1925.10	
159	劉瀛	Liu Ying	湖南	1897	H - 男	紡織	1922.12.13	1926.10	
160	李志	Li Zhi	湖南	1895	H - 男	製圖	1922.12.21	1925.10.15	
161	熊佐 （啓渭）	Xiong Zuo (Qi Wei)	廣東	1902	H - 男	醫科	1922.12.27	1923.11.01	
162	周崇高	Zhou Chonggao	湖南	1896	H - 男	電	1923.2.20	1926.12.03	
163	李文翔	Li Wenxiang	廣東	1904	H - 男	化學	1923.03.01	1929.11.29	Oui - 有
164	李樹華	Li Shuhua	廣東	1901	H - 男	音樂	1923.03.07	1926.12.31	
165	黃曾樾	Huang Zengyue	福建	1900	H - 男	文科	1924.12.01	1925.10	Oui - 有
166	莫定森	Mo Dingsen	四川	1900	H - 男	理科	1925.02.18	1927.01.28	

167	蕭振聲	Xiao Zhensheng	湖南	1900	H - 男	法科	1925.10.20	1926.02.15	
168	汪廷賢	Wang Tingxian	湖南	1903	H - 男	文科	1925.10.15	1926.02.15	
169	傅綸	Fu Lun	湖南	1902	H - 男	農科	1925.10.27	1926.02.15	
170	陳赤	Chen Chi	湖南	1900	H - 男	法科	1925.10.27	1926.02.15	
171	彭禮端	Peng Liduan	湖南	1903	H - 男	法科	1925.10.27	1933.02.24	Oui - 有
172	梁繼志	Liang Jizhi	湖北	1900	H - 男	工科	1925.11.01	1925.12.01	
173	曹錫三	Cao Xisan	湖南	1898	H - 男	商科	1925.11.04	1928.12.16	
174	袁若駒	Yuan Ruoju	湖南	1900	H - 男	理科	1925.11.05	1926.02.15	
175	劉明儼	Liu Mingyan	湖南	1900	H - 男	文科	1925.11.05	1926.02.15	
176	歐陽泰	Ouyang Tai	湖南	1897	H - 男	法科	1925.11.07	1926.02.15	
177	李佩秀	Li Peixiu	廣東	1904	F - 女	文科	1926.04.02	1932.07.01	
178	黃綺文	Huang Qiwen	廣東	1905	F - 女	理科	1926.04.02	1934.07.13	
179	謝清	Xie Qing	湖南	1896	H - 男	文科	1926.04.02	1927.09.01	
180	龍詹興	Long Zhanxing	湖北	1902	H - 男	文科	1926.04.02	1927.09.01	
181	劉克平	Liu Keping	廣東	1898	H - 男	理科	1926.04.02	1930.12.04	
182	鄭彥棻	Zheng Yanfen	廣東	1904	H - 男	法科	1926.04.02	1932.10.21	Oui - 有
183	彭師勤	Peng Shiqin	湖南	1902	H - 男	農科	1926.04.02	1927.09.01	
184	姚碧澄	Yao Bicheng	廣東	1904	H - 男	醫科	1926.04.02	1934.07.13	Oui - 有
185	顏繼金	Yan Jijin	廣東	1902	H - 男	法科	1926.04.02	1927.09.01	
186	張農	Zhang Nong	湖南	1898	H - 男	農科	1926.05.14	1930.04.18	
187	陳書農	Chen Shunong	湖南	1898	H - 男	文科	1926.05.14	1929.07.01	
188	張齊振	Zhang Qizhen	四川	1902	H - 男	文科	1926.10.01	1927.08.12	
189	程鴻壽	Cheng Hongshou	江蘇	1903	H - 男	美術	1926.10.16	?	
190	劉文濤	Liu Wentao	江西	1902	H - 男	法科	1926.11.08	1929.11.01	
191	尚武	Shang Wu	河南	1903	H - 男	化學	1927.01.01	1934.10.16	
192	鹿懷寶	Lu Huaibao	山西	1905	H - 男	農科	1927.01.10	1937.07.12	Oui - 有
193	鍾啓宇	Zhong Qiyu	山東	1902	H - 男	紡織	1927.05.17	1931.03.31	
194	梁天詠	Liang Tianyong	廣東	1900	F - 女	文科	1927.06.01	1929.01.01	
195	李樞	Li Shu	河北	1903	H - 男	醫科	1927.08.01	1934.03.01	Oui - 有
196	周天球	Zhou Tianqiu	河北	1904	H - 男	法科	1927.08.01	1931.12.04	
197	王中和	Wang Zhonghe	河北	1903	H - 男	理科	1927.08.01	1932.02.24	
198	范秉哲	Fan Bingzhe	河北	1904	H - 男	醫科	1927.08.01	1934	Oui - 有
199	謝承瑞	Xie Chengrui	江西	1905	H - 男	陸軍	1927.10.01	1930.01	
200	沈宜甲	Shen Yijia	安徽	1902	H - 男	礦	1927.10.16	1928.07.27	
201	鄭大章	Zheng Dazhang	安徽	1904	H - 男	理科	1927.10.16	1934.02.09	Oui - 有
202	趙雁來	Zhao Yanlai	河北	1903	H - 男	理科	1927.10.16	1933.12.31	Oui - 有
203	林鎔	Lin Rong	江蘇	1903	H - 男	理科	1927.10.16	1930.08.09	Oui - 有
204	張若名	Zhang Ruoming	河北	1902	F - 女	文科	1927.10.16	1930.12.20	Oui - 有
205	陳豪	Chen Hao	湖北	1900	H - 男	理科	1927.10.16	1931.06.19	
206	金樹章	Jin Shuzhang	安徽	1898	H - 男	理科	1927.10.16	1930.03.31	Oui - 有
207	尹贊勛	Yin Zanxun	河北	1901	H - 男	理科	1927.10.16	1931.04.24	Oui - 有
208	蘇芾第	Su Fudi	河南	1902	H - 男	理科	1927.10.16	1932.07.15	Oui - 有
209	范新順	Fan Xinshun	湖南	1901	F - 女	理科	1927.10.16	1930.11.20	
210	張漢良	Zhang Hanliang	四川	1903	H - 男	理科	1927.10.16	1929.09.20	Oui - 有
211	張德祿	Zhang Delu	河北	1901	H - 男	理科	1927.10.16	1933.07.18	
212	李子祥	Li Zixiang	廣東	1903	H - 男	電	1927.10.29	1934.11.16	

213	陳節堅	Chen Jiejian	廣東	1904	H - 男	文科	1927.10.29	1935.06.28	
214	黃士輝	Huang Shihui	廣東	1902	H - 男	化學	1927.10.29	1934.07.13	
215	王耀群	Wang Yaoqun	四川	1900	F - 女	藥	1928.05.01	1930.10.19	Oui - 有
216	范新群	Fan Xinqun	湖南	1902	F - 女	美術	1928.05.01	1929.05.03	
217	華林	Hua Lin	江蘇	1897	H - 男	文科	1928.07.01	1930.07.31	
218	馬光辰	Ma Guangchen	江蘇	1906	H - 男	電	1928.07.01	1930.03.31	
219	高憲周	Gao Xianzhou	福建	1905	H - 男	商科	1928.08.06	1931.12.31	
220	黎昌仁	Li Changren	廣東	1899	H - 男	理科	1928.0916	1932.07.01	
221	岑麒祥	Cen Qixiang	廣東	1903	H - 男	文科	1928.09.16	1933.12.15	
222	朱洗	Zhu Xi	浙江	1899	H - 男	理科	1928.10.01	1932.12.01	Oui - 有
223	徐陟	Xu Zhi	浙江	1898	H - 男	農科	1928.10.01	1930.09.11	
224	沈鏈之	Shen Lianzhi	浙江	1904	H - 男	文科	1928.10.01	1933.05.05	
225	范會國	Fan Huiguo	廣東	1903	H - 男	理科	1928.10.24	1930.01.24	Oui - 有
226	李淏	Li Hao	河南	1900	F - 女	蠶桑	1928.10.16	1934.12	
227	楊傑	Yang Jie	安徽	1903	H - 男	理科	1928.10.16	1933.07.14	Oui - 有
228	徐寶彝	Xu Baoyi	江蘇	1908	H - 男	醫科	1928.10.16	1935.05.08	Oui - 有
229	符傳鉢	Fu Chuanbo	廣東	1904	H - 男	理科	1928.10.16	1930.08.28	Oui - 有
230	張華	Zhang Hua	四川	1904	H - 男	電	1928.10.16	1932.04.08	
231	路三泰	Lu Santai	河北	1903	H - 男	理科	1928.10.16	1934.10.01	
232	鍾興義	Zhong Xingyi	四川	1900	H - 男	電	1928.10.16	1932.04.22	
233	鄧開舉	Deng Kaiju	湖北	1904	H - 男	飛機	1928.10.16	1931.10.09	
234	李錦華	Li Jinhua	江蘇	1899	H - 男	法科	1928.10.16	1931.10.31	
235	何穆	He Mu	江蘇	1904	H - 男	醫科	1928.10.16	1935.01.11	Oui - 有
236	楊超	Yang Chao	湖南	1899	H - 男	理科	1928.10.16	1930.11.20	
237	韋福祥	Wei Fuxiang	河北	1900	H - 男	工科	1928.10.16	1930.12.31	
238	羅浚叔	Luo Junshu	湖南	1899	H - 男	電	1928.10.16	1932.12.16	
239	常書鴻	Chang Shuhong	浙江	1905	H - 男	美術	1928.10.16	1935.06	
240	樊德染	Fan Deran	湖南	1902	H - 男	理科	1928.10.16	1929.03.20	
241	吳暾永	Fan Tunyong	福建	1902	H - 男	電	1928.10.16	1931.06.19	
242	顏實甫	Yan Shifu	四川	1902	H - 男	文科	1928.10.16	1935.06	
243	敬隱漁	Jing Yinyu	四川	1901	H - 男	文科	1928.10.16	1930.01.10	
244	車崇勤	Che Chongqin	河北	1907	H - 男	醫科	1928.10.16	1929.12.31	
245	毛宗良	Mao Zongliang	浙江	1899	H - 男	農科	1928.11.10	1933.07.28	Oui - 有
246	王駿聲	Wang Junsheng	福建	1897	H - 男	文科	1928.11.10	1933.12.31	Oui - 有
247	吳炎	Wu Yan	福建	1906	H - 男	飛機	1928.11.10	1931.05.21	
248	葉桂華	Ye Guihua	浙江	1900	H - 男	電	1928.11.10	1934.07.13	
249	郭麟閣	Guo Linge	河南	1903	H - 男	文科	1928.11.10	1935.07.12	Oui - 有
250	賈鴻儒	Jia Hongru	河北	1904	H - 男	文科	1928.11.10	1930.02.07	
251	虞和瑞	Yu Herui	浙江	1905	H - 男	文科	1928.11.10	1934	Oui - 有
252	沈寶基	Shen Baoji	浙江	1907	H - 男	文科	1928.11.10	1934.04.20	Oui - 有
253	曾勉	Zeng Mian	浙江	1901	H - 男	理科	1928.11.24	1931.10.01	
254	洪紱	Hong Fu	福建	1906	H - 男	文科	1928.11.24	1933.07.14	Oui - 有
255	李瑞生	Li Ruisheng	河北	1901	H - 男	商科	1928.12.01	1933.12.29	
256	方光燾	Fang Guangtao	浙江	1898	H - 男	文科	1928.12.08	1931.07.17	
257	王臨乙	Wang Linyi	江蘇	1909	H - 男	美術	1928.12.21	1934.08.01	
258	呂斯百	Lü Sibai	江蘇	1906	H - 男	美術	1928.12.21	1934.07.13	

259	袁浚昌	Yuan Junchang	浙江	1898	H - 男	醫科	1929.01.21	1929.10	Oui - 有
260	陳訓炯	Chen Xunjiong	福建	1908	H - 男	法科	1929.03.01	1933.05.19	
261	林崇墉	Lin Chongyong	福建	1907	H - 男	法科	1929.07.17	1933.09	
262	陳耀東	Chen Yaodong	福建	1904	H - 男	法科	1929.09.28	1933.08.11	Oui - 有
263	吳尚時	Wu Shangshi	廣東	1904	H - 男	文科	1929.09.28	1934.07.13	
264	盧幹東	Lu Gandong	廣東	1906	H - 男	法科	1929.09.28	1934.11.16	Oui - 有
265	賴國高	Lai Guogao	廣東	1908	H - 男	法科	1929.09.28	1934.10.01	Oui - 有
266	麥德智	Mai Dezhi	廣東	1904	H - 男	文科	1929.10.12	1934.04.20	Oui - 有
267	董家榮	Dong Jiarong	福建	1908	H - 男	法科	1929.10.12	1933.08.11	
268	董希白	Dong Xibai	安徽	1909	H - 男	法科	1929.10.12	1933.08.11	
269	趙之偉	Zhao Zhiwei	河北	1909	H - 男	法科	1929.10.12	1933.08.11	
270	李慰慈	Li Weici	廣東	1907	F - 女	美術	1929.10.12	1933.08.11	
271	訾修	Zi Xiu	河北	1904	H - 男	理科	1929.10.12	1929.11.29	
272	裴鴻光	Pei Hongguang	河南	1909	H - 男	理科	1929.10.12	1935.11.01	
273	鄭士彥	Zheng Shiyan	四川	1900	H - 男	電	1929.10.16	1931.03.31	
274	蔣君武	Jiang Junwu	福建	1905	H - 男	電	1929.10.16	1934.03.01	
275	楊賡陶	Yang Gengtao	湖南	1899	H - 男	農科	1929.10.16	1933.07.18	
276	劉充	Liu Chong	四川	1901	H - 男	電	1929.10.16	1932.10.18	
277	陳家慤	Chen Jiaque	四川	1902	H - 男	電	1929.10.16	1931.12.04	
278	錢翔孫	Qian Xiangsun	江蘇	1907	H - 男	法科	1929.10.16	1934.06.01	Oui - 有
279	崔玉田	Cui Yutian	河北	1901	H - 男	工化	1929.10.16	1931.12.04	
280	孟舒	Meng Shu	四川	1902	H - 男	農科	1929.10.16	1931.11.20	
281	彭烈	Peng Lie	湖南	1900	H - 男	電	1929.10.16	1932.08.12	
282	李世雄	Li Shixiong	廣東	1899	H - 男	法科	1929.10.16	1931.09.15	
283	田廣治	Tian Guangzhi	河北	1902	H - 男	工	1929.10.16	1931.10.23	
284	王培基	Wang Peiji	福建	1904	H - 男	醫科	1929.10.16	1935.06	Oui - 有
285	李珩	Li Heng	四川	1899	H - 男	天文	1929.10.16	1933.07	Oui - 有
286	蔡仲文	Cai Zhongwen	廣東	1903	H - 男	農科	1929.10.16	1931.02.12	
287	周松	Zhou Song	浙江	1908	H - 男	農科	1930.01.17	1933.06.02	
288	吳岩霖	Wu Yanlin	浙江	1906	H - 男	工	1930.09.28	1933.03.24	
289	孫宕越	Sun Dangyue	廣東	1907	H - 男	地理	1930.10.19	1934.07.13	Oui - 有
290	陳延進	Chen Yanjin	福建	1905	H - 男	法科	1930.10.19	1934.06.15	Oui - 有
291	李濤	Li Tao	山西	1908	H - 男	文科	1930.11.01	1931.08.14	
292	周式	Zhou Shi	江蘇	1910	H - 男	法科	1930.11.01	1931.12.16	
293	周宗藩	Zhou Zongfan	福建	1906	H - 男	法科	1930.11.01	1935.05.26	
294	朱肇熙	Zhu Zhaoxi	江西	1905	H - 男	藥	1930.11.01	1938.06.10	Oui - 有
295	田渠	Tian Qu	湖南	1905	H - 男	理科	1930.11.01	1938.08.05	Oui - 有
296	張昌圻	Zhang Changqi	四川	1903	H - 男	文科	1930.11.01	1938.04.01	Oui - 有
297	王燊	Wang Shen	河北	1909	H - 男	文科	1930.11.01	1937	
298	徐靖	Xu Jing	河北	1909	H - 男	法科	1930.11.01	1935.09.15	
299	陳芝秀	Chen Zhixiu	浙江	1910	F - 女	美術	1931.03.01	1935.06	
300	潘景安	Pan Jing'an	浙江	1909	H - 男	工	1931.03.01	1933.01.01	
301	羅世彌	Luo Shimi	四川	1906	F - 女	文科	1931.06.01	1933.11.17	
302	陳士文	Chen Shiwen	浙江	1907	H - 男	美術	1931.10.01	1937.08.06	
303	陳宗岱	Chen Zongdai	山西	1908	H - 男	理科	1931.10.31	1936.12.00	
304	鄭子修	Zheng Zixiu	河北	1906	H - 男	文科	1931.10.31	1937.06.25	Oui - 有

305	杜芬	Du Fen	河北	1905	H-男	醫科	1931.10.31	1938.06.10	Oui-有
306	李秉瑤	Li Bingyao	河北	1909	H-男	化學	1931.10.31	1935.07.12	
307	于振鵬	Yu Zhenpeng	河北	1909	H-男	法科	1931.10.31	1941.03.24	Oui-有
308	鄭紹組	Zheng Shaozu	甘肅	1909	H-男	理科	1931.10.31	1935.06.14	
309	譚藻芬	Tan Zaofen	廣東	1907	F-女	法科	1931.10.31	1936.11.27	
310	金國光	Jin Guoguang	廣東	1906	H-男	文科	1931.10.31	1935.05.17	
311	瞿瑢	Qu Rong	江蘇	1908	F-女	文科	1931.10.31	1934.06.01	
312	夏晉熊	Xia Jinxiong	浙江	1905	H-男	法科	1931.12.25	1939.01.20	Oui-有
313	易駿人	Yi Junren	廣東	1906	H-男	法科	1932.01.09	1935.10.04	
314	楊伍	Yang Wu	廣東	1903	H-男	製革	1932.03.16	1933.12.29	
315	鄭志聲	Zheng Zhisheng	廣東	1909	H-男	音樂	1932.03.16	1937.07.01	
316	李世清	Li Shiqing	江蘇	1906	H-男	化學	1932.03.16	1934.11.30	
317	李濟歐	Li Ji'ou	四川	1908	H-男	醫科	1932.03.16	1933.10.18	Oui-有
318	胡家曦	Hu Jiaxi	安徽	1909	H-男	化學	1932.03.16	1938.08.10	Oui-有
319	吳祉祺	Wu Zhiqi	河北	1904	H-男	製革	1932.10.16	1934.07.27	
320	陳廩	Chen Lin	廣東	1907	H-男	文科	1932.10.16	1939.08.18	Oui-有
321	劉先偉	Liu Xianwei	廣東	1906	H-男	法科	1932.10.16	1942.02.16	Oui-有
322	王士魁	Wang Shikui	廣東	1904	H-男	理科	1932.10.16	1935.05.16	
323	吳達元	Wu Dayuan	廣東	1905	H-男	文科	1932.10.16	1934.06.29	
324	劉泗賓	Liu Sibin	河南	1902	H-男	理科	1932.10.16	1935.05.31	Oui-有
325	嶽劼恆	Yue Jieheng	陝西	1901	H-男	理科	1932.10.16	1936.07.27	Oui-有
326	秦國獻	Qin Guoxian (Renée Perchec)		1903	F-女	文科			
327	徐復雲	Xu Fuyun	江蘇	1905	H-男	法科	1932.10.16	1935.06.14	Oui-有
328	蔡仲武	Cai Zhongwu	廣東	1905	H-男	理科	1932.10.16	1935.10.04	
329	程茂蘭	Cheng Maolan	河北	1903	H-男	理科	1932.10.16	1947.05.01	Oui-有
330	李士林	Li Shilin	綏遠	1896	H-男	理科（地質）	1932.10.16	1636.02.13	
331	曹清泰	Cao Qingtai	河北	1904	H-男	醫科	1932.10.16	1945.10	Oui-有
332	王學書	Wang Xueshu	山東	1896	H-男	農科	1932.10.16	1935.10.26	Oui-有
333	卓烈	Zhuo Lie	廣東	1909	H-男	法科	1932.11.11	1935.11.01	
334	郭文明	Guo Wenming	河北	1908	H-男	農科	1932.11.11	1938.09.07	
335	陳炳華	Chen Binhua	河北	1906	H-男	文科	1932.11.11	1935.06.14	
336	羅正乾	Luo Zhengqian	湖南	1909	H-男	法科	1931.11.11	1935.07.31	
337	趙丕霖	Zhao Pilin	江蘇	1906	H-男	文科	1932.11.11	1935.10.13	
338	蔣碩德	Jiang Shuode	湖北	1915	F-女	醫科	1932.11.11	1934.02.01	
339	蔣碩真	Jiang Shuozhen	湖北	1916	F-女	法科	1932.11.11	1934.02.01	
340	楊維儀	Yang Weiyi	雲南	1916	F-女	法科	1932.11.11	1934.02.01	
341	祝修爵	Zhu Xiujue	浙江	1902	H-男	法科	1932.12.01	1935.10.04	Oui-有
342	張敬惠	Zhang Jinghui	浙江	1915	F-女	音樂	1933.01.01	1934.04.20	
343	潘詠珂	Pan Yongke	浙江	1908	H-男	農科	1933.09.03	1939.03.01	
344	何正森	He Zhengsen	浙江	1906	H-男	工	1933.09.03	1937.08.06	
345	戴望舒	Dai Wangshu	浙江	1904	H-男	文科	1933.10.01	1935.02.08	
346	張國熊	Zhang Guoxiong	浙江	1904	H-男	化學	1933.10.07	1934.10.19	
347	齋香	Qi Xiang	河北	1911	F-女	文科	1933.11.17	1947.03.28	

348	羅大剛	Luo Dagang	浙江	1909	H - 男	文科	1933.11.17	1947.03.28	Oui - 有
349	郭錦堯	Guo Jinyao	廣東	1908	H - 男	法科	1933.11.17	1938.06.24	
350	張經	Zhang Jing	河北	1909	H - 男	工	1933.11.17	1938.06.10	
351	張瑞綸	Zhang Ruilun	河北	1907	H - 男	理科	1933.11.17	1938.09.07	
352	張鴻飛	Zhang Hongfei	遼寧	1908	H - 男	理科	1933.11.17	1939.08.09	
353	趙崇漢	Zhao Chonghan	河南	1909	H - 男	文科	1933.11.17	1945.09.27	Oui - 有
354	黃家城	Huang Jiacheng	江蘇	1911	H - 男	文科	1933.11.17	1947.05.01	
355	黃融	Huang Rong	安徽	1909	H - 男	文科	1933.11.17	1937.06.25	
356	周鴻鈞	Zhou Hongjun	河南	1909	H - 男	文科	1933.11.17	1936.03.06	
357	羅世荃	Luo Shiquan	江蘇	1912	H - 男	法科	1933.11.17	1936.07.27	
358	鄭衍樞	Zheng Yanshu	浙江	1909	H - 男	醫科	1933.11.17	1937.11.12	
359	趙明德	Zhao Mingde	河北	1909	H - 男	醫科	1933.11.17	1939.10.06	Oui - 有
360	孫慧筠	Sun Huiyun	遼寧	1915	F - 女	文科	1934.01.11	1949.11.23	
361	王家	Wang Jiaquan	浙江	1911	H - 男	農科	1934.01.17		
362	張蓬羽	Zhang Pengyu	四川	1906	H - 男	醫科	1934.05.25	1937.06.11	Oui - 有
363	馮式權	Feng Shiquan	浙江	1902	H - 男	化學	1934.10.13	1938.11.25	Oui - 有
364	陳定民	Chen Dingmin	浙江	1911	H - 男	文科	1934.10.13	1939.06.09	Oui - 有
365	王聯曾	Wang Lianzeng	山東	1909	H - 男	法科	1934.10.13	1946.10.01	
366	帶文萱	Dai Wenxuan	河北	1911	F - 女	文科	1934.10.13	1938.04.15	
367	閻遜初	Yan Xunchu	河北	1910	H - 男	農科	1934.10.13	1940.11.01	
368	瞿勳	Qu Xun	江蘇	1912	H - 男	理科	1934.10.13	1938.09.07	
369	王樹勳	Wang Shuxun	河北	1911	H - 男	化學	1934.10.13	1940.03.05	Oui - 有
370	徐寶鼎	Xu Baoding	江蘇	1912	H - 男	化學	1934.10.13	1942.04.10	Oui - 有
371	曹新孫	Cao Xinsun	江蘇	1910	H - 男	理科	1934.10.13	1941.03.24	
372	邵子成	Shao Zicheng	河北	1911	H - 男	理科	1934.10.13		
373	劉學敏	Liu Xuemin	河北	1914	F - 女	醫科	1934.10.13	1941.03.24	Oui - 有
374	沈令揚	Shen Lingyang	浙江	1909	H - 男	文科	1934.10.13	1936.06.12	
375	蔣鶼雲	Jiang Jianyun	浙江	1908	H - 男	法科	1934.10.13	1938.06.24	
376	楊準	Yang Zhun	河北	1909	H - 男	文科	1934.10.13	1945.08.14	
377	劉嘉槐	Yang Jiahuai	山東	1908	H - 男	文科	1934.10.13		
378	陳幼蘭	Chen Youlan	安徽	1910	F - 女		1934.11	1940.06.07	
379	周繼先	Zhou Jixian	浙江	1890	H - 男	染織	1935.05.08	1936.01.24	
380	王殿翔	Wang Dianxiang	江蘇	1913	H - 男	醫科	1935.01.16	1938.09.03	Oui - 有
381	伍裕萬	Wu Yuwan	四川	1908	H - 男	醫科	1935.05.16	1937.08.06	Oui - 有
382	金燊章	Jin Shenzhang	江蘇	1913	H - 男	工	1935.05.28	1937.09.01	
383	孫玉泰	Sun Yutai	江蘇	1911	H - 男	工	1935.05.28	1937.09.01	
384	徐綉	Xu Xiu	浙江	1911	F - 女	文科	1935.10.10	1938.11.25	
385	金瓊英	Jin Qiongying	廣東	1911	F - 女	文科	1935.10.10	1941.03.24	
386	張申	Zhang Shen	廣東	1912	F - 女	理科	1935.10.10	1936.08.07	
387	魏登臨	Wei Denglin	河北	1912	H - 男	法科	1935.10.10	1947.05.01	Oui - 有
388	王季文	Wang Jiwen	雲南	1909	H - 男	法科	1935.10.10	1937.10.01	
389	夏隆台	Xia Longtai	湖北	1911	H - 男	法科	1935.10.10	1937.10.01	
390	曹承憲	Cao Chengxian	河南	1911	H - 男	法科	1935.10.10	1937.10.01	
391	王志民	Wang Zhimin	浙江	1909	H - 男	理科	1935.10.10	1938.03.18	
392	王紹曾	Wang Shaozeng	河北	1911	H - 男	理科	1935.10.10	1945	
393	馮新泉	Feng Xinquan	河北	1911	H - 男	理科	1935.10.10	1945.10	Oui - 有

394	朱彥丞	Zhu Yancheng	河北	1911	H - 男	理科	1935.10.10	1946.08.11	
395	馬聞天	Ma Wentian	河北	1911	H - 男	獸醫	1935.10.10	1940.04.26	Oui - 有
396	沈毅	Shen Yi	浙江	1911	H - 男	文科	1935.10.10	1937.10.01	
397	陸家倫	Lu Jialun	江蘇	1914	H - 男	法科	1935.10.10	1936.06.12	
398	麥仍曾	Mai Rengzeng	河北	1911	H - 男	文科	1935.10.10	1936.06.12	
399	楊鴻綍	Yang Hongfu	河北	1910	H - 男	藥科	1935.10.10	1937.06.11	
400	劉崇智	Liu Chongzhi	河北	1913	H - 男	醫科	1935.10.10	1945.08.14	Oui - 有
401	高俊彥	Gao Junyan	河北	1910	H - 男	化學	1935.10.28	1937.06.11	
402	滑田友	Hua Tianyou	江蘇	1912	H - 男	美術	1936.10.01	1939.12.01	
403	段薇傑	Duan Weijie	湖南	1909	H - 男	文科	1936.09.09	1937.10.01	
404	武承鼎	Wu Chengding	山西	1913	H - 男	文科	1936.09.09	1947.05.01	
405	馬懷鏞	Ma Huaiyong	江蘇	1916	H - 男	文科	1936.09.09	1937.10.01	
406	鹿篤錚	Lu Duzheng	河北	1909	H - 男	法科	1936.09.09	1939.10.06	
407	靳式根	Jin Shigen	河北	1913	H - 男	理科	1936.09.09	1949.11.28	
408	于道文	Yu Daowen	山東	1915	H - 男	工科	1936.09.09	1945.08.16	
409	吳志如	Wu Zhiru	江西	1914	H - 男	?	1936.09.09	1937.10.01	
410	陳佰川	Chen Bochuan	河北	1913	H - 男	農科	1936.09.09	1941.03.24	
411	楊順信	Yang Shunxin	河北	1911	H - 男	醫科	1936.09.09	1939.08.09	
412	藍瑚	Lan Hu	河北	1915	H - 男	醫科	1936.09.09	1945.08.16	Oui - 有
413	曹建勛	Cao Jianxun	湖北	1913	H - 男	法科	1936.09.09	1939.10.06	
414	鄧子若	Deng Ziruo	廣東	1908	H - 男	法科	1936.09.09	1950.01.17	
415	齊熠	Qi Yi	河北	1914	H - 男	商科	1936.09.09	1945.10.05	
416	陳兆東	Chen Zhaodong	河北	1913	H - 男	理科	1936.09.09	1948.04.29	
417	周兆良	Zhou Zhaoliang	廣東	1913	H - 男	法科	1936.09.09	1948.04.29	
418	李文菴	Li Wenan	河北	1909	H - 男	農科	1936.09.09	1945.08.16	
419	王紹鼎	Wang Shaoding	江蘇	1911	H - 男	藥科	1936.12.15	1940.02.09	Oui - 有
420	徐彰黻	Xu Zhangfu	江蘇	1912	H - 男	藥科	1936.12.15	1939.08.18	Oui - 有
421	孫雲燾	Sun Yuntao	江蘇	1913	H - 男	藥科	1936.12.15	1939.09.01	Oui - 有
422	李光濤	Li Guangtao	四川	1904	H - 男	理科	1937.03.10	1939.10.06	
423	李治華	Li Zhihua	安徽	1915	H - 男	文科	1937.10.07		
424	王振基	Wang Zhenji	廣東	1914	H - 男	法科	1937.10.07	1950.01.17	
425	朱錫侯	Zhu Xihou	浙江	1914	H - 男	文科	1937.10.07	1945.08.16	Oui - 有
426	周麟	Zhou Lin	江蘇	1915	H - 男	文科	1937.10.07	1947.05.01	Oui - 有
427	袁任俊	Yuan Renjun	江西	1913	H - 男	商科	1937.10.07	1941.03.24	
428	吳薇敭	Wu Weiyang	河南	1916	H - 男	理科	1937.10.07	1947.05.01	
429	馬民元	Ma Minyuan	河南	1912	H - 男	理科	1937.10.07	1947.05.01	
430	陳機	Chen Ji	河北	1915	H - 男	理科	1937.10.07	1946.08.11	Oui - 有
431	吳斌	Wu Bin	浙江	1916	H - 男	醫科	1937.10.07	1945.08.15	Oui - 有
432	石毓澍	Shi Yushu	河北	1917	H - 男	醫科	1937.10.07	1945.08.14	Oui - 有
433	李念秀	Li Nianxiu	河北	1914	F - 女	醫科	1937.10.07	1945.08.16	Oui - 有
434	宋守信	Song Shouxin	河北	1914	H - 男	醫科	1937.10.07		
435	龍吟	Long Yin	廣東	1911	H - 男	法科	1937.11.08	1945.01.21	Oui - 有
436	陳博君	Chen Bojun	河北	1916	H - 男	理科	1938.02.24	1945.10	Oui - 有
437	葉述武	Ye Shuwu	廣東	1910	H - 男	理科	1938.05.17	1938.09.02	
438	林遷	Lin Qian	湖北	1910	H - 男	文科	1938.10.18	1938.12.23	
439	陳榮生	Chen Rongsheng	浙江	1918	H - 男	法科	1938.10.18	1945.10	Oui - 有

440	黃麗華	Huang Lihua	廣東	1913	F - 女	理科	1938.10.18	1948.04.29	
441	陳儉	Chen Jian	福建	1914	H - 男	理科	1938.10.18	Oui - 有	
442	衛念祖	Wei Nianzu	四川	1916	H - 男	理科	1938.10.18	1948.04.29	
443	王婉芳	Wang Wanfang	安徽	1917	F - 女	醫科	1938.10.18	1945.10.15	
444	梁珮貞	Wang Peizhen	山西	1905	F - 女	文科	1938.11.17	1945.08.31	
445	顧文霞	Gu Wenxia	江蘇	1915	F - 女	藥科	1939.09.22	1946.01	Oui - 有
446	唐啓南	Tang Qinan	湖南	1916	F - 女	文科	1941.11.16	1946.08.01	
447	劉淑芳	Liu Shufang	廣東	1910	F - 女	美術	1941.11.16	1946.03.12	
448	陳燕俠	Chen Yanxia	廣東	1915	F - 女	文科	1941.11.16	1944.09.30	
449	唐衡楚	Tang Hengchu	湖南	1918	H - 男	理科	1941.11.16		
450	姚榮吉	Yao Rongji	廣東	1910	H - 男	理科	1941.11.16	1948.04.29	
451	梁建榮	Liang Jianrong	廣東	1920	H - 男	理科	1941.11.16	1944.09.30	
452	林漢長	Lin Hanchang	廣東	1913	H - 男	法科	1941.11.16	1945.09.15	
453	金世鼎	Jin Shiding	江蘇	1903	H - 男	法科	1941.11.16	1945.09.27	
454	張祖庚	Zhang Zugeng		1911	H - 男		1941.11.16	1942.10.16	
455	陳榮發	Chen Rongfa	廣東	1923	H - 男	化學	1941.11.16		
456	何昌熾	He Changchi	廣東	1911	H - 男	法科	1941.11.16	1944.09.30	
457	詹述曾	Zhan Shuzeng	浙江	1919	H - 男	理科	1941.11.16	1944.09.30	
458	謝先逖	Xie Xianti	江西	1912	H - 男	法科	1941.11.16	1942.11.16	
459	周經鼎	Zhou Jingding	湖南	1909	H - 男	美術	1941.11.16	1945.10	
460	陳翔冰	Chen Xiangbing	福建	1906	H - 男	文科	1941.11.16	1945.08.15	
461	陳德義	Chen Deyi	河北	1905	H - 男	音樂	1941.11.16	1945.09.27	
462	吳恭恆	Wu Gongheng	廣東	1913	H - 男	法科	1941.11.16	1948.04.29	
463	邵承斌	Shao Chengbin	河北	1917	H - 男	法科	1941.11.16	1945.10	
464	劉智慧	Liu Zhihui	河內	1916	H - 男	法科	1941.11.16		
465	劉智顯	Liu Zhixian	河內	1915	H - 男	法科	1941.11.16		
466	劉克俊	Liu Kejun	江西	1912	H - 男	法科	1941.11.16	1945.08.15	
467	衛青心	Wei Qingxin	江蘇	1906	H - 男	文科	1941.11.16		
468	吳伯君	Wu Bojun	四川	1911	H - 男	理科	1941.11.24	1945.09.27	
469	涂覺初	Tu Jiaochu	福建	1910	H - 男	法科	1941.11.24		
470	張起譚	Zhang Qitan	湖北	1916	F - 女	理科	1942.11.16	1945.06	Oui - 有
471	常麟定	Chang Linding	河南	1902	H - 男	理科	1942.11.16	1945.08.14	Oui - 有
472	楊景梅	Yang Jingmei	廣東	1910	H - 男	文科	1942.12.16	1946.08.11	
473	石貞德	Shi Zhende	山西	1926	F - 女	化學	1946.10.01		

附錄二：中法大學博士論文目錄

Liste de thèses des étudiants de l'IFCL

Classées par ordre alphabétique du nom de l'auteur (pinyin).

Liste de thèses des étudiants de l'IFCL

1.CAI Shicun (TSAI Shih-chun ; TSHAI Che-tchhwen)
(étudiant IFCL no 122)
蔡時椿
Incidents ou accidents consécutifs aux injections de lipiodol employées comme moyen de diagnostic des tumeurs intra-rachidiennes.
Lyon : Bosc Frères & Riou, 1929
71 p., 26 cm
Thèse : Médecine
Cote : CH TH 021

2.CAO Qingtai (TSAO Tsingtai)
(étudiant IFCL no 331)
曹清泰
Vue d'ensemble sur la floculation de G. Ramon depuis sa découverte.
Lyon : Bosc Frères & Riou, 1939
122 p., 25 cm
Thèse : Médecine
Cote : CH TH 009

3.CHANG Linding (CHONG Ling-ting)
(étudiant IFCL no 471)

常麟定
Recherches anatomiques sur les mallophages.
Langres : Imprimerie moderne, 1941
95 p., 24 cm
Thèse : Sciences
Cote : CH TH 104

4.CHEN Bojun (TCHEN Pau Kiun)
(étudiant IFCL no 436)
陳博君
Désulfuration de la Cystéine par « Bacillus subtilis ».
Lons-le-Saunier : M. Declume, 1944
64 p., 25 cm
Thèse : Sciences naturelles
Cote : CH TH 126

5.CHEN Dingmin (TCHEN Ting-ming)
(étudiant IFCL no 364)
陳定民
Étude phonétique des particules de la langue chinoise.
Paris : Editions Héraklès, 1938
152 p., 25 cm
Thèse : Lettres
Cote : CH TH 070

6.CHEN Ji (TCHEN Ki)
(étudiant IFCL no 430)
陳機
Étude comparée du développement et de la physio-cytologie des feuilles de Sarracéniacées et de Nepenthacées.
Lyon : Imprimerie générale lyonnaise, 1943
114 p., 25 cm
Thèse : Sciences naturelles
Cote : CH TH 049

7.CHEN Jian (TCHENG Kien)
(étudiant IFCL no 441)

陳儉
Recherches sur les bandes de CH dans les spectres stellaires et solaire : 1re thèse ; Propositions données par la Faculté : 2e thèse (facsimilé).
Paris : Service des publications du CNRS, 1950
31 p., 29 cm
Thèse : Sciences
Cote : CH TH 127

8.CHEN Lin (TCHANG Lam)
(étudiant IFCL no 320)
陳廩
Études sur l'organisation et le fonctionnement du service de l'instruction publique dans la Chine moderne.
Lyon : Bosc Frères & Riou, 1939
148 p., 24 cm
Thèse : Droit
Cote : CH TH 061

9.CHEN Rongsheng (TCHEN Yon-sun)
(étudiant IFCL no 439)
陳榮生
Le Contreseing sous la Constitution de 1875 et dans la pratique française actuelle.
Lyon : Imprimerie générale lyonnaise, 1943
214 p., 25 cm
Thèse : Droit
Cote : CH TH 048

10.CHEN Shaoyuan (TCHENG Chaoyuen)
(étudiant IFCL no 139)
陳紹源
L'Évolution de la vie constitutionnelle de la Chine sous l'influence de SUN YATSEN et de sa doctrine (1885- 1937).
Paris : Librairie générale de droit et de jurisprudence, 1937
190 p., 25 cm
Thèse : Droit
Cote : CH TH 076

11.CHEN Yanjin (CHAN Yan-chun ; TCHHEN Yen-tsin)
(étudiant IFCL no 290)
陳延進
La Législation par ricochet dans le droit constitutionnel américain.
Lyon : Bosc Frères & Riou, 1934
86 p., 25 cm
Thèse : Droit
Cote : CH TH 080

12.CHEN Yaodong (CHEN Yao-tung)
(étudiant IFCL no 262)
陳耀東
Le Régime agraire en Chine.
Lyon : Bosc Frères & Riou, 1933
221 p., 25 cm
Thèse : Droit
Cote : CH TH 100

13.CHENG Maolan (TCHENG Mao-lin)
(étudiant IFCL no 329)
程茂蘭
Le spectre de Gamma Cassiopeiae : 1re thèse ; La relativité restreinte et l'espace-temps d'Einstein- Minkowski : 2e thèse.
Paris : Edition de la revue d'optique théorique et instrumentale, 1941
74 p., 28 cm
Thèse : Sciences
Cote : CH TH 129

14.CUI Zaiyang (CHOY Jyan ; TSHWEY Tsai-yang)
(étudiant IFCL no 53)
崔載陽
Étude comparative sur les doctrines pédagogiques de Durkheim et de Dewey.
Lyon : Bosc Frères & Riou, 1926
243 p., 26 cm
Thèse : Lettres
Cote : CH TH 014

15.DU Fen (TOU Fen)
(étudiant IFCL no 305)
杜芬
Paralysie de l'œsophage.
Lyon : Bosc Frères & Riou, 1938
67 p., 26 cm
Thèse : Médecine
Cote : CH TH 032

16.FAN Bingzhe (FAN Pieng-tche)
(étudiant IFCL no 198)
范秉哲
Contribution à l'étude de la pellagre : données étiologiques récentes.
Lyon : Bosc Frères & Riou, 1933
85 p., 25 cm
Thèse : Médecine
Cote : CH TH 094

17.FAN Huiguo (FAN Wui-kwok ; FAN Hwei-kwo)
(étudiant IFCL no 225)
范會國
Recherches sur les fonctions entières quasi exceptionnelles et les fonctions méromorphes quasi exceptionnelles.
Lyon : Bosc Frères & Riou, 1929
44 p., 25 cm
Thèse : Sciences mathématiques
Cote : CH TH 016

18.FENG Shiquan (FONG Che-tchuen)
(étudiant IFCL no 363)
馮式權
Contribution à l'étude de quelques complexes polynucléaires du cobalt.
Paris : Jouve & Cie, 1938
65 p., 24 cm
Thèse : Sciences
Cote : CH TH 054

19.FENG Xinquan (FONG Hsin tsuan)
(étudiant IFCL no 393)
馮新泉
Contribution à l'étude des combinaisons du silicium et du calcium.
Lyon : [s.n.], 1943
47 p., 27 cm
Thèse : Sciences
Cote : CH TH 105

20.FU Chuanbo (FOO Chuen-poot ; FOU Tchhwan-po)
(étudiant IFCL no 229)
符傳缽
Études historique et critique sur le régime douanier de la Chine.
Paris : Paul Geuthner, 1930
155 p., 25 cm
Thèse : Droit
Cote : CH TH 121

21.GU Wenxia (GU Wen-yah)
(étudiant IFCL no 445)
顧文霞
La Pharmacopée chinoise d après les textes anciens : étude botanique de quelques drogues.
Trévoux : Imprimerie Patissier, 1941
120 p., 25 cm
Thèse : Pharmacie
Cote : CH TH 039

22.GUO Lin'ge (KOU Lin-ke)
(étudiant IFCL no 249)
郭麟閣
Essai sur le HONG LEOU MONG (Le Rêve dans le pavillon rouge), célèbre roman chinois du XVIIIe siècle.
Lyon : Bosc Frères & Riou, 1935
176 p., 25 cm
Thèse : Lettres
Cote : CH TH 038

23.HE Chichang (HO Tchi-tchéong)
(étudiant IFCL no 84)
何熾昌
Contribution à l'étude de l'acné chlorique : essai pathogénique.
Lyon : Bosc Frères & Riou, 1926
55 p., 24 cm
Thèse : Médecine
Cote : CH TH 047

24.HE Mu,
(étudiant IFCL no 235)
何穆
Forme à début hémoptoïque de la spirochétose ictéro-hémorragique.
Toulouse : Imprimerie Lion et fils, 1935
48 p., 24 cm
Thèse : Médecine
Cote : CH TH 084

25.HONG Fu (HUNG Fu ; HONG Fou)
(étudiant IFCL no 254)
洪紱
La Géographie du thé.
Lyon : Bosc Frères & Riou, 1932
216 p., 25 cm
Thèse : Lettres
Cote : CH TH 111

26.HU Jiaxi (HU Chia Hsi)
(étudiant IFCL no 318)
胡家曦
Sur le magnésien du bromo-4 vératole et quelques autres dérivés du vératole.
Lyon : Bosc Frères & Riou, 1939
122 p., 24 cm
Thèse : Science physique
Cote : CH TH 053

27.HUANG Guoyou (HWANG Kao-yio ; HWANG Kwo-yeou)
(étudiant IFCL no 35)
黃國佑
Les Tics aérophagiques du cheval.
Lyon : Bosc Frères & Riou, 1929
57 p., 24 cm
Thèse : Médecine vétérinaire
Cote : CH TH 097

28.HUANG Juansheng (WON Kenn : HWANG Kyuan-cheng)
(étudiant IFCL no 51)
黃涓生
Origine et évolution de l'écriture hiéroglyphique et de l'écriture chinoise.
Lyon : Bosc Frères & Riou, 1926
95 p., 25 cm
Thèse : Lettres
Cote : CH TH 115

29.HUANG Zengyue (HOANG Tsen-yue ; HWANG Tseng-yue)
(étudiant IFCL no 165)
黃曾樾
Étude comparative sur les philosophies de LAO TSEU , KHONG TSEU, MO TSEU.
Lyon : Imprimerie Rey ; Paris : Editions Ernest Leroux, 1925
304 p., 25 cm

Thèse : Lettres
Cote : CH TH 109

30.JIN Shuzhang (KIN Chou tsang)
(étudiant IFCL no 206)
金樹章
Recherches cytologiques sur la famille des péronosporées : étude spéciale de la reproduction sexuelle.
Paris : Jouve & Cie, 1929
129 p., 25 cm
Thèse : Sciences
Cote : CH TH 058

31.LAI Guogao (LAI Kwok-ko)
(étudiant IFCL no 265)
賴國高
Études sur le marché du change de Shanghai et ses relations avec la balance des comptes de la Chine.
Lyon : Bosc Frères & Riou, 1935
191 p., 24 cm
Thèse : Droit
Cote : CH TH 059

32.LAI Weixun (LAI Wai-hsun)
(étudiant IFCL no 150)
賴惟勛
Contribution à l étude des dérivés halogénés des hydrocarbures.
Montpellier : Librairie A. Sahy, 1931
108 p., 24 cm
Thèse : Sciences
Cote : CH TH 052

33.LAN Hu (LAN Hou)
(étudiant IFCL no 412)
藍瑚
Abcès épidural post-traumatique.
Lyon : Bosc Frères & Riou, 1943
36 p., 24 cm
Thèse : Médecine
Cote : CH TH 095

34.LI Guocai (LI Koue-tsai ; LI Kwo-tshai)
(étudiant IFCL no 101)
黎國材
Réglementation internationale de l'émigration.
Lyon : Bosc Frères & Riou, 1928
221 p., 26 cm
Thèse : Droit
Cote : CH TH 003

35.LI Guochang (LI Koue tchang)
(étudiant IFCL no 118)
黎國昌
Recherches histologiques sur la structure du rein des oiseaux.
Lyon : Imprimerie Rey, 1923
65 p., 25 cm
Thèse : Médecine
Cote : CH TH 110

36.LI Heng (LI Hen)
(étudiant IFCL no 285)
李珩
Recherches statistiques sur les céphéides.
Paris : Librairie L. Rodstein, 1933
134 p., 24 cm
Thèse : Sciences
Cote : CH TH 073

37.LI Ji'ou (LI Tsi gziou)
(étudiant IFCL no 317)
李濟歐
La Défense passive des populations civiles contre la guerre aérochimique en Chine.
Lyon : Bosc Frères & Riou, 1933
60 p., 26 cm
Thèse : Médecine militaire
Cote : CH TH 042

38.LI Nianxiu (LI Nien-hsiu)
(étudiant IFCL no 433)
李念秀
L'œdème aigu du poumon dans les crises d'hypertension paroxystique.
Lyon : Imprimerie du Salut public, 1944
32 p., 24 cm
Thèse : Médecine
Cote : CH TH 015

39.LI Shu (LI Chou ; Li Tchhou)
(étudiant IFCL no 195)
李樞
Les Troubles oculaires par compression thoraco-abdominale ; travail de la clinique ophtalmologique du professeur Rollet.
Lyon : Bosc Frères & Riou, 1931
132 p., 26 cm
Thèse : Médecine
Cote : CH TH 027

40.LI Wenxiang (LI Man cheung)
(étudiant IFCL no 163)
李文翔
Contribution à l'étude du rétène .
Bordeaux : Imprimerie Fredou et Manville, 1928
70 p., 23 cm
Thèse : doct. Ing.
Cote : CH TH 025

41.LI Xuhuan (LI Shu-hwan)
(étudiant IFCL no 37)
李煦寰
Contribution à l'étude de dérivés halogénés de l'antipyrine et plus spécialement de la monochlorantipyrine.
Lyon : Bosc Frères & Riou, 1925
55 p., 25 cm
Thèse : Pharmacie
Cote : CH TH 079

42.LIANG Daozhen (LEUNG To-ching ; LYANG Tao-cheng)
(étudiant IFCL no 89)
梁道貞
Contribution à l'étude de la RADIX GINSENG panacée du peuple chinois.
Lyon : Bosc Frères & Riou, 1932
89 p., 25 cm
Thèse : Microbiologie
Cote : CH TH 041

43.LIN Baoquan (LIN Paotchin)
(étudiant IFCL no 85)
林寶權
L'Instruction féminine en Chine (après la révolution de 1911).
Paris : Librairie Geuthner, 1926
188 p., 25 cm
Thèse : Lettres
Cote : CH TH 098

44.LIN Rong (LING Yong)
(étudiant IFCL no 203)
林鎔
Étude des phénomènes de la sexualité chez les Mucorinées, suivi d'un appendice sur les Mucorinées d'Auvergne et spécialement les Mucorinées de sol.
Paris : Librairie générale de l'enseignement, 1929
203 p., 24 cm
Thèse : Sciences naturelles
Cote : CH TH 077

45.LIU Chongzhi (LIOU Tchung-Tché)
(étudiant IFCL no 400)
劉崇智
Pressions des voies biliaires et chirurgie : le contrôle radio manométrique au cours de l'intervention.
(facsimilé)
Lyon : Imprimerie du Salut Public, 1943
83 p., 21 cm
Thèse : Médecine
Cote : CH TH 130

46.LIU Maochu (LIU Mou-cho)
(étudiant IFCL no 74)
劉懋初
De la condition internationale de l'Egypte depuis la déclaration anglaise de 1922.
Lyon : Bosc Frères & Riou ,1925
148 p., 25 cm

Thèse : Droit
Cote : CH TH 008

47.LIU Sibin (LIAU Ssu-pin)
(étudiant IFCL no 324)
劉泗賓
Photométrie des clichés stellaires : application aux étoiles variables GO et X Cygni.
Trévoux : Imprimerie Patissier, 1935
77 p., 27 cm
Thèse : Sciences mathématiques
Cote : CH TH 114

48.LIU Sibin (LIAU Ssu-pin)
(étudiant IFCL no 324)
劉泗賓
Sur les entiers algébriques du quatrième degré.
Grenoble : Allier père et fils, 1932
29 p., 25 cm
Thèse : Sciences
Cote : CH TH 066

49.LIU Weitao (LIOU Oui-tao ; LYEOU Wei-thao)
(étudiant IFCL no 15)
劉為濤
Recherches sur les équilibres entre les sulfates co III aquopentammoniques et diaquotétrammoniques et leurs solutions sulfuriques.
Lyon : Bosc Frères & Riou, 1929
132 p., 25 cm
Thèse : Sciences physiques
Cote : CH TH 087

50.LIU Xianwei (LIU Sien-wei)
(étudiant IFCL no 321)
劉先偉
Les Problèmes monétaires et financiers de la Chine avant et depuis les hostilités sino-japonaises.
Paris : Editions Domat – Montchestien, 1940

200 p., 25 cm
Thèse : Droit
Cote : CH TH 056

51.LIU Xuemin (LIOU Hsieu-min)
(étudiant IFCL no 373)
劉學敏
La Dolichosténomélie infantile (syndrome de Marfan) : travail des services du docteur Pehu et du professeur Bonnet.
Lyon : Bosc Frères & Riou, 1940
110 p., 25 cm
Thèse : Médecine
Cote : CH TH 012

52.LIU Junxian (LIOU Tsyun-hyen ; LYEOU Tsyun-hyen)
(étudiant IFCL no 77)
劉俊賢
Sur l'itération des fractions rationnelles.
Lyon : Bosc Frères & Riou, 1930
56 p., 25 cm
Thèse : Sciences mathématiques
Cote : CH TH 102

53.LONG Yin,
(étudiant IFCL no 435)
龍吟
Le Contrôle du budget en Chine : comparaison avec les systèmes anglais et français.
Lyon : Imprimerie générale lyonnaise, 1943
196 p., 25 cm
Thèse : Droit
Cote : CH TH 086

54.LU Gandong (LOO Kon-tung)
(étudiant IFCL no 264)
盧幹東
La Vie municipale et l'urbanisme en Chine.
Lyon : Bosc Frères & Riou, 1934

174 p., 25 cm
Thèse : Droit
Cote : CH TH 051

55.LU Huaibao (LOU Hoai-pao)
(étudiant IFCL no 192)
鹿懷寶
Recherches sur la faune aphidologique de la Chine.
Lyon : Bosc Frères & Riou, 1935
125 p., 25 cm
Thèse : Sciences
Cote : CH TH 101

56.LUO Dagang (LO Ta-kang)
(étudiant IFCL no 348)
羅大剛
La Double inspiration du poète PO Kiu-yi (772-846).
Paris : Editions Pierre Bossuet, 1939
159 p., 23 cm
Thèse : Lettres
Cote : CH TH 045

57.LUO Yiqian (LUO Yi-chuen ; LO Yi-khyen)
(étudiant IFCL no 119)
羅易乾
Contribution à l'étude des réactions néoplasiques provoquées par les douves du foie principalement par Fasciola Hepatica.
Lyon : Bosc Frères & Riou, 1930
105 p., 26 cm
Thèse : Médecine
Cote : CH TH 033

58.LUO Zhenying (LO Tchen-ying)
(étudiant IFCL no 86)
羅振英
Les Formes et les méthodes historiques en Chine. Une famille d'historiens et son œuvre.
Paris : Paul Geuthner, 1931

117 p., 25 cm
Thèse : Lettres
Cote : CH TH 122

59.MA Wentian (MA Wen-tien)
(étudiant IFCL no 395)
馬聞天
La Hernie inguinale de la chienne.
Paris : Imprimerie de la faculté de médecine, 1940
54 p., 24 cm
Thèse : Médecine vétérinaire
Cote : CH TH 081

60.MAI Dezhi (MA Te-chih)
(étudiant IFCL no 266)
麥德智
Le Mouvement réformiste et les événements de la cour de Pékin en 1898.
Lyon : Bosc Frères & Riou, 1934
125 p., 26 cm
Thèse : Lettres
Cote : CH TH 091

61.MAO Zongliang (MAO Tsung-liang)
(étudiant IFCL no 245)
毛宗良
Étude comparative des caractères anatomiques et du parcours des faisceaux libéro-ligneux des chénopodiacées et des amarantacées.
Paris : Jouve & Cie, 1933
343 p., 24m
Thèse : Sciences
Cote : CH TH 064

62.PENG Liduan (PEN Ly-toan)
(étudiant IFCL no 171)
彭禮端
Étude historique et critique sur l'organisation administrative de la Chine depuis 1912 jusqu'à 1931.

Lyon : Bosc Frères & Riou, 1933
135 p., 25 cm
Thèse : Droit
Cote : CH TH 050

63.PENG Xiang (PON Sian)
(étudiant IFCL no 135)
彭襄
Le Mariage pendant la période Tch'ouen ts'ieou.
Paris : Librairie Lipschutz, 1926
177 p., 25 cm
Thèse : Lettres
Cote : CH TH 125

64.QIAN Xianggsun (TS'IEN Siang-suen)
(étudiant IFCL no 278)
錢翔孫
Le Port de Shanghai : étude économique.
Lyon : Bosc Frères & Riou, 1934
164 p., 25 cm
Thèse : Droit
Cote : CH TH 046

65.SHEN Baoji (CHEN Pao-ji)
(étudiant IFCL no 252)
沈寶基
Si yang ki.
Lyon : Bosc Frères & Riou, 1934
171 p., 25 cm
Thèse : Lettres
Cote : CH TH 060

66.SHEN Lianzhi (SHEN Lien-chih ; CHEN Lyen-tche)
(étudiant IFCL no 224)
沈鏈之
Rôle du général Charles-Georges GORDON dans la répression de l'insurrection des Thai ping (mars 1863- juin 1864).

Paris : Paul Geuthner, 1933
115 p., 26 cm
Thèse : Lettres
Cote : CH TH 089

67.SHI Yushu (CHE Yu-shou)
(étudiant IFCL no 432)
石毓澍
Contribution à l'étude de myélogramme dans les anémies par hémorragies.
Lyon : Imprimerie commerciale du Nouvelliste, 1944
88 p., 24 cm
Thèse : Sciences
Cote : CH TH 017

68.SU Fudi (SOU Phou-ti)
(étudiant IFCL no 208)
蘇芾第
Action des dérivés organomagnésiens sur les N diéthylamides des acides et substitués.
Paris : Imprimerie de la faculté de médecine, 1932
116 p., 25 cm
Thèse : Sciences physiques
Cote : CH TH 082

69.SUN Dangyue (SUEN Tang-yuet)
(étudiant IFCL no 289)
孫宕越
Le Loess de la vallée du Rhône.
Lyon : Bosc Frères & Riou, 1934
161 p., 26 cm
Thèse : Sciences
Cote : CH TH 074

70.SUN Yuntao (SUN Yun-tao)
(étudiant IFCL no 421)
孫雲燾
Contribution à l'étude du métabolisme de la silice chez la plante : variation locales de la silice et des divers autres éléments chez le blé au cours de la maturation. L'absorption de la

silice au cours de la germination.
Lyon : Bosc Frères & Riou, 1939
133 p., 24 cm
Thèse : Pharmacie
Cote : CH TH 044

71.TIAN Qu (TIEN Kiu)
(étudiant IFCL no 295)
田渠
Recherches sur la sensibilisation des plaques photographiques par fluorescence.
Trévoux : Imprimerie Patissier, 1938
75 p., 27 cm
Thèse : Sciences physiques
Cote : CH TH 112

72.WANG Deyao (OUANG Te yio)
(étudiant IFCL no 28)
汪德耀
La Glande de l'éclosion chez les plagiostomes.
Paris : Blondel la Rougery, 1931
95 p., 28 cm
Thèse : Sciences naturelles
Cote : CH TH 092

73.WANG Dianxiang (WANG Dien-siang)
(étudiant IFCL no 380)
王殿翔
Contribution à l'étude de l'action des rayons ultra-violets sur les protéines.
Lyon : Bosc Frères & Riou, 1938
72 p., 26 cm
Thèse : Pharmacie
Cote : CH TH 029

74.WANG Junsheng (WANG Tsun-sheng)
(étudiant IFCL no 246)
王駿聲
Le Phénomène de Charles Renouvier.

Lyon : Bosc Frères & Riou, 1935
169 p., 25 cm
Thèse : Lettres
Cote : CH TH 078

75.WANG Peiji (WANG Pei-chi)
(étudiant IFCL no 284)
王培基
Prophylaxie et traitement de l'ictère grave familial du nouveau-né.
Lyon : Bosc Frères & Riou, 1935
93 p., 25 cm
Thèse : Médecine
Cote : CH TH 042

75.WANG Shaoding (WANG Shao ting)
(étudiant IFCL no 419)
王紹鼎
Étude comparative sur le dosage de mercure dans les préparations galéniques.
Lyon : Bosc Frères & Riou, 1939
150 p., 24 cm
Thèse : Pharmacie
Cote : CH TH 026

77.WANG Shuxun (OUANG Chou-huin)
(étudiant IFCL no 369)
王樹勳
Composition chimique et pression osmotique de quelques types de colloïdes minéraux.
Paris : Jouve & Cie, 1940
68 p., 24 cm
Thèse : Sciences physiques
Cote : CH TH 071

78.WANG Xueshu (WANG Hiar-hsu)
(étudiant IFCL no 332)
王學書
Recherches sur la morphologie et l'anatomie comparée des espèces du genre « linum ».
Nancy : Imprimerie Georges Thomas, 1935

309 p., 25 cm
Thèse : Sciences
Cote : CH TH 067

79.WANG Yaoqun (TCHEOU WANG Yao kuin)
(étudiant IFCL no 215)
王耀群
Étude anatomique du fruit des ombellifères (tribu des aminées).
Paris : Vigot Frères, 1930
88 p., 24 cm
Thèse : Pharmacie
Cote : CH TH 107

80.WEI Denglin (WEI Teng-lin)
(étudiant IFCL no 387)
魏登臨
Le Pouvoir discrétionnaire de l'administration et le contrôle juridictionnel en droit français.
Lyon : Imprimerie générale Lyonnaise, 1944
211 p., 26 cm
Thèse : Droit
Cote : CH TH 030

81.WU Bailiang (WU Pak-liang)
(étudiant IFCL no 18)
伍伯良
La Suppuration des kystes de l'ovaire au cours de la puerpéralité.
Lyon : Bosc Frères & Riou, 1923
75 p., 24 cm
Thèse : Médecine
Cote : CH TH 007

82.WU Bin (OU Ping)
(étudiant IFCL no 431)
吳斌
Les Paralysies respiratoires en clinique et leur traitement par les appareils à respiration artificielle.
Lyon : Imprimerie commerciale du Nouvelliste, 1944

80 p., 24 cm
Thèse : Médecine
Cote : CH TH 011

83.WU Kaisheng (James WOO)
(étudiant IFCL no 22)
吳凱聲
Le Problème constitutionnel chinois : la constitution du 10 octobre 1923.
Paris : Marcel Giard, 1925
152 p., 23 cm
Thèse : Droit
Cote : CH TH 124

84.WU Xuxin (WOO Tsou-sing)
(étudiant IFCL no 87)
吳續新
La Dame Tshao (Pan Tchao 1er – 2ème s. p. c.), la société chinoise au temps des Han.
(Exemplaire tapuscrit annoté)
131 p., 26 cm.
Thèse : Lettres
Cote : CH TH 131

85.WU Yuwan (WU Yu-wan)
(étudiant IFCL no 381)
伍裕萬
Sur quelques huiles essentielles du commerces chinois. Travail du laboratoire de pharmacie et pharmacologie de la faculté mixte de médecine et de pharmacie de Lyon et du laboratoire de la pharmacie de l'Hôpital départemental du Vinatier.
Lyon : Bosc Frères & Riou, 1937
127 p., 26 cm
Thèse : Pharmacie
Cote : CH TH 006

86.XIA Jinxiong (HSIA Chin-hsiung)
(étudiant IFCL no 312)
夏晉熊
La Reconstruction monétaire et bancaire de la Chine contemporaine.

Paris : Librairie technique et économique, 1937
163 p., 25 cm
Thèse : Droit
Cote : CH TH 063

87.XU Baoding (HSU Pao-ting)
(étudiant IFCL no 370)
徐寶鼎
La Pyrolyse de l'undécane en présence et en l'absence de catalyseur.
Paris : Masson, 1941
91 p., 23 cm
Thèse : Sciences physiques
Cote : CH TH 028

88.XU Baoyi (HSU Pao Y)
(étudiant IFCL no 228)
徐寶彝
La Gastrite hémorragique et son traitement chirurgical.
Lyon : Bosc Frères & Riou, 1935
104 p., 25 cm
Thèse : Médecine
Cote : CH TH 083

89.XU Fuyun (HSU Fu-yung)
(étudiant IFCL no 327)
徐復雲
La Protection des réfugiés par la Société des Nations.
Lyon : Bosc Frères & Riou, 1935
157 p., 25 cm
Thèse : Droit
Cote : CH TH 068

90.XU Songnian (HSU Sung-nien)
(étudiant IFCL no 47)
徐頌年
LI Thai-po, son temps, sa vie et son œuvre.
Lyon : Bosc Frères & Riou, 1935

194 p., 25 cm
Thèse : Lettres
Cote : CH TH 096

91.XU Zhangfu (CHU Chang-fu)
(étudiant IFCL no 420)
徐彰黻
Recherches sur le métabolisme du soufre chez le cobaye.
Lyon : Bosc Frères & Riou, 1939
142 p., 24 cm
Thèse : Pharmacie
Cote : CH TH 040

92.YANG Jie (YANG Kieh)
(étudiant IFCL no 227)
楊傑
Contribution à l'étude géologique de la chaîne de la Marche et du plateau d'Aigurande (nord-ouest du Massif central français).
Paris : [s.n.], 1932
152 p. ; 33 cm
Thèse : Sciences naturelles
Cote : CH TH 093

93.YANG Jie (YANG Kieh)
(étudiant IFCL no 227)
楊傑
Contribution à l'étude pétrographique du Tien-chan et du Nan-chan, Chine.
Paris : Jouve & Cie, 1929
74 p. ; 25 cm
Thèse : Sciences naturelles
Cote : CH TH 123

94.YANG Kun
(étudiant IFCL no 13)
楊堃
Recherche sur le culte des ancêtres comme principe ordonnateur de la famille chinoise : la succession au culte ; la succession au patrimoine.

Lyon : Bosc Frères & Riou, 1934
174 p. ; 26 cm
Thèse : Lettres
Cote : CH TH 004

95.(YANG) ZHANG Luoming (YANG Tchang Lomine)
(étudiant IFCL no 204)
張若名
L'Attitude d'André Gide (essai d'analyse psychologique).
Lyon : Bosc Frères & Riou
128 p. ; 26 cm
Thèse : Lettres
Cote : TH CH 2

96.YAO Bicheng (YAO Bit-chin)
(étudiant IFCL no 184)
姚碧澄
Éosinophilie sanguine et scarlatine.
Lyon : Bosc Frères & Riou, 1934
75 p. ; 26 cm
Thèse : Médecine
Cote : CH TH 010

97.YE Lin (YEH Ling)
(étudiant IFCL no 16)
葉譽
La Psychologie de l'intérêt.
Lyon : Bosc Frères & Riou, 1929
142 p. ; 26 cm
Thèse : Lettres
Cote : CH TH 022

98.YE Yunli (YE Wen li)
(étudiant IFCL no 115)
葉蘊理
Recherches sur la radioactivité du samarium, du potassium et du rubidium (méthode de compteur).

Paris : Les presses modernes, 1935
56 p. ; 24 cm
Thèse : Sciences physiques
Cote : CH TH 057

99.YIN Zanxun (YIN Tsan-hsun)
(étudiant IFCL no 207)
尹贊勛
Étude de la faune du tithonique coralligène du Gard et de l'Hérault.
Lyon : Faculté des sciences de Lyon, 1931
236 p. ; 25 cm
Thèse : Sciences
Cote : CH TH 075

100.YU Huorui (YU Houo Joei)
(étudiant IFCL no 251)
虞和瑞
Prosper Mérimée romancier et nouvelliste.
Lyon : Bosc Frères é Riou, 1935
224 p. ; 24 cm
Thèse : Lettres
Cote : CH TH 031

101.YU Zhenpeng (YU Tchen-p'ong)
(étudiant IFCL no 307)
于振鵬
L'Hypothèque dans le droit coutumier chinois.
Lyon : Bosc Frères & Riou, 1940
114 p. ; 25 cm
Thèse : Droit
Cote : CH TH 034

102.YUAN Jiuzhi (YUAN Chou-chi ; YUAN Kyeou-tche)
(étudiant IFCL no 36)
袁久址
Sur quelques propriétés des fonctions uniformes.
Lyon : Bosc Frères & Riou, 1927

49 p. ; 24 cm
Thèse : Sciences mathématiques
Cote : CH TH 103

103.YUAN Junchang (YUEN Sing-tsong)
(étudiant IFCL no 259)
袁浚昌
Étude comparative des souches de vaccin antivariolique.
Paris : Librairie M. Lac, 1929
63 p. ; 25 cm
Thèse : Médecine
Cote : CH TH 106

104.YUAN Zhuoying (YUAN Chaucer ; YUAN Tcho-ying)
(étudiant IFCL no 43)
袁擢英
La Philosophie morale et politique de Mencius.
Paris : Paul Geuthner, 1927
324 p. ; 25 cm
Thèse : Lettres
Cote : CH TH 116

105.YUE Jieheng (YEU Ki heng)
(étudiant IFCL no 325)
岳劼恆
Recherches expérimentales sur la constitution de quelques complexes tartriques et sur leurs applications physico-chimiques de ces complexes.
Paris : PUF, 1936
68 p. ; 26 cm
Thèse : Sciences physiques
Cote : CH TH 019

106.ZENG Boliang (TSEN Pak-liang ; TSENG Po-lyang)
(étudiant IFCL no 137)
曾伯良
Recherches sur quelques minerais chinois de tungstène et de molybdène.
Paris : Paul Geuthner, 1928

79 p. ; 25 cm
Thèse : Sciences
Cote : CH TH 119

107.ZENG Jinchun (TSING Chin-chun ; TSENG Kin-tchhwen)
(étudiant IFCL no 91)
曾錦春
Le Mouvement ouvrier en Chine.
Paris : Paul Geuthner, 1929
176 p. ; 25 cm
Thèse : Droit
Cote : CH TH 120

108.ZENG Shen (TSEN Cheng)
(étudiant IFCL no 143)
曾慎
Recherches sur la maladie de dégénérescence (enroulement) chez Solanum.
Tuberosum
Paris : Jouve & Cie, 1929
111 p. ; 25 cm
Thèse : Sciences
Cote : CH TH 020

109.ZENG Tongchun (TSING Tung chun ; TSENG Thong-tchhwen)
(étudiant IFCL no 90)
曾同春
De la production et du commerce de la soie en Chine.
Paris : Paul Geuthner, 1928
228 p. ; 25 cm
Thèse : Droit
Cote : CH TH 118

110.ZENG Yi (TSEN Zola ; TSENG Yi)
(étudiant IFCL no 156)
曾義
Recherches sur le rôle du phosphore dans le métabolisme du sucre des tissus animaux et sur l'action de l'insuline et de la synthaline.

Lyon : Bosc Frères & Riou, 1928
100 p. ; 26 cm
Thèse : Physiologie
Cote : CH TH 001

111.ZHAI Junqian (TCHAI Tsoun-tchun ; TCHAI Tsyun-tshyen)
(étudiant IFCL no 102)
翟俊千
Essai historique et analytique sur la situation internationale de la Chine.
Conséquences des traités sino étrangers.
Paris : Paul Geuthner, 1929
235 p. ; 25 cm
Thèse : Droit
Cote : CH TH 117

112.ZHANG Changqi (CHANG Chang-chi)
(étudiant IFCL no 296)
張昌圻
La Morale et le sociologisme de M. Lucien Lévy-Bruhl.
Lyon : Bosc Frères & Riou, 1938
205 p. ; 26 cm
Thèse : Lettres
Cote : CH TH 024

113.ZHANG Hanliang (TCHANG Han-liang)
(étudiant IFCL no 210)
張漢良
Étude de dérivés du diphénylène sulfure.
Lyon : Bosc Frères & Riou, 1928
85 p. ; 25 cm
Thèse : Sciences
Cote : CH TH 069

114.ZHANG Pengyu (TCHANG Pong-yu)
(étudiant IFCL no 362)
張蓬羽
Contribution à l'étude des formes silencieuses du rétrécissement mitral : le rétrécissement

mitral secondairement silencieux.
Lyon : Bosc Frères & Riou, 1937
77 p. ; 26 cm
Thèse : Médecine
Cote : CH TH 036

115.ZHANG Qitan (CHANG Chi tan)
(étudiant IFCL no 470)
張起醰
Étude chimique du virus de la grasserie du ver à soie (Bomby mori) et de quelques autres nucléoprotéines : 1re thèse ; Propositions données par la Faculté : 2e thèse.
Lons-le-Saunier : imprimerie Maurice Declume, 1944
76 p. ; 25 cm
Thèse : Sciences
Cote : CH TH 128

116.ZHANG Ruilun (TCHANG Joué Léon)
(étudiant IFCL no 351)
張瑞綸
La Nature et la synthèse biochimiques des pigments caroténoïdes contenus dans les levures rouges.
Lyon : Bosc Frères & Riou, 1938
70 p. ; 25 cm
Thèse : Sciences naturelles
Cote : CH TH 065

117.ZHANG Xi (TCHANG Si)
(étudiant IFCL no 60)
張璽
Contributions à l'étude des mollusques opisthobranches de la côte provençale.
Trévoux : Imprimerie de Trévoux, 1931
221 p. ; 26 cm
Thèse : Sciences naturelles
Cote : CH TH 013

118.ZHANG Yun (CHANG Yuin ; TCHANG Yun)
(étudiant IFCL no 63)
張雲

Monographie préliminaire des céphéides.
Trévoux : Imprimerie Patissier, 1926
99 p. ; 25 cm
Thèse : Sciences
Cote : CH TH 035

119.ZHAO Chonghan (TCHAO Tchung-han)
(étudiant IFCL no 353)
趙崇漢
Étude sur la définition et la situation juridique du fonctionnaire dans le droit administratif français.
Lyon : Bosc Frères & Riou, 1942
164 p. ; 24 cm
Thèse : Droit
Cote : CH TH 018

120.ZHAO Jinyi (TCHAO Tsin-yi)
(étudiant IFCL no 62)
趙進義
Recherches sur les fonctions inverses des fonctions algébroïdes entières à deux branches.
Lyon : Bosc Frères & Riou, 1928
33 p. ; 25 cm
Thèse : Sciences
Cote : CH TH 062

121.ZHAO Mingde (TCHAO Ming-te)
(étudiant IFCL no 359)
趙明德
Contribution à l'étude de la diphtérie des vaccinés par l'anatoxine de Ramon.
Lyon : Imprimerie Berlioz, 1939
128 p., 24 cm
Thèse : Médecine
Cote : CH TH 037

122.ZHAO Yanlai (TCHAO Yin lai)
(étudiant IFCL no 202)
趙雁來
Étude sur les éthers bromhydriques des alcools primaires et acétyléniques.

Lyon : Imprimerie Ch. Roche, 1932
172 p., 23 cm
Thèse : Sciences physiques
Cote : CH TH 023

123.ZHENG Dazhang (TCHENG Da-tchang)
(étudiant IFCL no 201)
鄭大章
Sur la constance du rapport du protactinium à l'uranium dans les minéraux radioactifs.
Paris : Les presses modernes, 1933
52 p., 24 cm
Thèse : Sciences physiques
Cote : CH TH 090

124.ZHENG Yanfen (CHENG Yin fun)
(étudiant IFCL no 182)
鄭彥棻
Problèmes statistiques concernant la limitation de la fabrication des stupéfiants.
(exemplaire tapuscrit)
Paris : [s.n.], 1931
47 p., 34 cm
Thèse : Statistiques
Cote : CH TH 113

125.ZHENG Zixiu (TCHENG Tse-sio)
(étudiant IFCL no 304)
鄭子修
Les Relations de Lyon avec la Chine : étude d'histoire et de géographie économique.
Paris : Librairie L. Rodstein, 1937
182 p., 25 cm
Thèse : Lettres
Cote : CH TH 108

126.ZHOU Faqi (TCHEOU Faki ; TCHEOU Fa-khi)
(étudiant IFCL no 75)
周發歧
Recherches sur les hydrocarbures et diacétyléniques : 1re thèse ; propositions données par la

Faculté : 2e thèse.
Lyon : Bosc Frères & Riou, 1928
137 p., 25 cm
Thèse : Sciences physiques
Cote : CH TH 005

127.ZHOU Lin (CHOU Ling)
(étudiant IFCL no 426)
周麟
Thomas Blanchet : sa vie, ses œuvres et son art.
Lyon : Librairie Badiou-Amant, 1941
115 p., 25 cm
Thèse : Lettres
Cote : CH TH 043

128.ZHU Xi (TCHOU Su)
(étudiant IFCL no 222)
朱洗
Étude cytologique sur l'hybridation chez les anoures.
Paris : Masson & Cie, 1931
106 p., 26 cm
Thèse : Sciences
Cote : CH TH 085

129.ZHU Xihou (TCHOU Si-ho)
(étudiant IFCL no 425)
朱錫侯
Contribution à l'étude de la physiologie des cellules nerveuses chez l'aplysie.
Lyon : Bosc Frères & Riou, 1942
85 p., 24 cm
Thèse : Sciences
Cote : CH TH 055

130.ZHU Xiujue (TSOH Sen-chia)
(étudiant IFCL no 341)
祝修爵
Étude générale sur les procédés de recrutement et d'avancement des fonctionnaires publics en

France.
Lyon : Bosc Frères & Riou, 1935
137 p., 26 cm
Thèse : Droit
Cote : CH TH 088

131.ZHU Zhaoxi (TCHOU Tchao Hi)
(étudiant IFCL no 294)
朱肇熙
Contribution à l'étude de la matière médicale et de la pharmacopée de quelques drogues chinoises.
Lyon : Bosc Frères & Riou, 1938
92 p., 25 cm
Thèse : Pharmacie
Cote : CH TH 099

附錄三：《中法大學月刊》目錄

刊名：中法大學月刊　　創刊年代：1931
出版年：1931-1937　　出版者：中法大學
創辦地：北平　　出版週期：月刊

1931年第1卷第1期

序號	題名	作者	頁碼
1	《愛里霍（Elie Faure）》	覺之	1-57
2	《論文明》	覺之譯	13-109
3	《科學原理與方法》	兆清	23-113
4	《個體生理學》	何如述	45-79
5	《笛卡兒的哲學》	彭基相譯	57-143
6	《法國大革命與國民美術的起源》	蕭石君	79-148
7	《巴斯加爾的生活》	宗臨	99-101
8	《中國藝術衰頹原因之經濟觀》	林如稷重譯	109-148
9	《從巴黎經過西伯利亞》	孫福熙	113-136
10	《歸心》	解人	121-148
11	《馬格麗》	沈寶基譯	130-148
12	《別了素笙》	沈寶基譯	133-148
13	《介紹L'Attitude d'André gide》		136-148
14	《名人講演》		143-148

1931年第2期

序號	題名	作者	頁碼
1	《郎之萬教授的生平及其在物理學上的供獻》	嚴濟慈	1-143
2	《太陽熱之起源》	郎之萬教授講演；朱廣……	11-52
3	《科學原理與方法（續）》	何兆清	21-65
4	《西方之實力》	覺之譯	47-160
5	《論理學之目的及定義》	彭基相	59-159
6	《中國古代對於天的觀念》	定民	65-160
7	《巴斯加爾的生活（續）》	宗臨	73-160
8	《論翻譯》	曾覺之	87-109
9	《法蘭西與胡佛計畫》	蔣支本譯	97-160
10	《阿格娜嬛與綏莉柔特》	蕭石君譯	109-160
11	《從巴黎經過西伯利亞（續）》	孫福熙	143-160

1932年第3期

序號	題名	作者	頁碼
1	《東方與西方》	曾覺之譯	1-129
2	《化學的生命觀（酵素與觸媒）》	方乘	19-33
3	《社會進化史緒論》	楊坤	33-160
4	《元明清韻書考證之七》	趙蔭棠	49-123
5	《教育過程中的本能和情緒》	詩漫譯	61-137
6	《戰後法國文藝思潮》	羅大剛譯	77-160
7	《動物的姿勢》	蕙第	103-160
8	《巴思加爾的生活（續）》	宗臨	113-160
9	《阿格娜嬛與綏利柔特（續）》	蕭石君譯	123-159
10	《學校施行軍事教育之經過及應行注意之要點》	李書華	137-160
11	《研究中日事件參考書目序（馮陳祖怡）》		147-160

1932年第4期

序號	題名	作者	頁碼
1	《舊國際法之缺點與新國際法之要求》	吳西平	1-87
2	《涂爾幹氏的社會心理學說》	胡鑒民	15-160
3	《元明清韻書考證之八》	趙蔭棠	25-105
4	《古甘口二字相通說》	陳定民	35-65
5	《微生物及生物之互相衝突》	袁浚昌	39-117
6	《社會進化史緒論（續）》	楊坤	47-75
7	《亞丹斯密以前的價值論》	蔣支本	55-160
8	《巴斯加爾的生活（續）》	宗臨	67-123
9	《談談中國教育的出路問題》	範爭淇	87-160
10	《肉和靈》	小貓作	95-149
11	《法郎士身後之毀譽》	王聯曾	103-160
12	《阿格娜嬛與綏莉柔特（續）》	蕭石君譯	105-160
13	《服院一九三六年級友會學術股兩月來的工作概……》	範爭淇	149-153
14	《里昂中法大學消息》		153-160

1932年第5期

序號	題名	作者	頁碼
1	《積分概略》	范會國	1-139
2	《近代各國兒童教育發展的略史》	陳健吾	23-85
3	《論理學之三部分》	彭基相	31-57
4	《中原音韻的？〈T》	趙蔭棠	37-147
5	《五代君主文學（五代史研究之一）》	盧逮曾	41-65
6	《哥德與法國》	毛豪講，宗臨譯	57-148
7	《阿達剌Atala研究》	曾覺之	65-148
8	《從產業合理化到「戰後經濟沒落」的復活》	孫以堅	85-148
9	《讀高本漢之中國語與中國文》	陳定民	103-148
10	《雷奧・托爾斯泰的一生》	ARoubé-JAnsky夫人原……	127-148
11	《死刑之前》	子仞	139-148
12	《圖書館消息》	147-148	1932

1932年第1期

序號	題名	作者	頁碼
1	《歐洲造山運動與火成岩之分佈關係》	李士林	1-19
2	《梅定九年譜》	商鴻逵	19-43
3	《五代君主文學（五代史研究之一）（續）》	盧逮曾	43-65
4	《法國的葡萄酒國》	方乘	65-95
5	《科學的基礎——數學》	詹餘	95-105
6	《巴斯加爾的生活（續）》	宗臨	105-123
7	《阿達剌ATALA研究（續）》	曾覺之	123-143
8	《他的兒子（羽）》	改譯	143-165
9	《圖書館消息》		165-168

1932年第2期

序號	題名	作者	頁碼
1	《廣論語駢枝》	章太炎講；王聯曾記	1-19
2	《釋辰》	馮式權	19-27
3	《整函數之性質》	李國平	27-33
4	《歐洲古代的家庭》	法國古朗綏著；潤餘譯	33-41
5	《字學元元述評》	趙蔭棠	41-57
6	《社會改革家——孔德（A.comte）》	Lévy Bruhl著；曆陽……	57-81
7	《清初的理學界》	商鴻逵	81-89
8	《法國的葡萄酒》	方乘	89-137
9	《圖書館消息》		137-140

1933年第3-4期

序號	題名	作者	頁碼
1	《浪漫主義試論》	曾覺之	1-61
2	《此次世界經濟紊亂與吾人之教訓》	胡毅齋	27-85
3	《遊行傳染病之預防：疫苗及血清》	袁浚昌	35-169

4	《法國現代哲學運動》	Lévy-Bruhl著；彭基……	43-196
5	《歐洲古代的家庭（續）》	古朗綏著，潤餘譯	61-196
6	《陶詩小識》	鼂公	73-196
7	《巴思加爾的生活（續）》	宗臨	85-196
8	《讀葉秉敬韻表札記》	趙蔭棠	97-196
9	《白蛇傳考證》	秦女，淩雲	107-151
10	《中國近年對外貿易入超激增之研究》	孫以堅	125-193
11	《唐代莊園的性質及其由來》	加藤繁著；元嬰譯	151-181
12	《漢譯法文文學作品校勘（一）》	徐仲年	169-196
13	《釋曆》	陳定民	181-196
14	《異國二十一年度里昂中法大學學生攻試成績一……》		187-196
15	《圖書館消息》		193-196

1933年第5期

序號	題名	作者	頁碼
1	《浪漫主義試論（續）》	曾覺之	1-144
2	《服爾德（Voltaire）之哲學》	Lévy Bruhl著；曆陽……	29-133
3	《釋『某』》	陳定民	53-144
4	《鋁之生理作用》	任宏譯	65-87
5	《中國茶事業考——歷代的茶政》	商鴻逵	75-144
6	《禁動作用（L'inhibition）》	Charles Richet fils……	87-144
7	《憶》	小貓作	101-144
8	《雨夜的故事》	關原壁	107-143
9	《瑞士紀游》	田渠	117-144
10	《漢譯法文文學作品校勘（二）》	徐仲年	123-144
11	《一九三二年中國出版的定期刊物情報》	范爭淇	133-144
12	《圖書館消息》		143-144

1933年第1期

序號	題名	作者	頁碼
1	《晚近研究生物學之趨向》	經利彬教授講；陳兆熙……	1-5
2	《小說與自傳》	Henri Massis著；岑時……	7-148
3	《慧琳一切經音義中之異體字》	陳定民	13-145
4	《物質與能力的認識》	于道文	37-115
5	《共產主義與社會主義》	胡宜齋	55-148
6	《唐以前中國書籍散佚考》	王聯曾	65-148
7	《巴斯加爾的生活（續）》	宗臨	79-148
8	《箴青年》	施畸.	101-148
9	《流浪著的波希米人》	普希金著；潘家寅譯	115-148
10	《老於的功勞》	張肇實	129-148
11	《民國二十二年里昂中法大學學生分校表》		137-148
12	《圖書館消息》		145-148

1933年第2-3期

序號	題名	作者	頁碼
1	《笛卡兒哲學述略》	彭基相	1-93
2	《纖維質及其應用》	蔣國華	15-55
3	《宋刊唐鑒校記》	劉文興	47-236
4	《已故經濟學家幾德》	胡宜齋	93-155
5	《慧林一切經音義中之異體字（續）》	陳定民	101-119
6	《唐代的土地問題》	元為譯	119-236
7	《蘇聯化學工業最近進步概況》	A.Hiroch著；任宏譯	147-236
8	《詩四篇》	莫辰	155-231
9	《鮑特賴爾愛情生活》	沈寶基	159-189
10	《群盲》	Moeterlinck著；蕭石……	189-236

1933年第4-5期

序號	題名	作者	頁碼
1	《文學與思想生活之在法蘭西》	E.R.Curtuis；莫辰譯	1-67
2	《平大工學院採用之酒精》	方乘	35-159
3	《化學元素發明史述》	M.E.Weeks；任宏譯	43-81
4	《梅特林代表作譯述》	蕭石君	67-243
5	《中國農業金融之現階段》	孫以堅	81-190
6	《唐代土地問題（續）》	元鷹譯	97-243
7	《慧林一切經音義之異體字（續）》	陳定民	141-173
8	《大氣中的放電》	C.Dauzere；朱翰譜譯	155-181
9	《鮑特賴爾的愛情生活（續）》	沈寶基	181-243
10	《詩三首》	小貓	199-243
11	《我既愛你》	Brieux；岑時甫譯	207-239

1933年第1期

序號	題名	作者	頁碼
1	《語助詞研究》	陳定民	1-93
2	《歐人之漢學研究》	朱滋萃	43-158
3	《廣論語駢枝糾繆》	徐英	71-117
4	《中國茶事叢考》	商鴻逵	87-158
5	《沙翁的生物學觀》	朱無掛	99-158
6	《與婁子匡書論保特拉吃》	楊坤	117-158
7	《數學為一切科學之基礎》	張經	129-158
8	《共產主義理論的實現之過程簡表》	潘家寅	135-158
9	《漢譯法文文學作品校勘之商榷》	王聯曾	139-151
10	《滹沱河畔》	卓夫	145-158
11	《詩》	陸懿	151-158

1933年第2期

序號	題名	作者	頁碼
1	《世界經濟恐慌的新階段及其新動向》	宋斐如	1-39
2	《黑格爾的論理學淺釋》	春悲	39-57
3	《歐人之漢學研究》	石井幹之助著；朱滋翠……	57-111
4	《查理波得賴爾》	宗臨	111-143
5	《維他命》	Léon Binet著；潘家……	143-149
6	《我要生》	聶維洛夫著；紀蓮如譯	149-155
7	《祖父》	劉育厚譯	155-159
8	《巴黎大學中國學院概況》		159-167
9	《圖書館消息》		167-170

1934年第2期

序號	題名	作者	頁碼
1	《世界經濟總論》	宋斐如	1-13
2	《灰韻之古讀及其相關諸問題》	Dragunov著；蒂若譯	21-38
3	《第二次世界大戰與一九三六年之危機》	董希白	41-49
4	《創作文章的歷程論》	施畸	49-77
5	《圖書館消息》		121-124

1934年第3期

序號	題名	作者	頁碼
1	《藏語與漢語》	高本漢原著；唐虞譯	1-47
2	《釋『女』》	李星可	47-64
3	《清檔之價值及其整理》	劉官諤	51-79
4	《歐人之漢學研究（續）》	石井幹之助著；朱滋萃……	59-162
5	《中國文化之原始》	Henri Maspéro著；蒂……	79-129
6	《古文辭類纂與百家雜鈔序目異同考》	王聯曾	93-141
7	《軍閥之本質與中國社會》	蒂若	119-162
8	《新疆考察之結果》	袁復禮講；王聯曾，李……	129-162
9	《無家的孩子》	窩列諾夫著；謝偉師譯	135-162

1934年第4期

序號	題名	作者	頁碼
1	《甲骨學目錄並序》	李星可	1-1
2	《人類的食料和營養》	予非	33-37
3	《歐人之漢學研究（續）》	石井幹之助著；朱滋萃……	71-73
4	《慧琳一切經音義中之異體字（續）》	陳定民	115-123
5	《日本帝國主義的危機》	宋斐如	123-137
6	《老天利琺瑯胰皀廠參觀記》	徐寶鼎；王樹勳；李鉷	137-143
7	《校聞》		143-163
8	《圖書館消息》		163-166

1934年第5期

序號	題名	作者	頁碼
1	《國語中「的」字之研究》	陳定民	1-41
2	《高空氣象》	田渠	41-55
3	《史記發疑》	齊燕銘	55-67
4	《細菌與人生》	小溪	67-75
5	《歐人之漢學研究（續）》	石井幹之助著；朱滋萃……	75-117
6	《蘇聯的出版事業》	S.Tretyakov著；寧巨……	117-123
7	《巴黎中國畫展之經過》		123-141
8	《圖書館消息》		141-144

1934年第1期

序號	題名	作者	頁碼
1	《一九三三年之世界》	董希白	1-3
2	《讀呂氏春秋雜記》	江紹原	29-41
3	《分子量的微量測定法》	Bratton et Lochte原……	43-49
4	《歐人之漢學研究（續完）》	石井幹之助著；朱滋萃……	49-85
5	《寶寶明天見！》	小貓作	95-105

1934年第2期

序號	題名	作者	頁碼
1	《世界經濟總論》	宋斐如	1-13
2	《灰韻之古讀及其相關諸問題》	Dragunov著；蒂若譯	21-38
3	《第二次世界大戰與一九三六年之危機》	董希白	41-49
4	《創作文章的歷程論》	施畸	49-77
5	《圖書館消息》		121-124

1934年第3期

序號	題名	作者	頁碼
1	《追悼樊華佛先生》	謝壽康	1-3
2	《讀呂氏春秋雜記（二）》	江紹原	3-17
3	《創作文章的歷程論（續）》	施畸	17-67
4	《雷門氏光之擴散論》	C.V.Raman作；朱翰譜……	67-77
5	《紅會（瑞五）》		77-99
6	《孩子與老人》	Ivan Cankar作；王德……	99-103
7	《圖書館消息》		103-106

1934年第4期

序號	題名	作者	頁碼
1	《易經與卜辭的比較研究》	李星可	1-33
2	《世界經濟緒論（續）》	宋斐如	37-61
3	《幾個定積分之求值法》	G.Rutledge R.D.Dougl……	61-70
4	《二次曲線方程之化簡》		70-71
5	《屠格？夫的新散文詩》	André MaZon著；燕士……	73-99

1934年第5期

序號	題名	作者	頁碼
1	《葡萄酒的鑒別與藝術》	方乘	1-5
2	《國際公法與裁軍問題》	董希白	15-114
3	《章太炎論今日切要之學（王聯曾記）》		25-57
4	《原子之蛻變》	Ch. Fabry著；潘家寅譯	31-53
5	《讀呂氏春秋雜誌（三）》	江紹原	49-114
6	《天文學之應用》	田渠	53-114
7	《鄭漁仲之史學》	傅振倫	57-114
8	《一九三三年的法國文壇》	蒂若	73-114
9	《明儒梁夫山先生年譜》	何子培	81-114
10	《校桃花扇傳奇》	商鴻逵	103-114

1934年第1期

序號	題名	作者	頁碼
1	《愛琴文明餘跡之一，美術》	述古	3-11
2	《鎂的溴苯化合物及？溴丁醯二甲胺之化學反應……》	R.H.Fowler著；楊興楷……	11-29
3	《揚子江水運之研究》	童崇實	41-43
4	《詩的藝術與魏侖》	養晦	85-95
5	《與鐸爾孟先生討論「地臼」書（甲2）》	江紹原	105-115
6	《圖書館消息》		119-122

1934年第2期

序號	題名	作者	頁碼
1	《何謂同一律》	淑瑩	1-1
2	《老子及其哲學》	李星可	13-21
3	《藥物定量分析》		38-39
4	《康德哲學》	A.D.Lindsay著；彭基……	39-41

5	《生物界的發明天才》	甯巨	77-87
6	《闇潮》	Tristand Bernard著；……	87-107
7	《阿敘利亞的皇帝——阿沙爾哈當》	Tolstoi著；習之譯	107-121

1935年第3期

序號	題名	作者	頁碼
1	《詩人舍曼》	羅莫辰	1-1
2	《老子及其哲學（續）》	李星可	25-25
3	《康德哲學（續）》	A.D.Lindsay著；彭基……	49-63
4	《人體內寄生之蠕蟲》	小溪	67-71
5	《愛因斯坦宇宙觀的新階段》	享利米諾原著；潘家寅……	79-87
6	《化學元素發現史述（續）》	M.E.weeks著；任宏譯	101-107

1935年第5期

序號	題名	作者	頁碼
1	《海軍軍備競賽與世界經濟的關聯》	宋斐如	1-1
2	《相對論大意——一個門外漢的演說（續）》	叔瑩	21-23
3	《孟田（Michel de Montaigne）與卞隆（Pierre C……》	Hffding著；曆陽譯	55-63
4	《化學元素發現史述（續）》	M. E. Weeks著；任宏譯	63-65
5	《書目答問索引》	孔彥培	85-101

1935年第1期

序號	題名	作者	頁碼
1	《八股文研究》	朱滋萃	1-7
2	《孔德的一生及其哲學》	Levy Bruhl著；曆陽譯	37-41
3	《雞蛋之研究》	黃勞逸	53-65
4	《化學原素發現史述》	M.E.Weeks著；任宏譯	65-81
5	《關於文章形式的檢討》	劉鎣	85-105
6	《克列松和優才妮》	拿破倫作者；丁主譯	105-113

1935年第2期

序號	題名	作者	頁碼
1	《L'image dans ses rapports avec la sensat……》		1-67
2	《周易的時代背景與精神生產（續）》	李星可	67-113
3	《化學原素發現史述（續）》	M. E. Weeks著；任宏譯	113-129
4	《校聞》		129-135
5	《圖書館消息》		135-138

1935年第3期

序號	題名	作者	頁碼
1	《理想小說》	小溪	1-17
2	《統制經濟與計劃經濟》	夏菲	17-25
3	《斯賓挪莎》	H？ffding著；彭基相……	25-49
4	《化學近訊（？）》		63-67
5	《比葉爾婁弟》	侯毅	71-79
6	《化學原素發現史述（續）》	M.E.Weeks著；任宏譯	87-101
7	《王國維人間詞話與胡適詞選》	任訪秋	107-121
8	《珊妮》	Karin Michaëlis羽……	121-125
9	《圖書館消息》		125-128

1935年第4期

序號	題名	作者	頁碼
1	《日本大學生生活及其社會的反映》	大内兵衛　宋斐如　記	1-17
2	《創作文章的歷程論（續五卷三期）》	施畸	17-37
3	《今日對於物質内部機構之認識》	L.Houllevigue著；虎……	37-47
4	《化學元素發現史述（續）》	M.E.weeks著；任宏譯	47-77
5	《因了巴爾扎克先生的過失》	André Maurois；傅雷……	77-107
6	《書目答問索引（續六卷五期）》	孔彥培	107-127
7	《圖書館消息》		127-130

1935年第5期

序號	題名	作者	頁碼
1	《東非戰爭及義大利經濟恐慌》	E.Varga著；陳定民譯	1-21
2	《Les paysages idylliques dans la poésie ……》		23-31
3	《三幕話劇（洩漏）》	Edmond See著；羅北平……	65-85
4	《空戰述略》	威廉比霞少校作；L.S……	101-109
5	《圖書館消息》		133-136

1935年第1期

序號	題名	作者	頁碼
1	《精神教育與歷史》	J.Gould；重湖譯	1-1
2	《日本重臣集團論》	蕉農記	7-21
3	《孫吳開闢蠻越考》	高亞偉	21-37
4	《化學元素發現史述（續）》	M. E. Weeks；任宏譯	41-53
5	《三幕話劇『洩漏』（續）》	Edmond See；羅北平譯	81-85
6	《書目答問索引（續）》	孔彥培	113-121
7	《圖書館消息》		127-130

1935年第2期

序號	題名	作者	頁碼
1	《維多雨果》	覺之	1-165
2	《波特來爾論雨果》	羅莫辰譯	67-234
3	《雨果的性格及思想》	許躋青	79-234
4	《雨果與法國戲劇》	張宗孟	87-234
5	《可憐人研究》	沈寶基	101-234
6	《雨果的少年時代》	傅雷	129-207
7	《一個浪漫詩人的戀愛》	卡羅	145-179

8	《雨果年譜》	許躋青	165-234
9	《雨果詩選》	沈寶基	179-234
10	《為一切禱》	覺之	195-234
11	《雨果學書目抄》	沈寶基	207-234

1935年第3期

序號	題名	作者	頁碼
1	《中國地方劇研究之一「灤州影戲」》	湯際亨	1-45
2	《唐宋時代的莊園組織及其發達為村落》	加籐繁著；玄嬰譯	45-65
3	《化學元素發現史述（續）》	M.E.Weeks；任宏譯	65-93
4	《三幕話劇「洩漏」（續）》	Edmond Sée；羅北平……	93-119
5	《關於「洩漏」的話》	Robert de Bauplan ……	119-129
6	《圖書館消息》		129-132

1935年第4期

序號	題名	作者	頁碼
1	《蘇子油之催乾研究》	張漢良、林澤禮	1-1
2	《藝術中個人生活及社會生活的表現》	居友作；周麟譯	7-27
3	《彭浦諾芝與馬夏佛利》	H ? ffding；彭基相譯	27-39
4	《南斯拉夫之農村衛生及其衛生合做事業》	Colombain；蒞茶譯	39-55
5	《一九二九年拉托琅條約之意義》	Carlo Rossi；定民譯	57-69
6	《空戰述略（續）》	威廉比霞作；L.S.Y譯	69-83
7	《校聞》		99-107
8	《圖書館消息》		107-110

1935年第5期

序號	題名	作者	頁碼
1	《最近世界貿易動向與各國的貿易政策》	蕉農	1-35
2	《北朝胡族統治下之北方文物》	一淩	35-37
3	《中國心理與比較心理學》	Henri Berr著；覺之譯	61-67
4	《清代要籍編年表》	商鴻逵	77-85

5	《非洲之睡病》	法國Brumpt教授講演……	121-125
6	《圖書館消息》		125-128

1936年第1期

序號	題名	作者	頁碼
1	《紀德》	沈寶基	1-15
2	《Francis Jammes（Lomine T.Yang）》		15-23
3	《愛因斯坦論理論物理學散稿》	凡譯	23-41
4	《北朝胡族統治下之北方文物（續）》	一淩	41-66
5	《蘇聯經濟的進展》	S.M.Tcitelbaum著；夏……	97-103
6	《書目答問索引（續八卷一期）》	孔彥培	105-129
7	《圖書館消息》		129-132

1936年第2-3期

序號	題名	作者	頁碼
1	《無線電廣播的文化教育作用》	覺之譯	1-14
2	《日本國家機構及其動向（宋斐如記）》		27-226
3	《文藝復興與中古時代》	H？ffding；彭基相譯	69-226
4	《三國時人口與都市的南移》	高亞偉	75-175
5	《蘿月齋論文雜著》	苦水	157-226
6	《Essai sur Manon Lescaut（Kuo Lin Ke）》		163-223
7	《一個急性的少年》	E.Labiche著；侯毅譯	175-226
8	《銀色的網》	Senta Sarasvasti；陸……	197-226
9	《慕蘭博士講演記》	郭麟閣筆記；經利彬口……	219-226

1936年第4期

序號	題名	作者	頁碼
1	《民族學與史學》	楊坤	1-7
2	《初民心靈概論》	Lévy Bruhl；曆陽譯	27-27
3	《論統制經濟》	夏菲	39-39
4	《革命中的西班牙》	E.Varga；陳定民譯	55-57
5	《我所認識的孔孟荀》	張馥蕊	83-91
6	《本校煤油氣廠所產焦油之分析》	魏國璋	91-95
7	《中法大學圖書館藏中文參考書目類編》		95-99

1936年第5期

序號	題名	作者	頁碼
1	《顏元（傳記試作之一）》	商鴻逵	1-1
2	《中國鹽政之史的概念》	朱子伆	37-55
3	《Chateaubriand在法國十九世紀文壇上的供獻（……》		55-61
4	《日本現代的土地制度》	端公	67-77
5	《書目答問索引（續）》	孔彥培	85-107

1937年第1期

序號	題名	作者	頁碼
1	《商品與貨幣的研究》	又銘	1-1
2	《魯迅小說中之詩的描寫（苦水）》		66-73
3	《切音之分割》	P.Fouché著；陳定民……	73-89
4	《法國人民陣線上的社會政策與農業》	H.Hilter著；多默譯	89-97

1937年第2期

序號	題名	作者	頁碼
1	《初民心靈對於第二因的冷淡》	Lévy-Bruhl著；曆陽……	1-17
2	《量子之危機》	Henri Moureu著；潘公……	17-33
3	《蘇聯境內公共健康保護法譯後記》	王良驥作	33-41
4	《人性論》	La Bruyère作；侯毅……	41-51
5	《希特勒之圖征殖民地》	陳定民	51-57
6	《舊稿》	沈寶基	57-71
7	《聰明人的禮物》	歐亨利原作；勞寧譯	71-79
8	《Conférence de M.J.Hadamard》		79-113
9	《圖書館消息》		113-116

1937年第3期

序號	題名	作者	頁碼
1	《剩餘價值與資本》	又銘	1-37
2	《可能與現實》	法國柏格森作；王燊譯	37-53
3	《小麥的選種》	陳宗岱	53-67
4	《關於酵母菌的生殖性及其系統來源上的新觀察》	M.A.Guilliermond；陳……	67-87
5	《藝術之起原》	Salomon Reinach著……	87-93
6	《蘇聯與外蒙》	安得勒彼得著；多馬譯……	93-107
7	《圖書館消息》		107-110

1937年第4期

序號	題名	作者	頁碼
1	《國際公法小史》	林傑	1-29
2	《占卜術》	Lévy Bruhl；曆陽譯	29-55
3	《讀荀孟列傳後的稽疑及提要》	罔周	55-63
4	《備戰聲中的德國經濟現狀》	E. Varga；陳定民譯	63-77
5	《天利氮氣製品廠實習記》	潘家寅	77-109

6	《本校煤油氣廠所產另一焦油之分析》	魏國璋、張文鬱	109-111
7	《圖書館消息》		111-112

1937年第5期

序號	題名	作者	頁碼
1	《法國民族學運動之新發展》	楊坤	1-27
2	《列強在中國各租借地之史的概念及其在國際公……》	范會園	27-49
3	《關於酵母菌的生殖性及其系統來源上的觀察》	M.A.Guilliermond著	49-65
4	《清代文字獄考略》	賈逸君	65-95
5	《元代四折以上之雜劇（苦水）》		95-101
6	《Combloux消夏記》	望幽	101-123
7	《圖書館消息》		123-126

1937年第1期

序號	題名	作者	頁碼
1	《工資論》	又銘	1-11
2	《資本的蓄積過程》	又銘	11-35
3	《蘇俄農業及土地制度改革之經過》	理圖	35-81
4	《宇宙與人類的歷史》	A.Métraux著；林傑譯	81-99
5	《今日的合作主義》	Albert Buisson著延……	99-113
6	《楚辭九歌今譯》	湯際亨	113-131
7	《一九三六年之日本文壇全像》	青野季吉；先真譯	131-139
8	《最近蘇聯的戲劇・電影・音樂》	先真譯	139-143
9	《圖書館消息》		143-146

1937年第2期

序號	題名	作者	頁碼
1	《Le génie a-t-il d'es caractères physio……》		1-45
2	《神的判決》	Lévy Bruhl曆陽譯	45-63
3	《小麥耐寒之研究》	陳宗岱	63-71
4	《水墨畫之基礎及性質》	河西青五作；蘇民生譯	71-85
5	《最近德英美三國之農業制度》	品馨	85-111
6	《圖書館消息》		111-116

秀威經典

新視野15　PG1477

法蘭西之夢：
中法大學與20世紀中國文學

作　　者／段懷清
責任編輯／陳佳怡
圖文排版／楊家齊
封面設計／蔡瑋筠

出版策劃／秀威經典
發 行 人／宋政坤
法律顧問／毛國樑　律師
印製發行／秀威資訊科技股份有限公司
114台北市內湖區瑞光路76巷65號1樓
電話：+886-2-2796-3638　傳真：+886-2-2796-1377
http://www.showwe.com.tw
劃撥帳號／19563868　戶名：秀威資訊科技股份有限公司
讀者服務信箱：service@showwe.com.tw
展售門市／國家書店（松江門市）
104台北市中山區松江路209號1樓
電話：+886-2-2518-0207　傳真：+886-2-2518-0778
網路訂購／秀威網路書店：http://www.bodbooks.com.tw
國家網路書店：http://www.govbooks.com.tw

2015年12月　BOD一版
定價：420元

國家圖書館出版品預行編目

法蘭西之夢：中法大學與20世紀中國文學／段懷清著. -- 一版. -- 臺北市：秀威經典, 2015.12
面；　公分. -- (新視野；15)
BOD版
ISBN 978-986-92379-8-7(平裝)

1. 中國文學 2. 文學評論 3. 文集

820.7　　　　104024646

讀者回函卡

感謝您購買本書，為提升服務品質，請填妥以下資料，將讀者回函卡直接寄回或傳真本公司，收到您的寶貴意見後，我們會收藏記錄及檢討，謝謝！如您需要了解本公司最新出版書目、購書優惠或企劃活動，歡迎您上網查詢或下載相關資料：http:// www.showwe.com.tw

您購買的書名：______________________________

出生日期：________年________月________日

學歷：□高中（含）以下　□大專　□研究所（含）以上

職業：□製造業　□金融業　□資訊業　□軍警　□傳播業　□自由業

□服務業　□公務員　□教職　□學生　□家管　□其它_____

購書地點：□網路書店　□實體書店　□書展　□郵購　□贈閱　□其他

您從何得知本書的消息？

□網路書店　□實體書店　□網路搜尋　□電子報　□書訊　□雜誌

□傳播媒體　□親友推薦　□網站推薦　□部落格　□其他__________

您對本書的評價：（請填代號　1.非常滿意　2.滿意　3.尚可　4.再改進）

封面設計____　版面編排____　內容____　文／譯筆____　價格____

讀完書後您覺得：

□很有收穫　□有收穫　□收穫不多　□沒收穫

對我們的建議：______________________________

____

____

____

請貼
郵票

11466
台北市內湖區瑞光路 76 巷 65 號 1 樓
秀威資訊科技股份有限公司 收
BOD 數位出版事業部

……………………………………………………………………………

（請沿線對折寄回，謝謝！）

姓　名：＿＿＿＿＿＿＿＿＿＿　年齡：＿＿＿＿　性別：□女　□男

郵遞區號：□□□□□

地　址：＿＿＿＿＿＿＿＿＿＿＿＿＿＿＿＿＿＿＿＿＿＿＿＿＿

聯絡電話：(日)＿＿＿＿＿＿＿＿＿＿＿＿(夜)＿＿＿＿＿＿＿＿＿＿＿＿

E-mail：＿＿＿＿＿＿＿＿＿＿＿＿＿＿＿＿＿＿＿＿＿＿＿＿＿